本书受江苏省社科规划项目"英国当代奇幻文学的跨媒介改编与文化传播研究"（22WWB006）资助

Intertextual
Rewriting

From Medieval Romance
To *Harry Potter*

于敏 著

互文重写

从中世纪浪漫传奇

到《哈利·波特》

南京大学出版社

图书在版编目(CIP)数据

互文重写：从中世纪浪漫传奇到《哈利·波特》/
于敏著. -- 南京：南京大学出版社，2022.12
ISBN 978 - 7 - 305 - 26366 - 8

Ⅰ．①互… Ⅱ．①于… Ⅲ．①英语文学－文学研究
Ⅳ．①I106

中国版本图书馆 CIP 数据核字(2022)第 236846 号

出版发行　南京大学出版社
社　　址　南京市汉口路 22 号　　　　邮　编　210093
书　　名　互文重写：从中世纪浪漫传奇到《哈利·波特》
　　　　　HUWEN CHONGXIE: CONG ZHONGSHIJI LANGMAN CHUANQI DAO 《HALI BOTE》
著　　者　于　敏
责任编辑　张淑文　　　　　　　　编辑热线　(025)83592401
照　　排　南京南琳图文制作有限公司
印　　刷　徐州绪权印刷有限公司
开　　本　718 mm×960 mm　1/16 开　印张 18.75　字数 245 千
版　　次　2022 年 12 月第 1 版　2022 年 12 月第 1 次印刷
ISBN 978 - 7 - 305 - 26366 - 8
定　　价　85.00 元

网址：http://www.njupco.com
官方微博：http://weibo.com/njupco
官方微信号：njupress
销售咨询热线：(025) 83594756

序

　　于敏副教授的第一本学术专著《互文重写:从中世纪浪漫传奇到〈哈利·波特〉》即将出版,请我作序,因为有师生之谊,欣然从之。2013年秋,她成为我的学生,开始在南京大学攻读文学博士学位。她的博士论文选题在当时看来有些任性,要从事《哈利·波特》系列奇幻小说的研究,我一度有些担心,是否能以这样的通俗文学作品为对象,做出严肃的学术研究成果。但可喜的是,确定以英国奇幻小说与中世纪浪漫传奇之间的互文关联为研究主题后,她凭着自己对奇幻文学的一腔热情和一股坚持不懈的科研韧劲,克服了重重困难,不但通过各种渠道搜求资料,还在美国访学期间专门选修了中世纪英语文学研究的课程,并同时进行中古英语的亚瑟王传奇阅读和研讨,最终完成了博士论文写作并顺利通过了答辩。更为可喜的是,她在博士毕业以后还一直坚持当代英国奇幻小说研究,不断扩展深化该研究领域,取得了不少新进展。翻阅她这次寄来的书稿,发现她在博士论文的基础上又做了很大的修改和补充,进一步充实了内容、丰富了观点,可以想象她近期工作之努力,这也体现了她对于学问的执着和追求,这点尤其值得肯定。

　　奇幻小说常被视为通俗文学,文学与文化价值常遭贬损。鉴于此,该书旨在通过《哈利·波特》系列这一现象级的通俗文学作品探讨英国通俗小说的文化传承功能及其当下阅读体验和意义，提出对文学创作与阅读的独到见解，具有很好的学术创新价值。该书以下几个方面尤其值得推荐：

首先，这部著作选取奇幻文学中的著名文本作为研究对象，将其放在欧洲文学传统的框架下进行观照，深入阐释文学经典与通俗文学之间的互生关系。该书抓住了中世纪浪漫传奇与《哈利·波特》等当代奇幻作品的叙事同质性特征，系统地考察了二者的互文叙事特征，选择二者具有典型互文关联的主题内容进行比较分析，以明晰后者对前者的重要主题、典型人物、情节范式等内容进行重写的具体手法，阐释浪漫传奇文本进入当代奇幻小说后产生的异质性和对话性，并以此为基础，从经典互文研究走向通俗文学创作机制研究，对通俗文学与经典文学和现实关注之间的关系进行深入思考与阐释。

其次，在理论资源的运用方面，该书以互文性理论为支撑，同时结合叙事研究，对"互文重写"概念进行了比较独到的阐发。结合"重"这一汉字的多义阐释和互文性相关概念，作者提出以三"重"阐释框架界定互文重写的"重复""重新""多重"概念特征，并尝试从理论上对互文重写的创作机制进行研究，以"解构式挪用－对话性戏仿－当下性回声－衍义性文学/文化符号"这一四维结构明确互文重写的前提基础、重要手段、主要目的与应用效果，较好地揭示了其发展与衍变过程。

最后，作者总结阐发了互文重写的重要文化功能，认为以罗琳的奇幻小说为代表，互文重写可以有效发掘利用民族文化资源、以文学的陈词新写引发阅读愉悦、传达时代精神，表达大众的普遍情感与政治诉求。通俗文学的互文重写充当了文化精华与大众生活之间的桥梁，承担了文化传统与活文化之间的文化传承功能。

该书以"互文重写"的思维结构为框架，分主题、按章节进行了非常细致的文本考察与文化剖析,比较、分析中世纪浪漫传奇与当代奇幻小说文本生成的历史文化语境的差异性,揭示了从中世纪贵族宫廷文化到现代资本主义与个人主义文化的文化变迁,由此考察在两种文本的具体互文关联背后,文本与主体和社会历史之间的复杂联系。该书通过系统分析《哈利·波特》系列与中世纪浪漫传奇之间的互文关系,将当代著名的通俗文学文本置于欧洲文学传统的框架下进行研究,阐释对文学经典的思考,有助于扩展文学研究的疆域,对探讨经典文学与流行文学之间的关系颇有参考价值。

这本书可能只是中外文学研究百花园中的一棵嫩芽、一点新绿,但对于作者而言,却是其学术道路上的重要节点,况且,她对奇幻小说的研究仍在进行,期待她的新作,也更期待她在学术道路上持之以恒,不断进步。

程爱民

2022. 8

前　言

　　西方有悠久的文学改编历史,以至于改编成为"西方文化的一部分","否定改编,就是否定西方长期依赖借鉴、改编、偷窃故事的快乐史"(Hutcheon, *A Theory of Adaptation*, 9)。但是改编的痕迹毕竟相对清晰,被改编文本和改编文本之间的关联相对紧密,容易辨识。"互文重写"是比"改编"更为宽泛的概念和更为隐晦的方式,是西方文学艺术创新的一种特殊途径和重要的文化实践行为。对文学经典的互文重写更是当前西方重要且普遍的文学现象,不仅创造了符合新时代文化语境的文学产品、为大众提供了阅读审美愉悦,还能够有效地继承民族文学传统,传承民族文化血脉。

　　当代西方文学的重写风气鼎盛,英国当代奇幻文学中最重要的作品——J. K. 罗琳的《哈利·波特》系列正是互文重写的成功案例。该系列小说自出版以来,借助多种译本和特效电影的全球发行,获得了巨大的商业成功和全球影响,成为当代令人瞩目的大众文学代表作品。该系列获得了广泛的读者关注与共鸣,成为至少一整代青少年的阅读记忆,其"互文重写"的创作机制和文学特征具有代表性,值得严肃深入的学术研究。互文重写研究一方面可以丰富我们对文学作品的内涵阐释,深化对当代大众文学创作机制的认识;另一方面,又有助于重新考察新的文学作品所赖以存在的民族文学传统和众多前文本,挖掘经典文学与大众文学的内在联系。

本书将以"互文重写"为当代奇幻的创作机制，并以《哈利·波特》系列小说为具体文本案例，说明罗琳如何利用文学传统之"陈词"重建文本，揭示当代奇幻小说对传统文学范式进行互文重写的具体手法，并在此基础上分析中世纪浪漫传奇文学经典作为前文本进入当代奇幻小说的路径，及其在小说文本中产生的异质性和对话性。

本书以"互文性"理论基础上的广义"重写"（Rewriting）概念为基础，结合互文研究的"意识形态路径"与"诗学形态途径"，即巴赫金、克里斯蒂娃、罗兰·巴特、布鲁姆等人对文本中多重话语及话语背后的历史、文化和意识形态主体的考察，以及热奈特、哈钦等人有关互文关联方式和具体叙事手法的研究，综合建构"互文重写"的三"重"阐释框架，认为每个文本都具有互文性，都是对前文本的某种重写。"重"字既包含"重复"也包含"重新"之意，每一个重写文本成为"多重"声音的汇集。在此概念阐释框架基础上，本书设想了互文重写创作机制的"四维结构"，以"解构式挪用"为互文重写的前提与基础，以"对话性戏仿"为互文重写的重要手段，以发出"当下性回声"为互文重写的主要目的，以建构具有复杂衍义性的文学/文化符号为互文重写的应用效果。

本书认为，罗琳通过对中世纪浪漫传奇文类的互文重写建构了长篇奇幻小说《哈利·波特》系列，以混杂现实的魔法叙事书写了基于现实主义的浪漫奇幻，将浪漫传奇的理想主义和故事传统重新带回了当下大众阅读的焦点。作者对人性的关照和对世界的关怀，继承、发扬了中世纪浪漫传奇虚构性品格蕴含的"现实关注"传统。作为大众文学作品，《哈利·波特》系列小说并非以娱乐至上为宗旨，而是自觉地容纳了民族文化的传承功能以及文学的伦理和教育功能，针砭时事，喻古讽今。

目前国内对此类"通俗小说"的研究仍然相对滞后，或者仅将其放置在"儿童文学"的框架内进行研究,因此本书是对国内奇幻文学与大众文学学术研究的一种补充和拓展,期望本书的研究工作能够推动学界对《哈利·波特》系列小说以及其他成功的大众文学的关注。书中浅薄谬误之处,敬请读者批评指正。

目　录

导　论

　　20世纪70年代末以来，文学精英主义发起了对通俗文学的又一轮批判。利维斯（F. R. Leavis）和他的信徒们依旧坚持认为，以少部分文学经典为代表，且只有少数精英才能理解并传承的高雅文明才是文化的核心，"少数人决定了我们能否得益于往昔最优秀的人类经验，他们使传统中最精致、最易逝的部分保持生机，他们决定了定义一个年代更良好的生活状态的隐性标准……决定了中心在这里而不在那里"（Leavis and Thompson 5）。利维斯和他的精英主义同伴们对以通俗小说和影视作品为代表的流行文化大加鞭笞，视其为令人心烦意乱、误入歧途之物，认为它们是"消遣休闲的反面，不能恢复、强化人对于生活的热爱，反而使人沉溺于软弱的逃避，拒绝面对现实，从而更不适应生活"（100）。然而时代变化不以人的意志为转移，信息时代的技术革新和新媒介的广泛应用促进了通俗文化的蓬勃发展，势头难以遏制。另一位精英派批评家布鲁姆（Harold Bloom）有感于西方文学界的中心消解和礼崩乐坏，推出了一部皇皇巨著《西方正典》（*The Western Canon*）来为经典作家正名，试图将后现代混乱庞杂的经典范畴重新以莎士比亚为中心进行精英化整理聚合，后又推出《如何读，为什么读》（*How to Read and Why*），从经典作品中选出范例来指导大众的阅读之道，重申阅读经典的伟大意义。利维斯主义者和布鲁姆主义者等西方学院派精英们大都持相同观点，推崇少数文学经典，对流行读物、好莱坞电影等加以指责。然而从当今社会文化现实和文学的跨媒介传播趋势看来，利维斯和布鲁姆所担心的"文化倒退"似乎已成为现实，传统经典文学的权威被步步削弱，通俗小说却在跨媒介改编的辅助下大行其道，电子媒介的普及使"从来没有参与主流文化的社会群体，现在能参与文学场"，大众读者在"群选经典"与"经典重估"过程中成为一股新力量，带来了文化的剧变（赵毅衡，《符号学》，379）。

在此种背景下，1997 年至 2007 年十年间，J. K. 罗琳的《哈利·波特》(Harry Potter) 系列小说七部曲①陆续出版。自第一部出版以来，销量惊人，该系列的最后一部《哈利·波特与死亡圣器》上市第一天就卖出了 1 500 万册。据福布斯统计，罗琳成为世界上第一个依靠版税就成为亿万富翁的作家。该系列还在国际上频频获奖，先后获得斯马尔蒂斯奖、英国图书奖年度儿童图书、雨果奖等几大奖项。该系列小说不但迅速被译成几十种文字于世界各地出版，且于 2001 年开始被改编为八部电影陆续上映，总票房收入高达 78 亿美元（截止 2020 年）。小说的游戏、电子书、舞台剧等跨媒介改编形式相继出现，其相关文化产品也随之畅销，获得书迷追捧，《哈利·波特》系列小说也因此成为 20、21 世纪之交令人

---

①　罗琳《哈利·波特》系列七部曲，即《哈利·波特与魔法石》(Harry Potter and the Philosopher's Stone)(1997)、《哈利·波特与密室》(Harry Potter and the Chamber of Secrets)(1998)、《哈利·波特与阿兹卡班囚徒》(Harry Potter and the Prisoner of Azkaban)(1999)、《哈利·波特与火焰杯》(Harry Potter and the Goblet of Fire)(2000)、《哈利·波特与凤凰社》(Harry Potter and the Order of the Phoenix)(2003)、《哈利·波特与混血王子》(Harry Potter and the Half-Blood Prince)(2005)、《哈利·波特与死亡圣器》(Harry Potter and the Deathly Hallows)(2007)。另有系列相关作品《神奇的魁地奇球》(Quidditch Through the Ages)(2001)、《神奇动物在哪里》(Fantastic Beasts and Where to Find Them)(2001)、《诗翁彼豆故事集》(The Tales of Beedle the Bard)(2008)。另有罗琳在网络上不定期更新的一些该系列相关的后续小故事。

瞩目的文学和文化现象。

　　然而,伴随着该系列小说巨大商业成功的是学术界褒贬不一、矛盾错综的声音。布鲁姆、黑舍(Philip Hensher)、拜厄特(A. S. Byatt)等学院派评论家和精英作家将该系列小说作为通俗小说的新代表,在论战初始批评该小说文本愚昧、幼稚,质疑文本的文学艺术性和教育功能,认为其成功乃是商业运作的结果(尽管当时该小说系列还未全部完成,布鲁姆甚至只阅读了第一本)。而持正面意见的文化批评家、文学评论者们则充分肯定《哈利·波特》作为儿童文学作品的价值及其体现的文学传统。随着整部系列小说陆续出版,学术界对小说的深层研究不断展开,早期全盘否定的声音已逐渐被该系列相关的学术研究成果湮没了。回头细读布鲁姆等人的批评,尽管其中不少观点已被后续小说的出版和相关批评研究所驳斥,有些洞见却触及了罗琳这部系列小说的本质。

一、《哈利·波特》系列小说中的"陈词滥调"

　　布鲁姆在发表于 2000 年的文章《350 万购书者会错吗? 当然》("Can 35 Million Book Buyers Be Wrong? Yes")中批评《哈利·波特》系列第一本《哈利·波特与魔法石》(*Harry Potter and the Sorcerer's Stone*)的重要原因之一就是它"充满了陈词滥调"(heavy on cliché)(Bloom A26)。布鲁姆的本意更多指向罗琳的行文和遣词造句,却意外地点出了这部系列小说的重要特点:混杂了众多体裁的元素,主题、情节、人物、形象和故事氛围都给读者一种似曾相识的感觉。这种"似曾相识性"和"陈词滥调"其实正说明《哈利·波特》系列小说体现了西方文学的传统范式,依赖于一个巨大的前文本库,换言之,互文性是该系列小说的重要特征。哈钦(Linda Hutcheon)在《〈哈利·波特〉和新手的忏悔》("*Harry Potter* and the Novice's Confession")一文中描述自己阅读《哈利·波特》系列小说的经历,坦诚曾经"不可自抑地对着其中的文学典故和戏仿傻笑"(169)。作为研究后现代戏仿和改编理论的大师,哈钦推崇《哈利·波特》系列中的互文性,认为"罗琳自身当然是一位强有力的改编者"(175)。哈钦强调罗琳"改编者"的身份,是出于她对"改编"及其重要性所持的正面态度,然而在不少读者甚至评论者看来,"改编"似乎比"创作"要来得低劣。

现代作家与读者往往过于追求文学作品的原创性,要求标新立异的新主题、新元素、新人物。布鲁姆批评罗琳的"陈词滥调",拜厄特批评《哈利·波特》系列是"第二世界的第二世界",认为这部小说不过是拾人牙慧,重复套路。可就如《圣经·传道书》中所说,"日光之下,并无新事"。任何"新"的出现都要依赖于之前的"旧",旧为体,新为用。"陈词滥调"之所以被看作贬义,并不是因为其"陈",而是因为其"滥"。相似的主题、元素、人物之所以在文学作品中屡屡再现,成为文学传统,正是因为它们真实重现了人类社会生活的真相或者普遍情感与心理状态。有关于"人"的基本问题在任何时代都可能成为文学的主题,因为对"人"的存在及其形式与意义的思考与关怀是永无止境的。文学传统的存在可以帮助读者认识到,在不同的地理历史文化语境中,人们如何生活,如何认识"人"的存在,如何回答与"人"相关的那些重要的问题;通过已经存在的传统了解前人的看法与提出的疑问,再去阅读并了解今天的作家如何在当下文化中再次回答这些问题,才能做出积极的回应与反馈。正是由于这些传统的"陈",当今文学的"新"才有立足点,才能产生意义。由此可见,对于文学来说,"陈"是必要的,是意义与对话发生的基础。但是文学要推陈出新,而不应流于滥俗:"滥"是毫无活力的复制,将"陈"变为死气沉沉。不同的文化与生存状态决定了不同时代的人对同一个问题的差别回应,文学作品的"新",在于其是否能够抓住一个时代的精神与精髓,尽量真实地回应关于"人"的那些亘古不变的深刻问题。

阅读《哈利·波特》系列小说的过程伴随着挥之不去的似曾相

识之感。一个身份不明却拥有神秘力量的孤儿,脑袋上带着容易识别的闪电状伤疤,寄居在漠视虐待他的亲戚家庭。突然他收到了来自神秘世界的邀请,获得全新的身份,进入神奇的魔法世界,拥有了新的朋友和敌人,带领正义的队伍同邪恶势力殊死搏斗,经历了各种冒险与死亡考验,最终获得胜利。坎贝尔(Joseph Campbell)的《千面英雄》(*The Hero with a Thousand Faces*)早已指出过此类英雄传奇的范式,类似的故事被成千上万遍地叙述过、阅读过。作为当下大众文学的代表性作品,《哈利·波特》系列小说的通俗性部分源自其"陈",罗琳充分利用了那些已经为读者所熟知的文学典故和范式以及文学经典已经建构出的情节模式和人物原型,但是罗琳的书写有何特别之处,得以获得如此广泛的读者关注与共鸣,成为至少一代人的共同阅读记忆呢?

本书试图解释的正是罗琳如何利用文学传统之"陈词",利用众所周知的故事范式重建新文本,揭示《哈利·波特》系列小说对传统文学范式进行重写的策略与具体手法,并在此基础上分析中世纪浪漫传奇等传统文学作品作为前文本进入《哈利·波特》这一当代系列小说的路径,及其在小说文本中产生的异质性和对话性。《哈利·波特》系列小说与中世纪浪漫传奇之间的互文研究,将浪漫传奇作为该系列小说巨大的互文本库中的一个典型文学传统体裁,可以更具体地分析罗琳的重写策略,以此为渠道深入了解该系列作品的创作与创新,解释该系列小说成为当代重要文学现象的原因,并管窥当代读者阅读兴趣的走向。

对《哈利·波特》系列小说的互文研究,一方面可以丰富我们对该系列小说的阐释,深化我们对当代大众文学的了解;另一方面,又可以重新看待它所赖以存在的、包括经典文学作品在内的整个文学传统和众多前文学文本,发现经典与通俗之间的内在联系。面对《哈利·波特》系列小说巨大的读者群和世界影响,文学评论或许不应该故步自封,以商业成功贬低其存在的文学价值。

《哈利·波特》系列小说已然成为一代读者的共同阅读记忆,创造了世界通用文学符号,其在青少年群体中的当代影响甚至超过了不少文学经典,而目前对此类"通俗小说"的研究仍然相对滞后。有鉴于此,期望本书的研究工作能够推动学界对《哈利·波特》系列小说以及其他成功的通俗小说的关注,推进对大众文学的学术研究。

二、《哈利·波特》系列小说的互文研究趋势

《哈利·波特》系列小说自其首部《哈利·波特与魔法石》出版以来就引发了居高不下的阅读热度,甚至其衍生电影作品《神奇动物在哪里》系列的剧本出版后都获得了不俗的销量。该系列小说在纸质阅读方面引发的新一轮热情不能不引起文学界与文化界的关注与兴趣,学界比较公认的是罗琳"复活了以单一人物、成长故事为依托的长篇、长河小说","重新赋予年轻一代阅读纸本巨制的习惯"(戴锦华 209)。为了帮助大众读者,尤其是青少年读者,理解这一鸿篇巨制,特别是理解其中涉及的对西方历史文化、文学经典与社会现实的大量影射和挪用,不少指南性与解读性的导读文本相继出版;同时,跨学科、多视角、多元化的专题学术研究证明了《哈利·波特》系列小说与当下社会现实之间的互文关联,提供了理解小说所反映的现实层面的路径;再者,由于早期学界对该系列小说的文学价值存在不同看法,对该系列文学研究的成果呈现出明显的经典互文研究趋势,通过多元化的研究路径寻求该系列与西方经典文本和文学传统之间的关联,以此证明该系列的文学价值及其在文学传统传承方面的贡献。

由于《哈利·波特》系列小说文本的长度和内容的拼贴杂糅等互文性质,以及罗琳对传统形象、文学典故和文字游戏的偏好,早期各种阅读指南和阐释性导读的主要目的是帮助读者理解小说的情节结构、体裁特征与重要主题,进行内容阐释与人物解读,同时

尝试解释小说成为一种文学、文化现象的原因。菲利普（Nel Phillip）的《J. K. 罗琳的〈哈利·波特〉系列小说：读者指南》（*J. K. Rowling's Harry Potter Novels：A Readers' Guide*，2001）是早期解读中比较重要的一本书，该书向青少年读者揭示了小说比较隐性的黑暗主题，同时提供了比较详细的罗琳生平介绍，并较为公正地讨论了波特狂热（Pottermania）现象。艾克勒谢（Julia Eccleshare）的《〈哈利·波特〉小说导读》（*A Guide to the Harry Potter Novels*，2002）内容相对简单，主要是对小说情节进行概述与导读，并将哈利·波特现象放置在儿童文学的背景中进行对比。布莱克（Andrew Blake）的《〈哈利·波特〉不可抗拒的兴起》（*The Irresistible Rise of Harry Potter*，2002）将该小说受到读者欢迎归因于英国国力的衰弱和出版界的式微，但是分析并不够深入有力。古普塔（Suman Gupta）的《再读〈哈利·波特〉》（*Re-reading Harry Potter*，2003）主要基于前四部小说文本和前两部电影介绍了该系列的体裁问题、文学研究视角与性别、种族等相关文化主题，试图采用"从文本到世界"研究方法解读小说所造成的文化现象。全系列小说出版完结之后，有另两部解读型指南较早期版本更为深入全面。沃罗丝姬（Shira Wolosky）在对小说的文本解读方面更进一步，在她的《〈哈利·波特〉中的谜团：秘密章节和阐释探求》（*The Riddles of Harry Potter：Secret Passages and Interpretive Quests*，2010）一书对小说中的许多字面、人物、意象以及情节的谜团做出了深度阐释，为读者提供了解谜必需的历史文化和文学背景知识，揭示了罗琳文学写作的策略与技巧。杜瑞兹（Colin Duriez）的《〈哈利·波特〉实用指南》（*Field Guide to Harry Potter*，2007）则是更为全面的阅读参考，不但复盘了系列小说的情节，提供了人名、地名、咒语、魔法物件等各种术语汇总表，还通过引用大量罗琳的访谈内容介绍了罗琳的生平、文学观点与宗教观念。

　　伴随着研究的逐渐推进，对《哈利·波特》系列中丰富的主题与庞杂的内容进行的跨学科、多视角、多元化专题研究相继出现，揭示了小说文本与现代社会之间紧密的互文关联。2002 年，第一本《哈利·波特》研究论文集《象牙塔与〈哈利·波特〉：针对一个文学现象的观点》(*The Ivory Tower and Harry Potter：Perspectives on a Literary Phenomenon*)出版，编者怀缇得(Lana A. Whited)提醒学者们注意罗琳作品的文学价值。随后，此类专题论文集①不断更新出版，收录了大量严肃的学术文章，从哲学、政治、历史、文化以及各种理论视角对《哈利·波特》系列小说进行探讨和研

---

　　①　包括并不限于：《读〈哈利·波特〉：评论文集》(*Reading Harry Potter：Critical Essays*)(Anatol, 2003)，《哈利·波特的世界：多学科批评观点》(*Harry Potter's World：Multidisciplinary Critical Perspectives*)(Heilman, 2003)，《〈哈利·波特〉与哲学：如果亚里士多德管理霍格沃茨》(*Harry Potter and Philosophy：If Aristotle Ran Hogwarts*)(David & Shawn, 2004)，《〈哈利·波特〉学者研究：应用学术研究方法于通俗文本》(*Scholarly Studies in Harry Potter：Applying Academic Methods To A Popular Text*)(Hallett, 2005)，《〈哈利·波特〉与国际关系》(*Harry Potter and International Relations*)(Nexon & Neumann, 2006)，《〈哈利·波特〉的世界范围影响》(*Harry Potter's World Wide Influence*)(Patterson, 2009)，《〈哈利·波特〉批评视角》(*Critical Perspectives on Harry Potter*)(Heilman, 2009)，《再读〈哈利·波特〉：新评论文集》(*Reading Harry Potter Again：New Critical Essays*)(Anatol, 2009)，《最终的〈哈利·波特〉与哲学：麻瓜们的霍格沃茨》(*The Ultimate Harry Potter and Philosophy：Hogwarts for Muggles*)(Bassham, 2010)，《〈哈利·波特〉系列中的英雄主义》(*Heroism in the Harry Potter Series*)(Berndt & Steveker, 2011)，《〈哈利·波特〉与历史》(*Harry Potter and History*)(Reagin, 2011)，《J. K. 罗琳：〈哈利·波特〉》(*J. K. Rowling：Harry Potter*)(Hallett & Huey, 2012)，《摄魂取念！〈哈利·波特〉研究视角》(*Legilimens! Perspectives in Harry Potter Studies*)(Bell, 2013)，《拉文克劳编年史：来自爱丁保罗的反馈》(*The Ravenclaw Chronicles：Reflections from Edinboro*)(Fowler, 2014)，《〈哈利·波特〉系列》(*The Harry Potter Series*)(Grimes & Whited, 2015)，《时代的巫师：来自〈哈利·波特〉一代的批评文论》(*A Wizard of Their Age：Critical Essays from the Harry Potter Generation*)(Farr, 2015)，《〈哈利·波特〉和聚合文化：迷文化与扩张的波特世界文集》(*Harry Potter and Convergence Culture：Essays on Fandom and the Expanding Potterverse*)(Firestone & Clark, 2018)等。

究。专题评论《哈利·波特》系列的学术论文集持续更新也说明英
美学界对该系列小说的兴趣与重视程度并没有随着小说系列的出
版完结而终结，而是与日俱增。同时，以该系列小说中的法律、历
史、政治、经济、文化、心理学、儿童教育等多种主题为研究对象的
博士论文和学术专著也不断出版，说明该系列小说在相当程度上
反映出当代现实问题的多个侧面，通过奇幻叙事反映当下资本主
义物质文化与政治意识形态，刻画了高度发达的消费文化和商品
文化，讨论西方世界的种族歧视、性别问题等政治议题，与现实世
界互文映射。

　　该系列小说文学研究方面的成果在内容上同样体现了多元化
的互文特征，从小说的体裁特征（奇幻文学、儿童文学、神话、史诗、
侦探故事等不同体裁特征）、叙事特征（伏笔、螺旋重复、古典叙事
结构等）、主题特征（如成长、英雄主义、友情、宗教、时间、侦探、炼
金术、超自然现象）、理论阐释（如生态研究、性别研究、后殖民研
究、心理学研究、读者反应研究）等不同角度论及该系列与西方文
学经典（圣经、希腊神话、北欧神话、亚瑟王传奇、莎士比亚戏剧等）
以及文学传统（奇幻文学传统、儿童文学传统、神话传统、奥斯丁传
统、狄更斯传统、拜伦传统等）之间的互文关联。无论是分析该系
列小说中混杂的多种文学体裁、主题和元素，或者论证经典作家作
品对该系列小说的影响，抑或将《哈利·波特》系列小说放置在一
种文学传统中进行对比研究，都是实际意义上的互文研究。目前
这一研究趋势依然有不断壮大的迹象，且研究者达成了以下几个
共识：

　　一、该系列的体裁或文类杂糅性质与文化创新。内尔（Philip
Nel）较早注意到该系列中存在大量不同体裁的元素，认为罗琳通
过想象合成了各种不同文类。奥尔顿（Anne Hiebert Alton）也持
类似观点，称该系列小说为"文类马赛克"（generic mosaic），点出
了该系列小说突出的文类杂糅特征（Alton 159）。科恩（Signe

Cohen)总结认为该系列中"复杂的宗教与文学典故网络是对文化知识碎片的后现代拼接",认为罗琳有效地将各种"文化碎片"从原语境中抽离,进行重新组合拼贴,改变其原本的文化意义(Cohen 55)。

二、文学经典对《哈利·波特》系列的深刻影响。格兰杰(John Granger)的《〈哈利·波特〉的书架:霍格沃茨冒险背后的伟大书籍》(*Harry Potter's Bookshelf：The Great Books Behind the Hogwarts Adventures*,2009)枚举了他认为影响了罗琳创作的重要作家与作品,提及的有奥斯丁的《爱玛》(*Emma*)和狄更斯的《德拉库拉》(*Dracula*)和《弗兰肯斯坦》(*Frankenstein*)等哥特传奇(gothic romance),塞耶斯(Dorothy L. Sayers)的侦探小说,刘易斯(C. S. Lewis)与托尔金(J. R. R. Tolkien)的奇幻小说,甚至还有莎士比亚的戏剧。格兰杰以时间与文类为分野,讨论了多种体裁的英国文学经典对该系列的影响,强调该系列小说根植于英国文学传统;论证了英国经典,尤其是英国近现代经典,所塑造的重要文学体裁传统对该系列的互文影响。格兰杰讨论了英国文学经典与《哈利·波特》系列之间的互文性,而斯宾塞(Richard A. Spencer)的《〈哈利·波特〉与古典世界:J. K. 罗琳的现代史诗中的希腊与罗马典故》(*Harry Potter and the Classical World：Greek and Roman Allusions in J. K. Rowling's Modern Epic*,2015)一书关注的是该系列小说与古希腊罗马神话之间的互文性,从神话原型角度分析了系列小说中最主要的三个人物,即哈利·波特、邓布利多与伏地魔,以及其他比较重要的小说人物与古希腊罗马神话人物的互文关系,强调《哈利·波特》系列对欧洲文学与文明的源头、古希腊神话传统所创造的叙事范式及原型人物进行了当代重构。格罗夫斯(Beatrice Groves)的《〈哈利·波特〉中的文学典故》(*Literary Allusion in Harry Potter*,2017)也是此类研究的代表性专著,其更注重该系列与欧洲古典文学的联系。格罗夫斯分析了荷马、奥维德、莎士比亚、弥尔顿等所创造出的经典叙事结构、原型人物、情节范式等在罗琳小说中的反映,她寻找并讨论罗琳作品中的经典痕迹,旨在引导《哈利·波特》系列青少年读者的阅读兴趣,鼓励他们转向经典文学阅读。

三、该系列对文学传统的继承、杂糅与创新。该系列的文学传统归属上主要有儿童文学传统、奇幻文学传统、神话传统等选项,或者被认为是两种传统的杂糅。早期,该系列主要被放置在儿童文学的传统中进行讨论。1999 年,塔克(Nicholas Tucker)发表题为《〈哈利·波特〉的日益兴旺》("The Rise and Rise of *Harry Potter*")的文章,充分肯定《哈利·波特》作为儿童文学的价值,并提出应将该系列小说的成功归根于罗琳为"儿童文学的传统形式注入了新生命"(228)。艾克勒谢的《〈哈利·波特〉小说指南》(*A Guide to the Harry Potter Novels*,2002)也提出类似观点,认为罗琳重构了常见的儿童文学主题,并引发了青少年读者的阅读兴趣。不少儿童文学研究者都将该系列纳入当代英国儿童文学传统,国内学者舒伟的《从工业革命到儿童文学革命:现当代英国童话小说研究》(2015)也采用了这种观点,将罗琳的作品放置在 20 世纪 70 年代以来英国儿童文学的创作范畴。同时,该系列也一贯被认为隶属于奇幻小说传统,重要的奇幻叙事研究均将该系列作为"最流行的想象创作之一"(Attebery,i)纳入讨论。门德尔松(Farah Mendlesohn)的《奇幻修辞学》(*Rhetorics of Fantasy*,2008)认为该系列开篇是典型的"侵入式奇幻",但很快就转变成"入口-探索式奇幻"的典型文本,融合了不同的奇幻模式。不少研究者结合儿童文学传统与奇幻文学传统,发展出了"儿童奇幻传统"这一概念,并将《哈利·波特》系列看作这一传统的代表作品。盖茨(Pamela S. Gates)的《儿童与青少年的奇幻文学》(*Fantasy Literature for Children and Young Adults*,2003)将该系列归属于儿童奇幻中最为重要的"英雄-道德传统"。门德尔松与莱维

(Michael Levy)合著的《儿童奇幻文学：导论》(*Children's Fantasy Literature：An Introduction*，2016)将该系列作为 20 世纪 90 年代以来的儿童奇幻文学代表，并讨论了由该系列引发的奇幻复兴和新时期儿童奇幻文学的怀旧、命运论等主题特征。切奇雷(Maria Sachiko Cecire)的《复魅：二十世纪儿童奇幻文学的兴起》(*Re-Enchanted：The Rise of Children's Fantasy Literature in the Twentieth Century*，2019)则视该系列为"中世纪主义者儿童奇幻文学在 20 世纪末的落点"(9)，以罗琳为托尔金与刘易斯的继承人，认为《哈利·波特》系列已经"进入了奇幻题材的核心轨道，与《霍比特人》和《纳尼亚传奇》一样，确立了童年和中世纪主义在对奇幻文类的普遍理解中的中心地位"(12)。中国学者聂爱萍的《儿童幻想小说叙事研究》(2020)同样将该系列看作儿童文学和奇幻文学传统重合生成的典型文本，并认为该系列的风靡"延伸了幻想的表现范围，激活了新兴体裁"(138)，回应了门德尔松与莱维的观点。阿特贝里(Brian Attebery)的《故事的故事：奇幻和神话重构》(*Stories about Stories：Fantasy and the Remaking of Myth*，2014)则以该系列为典型文本讨论了奇幻与宗教神话之间的关系，与董国超的博士论文《神话与儿童文学》(2013)遥相应和，后者认为该系列小说蕴含了凯尔特神话精神，是儿童文学创作受到神话影响的典型。郭星的《符号的魅影：20 世纪英国奇幻小说的文化逻辑》(2013)一书从奇幻小说传统出发，讨论了现代奇幻模仿古代神话的内在机制，认为当代英国奇幻小说进入拟真阶段，《哈利·波特》系列其实反映了波德里亚所描绘的后现代图景，事实上回应了姜淑芹在《从隐喻到转喻：〈哈利·波特〉系列的结构主义研究》(2008)中的观点，即该系列"以隐喻性的文学模式为框架，转喻性地讲述现代故事"。

　　综合看来，罗琳作品具有长篇小说的厚度、容量与丰富的时间、空间维度，允许罗琳通过复杂的故事情节和丰富的人物形象指向广阔的文学传统和大量经典文学元素，对经典与传统进行继承与重构，从而构成了《哈利·波特》系列明显的互文性。在《哈利·波特》系列的互文研究中，还有一种对该系列有重要影响的文学传统值得特殊关注，即伴随着英国"民族性"的形成、确立与发展过程，在英语文学传统形成中占据重要地位的中世纪浪漫传奇传统（medieval romance）。

三、《哈利·波特》系列小说与中世纪浪漫传奇

罗琳在《哈利·波特》系列小说中创造了一个隐匿在现代化英国背后的魔法社会，其中展现出明显的中世纪元素，人物形象、服饰、语言、建筑等都将现代读者带入了浓厚的中世纪氛围①。中世纪浪漫传奇中的重要人物魔法师梅林（Merlin）成了罗琳书写的魔法世界的巫师始祖，永恒在场的不在场人物。小说在人物塑造、故事情节、主题与氛围上都体现出明显的中世纪浪漫传奇色彩，主人公奇特的出身与经历，令人目不暇接的冒险旅程，正义与邪恶的殊死对抗，黑、白魔法的神奇力量以及至死不渝的爱情等都带有典型的浪漫传奇叙事特征。

由于罗琳小说中浓厚的中世纪氛围，不少学者将目光投向小说与中世纪传奇之间的互文关系。早期的学者致力于挖掘、整理

---

①　在小说陆续发表期间，2005 年以"隐身斗篷：亚瑟王传奇研究的现状"为主题的美国现代语言协会（MLA）"圆桌骑士"亚瑟王传奇讨论组会议召开，与会学者们已经注意到《哈利·波特》系列小说的流行将其读者的注意力与阅读兴趣引向了中世纪，尤其是亚瑟王传奇。他们并没有对《哈利·波特》系列与亚瑟王传奇之间的联系做出具体分析，只是提出相对于中世纪作品研究在当前的学术界不断降低的地位，亚瑟王传奇等中世纪作品的改编反而在流行文化与儿童文学中大行其道，广受欢迎。具体可见斯卡拉（Elizabeth Scala）的文章《隐身斗篷：亚瑟王传奇研究的现状》（"Cloaks of Invisibility: The Status of Arthurian Studies", *Arthuriana* 17, No. 4 (winter 2007): 93 - 96.

与《哈利·波特》系列有互文关联的中世纪文本，比如库尔博特（David Colbert）所著的《〈哈利·波特〉的魔法世界》(*The Magical Worlds of Harry Potter*)一书，认为罗琳创造的魔法世界含有大量神话传奇的内容，阅读罗琳的一大乐趣就是"发现她隐藏在书中的历史、传说与文学"(15)；谢弗（Elizabeth D. Schafer）的《探索〈哈利·波特〉》(*Exploring Harry Potter*)一书也提供了一批英国传奇的清单，首要的就是亚瑟王传奇，但没有分析小说与这些传奇的深层关系。一些论文列举并分析小说里的中世纪元素，比如波尔卡（Bryan Polk）描述了《哈利·波特》系列中的英雄形象，认为他们具有中世纪人物的形象特征。奥格尔芬格（Gail Orgelfinger）讨论了《哈利·波特》中的中世纪动物寓言元素。雅顿和洛伦兹（Heather Arden and Kathryn Lorenz）在《〈哈利·波特〉故事和法语亚瑟王传奇》("The *Harry Potter* Stories and French Arthurian Romance")一文中简单罗列了一些浪漫传奇元素，并将罗琳小说的叙事模式简单概括为"波西瓦尔神话"(Perceval Myth)(54)。科恩的《后现代巫师：〈哈利·波特〉系列中的宗教拼贴》("A Postmodern Wizard: The Religious Bricolage of the *Harry Potter* Series")一文简要论断哈利·波特"在三强争霸赛中重新演绎了亚瑟王的圣杯传奇"，而他的导师邓布利多则是"众所周知的各种梅林形象的去历史混合"(54–55)，并未更系统地论证分析该系列小说与亚瑟王传奇之间的互文关系。

目前，对《哈利·波特》系列小说与中世纪浪漫传奇进行较深层次的互文研究，从简单的事实罗列和判断转向对主题、体裁、原型人物、叙事结构等方面的综合系统研究并不多见，且主要是将《哈利·波特》系列作为研究对象文本之一进行分析。例如，斯皮策（Drennan C. Spitzer）的博士论文《刘易斯、托尔金和罗琳小说中的中世纪主义模型》("Models of Medievalism in the Fiction of C. S. Lewis, J. R. R. Tolkien and J. K. Rowling")从"中世纪主义"主题出发,认为罗琳继承了刘易斯和托尔金的传统,通过在《哈利·波特》系列小说中建构中世纪主义来关注英国的文化传统,借描绘一个魔法的巫师世界来表现她理想的"英国性"世界,表达她对社会阶级、道德以及文化他者(Other)在这个理想世界中的地位的关心。沃德(Renée M. Ward)的博士论文《文化背景与文化变迁:古典、中世纪与现代文本中的狼人》("Cultural Contexts and Cultural Change:The Werewolf in Classical,Medieval,and Modern Texts")主要讨论狼人传统,将《哈利·波特》系列作为重要文本,综合分析以卢平为代表的新型狼人形象特征,认为罗琳对文学传统中的狼人形象进行了重新塑造,使之获得新的文化内涵。

对这部系列小说与中世纪浪漫传奇,尤其是亚瑟王传奇之间的互文关系,目前的研究大都停留在相似元素罗列或单个人物形象的比对,缺乏更系统、更综合的研究。《哈利·波特》系列小说是罗琳在当代社会文化语境下对中世纪浪漫传奇这一文类的后现代重写。亚瑟王传奇作为浪漫传奇的肇始和小说的鼻祖,其主题、原型人物、情节范式等经历了近现代小说,特别是通俗作品不断的重写;中世纪浪漫传奇作为前文本或源文本产生出了众多的衍生文本和超文本,浪漫传奇传统在文学作品中得到了不断延续,在每一个文学时代都有经典作品问世。本书认为,《哈利·波特》系列小说对亚瑟王传奇等中世纪浪漫传奇绝不仅仅是在情节、主题或人物形象方面的简单模仿或挪用,而是罗琳立足于文学传统范式进行的再创造式重写。在"重写"中体现的原创性和现实性,才是该系列小说的独特魅力。

读者们的"似曾相识"之感不仅来源于中世纪历史和文学传统,这个魔法"他界"中发生的故事似乎也在隐射现代人社会现实:战争、恐怖主义、种族歧视、运动竞技、市场经济、消费主义、家庭生活,几乎无所不包。这是一种奇异的阅读体验:目之所及似乎都是读者耳熟能详的传奇要素,仔细读来却又似是而非;作者讲述的分明是虚构而遥远的魔法世界，却处处都透露出现代人生活的影像。非现实主义的《哈利·波特》系列采用了浪漫传奇的元素与范式，却反映现代人现实生活中的各种问题，触摸到当下的生活真相，并且得到读者广泛而且积极的回应①。罗琳又是如何通过浪漫传奇的叙事范式讲述今人的生活与困境呢？

　　本书将通过分析《哈利·波特》系列小说对浪漫传奇的"三个重要主题"和"一个奇幻品格"的重写过程，具体阐释罗琳重写策略的应用及其成果。以亚瑟王传奇为代表的中世纪英语浪漫传奇扎根于"英格兰社会和文化、英格兰民族意识和民族审美心理"（肖明翰 5），留给英语文学三项重要传统主题，即理想主义的骑士精神、典雅爱情（或称宫廷爱情、骑士之爱）以及神秘主义魔法的超自然力量和一个"现实关怀"的奇幻品格，体现了中世纪时期人的道德探索、情感诉求以及对世界的认知，并以传奇虚构反映了中世纪的时代精神。浪漫传奇的重要内容被不断挪用和重写，塑造了许多具有鲜明时代性与英国性的文学作品，成为英国人的集体文学记忆，影响着他们的现实生活。理想的骑士精神所宣扬的高贵品质，如忠诚、勇敢、智慧、慷慨、重视名誉等从上至下影响了英国宫廷、贵族乃至平民百姓的行为方式，是英国绅士传统最初的来源；典雅爱情定义了爱情的本质与表达程式，赋予私人情爱以道德伦理内涵，形塑了文学作品中的爱情表达；而对神秘主义魔法和超自然力量的热爱/恐惧一直是英语文学传统中或鲜明或潜伏的一股涌流，巫师与女巫等形象和诡谲的巫术在各类文学体裁中被反复继承和重写，甚至发展出专门的文类，如哥特文学和奇幻文学。本书认

---

　　①　读者对《哈利·波特》系列小说的积极回应与讨论不仅仅表现在各种报刊杂志上的书评和讨论，更表现在网络文化中。无数不知名的读者/作者在网络上发表评论，创作了难以计数的《哈利·波特》系列衍生小说，对该系列进行了各种维度的阐释、解构和再创造，声势浩大，但是罗琳本人公开发表讲话，表示并不欢迎衍生小说，也不同意给予任何衍生小说出版版权。

为，罗琳的《哈利·波特》系列小说通过互文重写继承并重构了中世纪浪漫传奇的三大主题，并通过文学想象与社会、历史、文化现实之间充分的互文塑造了当代英国奇幻文学的"间接现实性"和"内在现代性"的虚构品格。

本书除导论和终章共有六章。第一章"互文重写：概念与机制"通过"互文性"理论溯源阐释了核心术语"互文重写"的概念，以"重"字的三重阐释框架说明了"互文重写"的主要特征，借用互文性理论和叙事学理论的相关概念，厘清"互文重写"的具体过程，设想了"互文重写"的创作机制"四维结构"，即以"解构式挪用"为前提基础，以"对话性戏仿"为重要手法，以"当下性回声"为主要目的和以创造"衍义性符号"为应用效果，为后续章节展开论述确定基本前提。第二章"中世纪浪漫传奇的互文传统"界定了本书研究的互文重写的"前文本"中世纪浪漫传奇，阐明了浪漫传奇的体裁特征，溯源其文学历史与演变路径，说明了浪漫传奇及其核心骑士精神本身即是"互文重写"的产物。第三章"解构式挪用：重写骑士精神和亚瑟王"首先溯源了中世纪时期骑士精神的历史构成与文学中骑士精神的互文建构，说明骑士精神作为互文产物，其内部具有矛盾与断裂之处；重点探讨罗琳如何运用解构式挪用手法重写理想主义的骑士精神和亚瑟王形象，主要分析罗琳对骑士精神的解构与重构，将骑士精神内部的矛盾断裂演化为善恶对立，立足于现代资本主义主流价值观对贵族文化的骑士精神进行扬弃与取舍，建构"新骑士精神"。第四章"对话性戏仿：重写典雅爱情"首先溯源了典雅爱情的传统与发展，说明了典雅爱情概念内部的矛盾由来，并通过典雅爱情的文学演变阐释了这一文学主题在经典文学中的互文发展，阐明了戏仿在该主题重写历史中的重要功能；重点分析了罗琳如何通过对话性戏仿重写典雅爱情，阐释了罗琳书写的"副歌"与"反歌"两曲"双线戏仿"和典雅爱情原范式之间的三角对话结构和对立反讽，讨论其戏剧张力体现，以及对爱情本质的含混质疑。第五章"当下性回声：重写魔法与巫术"溯源了浪漫传奇中魔法的本质与想象，说明了魔法作为浪漫传奇世界建构的核心要素之一，作为一种文学工具帮助作者创造作品的现实意义，成为联系真实世界和传奇文本的叙事中介；主要探讨罗琳笔下魔法世界的本质，分析罗琳如何继承浪漫传奇中魔法的叙事功能，同时解构其神秘主义本质，以去魅的常态化魔法回应现代社会的工具理性、实用主义与消费主义等资本主义现代性特征，通过"似曾相识"的"陌生化"效果建构与"现实世界"同质的"魔法世界"。第六章"间接现实性与内在现代性：重写奇幻虚构品格"以主题重写的分析为基础，讨论罗琳作品对浪漫传奇的"现实关注"的虚构性品格的继承与发展，借用叙述学的"可能世界"理论阐明了罗琳的英式奇幻叙事与现实世界之间的"间接锚定"，揭示罗琳奇幻叙事虚构性的"间接现实性"与"内在现代性"品格；还具体分析了罗琳作品成功建构的两个文学/文化符号，阐明了《哈利·波特》系列的奇幻虚构品格和"互文重写"的成功效果，讨论了"哈利·波特"符号含义中传奇英雄和现代主体的双重性与兼容性，分析了"霍格沃茨特快魔法蒸汽火车"符号含义中前现代魔法与现代工业的兼容性，探查了符号话语中体现的时代精神与民族情感诉求。终章"文学经典与通俗重写"讨论了文学经典与大众文学之间的"互文重写"关联，评价了罗琳"互文重写"的文化意义。

第一章　互文重写:概念与机制

　　广义"重写"(Rewriting)概念在"互文性"(Intertextuality,或译为文本间性)理论基础上发展而来。"互文性"概念由克里斯蒂娃(Julia Kristeva)创造于 20 世纪 60 年代,此后 50 多年来,这一概念为国际学界认可,并被众多理论流派吸收、嫁接和挪用,催生出互文性概念的复杂性和包容性。

第一节　互文性研究的二元划分

　　近年来学者在梳理互文性理论时,常采用两分法来对有关互文性的研究进行分类。萨莫瓦约(Tiphaine Samoyault)认为互文性概念含混不清的原因正在于"它有截然不同的两大含义:一是作为文体学甚至语言学的一种工具,指所有表述中携带的所有前人的言语及其涵盖的意义;二是作为一个文学概念,仅仅指对于某些文学表述被重复(通过引用、隐射和迂回等手法)所进行的相关分析"(1)。这两大分法被萨莫瓦约定义为广义互文性和狭义互文性,被泼利特(Heinrich F. Plett)定义为激进互文性和传统互文性,也被李玉平定义为意识形态互文性和诗学形态互文性。主万(Mark Juvan)解释了此类两分法的缘由,"种种不同的二元划分,前者将互文性视为一种普遍的现象,凸显(这个概念创立)原初的、后结构的、解构的、激进的、批判的、颠覆的、革命的意义;后者将互文性看成特定文学作品和类型所具有的某种显著的特点,它存在于学究化的文学研究中,尤以结构主义和解释学为其保守的出发点"(Juvan 43 - 44,转引自李玉平 12)。

互文性产生的背景是 20 世纪 60 年代的法国巴黎知识界,即后结构主义与解构主义兴起的年代。这个概念的创造原初是为了用文本的互文性对抗作品的权威性和阐述的唯一性,将社会历史因素重新引入文本研究。

溯源互文性概念的产生,通常认为,克里斯蒂娃借用了巴赫金(Mikhail Bakhtin)的对话主义思想,创造了互文性(intextualité)这个术语,认为"水平轴(主体-接受者)与垂直轴(文本-上下文)的联合,烛照出这样一个事实:每一个词语(文本)都是众多文本的交汇,从中至少可以读出另外一个词语(文本)来……任何文本都是由引语的镶嵌品构成的,任何文本都是对其他文本的吸收和转化"(Moi 37)。在这个概念中,水平轴两端的主体和接受者传递的分别是作者和读者的声音,垂直轴两端的文本传递了作品(中的人物)的声音,而上下文则传递出了这个文本产生之前、当时以及之后的社会文本、历史文本、文化文本的声音。水平轴和垂直轴的联合,正是多重声音的交汇。克里斯蒂娃通过互文性要表达的,正是任意一个文本背后存在的多重意识形态、多重话语之间的对话。

互文性概念后经巴特(Roland Barthes)的界定与推广,为英美学界熟知。巴特以著名论断"作者死了"消解了作者的权威,也消解了"作品"的概念,取而代之的是"文本"。巴特的文本,其意为编织物,在《S/Z》第六十八节,巴特写道:"文被构织……这个过程对所有文都具有效力。既然符码的全体在活计中、阅读的进程中方得到领会,它们便构成了一件编织物(文、织品及编物,是同一件物品)。每个线头,每个符码,都是种声音;这些已经编织或正在编织的声音,形成了写作。"(218)巴特的五种符码,即阐释符码、意素符码、象征符码、情节符码和文化符码,"构成一种网络,一种局域,经此,整篇文贯穿于其中",而符码是"一大堆永远已经读过、看过、做过、经验过的事物的碎片:符码是这已经的纹路。符码引用已写过之物,也就是说,引用文化这部书,生活这部书,将生活看作文化这样一部书,它把文转变成此书的简介。更确切地说:每个符码……都是一种声音,织入文之内。在每一个发音内容旁边,我们其实都能说听到了画外音:这就是种种符码:在编织之中,种种符码(声音)的起源在一大片已写过的透视远景中失落……众声音(众符码)的汇聚成为写作"(32 - 33)。可见,巴特的文本其实是多重声音的汇集,这些声音来自前文本,来自生活和文化,来自作者,更来自读者,"在文之内,只有读者在说话"(208);文本永远是前文本(文字文本和生活、历史、文化文本)的汇集,是"已经"之物的碎片的集合,在这个意义上说,文本就是互文本,互文性永恒存在。

巴赫金—克里斯蒂娃　巴特这一线关于互文性理论的共同点在于将文本的形成与社会历史和主体联系起来,讨论的是任何文本与赋予该文本意义的多重符码与实践之间的关系,多重主体的声音决定了文本复杂的构成,因此他们的理论被称作"广义的互文性",即"某一文本中出现的多种话语"(萨莫瓦约 137);也被称作"意识形态路径","着重考察文本内外身份、主体、意义、社会历史的动态联系与转换"(李玉平 5)。

而与这一派别相对的,则以法国文学理论家热奈特(Gerard Genette)为代表,是从文本与其他文本的关系研究互文性的手法和具体方式。他们对互文性的定义被称作"狭义概念"(萨莫瓦约 137),或"诗学形态途径"(李玉平 5),抑或"结构主义途径"(Allen 95)。热奈特首先注意到具体的"跨文本关系",他的互文性理论主要见于三部著作《型文本导论》(*The Architext：An Introduction*)、《隐迹稿本:第二度的文学》(*Palimpsests：Literature in the Second Degree*)和《副文本:阐释的门槛》(*Paratexts：Thresholds of Interpretation*)。热奈特所说的"隐迹稿本"(palimpsest),也译为"羊皮纸稿本",指的是中世纪使用的羊皮纸,由于太过贵重,经常被僧侣们反复使用,将原来书写的文字刮去后重新书写,原来的文字墨迹就隐隐留存。热奈特利用该词说明在文本中存留隐现的其他文本的痕迹。热奈特对文本进行了具体的分类,不少理论家也参与其中,丰富了热奈特的文本讨论。目前常见的文本类型有:副文本(paratext)、型文本(architext)、前文本(pre-text)、先/后文本(preceding/ensuing text)、超文本(hypertext)、承文本(hypotext)、元文本(meta-text)等。

在《隐迹稿本》中,热奈特将诗学的研究对象定义为"跨文本性"(transtextuality),即"所有使一文本与其他文本产生明显或潜在关系的因素"(Genette 1)。热奈特将跨文本性分为五类。第一类是互文性(intertextuality),即"一篇文本在另一文本中确实的出现",手法包括引语、抄袭和影射(Genette 1 - 2)。热奈特的互文性概念与克里斯蒂娃和巴特的多元化、不确定的互文性概念存在明显的不同之处。李玉平认为热奈特的概念指"可找到明确证据的易于操作的特定的个体文本之间的关系",而克里斯蒂娃和巴特追求的是"能指的狂欢、意义的播撒"(41)。第二类是副文本性(paratextuality),指文本本身和只能作为它的副文本之物,如标题、序、致谢、后记等之间的关系。第三类是元文本性(metatextuality),即一个文本与它所涉及的另一文本之间的评论关系。第四类是超文本性(hypertextuality),也就是《隐迹文稿》主要的讨论对象,即任何超文本(hypertext)与先前的某个承文本(hypotext)之间的非评论性转化关系(Genette 5)。热奈特认为超文本是源文本的"二级文本",是已有文本的重新写作,包括删写、扩写、改写、翻译等,他认为所有文本都是潜在的超文本,在这一点上,热奈特的超文本性具有克里斯蒂娃和巴特的互文性概念的特征,所有文本都是已写之物的集合。第五类是型文本性

(architextuality)，即"全部的总体或超验的分类——语篇类型、叙事模式、文学体裁——从这些分类中才产生了单个的文本"(Genette 1)。热奈特将互文性研究缩小到了明确具体的技术范围，研究各种具体实用的互文手法，注重作品的解读，因此在实际的文学批评中往往更容易操作。这也是热奈特的研究方法被艾伦称为"结构主义途径"的原因(95)。赵毅衡在《符号学：原理与推演》一书中也指出，克里斯蒂娃发展的互文性"概念覆盖面过大，常常变成笼而统之的'文本的文化联系'"，因此建议"按照伴随文本的类型，分门别类地解析文本间性"(150)。

事实上，研究文学文本的互文性，完全可以把以上所说的两种路径结合，既考察某个文本与其他文本的具体互文关系，又考察在文本间的具体互文关系背后，文本与主体和社会历史之间复杂的联系。

第二节 互文重写的三"重"阐释

从理论上来说，每个文本都具有互文性，都是对前文本的某种重写。从实践来看，西方文学史几乎就是重写的历史，互文重写是西方文学创作的重要路径，且在当代尤为突出，莫拉鲁(Christian Moraru)就在《重写：后现代叙事和克隆时代的文化批评》(*Rewriting: Postmodern Narratives and Cultural Critiques in the Age of Cloning*)一书中将重写看作后现代写作的本质特征。本书认为，互文重写的"重"字有三重解释，它既包含"重复"也包含"重新"之意，每一个重写文本又是"多重"声音的汇集。

"重复"在于任何文本必将有意识或无意识引用前人之言或挪用前文本的内容，就如同本雅明(Walter Benjamin)所说，"讲故事总是关于重讲故事的艺术"(90)；或者如同艾科(Umberto Eco)所说，"书本所说的不过是其他书说的，每个故事讲的都是被讲过的故事"（*Postscript to The Name of the Rose*，20）。"重复"正指向克里斯蒂娃的互文性概念中"对其他文本的吸收"，是垂直的文本轴上不同语境下文本的传递；也是巴特所谓的"符码"，不仅包括文本"符码"，也包括文化"符码"在文本中的再现。"重复"在于任何新文本的建立必然以挪用已有的文化碎片为基础，而要真正"吸收"其他文本，将"碎片"化为己用，就必须摧毁其原来的整体结构，将其碎片化至"符码"的元级别。换言之，"重复"的精髓在于解构式的挪用。

"重新"在于重写不是怀旧性的回归，而是批评性的重新审视与再创作。布鲁姆在《影响的焦虑》中将冲突、竞争和修正看作文学关系的核心特征，"重新"之"新"正是优秀作家的写作态度与创作追求。在这个过程中，戏仿（parody）往往是最重要的写作手法。戏仿涉及三个因素，即两个文本，重写文本（仿文）和前文本（源文本），以及其间的关系。巴赫金认为戏仿是一种狂欢化的双声文本，是底层人民通过滑稽模仿的方式对思想禁锢的反抗和对上层严肃权威的颠覆，也就是说，在巴赫金看来，戏仿文本与前文本间的关系是颠覆与对抗性的对话。后现代的理论家哈钦则认为两者间的关系更偏向于含混，戏仿内部存在着对某一文本既认同又质疑的对话关系（Hutcheon，*A Poetics of Postmodernism*，35），以一种更为含混、但也更为平等的对话观解释、丰富了巴赫金的小说是"杂语世界"的观点。正是通过对话性的戏仿，重写后的新文本才能在吸收"已经的"碎片、容纳已有声音的基础上，发出一种新的声音，形成对话，并在对话中产生意义。

"多重"声音意味在重写过程中，作家用自己的声音回应过去的文本和社会历史，也回应他所处时代的文本和社会历史，将重写文本变为"回声"（echo）与对话的交汇之所。哈钦使用"回声"来解释"戏仿"，称之为"对旧形式的反讽式的再语境化回应"

(Hutcheon, *A Poetics of Postmodernism*, 34)。或者可以说,"回声"正是解构式挪用和对话式戏仿之后的独特效果和目的所在。重写继承又反拨,在"新"与"陈"及"异"与"同"之间获得独特的地位。旧中求新,同中求异,是"新"与"陈","异"与"同"的对话。

第三节　互文重写的四维结构设想

总结"重"的三重阐释,本书设想了互文重写创作机制的四维结构,认为互文重写的基础与前提是解构式挪用,最突出的重写手法或途径是对话性戏仿,重写的主要目的是发出"回声",既回应历史与传统,又回应当下现实、引发共鸣,重写追求的最佳应用效果是创造出体现民族文化传统、普遍情感诉求与当下时代精神的新的文学符号。

一、解构式挪用

挪用(appropriation)的本意是据他人之物为己有。如果这种情况发生在物质方面,多半要归于盗窃,但是在文化方面,则不尽然。文学传统中充满了挪用与重写,从广义互文性的角度来看,任何文本都是引语的集合,还有什么是前人完全没有写过的呢? 而从狭义互文性的角度来看,挪用就成了互文的基本手段。

从热奈特对互文的具体途径的描述来看,不管是引语、抄袭或隐射,还是在已有文本基础上进行重新写作或评论性写作,抑或是更加隐晦地、广义地利用文本的类型进行再创作,挪用总是重写的第一步。一个文本可以挪用其他文本中的内容或形式,包括具体词句、人物形象、主题、情节以及文体风格与叙事模式等。挪用的具体手法也因此具有多样化特征,从比较容易识别的引用、典故、抄袭等手段,到不太容易识别的隐射、改造、扭曲、拼贴等手段,再到原型人物、固定情节范式等广义挪用手段。这样看来,挪用在整个文学史中是广泛而普遍的,它是重写能够进行的基础。

桑德斯(Julie Sanders)在《改编与挪用》(*Adaptation and Appropriation*)一书中讨论挪用的定义时说:"挪用通常决定了信息源如何进入全新的文化领域并成为全新的文化产品的过程"(26)。在某种程度上,桑德斯的"挪用"比热奈特的跨文本性更加笼统宽泛,源文本可以被碎片化为无数的"信息",或者说,文本的"织物"被重新分解为纤维,然后被编入新的文本。在桑德斯的定义中,挪用是一种隐性的互文关系:挪用文本通常并不明言自何处挪用了何物。而那些能够被识别的显性挪用则被桑德斯称为"改编"(adaptation),桑德斯借用嘉德美(Deborah Cartmell)的模型,认为改编包含三大类形式,即换置改编(transposition)、评论改编(commentary)以及类似改编(analogue)(20)。换置改编意指将文本从一种文类改为另一种文类的艺术(比如小说改编为电影),在这个过程中甚至可以改变原文本的文化、地理或时代背景;评论改编是指通过增添或改动的方式对原文本进行评价的改编,此类改编要求读者或观众熟悉原文本,才能完全理解评论的内涵;类似改编指改编出原作品的类似物,不要求读者一定熟悉原文本,但是如果熟悉则更好(Sanders 20 - 23)。从桑德斯所举的例子可以看出,在所有这些改编形式中,挪用都是必不可少的手段,那么二者的区别究竟在哪里呢? 桑德斯认为,改编明确地"表示出了与原作之间的关系",而通过挪用,源文本的信息源可以进入"全新的文化领域"并成为"全新的文化产品"(26)。言下之意,挪用不必宣称来源,指明对象,而挪用后产生的"全新的文化产品"是独立的,读者或观众即使完全不知道其作者从何处挪用了何物,也不影响他们欣赏这一新作品。李玉平在分析二者间的差别时也认为:"挪用的对象更为宽泛,不一定是具体文本,也可以是特定的文类、风格、题材等要素,一般不明确宣称其来源,而且挪用的文化跨度远比改编要大"(91)。

李玉平在《互文性:文学理论研究的新视野》中提出,文化挪用是"一种重要的互文类型",并且借用杨(James O. Young)的分类方法,将文化挪用(cultural appropriation)分为五大类,即客体挪用(object appropriation)、内容挪用(content appropriation)、文体挪用(style appropriation)、母题挪用(motif appropriation)以及题材挪用(subject appropriation)(91-92)。由此可见,挪用的范围相当广泛,在文学作品的挪用方面,小到单个词汇,大到主题或情节,都可以通过各种具体手法,如引用、典故、隐射、改造、扭曲、拼贴等,被挪用和再创造。从广义互文性理论的角度来看,在文学创作中挪用行为无可避免;任何一位作者首先是读者、观察者和学习者,他们创作的基础建立在其阅读过的大量文本之上,其创作也将不可避免地,甚至是无意识地与前文本发生互文联系,而这种联系的第一步就是挪用。如果从广义上来说,所有的作品都是某种"重写",那么挪用就是重写的先决条件。

然而,挪用并不总能构成创新式的重写,有时候随心所欲而且欠缺考虑的挪用会使文本变得不伦不类,产生不协调与违和之感;或者对所挪用的对象了解不够精准,在文本中出现显而易见的谬误;甚至是将挪用之物进行简单堆砌,让读者产生无聊的重复感。如何挪用才能创新?杨曾将内容挪用特别分为"非创新型内容挪用"(non-innovative content appropriation)与"创新型内容挪用"(innovative content appropriation)两类。在杨看来,从事第一种类型挪用的艺术家们,"并没有创造一种新类型的艺术",只是"试图在他们正挪用的那种文化中已经确立的标准下获得成功"(Young 458)。换言之,非创新型的挪用者并不敢于改变已有的文化准则,只是期望能够完美地照搬原样。然而,照搬得再完美,哪怕丝毫不差,也只是对原有之物的重复,而不是创造。而从事后一种挪用的艺术家们,则"从一种文化中挪用一种风格,或者一个题旨,却不会采用它在源生的文化中被应用的方式来进行运用"(458),简言之,是要破除挪用之物原本的规则限制,以完全不同于其源出的方式进行再应用。

事实上,任何文本的挪用都会出现以上的两种类型,有些挪用是"非创新型"的,甚至是作者在无意识中完成的;有些挪用则是"创新型"的,作者有目的地挪用了某个素材,并且期待读者能够对此进行识别,从而进一步接近作者的意图,达到特别的阅读效果。正是在第二种意义上,挪用同抄袭(plagiarism)更明确地区分开来,因为精彩的挪用总是伴随着再创造,而非拾人牙慧、逐字逐句地照搬不误。事实上,尽管挪用可以是宽泛而隐性的,甚至是无意识的,但是在创造性重写中,挪用往往并不意味着将前人的故事模式、主题、情节或人物拿过来直接使用或稍微改头换面,重新包装;而是对所挪用的主体进行解构式的分析与批评,挖掘其中的矛盾与断裂之处,并在此基础上寻求创新,如此才能通过自身让别人已经说过的话和写过的事获得新意义,让"引语"真正融入自己的文本。

二、对话性戏仿

如果说挪用是重写的基础,那么戏仿(parody)则是最突出、最经典的重写方式。戏仿涉及三个因素,即两个文本,重写文本(仿文)和前文本(源文本),以及其间的关系。成功戏仿的前提是读者必须熟悉被戏仿的对象,即前文本。也就是说,要在重写文本中进行戏仿,首先必须从读者熟悉的前文本中进行挪用。戏仿是一种古老的艺术,罗斯(Margaret A. Rose)在《戏仿:古代、现代和后现代》(*Parody:Ancient, Modern, and Postmodern*)中"推断出希腊人将术语 parodia(相对之歌)应用于这类作品时的含义,parodia 可以模仿英雄史诗的形式和内容,通过重写情节或人物创造幽默(humour)的效果,以致与作品更'严肃'的史诗形式形成滑稽对比，并且/或者通过将史诗更严肃的方面和角色与日常生活或动物世界滑稽低级不适宜的角色混合，创造喜剧"（13）。戏仿这一概念从最初出现，便同"重写"联系在一起。

19、20世纪批评界对原本被轻视的戏仿重新正名，戏仿作为一种文学形式中"精巧且重要的运用"被正视，并且学者们发现，"传统中最重要的一批作家——维隆（Villon）、莎士比亚、塞万提斯、斯威夫特、普鲁斯特、曼（Mann）、乔伊斯等——都曾作为戏仿者取得过很高的成就"（Kiremidjian 232）。此时戏仿的定义被普遍认为具有以下的结构特征："戏仿是一种文学摹仿，保留了源作品（primary work）中的形式或文体特征，而替换上新的主题或内容……戏仿者因此创造了形式与内容间的不一致"（232），这时期对戏仿的考察，多半集中于讨论形式与内容间的不和谐、戏仿作为对"摹仿的摹仿"的艺术性，以及文学艺术如何在戏仿中考察自身。

在20世纪，俄国形式主义开始将戏仿看作获得"陌生化"效果的重要手段。巴赫金提出戏仿是一种狂欢化的双声文本，是底层人民通过滑稽模仿的方式对思想禁锢的反抗和对上层严肃权威的颠覆。巴赫金将小说文类同民间对上层的嘲笑与颠覆联系在一起，让"高级文类"和"崇高典范"在嘲弄的笑声中"脱冕"（uncrowning）："所有这些对文类和文类风格（'语言'）的戏仿进入了伟大而丰富的语言形式世界，嘲笑一切掩盖在文类外衣下的直白、严肃的字眼"（Dialogic Imagination, 52）。在巴赫金对戏仿作为"嘲弄的笑"的表述中，可以看出，尽管巴赫金发现了戏仿中存在的双重声音，但是在巴赫金的理论中，这双重声音之间的关系基本上是敌对的，一重声音"嘲笑"另一重声音，而被嘲笑者则竭力对抗。罗斯在分析巴赫金的戏仿理论时，对此提出了批评，认为"他分析的一大问题是始终把戏仿的概念作为狂欢性的民间嘲笑，同时用这种概念的推演分析更复杂的戏仿作品，然而这种概念对于涉及其中的形式或风格性戏仿都是不足的，也无法充分解释戏仿反映的主题类型"(157)。在罗斯看来，"大多数真正的戏仿与目标对象的关系是含混的。这样的含混性不仅导致对被戏仿文本的批评与同情共存，还将后者创造性地扩展至新的层面"(50)。戏仿将被戏仿对象纳入自身的结构之中，罗斯称之为"再功能化"(refunctioning)，即"戏仿中对被戏仿材料赋予一套新的功能"(51)，在这个过程中，罗斯特别强调了戏仿的滑稽的效果产生于"被戏仿文本与戏仿之间的不调和"(31)。简单说来，罗斯关于戏仿的定义就是"对已完成的语言或艺术材料的滑稽再功能化"(51)。

巴赫金的戏仿概念强调的是戏仿中来自被戏仿文本和戏仿的两种声音的对话，这两种声音分属不同的社会阶层和意识形态，本质上是敌对的。罗斯修正了巴赫金的观点，认为戏仿中确实含有两个声音，但其间的关系是含混的，既对立又同质；戏仿的特点在于戏仿者将被戏仿文本与戏仿并置，产生带有滑稽意味的异质性。

在后现代文学理论中，戏仿占据了特别的地位。哈钦将戏仿看作"后现代"的同义词，与之类似的，费迪恩(Robert Phiddian)也将戏仿和解构看作本质上的相通之物："解构的秘密分享者就是戏仿……戏仿在理论上和结构上正是有关于不在场(absence)、在场(presence)和修辞幻象(rhetorical illusion)的游戏。……戏仿……已经积极地、有意识地参与进互文性……作为艺术实践的戏仿和作为阐释方法的解构主义在结构上足够相像，尽可啮合。"(679)解构主义在阐释戏仿文本时，尤其得心应手，因为解构主义本身就是将所有文本当作"陷入了回声(echo)、典故(allusion)、挪用(appropriation)和误读(misprision)之网"的戏仿来阐释的(680)。不但如此，费迪恩更进一步认为，戏仿是解构的形式，甚至同解构为"同一物"(the same thing)，因为二者采用同一机制，从内部作用，借用原结构的策略与资源来颠覆原文(681)。戏仿虽然解构了它所戏仿的文本，但是并没有摧毁这个源文本，因为它自身正是批评性地寄居其上。正如费迪恩所说，戏仿是"弯曲的（crooked）、自反的（reflexive）写作，蕴含于其结构深处的是反讽（irony）的不确定性"（683）。费迪恩的解释从"寄居"的角度说明了为什么被戏仿文本的声音依然存在，甚至活跃于戏仿文本中，使戏仿作者的意图发生了含混。

　　研究戏仿的学者大都注意到了"戏仿"一词在词源学上的含混性。勒列夫尔（F. J. Lelièvre）在《古代戏仿的基础》（"The Basis of Ancient Parody"）中已经注意到了戏仿的前缀 para 带有"两方面意义，既可以表达近似、一致、派生等意义，也可以表达逾越、对立或区别等含义"（66）。热奈特和哈钦等学者都从词源学的角度出发，对戏仿的前缀 para 进行了分析。他们认为，para 自身携带了多元信息，既可以表示临近、相关、承袭，又可以指相反、不当和错误，因此戏仿一词带有既肯定又否定、既捍卫又破坏的悖论式双重含义。热奈特认为戏仿是派生超文本性的具体手法，戏仿是对原作进行转换，是某种"走调的吟唱，是变调"（Genette 17）。哈钦在《后现代主义诗学：历史、理论、小说》（*A Poetics of Postmodernism：History，Theory，Fiction*）中认为，戏仿可以重新定义为"保持着批评的距离的重复，在相似的核心之上，反讽式地标示出差异之处……既表现出变化，又表现出文化的连贯性"（Hutcheon 26）。哈钦在后现代语境下重新定义戏仿，认为戏仿既吸收又质疑了被戏仿之文，迫使人们重新思考"原创性""主体性"等概念（11），戏仿提供了一个独特的视角，使人们可以从内部与一个文本进行对话，戏仿内部就存在着对某一文本既认同又质疑的对话关系（35），更明确地说，戏仿是挪用和重建，而不是否定（130）。在这一点上，哈钦继承发展了巴赫金关于戏仿的看法，换言之，戏仿具有异质性和对话性，这也就是戏仿是"双重符号编码"，并具有"元文学性"（李玉平 167 - 169）的原因。

从广义上来说，所谓戏仿（parody）正是要挖掘原文本中的矛盾之处（paradox），并在此基础上以批评（comment）和对话（dialogue）为目的，既继承原文本中的精髓，又质疑其已经与现在的语境与时代不相吻合之处。戏仿正是互文重写最重要的手段之一，它在挪用的基础上进行重建。这种重建的意义何在？正如费迪恩所说："戏仿代表了它们所置换（displace）之物，但是不像翻译所追求的重复，也不像模仿（imitations）所做出的延伸，戏仿置换、扭曲（distort）、改变（differ），并且延宕（defer）。……戏仿使我们疏离于认同模板话语（model discourse），也疏离于认同戏仿文本（parodic text），使我们处于被解构和解构这两极/场（poles/venues）之间，来回往返"（Phiddian 686）。能够迫使读者在这两极中间往返，正意味着读者开始思考源文本和戏仿文本之间的异同与对话，意味着戏仿的意义与效果。

三、当下性回声

通过解构性挪用和对话性戏仿进行互文重写的目的是发出当下的回声（echo）。回声本身是物理领域的词汇，表示声音的反射。哈钦在《后现代主义诗学：历史、理论、小说》中已经将互文和"回声"连用（intertextual echoes）（118），并且使用该词来解释"戏仿"，称之为"对旧形式的反讽式的再语境化回应"（34）。奥（Marie Orr）在她的《互文性：讨论和语境》（*Intertextuality*：*Debates and Contexts*）一书最后附录的"'互文'及'互文性'替换术语词汇"中将"回声"（echo）一词列在她所选的四百个词汇之中，将"回声"正式纳入互文性理论词汇。

桑德斯在《改编与挪用》的后记中叙述了一个当代众多艺术家都发现的事实："我们来到得太迟，已经没办法做任何可称独特的事情了"（157）。桑德斯不无沮丧地承认了当代人的"迟来"，但更重要的是她提醒大家，"迟来"悖反地意味着新的角度和路径，意味着看待熟悉事物的新方式,而这些将带来全新的可能性(158)。前人或许已经穷尽了今人可说之话题;但是萨义德(Edward Said)却在《关于原创性》("On Originality")一文中说得很明白:"作家思考的更多的不是原创,而是重写"(135)。为什么要重写? 前人虽已说过,今人却有回音。重写的冲动不在于模仿,而在于回应。发出"回声"正是重写的目的所在。以今日之言,回应前人,反思逝去的历史与文化,回应今人,批评当下的社会与文化。今日之言来自过去,所说的都是别人说过的,本身正是"回声",却与过去之言不同,在反射的过程中已经变调变音。回声是你唱我和,回旋反复,永不停歇,永恒的异质的对话。

四、衍义性符号

互文重写的应用效果和成功标志是什么? 本书认为,应是通过重写文本的广泛阅读与接受,建构了至少一个基本内涵为大众普遍接受的、在文学领域或文化领域具有衍义性(甚至无限衍义性)的文学符号。

符号研究的基础是认同"符号是携带意义的感知",意义必须用符号才能表达。文学创作可以看作符号文本的创造。用赵毅衡的定义来说,符号文本就是"1. 一些符号被组织进一个符号组合中;2. 此符号组合可以被接收者理解为具有合一的时间和意义向度"(《符号学》,42)。要创造能表达意义的符号文本,就要经过编码/解码这一表意必经阶段,这一问题也是文化符号学的核心(Hall,1980)。编码者是文本的生产者,即作者,在编码过程中不可避免地会融入作者的文本经验、社会经验、世界观和意识形态,或者说,编码的过程就是主体、社会与文本的互文过程。文学作品完成后,就成为一个符号文本,鲍格朗德(Robert de Beaugrand)认为符号文本具有"文化的文本间性"(赵毅衡,《符号学》,42),正是因为其生产过程具有互文性特征,是差异性的声音构成的复合对话体。因此，文学的符号文本内在具有多义复杂性，并且，符号文本必须在接收者那里获得解释，或者说，必须经过接收者的"解码"过程，才能落实意义，而接受者的"解码"也总是多元的。霍尔（Stuart Hall）认为有三种可能的解码立场：第一种是"主导-宰制权立场"（dominant-hegemonic position），即接收者与生产者的立场一致；第二种立场是"协商符码"（negotiated code），即接收者立场与生产者大体一致，虽然接收了作者意图，但是强调自身的语境化立场；第三种是"对抗符码"（oppositional code），即接收者尽管读懂了符号的内涵和作者意图，但以自身的经验背景和价值判断进行反向解码，对生产者编入文本的意识形态等进行破解和对抗，强调了自身的主体性（Hall 128 - 138）。霍尔对不同解码方式的界定实质说明了符号阐释的两个基本点，或者也可称之为阐释的两极：首先，符号文本可以被解释，其阐释甚至可以无限贴近作者意图，但要求接受者采取与作者相同的文化站位，具有类似的主体身份，或接受了特殊的文化安排；其次，符号文本意义的落实在于接收者，接收者参与进入意义的生成，而接收者，由于其自身的主体性和解释元语言的差异性，可以对符号文本进行主体化、多样化、语境化的阐释，在最基本的意义框架的规则特征基础上对符号进行"无限衍义"。或者说，接收者通过对符号文本进行开放性阐释，甚至有目的地"误读"来建构文本意义，并在此过程中形成与作者意图之间的对话，丰富了符号的阐释维度。

"互文重写"成功构建"衍义性"符号需要同时具备以上两级特征：首先，该文学符号的作者意图切中了时代脉搏，体现了某种时代真相，反映了共同体的心理状态或情感诉求，并且在编码过程有效利用了某种文学编码程式或借用了特殊的文化安排，使得符号的基本内涵获得了广泛的认同与接受，这是文学符号"通用性"形成的基础；其次，符号构成内含了丰富的文学文化内蕴和社会历史内涵，其解释项中内在地蕴含了正反双方话语，并均可引向其他的文化符号及其阐释，构成有意义的多重"误读"，构成了符号意义阐释空间的复调话语，因此具有"衍义"的深度与广度，这是文学符号"衍义性"或阐释价值的基础。

第二章 中世纪浪漫传奇的互文传统

　　英国奇幻文学的发展受到中世纪文学的极大影响。英式奇幻的奠基者托尔金和刘易斯,在奇幻作家身份之外的另一重身份都是牛津大学的中世纪研究学者,而秉承他们"中世纪主义"衣钵的库珀(Susan Cooper)、克罗斯利-霍兰德(Kevin Crossley-Holland)、普尔曼(Philip Pullman)等作家的奇幻作品中都有清晰的中世纪文学印记。罗琳虽然不是托尔金和刘易斯的牛津学院派传人,但她也毕业于古典文学专业,中世纪文学是她的必读书目,她的写作受到中世纪浪漫传奇的影响是自然而然的,在某种程度上,罗琳的奇幻作品同样体现了"中世纪主义"。

　　中世纪浪漫传奇描述了一种理想化的世界:出身高贵的骑士、貌美无双的贵族女性,还有非凡冒险中遭遇的战斗、魔法和爱情。浪漫传奇所描写的骑士们的生活和真实的中世纪世界相去甚远,浪漫传奇也因此被认为不过是之后出现的"更加'现实主义'的、真实的文学"的"天真的、'理想化的'序曲"(Williamson 2)。在漫长的文学传统中,浪漫传奇建立的故事范式和元素似乎已经被严肃的作家和读者们抛弃了,正如库珀(Helen Cooper)曾经论断的:"现代主义和后现代成人文学的标志是不相信故事,也不相信传统的故事元素。"(4)但是如果细究英语文学,甚至是欧洲文学的传统,就可以发现浪漫传奇的影响远远超出了中世纪,历经了社会、语言与文化的变迁却历久弥新。

第一节　浪漫传奇的体裁与范式

中世纪浪漫传奇(Romance)之名来源于早期这种体裁的写作语言——诺曼方言①(romanz)。方言的产生与发展促使作为古典语言与宗教典籍语言的拉丁文不断衰落,由方言写作的世俗文学首先作为当时各国贵族宫廷的读物,而后广泛传播进入市民文化。浪漫传奇是以"人"为主体关注的作品(Chism 59)。每部浪漫传奇都有一个或一对核心人物,骑士浪漫传奇尤其如此。骑士浪漫传奇往往以主人公的名字作为标题,开门见山地告诉读者,作者将要讲述关于哪一位骑士的故事。典型的浪漫传奇故事范式通常是讲述一位出身高贵、道德高尚且武艺高强的骑士如何经历非凡的冒险,践行理想主义的骑士精神,直面各种危险艰巨的挑战(武力的或者是爱情的),从而证明自己英勇无畏和高尚的品格,对爱情的忠贞,抑或是对友情的执着等。在模式化的骑士冒险故事中,身份、主体、性别、婚姻、家庭、血统、阶层、友情、爱情、忠诚、死亡、暴力等有关于人的命题都被涉及并讨论;故事的范式虽然不断重复,但是内在的无数变量的叠加形成了不同的变体。尽管采用读者们熟悉的故事模式,但是优秀的浪漫传奇作品往往能够另辟蹊径,带给读者新奇的情节构思和引发讨论的人物形象。

浪漫传奇是中世纪时期英语文学的主要体裁,但是这种体裁本身包罗万象,富于变化,因此难以界定。库珀认为浪漫传奇体裁"最好被看作一个文本世系(a lineage of texts)或文本家族,而不是某一个柏拉图式理念(Platonic Idea)的一系列化身或克隆"

---

① 这一时期英格兰与法国同属一个政治、语言、文化圈,直到1362年,随着英国议会使用英语作为官方语言,法语才在英格兰失去了统治地位。

(Cooper 8)。库珀的"文本家族"说非常形象：浪漫传奇的"家族"成员众多，每一个都拥有其自身的特点，是独立的个体；但是同一个家族的成员必然拥有某些标志性的"家族共性"，让人可以一眼分辨出来。库珀大致上概括出了浪漫传奇的主要共性特征，比如，异域背景，在时间或/和空间上远离现实；主题是爱或/和骑士精神；主要人物出身高贵；有所探寻；魔法和超自然力量；注重主人公的内心情感；通常是大团圆结局，主人公常常经历象征式的复活，遭遇死亡后获得新生；表现世俗的理想主义等（Cooper 10）。库珀关注的是浪漫传奇体裁作品的共性，是那些可以被提炼出来作为该体裁基本范式的要素，但是为什么浪漫传奇中这些反复出现的范式依然可以吸引一代又一代的读者？巴伦（W. R. J. Barron）对此早有解释，在他看来，浪漫传奇模式的核心是"某些恒在不变的价值观"，对理想主义的追求总是同"爱、荣誉、勇气、恐惧以及自我认知"等人类的本质体验相关联（4）。正是因为人类对自身核心经验的关怀是终极的、恒在的，因此表达了这种关怀的故事模式也会恒久吸引读者的注意。

　　库珀和巴伦对浪漫传奇的关注点在于其范式的共性要素与恒在性，而奇兹姆（Christine Chism）对浪漫传奇定义关注的则是如何用这些反复的、恒在的基本要素进行不同的组合与变体，就如同她做的譬喻：浪漫传奇是"体裁的嘉年华魔术师，用同一袋子的道具变出各种不同的戏法"（57）。在奇兹姆看来，浪漫传奇体裁的主要人物模式化，情节、题旨、文化基因（meme）、重要主题等多有重复，甚至许多表述用词都是公式化的。但正是在这些重复之中，浪漫传奇表现出了充分的灵活可变性。浪漫传奇的作者们通过"扬弃、拼接和改编范式化的材料""更紧密地讨论了读者们当下的关注"（Chism 57）。由此，文学的传统范式和读者即时的需求被充分地联系起来，浪漫传奇这种文学体裁也因此获得了长久的生命力。

第二节　浪漫传奇的历史与发展

中世纪时期浪漫传奇的产生大致上可追溯到蒙茅斯的杰弗里 (Geoffrey of Monmouth)在 1136 年左右用拉丁文撰写的伪历史作品《不列颠诸王史》(*Historia Regum Britanniae*)。《不列颠诸王史》本身不是浪漫传奇,但是杰弗里在此书中虚构的亚瑟王的故事为日后的浪漫传奇提供了基本素材。该书很快被诗人威斯 (Robert Wace)用诺曼方言重写为《布鲁特传奇》(*Roman de Brut*),添加了大量的虚构情节,尤其引入了亚瑟王的圆桌骑士制度以及对骑士精神的讨论,叙事向浪漫传奇体裁靠拢。12 世纪中期,法国浪漫传奇的创始人、公认的最伟大的浪漫传奇作家克雷蒂安(Chrétien de Troyes)用诺曼方言重写了亚瑟王及其麾下圆桌骑士们的故事,他所遗留的五部作品①具有高度的原创性,重点探讨了宫廷礼仪与典雅爱情主题。克雷蒂安的作品奠定了浪漫传奇的故事模式、重要主题以及人物形象,作为当时的宫廷文化代表作品,它们的影响力很快扩散开来。研究中世纪浪漫传奇的德国学者施莫尔克-哈塞尔曼(Beate Schmolke-Hasselmann)在《亚瑟王浪漫传奇演化史》(*The Evolution of Arthurian Romance*)中特别强调了克雷蒂安作品对中世纪浪漫传奇体裁发展的重要影响,认为"克雷蒂安的作品和 13、14 世纪的亚瑟王传奇之间具有系统关联……从一开始就建立了强有力的传统。克雷蒂安成为权威,似乎理所当然地获得了在 13 世纪作者和读者意识中的永久地位"

---

① 这五部作品中最重要的四部是以典雅爱情为主题的浪漫传奇 *Erec et Enide*，*Cligés*，*Lancelot*（*Le Chevalier de la Charrette*）和 *Yvain*，*Le Chevalier au Lion*，还有最后一部未完成的以追寻圣杯为主题的传奇，*Perceval*（*Le Conte du Graal*）。

(21)。13、14世纪，浪漫传奇，尤其是以亚瑟王以及其圆桌骑士为主要人物的骑士浪漫传奇风靡整个欧洲，尤其是英国、法国与德国。13世纪初，法国作家和编者们将已有的各种法语亚瑟王传奇汇编为一整套庞大的七卷通行本（*Vulgate Cycle*），汇集了当时几乎所有重要的亚瑟王传奇故事，为后代作家提供了众多的故事素材和改编依据。

乔叟（Geoffrey Chaucer）是最负盛名的中世纪英语作家之一；像所有的中世纪作家一样，他的作品中也充满了前人建立的文学范式和元素。或者说，乔叟正是在对浪漫传奇充分理解的基础上进行再创作，将传统范式与他个人的创新结合起来。刘易斯（C. S. Lewis）在《爱情的寓意：中世纪传统研究》（*The Allegory of Love：A Study in Medieval Tradition*）中提醒学者们注意乔叟的作品与他所在时代的依存关系，"同他［乔叟］并肩而立的是高尔（John Gower）与《玫瑰传奇》（*Romance of the Rose*）的翻译者们，他自己也曾是其中一员；乔叟与他们合作，吸收法国诗歌的成就，并由此而决定了此后将近两百年内英语诗歌的方向"（161）。乔叟的作品中最具有浪漫传奇特征的是《特洛伊罗斯与克丽西达》①（*Troilus and Criseyde*）与《坎特伯雷故事集》（*The Canterbury Tales*）中的第一个故事《骑士的故事》（"Knight's Tale"），乔叟的此类作品大体上依循了浪漫传奇的典型范式，讲述了在战争与冲突环境下的宫廷背景中的骑士爱情故事，但是在人物的塑造和核心情节的建构中又充分反映了乔叟本人对浪漫传奇的反思和

---

① 英美学界普遍认为，《特洛伊罗斯与克丽西达》是乔叟的代表作品，其重要性甚至超过了国内学界更为熟悉的《坎特伯雷故事集》。乔叟本人在《特洛伊罗斯与克丽西达》的末尾也表达了类似的期望，委婉暗示该作品可以成为英语文学的经典，自己可以凭此书获得类似维吉尔、奥维德等古典名家的文学声望与地位（Chaucer, *Troilus and Criseyde* V. 1791－1792），从另一个方面证明了浪漫传奇体裁在当时文学中的重要地位。

创新。

14世纪末无名诗人所作的《高文爵士和绿衣骑士》(*Sir Gawain and the Green Knight*)被看作中世纪英语头韵体诗歌的典范。这位不知名的作者被公认为英语语言最伟大的诗人之一。这部韵文体作品成功应用了浪漫传奇的各种范式(包括克雷蒂安创造的范式),讲述了最负盛名的圆桌骑士之一——高文爵士的一次冒险旅程;高文尽全力想要达到完美的骑士标准,但最终失败了。这部作品已经开始有意识地讨论骑士精神的理想与现实之间的矛盾,其结构复杂,语言优美,内涵丰富,是英语浪漫传奇中最重要的作品之一。

1485年,卡克斯顿(Caxton)印刷出版了马罗礼爵士(Sir Thomas Malory)的《亚瑟王之死》(*Le Morte D'Arthur*),这部散文叙事作品综合了13世纪的法语亚瑟王传奇通行本和14世纪两部英语的《亚瑟王之死》(*Morte Arthur*)的内容,带着怀旧之感宣扬理想化的骑士精神,期望在亚瑟王和圆桌骑士们的骑士传统中寻找到"高贵"的真正意义。马罗礼的《亚瑟王之死》是中世纪亚瑟王传奇的集大成作品,是在中世纪即将结束时骑士精神的绝唱。这之后,随着骑士阶层的解体,浪漫传奇伴随着骑士精神走向衰落,直到浪漫主义时期的到来,浪漫传奇的活力又被重新唤醒。

司各特爵士(Sir Walter Scott)开始了亚瑟王传奇的"再浪漫化"(reromanticization)过程(Pearsall 117),从中世纪英语浪漫传奇中攫取了最精华、最重要的部分进行再创作。司各特作品的流行重新树立了亚瑟王骑士精神在英国文化中的楷模地位,也将浪漫传奇体裁重新带回英语文学的中心。在司各特之后,浪漫传奇的后续影响大概可以分为两种路线,其中之一是作者们以亚瑟王传奇等浪漫传奇为背景,根据已经建立的故事、人物、情节等进行创作(或改写)。

在司各特带来的持续的亚瑟王热潮中,丁尼生(Alfred

Tennyson)于1830年开始发表一系列重写亚瑟王传奇故事的诗歌,在1891年出版了第一版总集十二首《国王牧歌》(*Idylls of the King*),试图将亚瑟王传奇中的重要人物——理想完美化,以适应维多利亚时期的道德标准。丁尼生的诗歌受到当时读者的广泛欢迎,被评论家认为具有寓言色彩,尤其是骑士兰斯洛特(Lancelot)在所忠诚的亚瑟王和所热爱的桂妮薇王后(Queen Guinevere)之间的两难抉择被认为象征了灵与肉之间的艰难选择,反映了维多利亚时代文学的主要关注。有关典雅爱情的讨论在当时的诗歌界非常普遍,阿诺德(Matthew Arnold)也创作了《特里斯坦与伊瑟》(*Tristram and Iseult*),从另一位著名的典雅爱情践行者特里斯坦的故事中寻找灵感,讨论浪漫主义激情的种种问题。

在小说的黄金时代,马克·吐温(Mark Twain)的讽刺性作品《亚瑟王宫廷里的康斯威辛北方佬》(*A Connecticut Yankee in King Arthur's Court*)讲述了一个美国商人意外回到亚瑟王的宫廷后的经历。这部小说与《堂吉诃德》在某些层面上有异曲同工之妙:二者初读都以为其意在讽刺骑士理想的荒谬迂腐,但是细品之后反而见证了骑士精神中确实拥有珍贵的理想主义和人道主义精神。北方佬摩根(Hank Morgan)穿越时空,回到了亚瑟王宫廷,凭借其商人式的八面玲珑混得风生水起,用他的美国式实用主义商业思想和热兵器摧毁了亚瑟王宫廷的骑士理想、典雅爱情与生活方式。在讽刺亚瑟王宫廷众生相的过程中,摩根本人(或者说马克·吐温时代的实用主义者们)思想中的那些空虚、肤浅、冷酷、妄自尊大暴露无遗。马克·吐温的这部以亚瑟王宫廷为背景的"穿越"小说讽刺的对象并不是亚瑟王的宫廷,摩根之流根本无法理解亚瑟王宫廷赖以为生的那些珍贵的理想情怀,他对亚瑟王宫廷文化的批评和大肆"改造"反而暴露出了当时美国的时代精神中的弊病。

　　20世纪三四十年代,怀特(T. H. White)的三部曲《永远的亚瑟王》(*The Once and Future King*)获得巨大成功。怀特以现代通俗小说的方式重写了亚瑟王与他的骑士们的故事,将亚瑟王传奇带进了大众文化和流行小说领域。此后,各种改编亚瑟王传奇的通俗流行作品层出不穷,并且在影视文化中大行其道。

　　与以上作家们不同的另一种路线则是挪用浪漫传奇的共性要素,创作新的传奇类作品。比较容易识别的代表人物有托尔金、刘易斯以及罗琳。托尔金与刘易斯同为中世纪研究专家,他们的作品完全内化了浪漫传奇的精神与要素,以全新的方式重写了中世纪浪漫传奇。托尔金的《魔戒》三部曲①(*The Lord of the Rings*)创造了一个氛围类似中世纪时空的中土世界,精灵、人类、法师、矮人等等多个种族,围绕着一只魔戒被卷入一场正义与邪恶的大战。托尔金没有直接书写亚瑟王或其他著名的中世纪骑士的故事,但是《魔戒》中的中土世界所表现出来的却是理想主义的骑士精神的精髓,围绕着魔戒进行的战争以及在这个大背景之下的爱情、友情的故事,处处反映出浪漫传奇的故事范式。刘易斯的《纳尼亚传奇》(*Narnia*)系列讲述了二战时期为了躲避德军轰炸而在乡间避难的佩文西四兄妹,无意间从庇护他们的老教授家大宅里的衣橱进入了神奇的纳尼亚魔法世界,从此被卷入正义与邪恶之间斗争的成长故事,并由此发展出全系列中更多有关纳尼亚世界的故事。刘易斯的叙事体现了典型的浪漫传奇的要素和基督教义的自我奉献与牺牲精神。罗琳的写作继承了托尔金与刘易斯的传统,她的作品并不直接描写亚瑟王或者某个骑士的传奇故事,但是却将中世纪浪漫传奇的要素提取、挪用、变体、重构,成为新的传奇式作品。

---

　　① 《魔戒》三部曲是罗琳青少年以及大学时期最喜爱的书籍之一,对她的创作产生了深远的影响。具体可见柯克(Connie A. Kirk)的《罗琳:传记》(*J. K. Rowling: A Biography*)45 - 47 页。

第三章　解构式挪用：
重写骑士精神与亚瑟王

　　英国当代奇幻文学的一个重要创作母题就是对亚瑟王的重写。库珀的《黑暗蔓延》（*The Dark is Rising*）系列中的主人公们围绕着亚瑟王传奇中的"圣杯"展开冒险与追寻，"富有创造性地采用了许多英格兰和威尔士民间文化因素"（舒伟 626）。克罗斯利-霍兰德则致力于创作亚瑟王传说的改写作品，他的《亚瑟王传奇》三部曲（*The Arthur Trilogy*）是此类创作的典型代表。

　　罗琳在创作《哈利·波特》系列小说的过程中挪用了很多中世纪骑士传奇元素，尤其是在人物形象和道德品格的设置上，罗琳显然借鉴了浪漫传奇中骑士、巫师和贵族的形象和精神特征。但是罗琳的借鉴并非只是怀旧式的模仿，而是通过现代人的价值观重新衡量浪漫传奇中的人物形象，对其思想内涵进行判断和评价，再以解构式挪用的手法对其进行重写，体现罗琳期望得到尊重的价值观和人生观。罗琳与中世纪浪漫传奇的作者们同样面对充满暴力的世界，也同样希望用一种理想主义的行为准则来规定人们的行为与生活。罗琳对浪漫传奇中骑士精神的解构与挪用，正是为了建立她理想中符合当代社会的新骑士精神，在她的新传奇《哈利·波特》系列中重新规定一套名为"高尚"的行为准则。正如洛奇（David Lodge）所说："互文性……与英国小说的根源紧紧缠绕在一起，而且，在小说编年史另一头的小说家们倾向于利用而非抗拒

互文性,他们随心所欲地循环利用古老的神话以及早期的文学作品,为的是自己刻画当代生活,借古喻今。"(99)

第一节　骑士精神:构成与矛盾

法国浪漫传奇(romance)传统的开创人克雷蒂安在他的浪漫传奇故事《克里热》(Cligés)开头就向读者指出,骑士精神(knighthood)来源于古希腊、罗马的精英文化,是荣耀之源(30-36)。骑士精神是中世纪作家们论述的重要主题,有关骑士精神的定义著述颇多,其中最有代表性的作品是大约写于1276年的《骑士准则之书》(The Book of the Order of Chivalry)。该书的作者勒尔(Ramón Lull)出生于皇家侍从世家,自己也曾任皇家侍卫,终生追求骑士之道。勒尔通晓拉丁语与阿拉伯语,曾在大学任教,游历多方,著作等身。他的《骑士准则之书》主要介绍骑士的历史和骑士准则的理论,认为"公义、智慧、慈善、忠诚、诚实、谦卑、力量、信心、机敏以及其他类似的美德"构成了骑士精神的典范,骑士阶层应该以此作为培养的目标和行动的准则(28)。尽管骑士的时代早已结束,但是"它的准则,在剔除了中世纪特有的偶然因素之后,便是属于有助于人类进步的最高贵和最辉煌的宝贵遗产之一"(赫恩肖36)。数百年来的欧洲历史已经证明了骑士精神的重要性。在很多情况下,骑士精神几乎等同于文明。肖明翰认为,骑士文化"不仅成为欧洲中世纪中后期封建文化的核心,深刻影响了当时的社会生活和人们的思想观念,而且对后世的文化和文学也产生了重大的影响,19世纪出现的现代绅士的形象也根源于骑士文化"(393-394)。

研究骑士精神的学者们大多同意骑士精神的最佳载体是文学,文学资料通常被认为是"洞察骑士思想世界的最佳途径"

（Jones 144）。中世纪史学家科伊佩尔（Richard W. Kaeuper）在研究中世纪欧洲的骑士精神时认为，骑士文学是一种积极的社会力量，影响了时人关于很多基本问题的态度。在他看来，骑士文学的规范性（prescriptive）超越了其描述性（descriptive）（33），也就是说，骑士文学叙述的是"骑士精神"应该是什么样的一种理想，而不是它事实上是什么样的一种存在。在漫长的中世纪骑士文学的发展中，骑士精神逐渐演变为一种复杂的、经久不衰的理想主义，其代表品质是温文尔雅的礼仪、英勇无畏的精神、慷慨大方的举措、对君主的忠诚和对情人的忠贞，奉行典雅的骑士之爱，崇尚公正平等、珍惜荣誉等等（Kaeuper 34）。金（Pamela King）则通过研究中世纪文学，将骑士精神的实质精要地概括为"一套行为准则，在整套贵族生活里就是绅士举止的同义词"（17）。关于这一整套准则的由来和构成，琼斯（Robert Jones）做出了比较详细的考据性论述。琼斯认为，骑士精神是"一套复杂并且有时显得自相矛盾的行为准则，骑士们坚守它，并且用它来衡量自己的作为"（144）。琼斯认为骑士精神的来源主要有三个方面，各自为骑士精神带来了整套不同的价值观。首先是武士伦理（warrior ethic），强调英勇作战（包括高强的武功）、公平竞争、下对上的忠诚和上对下的慷慨（144-147）。最早的骑士文学（主要是英雄史诗）主要突出了武士伦理，因此武士伦理是骑士精神最核心的组成部分（Jones 147）。骑士精神的第二层价值观来自骑士阶层的社会地位。高尚的品德与贵族地位一体两面，尤其是慷慨和正义作为贵族文化的主要元素，被加入了骑士精神。从法国宫廷开始盛行的浪漫传奇（romance）将骑士准则的重心由战场上的武力转向了在贵族宫廷中的文雅举止，宫廷文化对骑士精神产生了巨大影响，骑士阶层逐渐形成为一个封闭的贵族精英圈子，自成体系。最后是教廷对骑士精神的影响，基督教精神对骑士精神的"改造"经历了漫长而复杂的历史变迁，两者间的融合异常困难，存在多种内部矛盾，骑士阶层虽然接受了教廷为正义而战的理念，但是骑士贵族们生活的奢华排场、对虚荣以及暴力的热爱都是教廷所不能接受的(151-155)。

从琼斯等学者的分析看来，骑士精神作为一个整体是在漫长的中世纪历史中逐步形成的，最早期的核心准则来自武士伦理，重视骑士作为战士的身份与特征，此后随着宫廷文化与宗教文化的影响，宫廷礼仪、学术教养、血统世系、宗教虔敬等准则才逐渐融入。但是不同来源的准则之间有时不可避免存在难以调和的矛盾，就如同"自古忠孝不能两全"，抑或"世间安有双全法，不负如来不负卿"所叹息的那样，骑士们在某些特定的冲突下，难免会面临选择的难题。事实上，优秀的骑士浪漫传奇往往善于构建特定情境，将骑士放置进入类似的两难抉择当中，从而带来激烈的戏剧冲突，引发听众或读者热烈的讨论。克雷蒂安的《囚车骑士》迫使兰斯洛特在个人荣誉与对爱人的忠心服侍中抉择，《高文爵士与绿衣骑士》中高文爵士必须在荣誉、生命与诚信中抉择，《爱米斯与阿弥纶》(*Amis and Amiloun*)中，骑士爱米斯则要在亲情和友情中选择：他最后选择杀死自己的两个年幼可爱的孩子，以他们的鲜血来治疗好友阿弥纶的恶疾。正是在选择的危机中，中世纪浪漫传奇极其理想化地宣扬了骑士精神的精髓，构建了一整套行为准则，然而同样是在选择的危机中，骑士精神内部不同准则之间的矛盾也已经初现端倪。

第二节　霍格沃茨四大分院：分裂的骑士精神

在《哈利·波特》系列小说中，罗琳敏锐地抓住了骑士精神不同准则之间的内在矛盾，以此为突破口，挪用不同准则所弘扬的重要品质分别作为她书写的巫师学校四大分院的标准，并通过此举解构骑士精神这一理想主义整体：通过分别代表不同骑士特质的四个分院之间的竞争和战争,以及各分院内部的矛盾,罗琳凸显了骑士精神内部的矛盾与断裂,以及其与现代伦理道德不相容之处,反映出在新的历史时代人们应该如何看待骑士精神,如何重新定义高贵的人格。

一、四大分院与骑士特质

在系列小说的第一部《哈利·波特与魔法石》中,当霍格沃茨魔法学校的入学通知第一次出现在哈利·波特的眼前时,读者便同哈利一起看到了那个代表学校的盾牌纹章:"大写'H'字母的周围圈着一头狮子、一只鹰、一只獾和一条蛇"①(魔法石,21)。在这个纹章中,环绕着"霍格沃茨"(Hogwarts)的首字母"H"的四种动物分别象征着该校的四大学院:以红底金狮为象征的格兰芬多学院(Gryffindor)、以蓝底铜鹰为象征的拉文克劳学院(Ravenclaw)、以黄底黑獾为象征的赫奇帕奇学院(Hufflepuff)和以绿底银蛇为象征的斯莱特林学院(Slytherin)。四个学院的代表色彩以及动物形象象征了不同的元素:火、风、水、土。这种分类来自魔法研究中的元素说②,通过挪用西方读者熟悉的魔法元素设定,罗琳建构了一个容易为读者理解并接受的魔法学校的分院体系:其中,格兰芬多代表火,拉文克劳代表风,赫奇帕奇代表土,斯莱特林代表水,四大分院/元素同时存在,构成了一个完整的体系,但它们同时也各自独立。罗琳通过元素说给四大分院确定了基本的魔法定位,但

① 本书中对《哈利·波特》系列小说文本的引用均来自人民文学出版社的中文版本,笔者会在有必要处添加英文原版文字。
② 希腊七贤之一的泰勒斯认为水是万物之母,思想家安拉克西米尼认为组成万物的是风,辩证法奠基人之一——赫拉克利特则认为万物由火而生。公元前4世纪,希腊哲学家安培杜克列综合了之前哲学家们的见解,在他们所提出的水、风和火之外,又加上土,认为此四种为组成一切物质的四元素。元素说影响广泛,中世纪的魔法研究也受到其影响,认为主要的魔法元素是火、风、水、土。

是没有拘泥于元素说，像一般通俗魔法类文学作品那样仍然以"元素力量"作为四个学院的分院标准，而是通过挪用骑士精神中最典型的骑士品质作为不同学院学生的标准，在这个过程中，罗琳解构了原本在浪漫传奇中作为一套理想整体准则的骑士精神。

当哈利·波特首次进入魔法世界的购物街——对角巷购物时，他遇到了出身于古老的魔法贵族世家的同龄人，德拉科·马尔福(Draco Malfoy)。从马尔福那里，哈利第一次了解到了有关分院的问题。马尔福表示自己将进入斯莱特林学院，因为他"全家都是从那里毕业的"，而且表现出对赫奇帕奇学院的不屑一顾："如果被分到赫奇帕奇，我想我会退学。"(魔法石，47)由于哈利成长在普通人的世界，缺乏对魔法世界的常识，因此对马尔福的话一知半解，只得向他的引路人海格(Rubeus Hagrid)询问学校分院的知识。海格的回答带有强烈个人判断和偏见："学校共有四个学院，都说赫奇帕奇有许多饭桶，不过……宁愿进赫奇帕奇，也不要进斯莱特林。……没有一个后来变坏的男女巫师不是从斯莱特林出来的……"(48)海格一鳞半爪的介绍并没有解开哈利关于分院的疑惑，而这种疑惑在新生们初次奔向学校的魔法火车上被再一次增强了。同样来自普通人世界的赫敏·格兰杰(Hermione Granger)已经在进校前阅读了许多魔法参考书，对分院有了一点大概的了解："我希望能分到格兰芬多，都说那是最好的……不过我想拉文克劳也不算太坏"(64)；而来自另一个古老的魔法世家的罗恩·韦斯莱(Ron Weasley)，几乎全家都是格兰芬多的，他的意见是"如果我不去那个学院[格兰芬多]，不知道他们会怎么说。我并不认为去拉文克劳就特别不好，可想想看，千万别把我分到斯莱特林学院"(64-65)。在正式分配学院之前，哈利已经通过他人的评价对四大分院产生了某种既定的印象，这些带有个人感情色彩的评价显得麦格教授对四分院的介绍是那么官方而平淡，丝毫不能为哈利解惑："每所学院都拥有自己的光荣历史，都培育出了杰出的男女

巫师……我希望你们不论分到哪所学院都能为学院争光。"(70)

等到让新生们忐忑不安的分院仪式终于开始后，学生们终于发现负责给新生分院的是一顶魔法帽子——分院帽（Sorting Hat），它出场时唱的歌词对四个分院的特质做了第一次比较清晰的描述：

> 你也许属于格兰芬多，/那里有埋藏在心底的勇敢，/他们的胆识、气魄和豪爽①，使格兰芬多出类拔萃；/你也许属于赫奇帕奇，/那里的人正直忠诚，/赫奇帕奇的学子们坚忍诚实，/不畏惧艰辛的劳动；/如果你头脑精明，/或许会进智慧的老拉文克劳，/那些睿智博学的人，/总会在那里遇见他们的同道；/也许你会进斯莱特林，/也许你在这里交上真诚的朋友，/但那些狡诈阴险之辈却会不惜一切手段，/去达到他们的目的。（魔法石，72）

在这首歌词中，四个分院分别被冠之以不同的人格品质，表面看来似乎同浪漫传奇并没有太多关联，没有指向任何浪漫传奇骑士人物，但是罗琳的用词却无疑指向了骑士精神，甚至明白无误地使用了 chivalry 一词。前三个学院的品质特征是在浪漫传奇作品中经常被重复的骑士的优良品质，而描述斯莱特林学院的用词也同样在浪漫传奇中反复出现，只是几乎都用来形容那些最"恶"的骑士。由于骑士精神及其后继的绅士精神早已在欧洲深入人心，其中关于骑士特质的词汇也早已扩展为人格品质的一般用词，因此罗琳使用这些词汇作为四个分院的特征，并不会让读者立刻发觉浪漫传奇文本与罗琳的小说文本之间的关系。此时的挪用依然是

---

① 此处罗琳所用原文为 chivalry，人民文学出版社所用的苏农的中译本将之译为"豪爽"。

隐晦的，但是随着罗琳对四个分院的描述增加，挪用从词汇扩展到了人物形象、典型情节范式甚至是叙事模式，该系列与浪漫传奇之间的互文性关系就变得逐渐明显起来。

1. 格兰芬多学院：勇敢与冒险

分院帽在描述格兰芬多学院的品格时，勇敢（brave）、胆识（daring）、气魄（nerve）等词语都基本符合琼斯所说的骑士精神中最核心的"武士伦理"，是浪漫传奇中描述骑士勇气的常见词；在该系列小说的第四部《哈利·波特与火焰杯》以及第五部《哈利·波特与凤凰社》中，分院帽在哈利四年级和五年级的分院仪式上又分别演唱了两首新歌曲，歌词再次强调了格兰芬多的品质是"最勇敢"（the bravest）（火焰杯，107）和"大胆无畏，喜爱冒险"（the bravest and the boldest）（凤凰社，142）。琼斯认为武士伦理是骑士精神的核心，而在武士伦理中，最重视的美德就是战场上的勇敢（Jones 145）。朱伟奇在研究总结骑士精神的含义时，也认为英勇是"骑士的最基本的首要的品质"（13）。换句话说，格兰芬多学院的品质正是骑士精神的核心品质，也难怪分院帽直接用 chivalry 一词形容格兰芬多学院。除此之外，罗琳还通过挪用大众所熟知的中世纪骑士的外在形象，包括纹章、服装、武器等，引用浪漫传奇中英勇骑士的典型话语，以及影射典型的骑士形象来刻画格兰芬多学院。

依靠纹章来识别骑士的身份是浪漫传奇的常见情节，纹章的颜色、图案等都可以作为该骑士家族典型特征的具象表达。罗琳为四个分院都设立了特别的纹章图样，象征该学院的典型特征。格兰芬多的纹章图像是"红底配一头金色狮子"（火焰杯，143），狮子作为勇气的象征，在浪漫传奇以及英国历史上的骑士纹章上都是常见的形象，英国最著名的国王亨利二世的父亲，安茹的杰弗里在被册封为骑士时得到的盾牌就装饰有狮子纹章（斯沃比 67）。以狮子作为象征的格兰芬多，将"勇敢"作为自己的首要特征，这也是武士精神中最核心的特征。为了增强其英勇骑士特征，罗琳给格兰芬多学院设置了一位常驻幽灵，敏西-波平顿的尼古拉斯爵士，其命名完全是中世纪式的。这是一位身着典型浪漫传奇骑士服装、戴着"轮状皱领"的骑士幽灵，死于四百年前，被对手几乎砍掉了脑袋——没有完全砍掉，剩下的一层皮肤勉强让头颅和身体相连。他最喜爱的游戏就是把脑袋像帽子那样脱下来，吓唬格兰芬多的新生，考验他们的"勇气"——这当然是这位死于非命的骑士最重视的骑士品质。他的话语带有典型的中世纪后期的浪漫传奇骑士那种文绉绉的酸气，动辄感叹自己的冒险经历和勇敢赴死的雄心，斥责许多胆小的学生为"懦夫"。格兰芬多塔楼悬挂的有生命的画像人物中有一位"穿盔甲的矮胖骑士"卡多根爵士，显然影射了堂吉诃德：他说话的口吻同堂吉诃德一样，完全是不合时宜的、陈词滥调的骑士套话，而他那匹"胖胖的小灰斑马"则驽钝得同堂吉诃德那匹毛病百出的瘦马如出一辙（阿兹卡班，58）。看似滑稽的卡多根具有堂吉诃德式的理想主义，平时显得癫狂可笑，在关键时刻却又勇敢至极。

以勇敢为特质的格兰芬多学院具有典型的骑士的游侠气质和尚武精神，罗琳在对该院成员的人物塑造中也最经常运用浪漫传奇中游侠故事与冒险故事的情节范式。该学院的代表学生人物如哈利、赫敏、罗恩兄弟等都喜爱冒险，为了朋友和正义敢于面对危险，在小说后期描写的巫师战争中英勇作战，不惜牺牲。该学院的成年人代表，如邓布利多校长、麦格教授、哈利的父母等人更是正义力量的中流砥柱，充分体现了具有理想主义的骑士们帮扶弱小、对抗邪恶、为正义英勇献身的精神。

2. 赫奇帕奇学院：坚贞与勤奋

分院帽形容赫奇帕奇的品质为正直忠诚（just and loyal）、坚忍诚实（patient，true）、不辞劳苦（unafraid of toil）等，类似于骑士精神受到宗教信仰的影响而发展出的美德。赫恩肖（F. J. C.

Hearnshaw)将骑士精神从宗教信仰中得出的美德看作继骑士的军事素质后第二位重要的，主要品质是忠诚、服从与贞节(35)。

分院帽在哈利四年级时的新生分院仪式上的歌词对赫奇帕奇的品质做出了进一步的说明，"最勤奋努力的(hard workers)才最有资格进入学院"(火焰杯，107)。勤奋固然是武士伦理中对骑士武艺训练要求中的重要内容之一，但是赫奇帕奇突出勤奋努力这一点有更具体的原因。

《哈利·波特与凤凰社》描写了哈利五年级的开学仪式，分院帽回顾霍格沃茨建校和四大分院创始往事的那首歌曲对赫奇帕奇的描述给出了答案。在那首歌里，创立霍格沃茨魔法学校的四位巫师——斯莱特林、格兰芬多、赫奇帕奇和拉文克劳分别以不同的标准招收自己学院的学生，斯莱特林要求血统纯正的学生，拉文克劳要求学生智力过人，格兰芬多要求学生英勇无畏，只有赫奇帕奇表示将对学生一视同仁，因此结果是当其他三院挑选出合适的学生后，"其余的人都被好心的赫奇帕奇所接受"(凤凰社，142)。这似乎表达了罗琳对于"勤奋"这一特质的另一重解读，即缺乏天赋者须以勤奋补拙。这种解读事实上正符合一般浪漫传奇的故事范式，最勇武英伟、建功立勋的骑士们往往出身不凡，因而天资过人，才华横溢。浪漫传奇的重要作者们也几乎很少描写著名的骑士依靠勤奋苦练获得非凡的武功，相反，他们从一出场就能力非凡，亚瑟王本人如此，兰斯洛特爵士如此，特里斯坦也如此。"勤奋"作为骑士的典型特质之一，却在浪漫传奇中较少被提及。与之对应，在罗琳笔下，赫奇帕奇的学生缺少其他三个学院的突出特质，也就只好脚踏实地，勤能补拙了，他们尽管崇尚正义、忠诚正直、朴实勤奋，也难免被认为平庸。分院的传统延续了千年，到了哈利的时代，赫奇帕奇已经是公认的"饭桶"学院了。

在罗琳的设定中，四个学院互有派系，而赫奇帕奇与格兰芬多的联系最为紧密，其主要原因是斯莱特林公开表示了对赫奇帕奇的嘲讽，而格兰芬多却常常"帮扶弱小"，对赫奇帕奇鼎力相助。此种设定细究起来也同样是对应着浪漫传奇的骑士故事模式：勇武与忠诚总是紧密相连，而出身高贵、天赋过人的骑士往往不必勤学苦练。当然，此类隐性挪用较难辨识。

3. 拉文克劳：智慧与博学

拉文克劳的特点是智慧（wise），需要学生们具有睿智博学（wit and learning）的特征。一名优秀的骑士，除了勇敢、忠诚之外，也必须受过良好教育。相对于勇敢忠诚、武力超群等武士伦理，智慧是骑士精神中的更高一级的标准。《克里热》开篇就写道："我们从那些典籍中知道，在希腊，骑士精神与学术雄踞于所有其他事物之上。"（Chrétien 2）这两者的结合，即剑与书的联盟，催生出了更完美的骑士阶层：不同于那些粗鲁的蛮族战士，受到过良好教育的骑士们接受了宫廷文化和宗教文化的双重洗礼，致力于追求真理、公平与正义。《马歇尔·布西科著作集》（*Le Livre des Faicts du Mareschal Boucicaut*）中赞美了这种结合的重要性："上帝在世上奠定了两样事物，如同支撑上帝与人间法则的两根柱子……失去它们，这个世界将混乱不堪，了无秩序……这两根完美无瑕的柱子就是骑士制度（chivalry）和学术（learning），二者完美地结合起来。"（伊赫津哈 61）

从中世纪的社会现实来看，骑士们并不总是博学的。当时的受教育程度普遍较低，即使是贵族阶层也不例外，甚至有一些国王都是文盲或半文盲，因此"博学"是非常理想化的要求，只有少数最好的骑士，才得以被形容为有"智慧"，可以说，"智慧"是宫廷礼仪准则与教会影响带给武士伦理最好的影响之一；在浪漫传奇以及其他相关的中世纪文本中，智慧总是作为衡量骑士优秀程度的一条重要的标准。《克里热》中克里热的父亲历数优秀骑士的美德，虽然以"慷慨"为第一位，但是"博学"（learned）也赫然在列（Chrétien 8）。乔叟在《坎特伯雷故事集》中描述朝圣者中的骑士时明确使用"追求真理"和"聪明"作为溢美之词。在《亚瑟王之死》中,马罗礼也通过特里斯坦爵士之口明确表示智慧对一名骑士的重要性:"一个不够高大威猛的男人常常被其对手所压倒,但他未必就不是一名真正的男人。我曾多次看到这样的情况:骑士们竭尽全力去赢得崇拜,结果都输掉了。因为男人气概只有在与智慧联系在一起时,它才会有价值。"

骑士精神对智慧的重视和歌颂历史悠久,影响源远流长。即使是在骑士制度消失之后,对智慧的重视依然没有降低。法国历史学家勒高夫在《试谈另一个中世纪——西方的时间、劳动和文化》中谈到,中世纪向近代转型的时候,有些骑士出身的人选择进入大学,甘于清贫做一个学者,这些人关心超越个人的全世界的命运,是现代知识分子的雏形。其中的典型代表是著名的学者阿贝拉尔,阿贝拉尔认为自己原先所处的阶层(骑士阶层)的"规矩似乎是某种智性文化与军事实践的联盟,即书本(littcrac)与刀剑(arma)的联合",而他的新选择正是"作为新的以扫……牺牲'武士的荣耀'(pompa militaris gloriae)给'书本的学问'(studium literarum)"(勒高夫 227 - 228)。随着一批贵族骑士出身的博学之士抛弃了原来的身份,而选择成为学者,进入修道院或大学,骑士精神中的部分重要准则也被带入了早期的欧洲知识分子阶层,并且代代传承下来,正如伊赫津哈所指出的,中世纪以后,"骑士头衔和博士学位被广泛地认为是等值的了……高贵的骑士和庄严的博士均被看作尊贵的高等职责的承担者。……此二者一个是英雄,一个是贤哲"(伊赫津哈 61)。

罗琳设定的拉文克劳学院选择学生的标准是智慧,这里的学生们具有典型的学者气质,聪慧好学,以追求真理和知识作为第一要务。大部分学生以学习和研究为首要任务,甚至通过使用"时间转换器"透支时间,进行学习研究,颇有一点"两耳不闻窗外事,一心只读圣贤书"的学究气。表面上看,拉文克劳学院在四个学院中具有相对中立的地位:格兰芬多与斯莱特林出于理念不合,一向针锋相对,地位相对低下的赫奇帕奇向格兰芬多靠拢,而拉文克劳则自成一体,醉心学术,对学院之间的争斗参与度相对较小。但是仔细分析就可以发现,拉文克劳的学术研究之下隐藏的是追求真理的内心,从拉文克劳的院长到学生中的中坚分子,在最后的战争中都积极地站在了正义的一边——此种设定也同浪漫传奇的一般故事范式相应,即知识与智慧必须为正义服务,才能被称为真理。

4. 斯莱特林:血统与荣誉

分院帽的第一首歌对斯莱特林的描述是最为模糊的,"阴险狡诈"(cunning)尽管也可以表示"聪明谨慎",但却带有相当程度上的贬义,总是与欺诈等行为相联系;"不择手段达成目的"(use any means to achieve their end)从另一个侧面交代了 cunning 的含义,说明了斯莱特林学院对于获取成功的迫切,隐晦地显示了他们对于权力与荣耀的狂热追求,并且不在乎手段是否正义。这一点在四年级时的分院仪式上得到了分院帽的证实:"渴望权力(power-hungry)的斯莱特林,最喜欢那些有野心(great ambition)的少年"(火焰杯,107)。总体而言,斯莱特林的学院特征体现的是骑士精神中的贵族阶层价值伦理:重视血统,珍视个人与家族荣誉,渴望更高的权力与地位,并不吝于通过暴力手段维护荣耀与权威。

斯莱特林学院纹章的形象是蛇,其学院创始人萨拉查·斯莱特林还是一位"蛇语者",能够听懂蛇类的语言,并通过这种语言与蛇类对话,或命令蛇类为其服务。这种本领流淌在斯莱特林家族的血液中,其血缘上的后代都可以继承。蛇的形象在西方文学中一直带有邪恶与贬义,自从撒旦化身为蛇诱惑了夏娃之后,蛇类 cunning 的形象深入人心。斯莱特林学院以蛇为标志,再一次说明了他们的特点和行事方式。除此之外,马尔福作为典型的斯莱特林学生,在一出场就明确表示出对血统的重视:"我想学校应当只限于招收古老巫师家族出身的学生"(魔法石,48),斯莱特林对于纯血统的重视在小说的后续发展中得到了充分的说明,哈利五年级时,分院帽演唱的新歌明白无误地表示,斯莱特林学院创始人斯莱特林要求所教授的学生"血统必须最最纯正"(whose ancestry is purest),而且他收的巫师"如他本人,血统纯正、诡计多端"(pure-blood wizards of great cunning)(凤凰社,141 - 142)。斯莱特林对血统的重视和骑士精神对血统和家族荣誉的重视一脉相承。

基钦(G. W. Kitchin)在有关法国历史的作品中认为,从理想角度来说,骑士精神展现了"一位完美绅士的形象",在他的形容中,"出身高贵"是首先被提到的,其次才是其他品格(赫恩肖 3)。倪世光在《中世纪骑士制度探究》中认为,"家族血统是骑士荣誉观念的重要内容。……他们非常重视家庭出身、家庭血统方面的事情……重视自己家族的历史"(240)。尽管在中世纪已经有关于高雅(gentility)的本质的争论,比如乔叟在《坎特伯雷故事集》中多次提及人的高贵来自上帝的荣耀,高贵应该建立在个人的德行的基础上,但是当时普遍的观点依然是高贵的本质来源于其出身,也就是血统(lineage):首先有贵族出身(nobility),然后才有高雅可言(Saul 172)。马罗礼的《亚瑟王之死》也推崇血统论,亚瑟王之所以能拔出石中剑是因为他本来就是国王尤瑟之子,血统决定了他的地位和能力;他的圆桌骑士们都出身高贵,即使其中一些本来被认为出身低贱(或不明)的骑士如加列斯爵士(Sir Gareth)和托尔爵士(Sir Tor)后来都被发现他们的举止风度是出于他们的高贵出身。作者对骑士的赞誉也经常从追溯他的家族史开始,表明作者对血统的重视。《亚瑟王之死》的出版商卡克斯顿和马罗礼持同样的论调,因此他将这部作品"奉献给诸位高贵的王公大臣、绅士淑女"(iv)。罗琳对斯莱特林的设置却恰好与中世纪的论调相反,人的高贵存在于自身的行为,而非血统;《哈利·波特》系列中很多血统高贵纯粹的巫师贵族反而经常为恶——罗琳将纯血统与对权力不择手段的渴求联系起来,狡诈与对荣誉的暴力追求在斯莱特林的血管里流淌给下一代。

由罗琳对四个学院的描述可见,浪漫传奇中的骑士特质以及代表性的人物形象和典型情节都被分解为文本碎片,以多样化的手法编织进了罗琳的新文本,形成了"全新的文化产品"。读者即使不具备关于中世纪浪漫传奇的知识,也可以欣赏这一新作品。罗琳挪用了骑士精神的典型特质作为建构四大分院的基础品格,并且分别辅助以相应的人物形象、情节范式或故事模式碎片来加强效果。在这个过程中,所有的源文本信息已经被分解为可以信手拈来的要素,被自由编织进新的文本织物,经纬纵横却自然流畅。但罗琳的挪用并不止步于这个层面,她的创新在于以挪用为基础创作的新文本对源文本形成了批评关系,在某种程度上具有热奈特所说的"元文本性"。四个分院对应四种主要骑士特质,四个分院所构成的整体又对应着骑士精神这一整体,但是罗琳的书写恰恰是要解构理想主义整体,彰显其内部的矛盾,从而在其中进行选择与扬弃。

罗琳给霍格沃茨的四个分院安排了不同的特点,概括说来,分别是勇敢、忠诚、智慧和高贵的出身;这四种品质合在一起,恰好形成了理想主义的骑士精神的主体。在理想主义的骑士精神中,这四种品质是紧密相扣、不容分割的:要成为骑士,高贵的血统是必要的前提条件,中世纪骑士文学作品中颂扬的伟大骑士几乎都是贵族血统,尽管存在一些争议,但是中世纪普遍认为高贵的血统和高尚的品德是一体两面;勇敢、忠诚是武士伦理的必要特征,怯懦和背叛在骑士传奇中都是被唾弃的行为;成功的骑士绝不能愚钝,大智慧和小智谋在骑士们获得战争胜利或获取贵族女性芳心方面都是不可或缺的。然而罗琳却通过分院之间的竞争与战争解构了作为整体的骑士精神。四大分院的创始人重视不同的品质,每个学院以此为凭据来招收学生,逐渐形成了完全不同的学院特色;每年的学院杯评比使各个学院之间呈现明显的竞争关系,而不是团结一致、和睦一心的互助关系。分院帽的歌声表达了它对现状的担忧:"尽管我注定要使你们分裂,但我担心这样做并不正确。尽管我必须履行我的职责,把每年的新生分成四份,但我担心这样的分类,会导致我所惧怕的崩溃。"(凤凰社,143)分院帽希望霍格沃茨内部团结,但是"暴力的主要形式是兄弟相残(fratricide)"(雅各比 1),不同的分院最终走向了分裂、对立和战争。

二、荣誉与暴力:分院间的对立与战争

罗琳在系列小说第一部《哈利·波特与魔法石》一开始就赋予格兰芬多学院典型的骑士勇敢、豪爽、爱冒险的特征,使其隐隐成为霍格沃茨的王者和正义的代言人,拉文克劳和赫奇帕奇聚集在其麾下,共同对抗被罗琳塑造为反面阵营与邪恶代表的斯莱特林。四个学院间的分歧与对抗,主要表现在格兰芬多和斯莱特林之间的对立和冲突。

格兰芬多和斯莱特林两个学院的对立在《哈利·波特与魔法石》一开始就有所体现:来自格兰芬多世家的罗恩·韦斯莱(Ron Weasley)与来自斯莱特林世家的德拉科·马尔福从第一次见面开始,就表现出彼此间的针锋相对,互相贬低对方的家庭。随着主角们学校生活的展开,代表格兰芬多学院的铁三角:哈利、罗恩和赫敏同代表斯莱特林学院的德拉科和他的两个跟班之间产生了多次冲突,首次冲突的原因是德拉科恶作剧欺负弱小,而铁三角急公好义、打抱不平;随着双方关系恶化,冲突逐渐升级。尽管一开始也不乏互相看不顺眼的幼稚挑衅,但是冲突与对立的主要原因有两方面,首先是对荣誉的共同追求,尤其表现在校内竞争方面;其次,双方围绕暴力问题不同的立场和行为方式才是冲突升级为战争的根本原因。而追求荣誉与使用暴力在骑士精神中既是一对相

辅相成的特质,又表现出不同的骑士准则之间的矛盾。

　　1. 骑士精神中的内在矛盾:荣誉与暴力

　　追求荣誉是骑士精神中非常重要的一方面,部分学者甚至将荣誉视为骑士精神的核心。研究骑士制度的学者朱伟奇将骑士精神概括为:"骑士精神就是骑士应该遵循的道德品质……这些品质总体上可以归结为是英勇、忠诚、慷慨、荣誉感,其中荣誉观居于核心的地位。因为无论是英勇、忠诚还是慷慨,最终都是为了荣誉。"(12)朱伟奇的"荣誉核心观"并不是独创,赫伊津哈早在《中世纪的衰落》讨论过骑士精神中荣誉的地位问题:"骑士制度作为一种崇高的尘世生活的形式可以视为一种带有伦理理想外表的美学理想……但是,骑士精神始终缺少宗教的伦理功能。它的尘世的起源摒弃了这一点。骑士精神来源于追求美的自豪,这种自豪又促生了荣誉感,荣誉感则是贵族生活的支柱。"(64)这里所说的"尘世的起源"实际上是指构成骑士精神的三大源头之一——武士伦理。骑士文学中的主人公对勇气和荣誉的追求来源于蛮族战士们在战争中发展起来的古老的武士伦理,是"蛮族人的'勇气和荣誉'意识在中世纪世俗文化中的延伸",这种对个人荣誉的追求将蛮族"部落集体性质意义上的英雄主义"转变为"个人式的英雄主义"(刘建军 73)。无论是从骑士精神的起源,还是从骑士遵守这一准则的目的来看,荣誉都是骑士精神中根本的内核。当骑士将荣誉,尤其是自身的荣誉放在首位的时候,这种私人的荣誉感,或者也可以称为虚荣心,常催生出鲁莽、暴力和其他恶行。

　　14 世纪末无名诗人所作的《高文爵士和绿衣骑士》已经开始讨论骑士的荣誉问题。诗歌描述,亚瑟王和他的骑士们正在圣诞宴会上欢聚一堂,突然有一名高大的绿衣骑士纵马闯入大殿,抛下一个怪异的挑战:谁敢用他带来的斧子砍去他的头颅,一年后再到他所指定的绿色礼拜堂去接受相同的命运?亚瑟王被绿衣骑士傲慢的挑衅激怒,当真拿起了斧子。忠诚的骑士高文劝说亚瑟,应由自己这样微不足道的人来接受这样一个似同"游戏"的挑战。高文爵士一击砍下了绿衣骑士的头颅，然而无头的骑士居然捡起了自己的首级，提醒高文遵守约定之后扬长而去。一年后，高文启程去寻找绿色礼拜堂，途经艰难险阻，于圣诞日到达一所名为"荒鬼城"（Hauntdesert）的城堡，受到主人波希莱克爵士（Lord Bercilak）的热情款待，答应留在城堡直到新年，再由堡主引路去绿色礼拜堂。城堡的圣诞宴会上，高文见到了美丽的堡主夫人以及陪同她的丑陋老女仆。堡主提出了一个小游戏：之后三天，堡主每日出门打猎，高文则留在城堡由美丽的堡主夫人陪同游乐，每晚堡主将同高文交换所得。前两日，高文受到夫人的诱惑而不为所动，用他从夫人那里得到的吻交换了堡主猎得的野兽。第三日，夫人先以戒指相赠，高文不受，夫人又以一条能保护佩戴者不受外力伤害的绿腰带相赠，高文犹豫再三后终于接受，并保证不将此事告知堡主。当天，他又用吻交换了堡主的猎物。次日，高文启程去绿色礼拜堂，接受绿衣骑士的挑战。高文受绿衣骑士前两斧，都毫发无损，第三斧才在高文颈上留下一条小伤口。此时，绿衣骑士才表明身份，原来他正是堡主本人，被女巫摩根（化身为那名丑陋女仆）施法，才变成绿衣模样，目的是测试圆桌骑士们的勇气。高文总体上表现不错，只是在第三日举动稍有微瑕，才会在第三击中受一点小伤。高文倍感羞辱，将绿腰带作为耻辱象征，戴回亚瑟王宫廷。

　　在《高文爵士和绿衣骑士》精心设计的情节中，骑士被放置进一个选择的困境：忠诚、生命、荣誉、诚信、对女性的礼仪等互相作为矛盾对立面显现出来，似鱼与熊掌，不可兼得。高文选择了对亚瑟王忠诚而接受不详的挑战，选择了为守护承诺而赴死，选择了对堡主的情义而拒绝夫人的美意。在这些选择中，他可能会失去生命和贵妇人的芳心，但得到了属于骑士的荣誉。但是，高文又选择了私下接受夫人的礼物来保护自己的性命，选择了对夫人的承诺而向堡主撒谎。肖明瀚在分析《高文爵士和绿衣骑士》时认为,高文之所以接受女主人在卧室里送给他的绿腰带,也归根结底是因为他的虚荣心,因为他认为这件事不会为人所知,因此不至于影响他的名声,由此可见对高文来说"更重要的还是名声"(501)。高文的选择显示,骑士的私人荣誉感有时甚至超过了这个阶层的道德准则的要求。骑士的荣耀降级为对名声的追求。因此,荣誉(名声)成为一把双刃剑,有时促使骑士们仗义直行,有时又引诱骑士们犯错堕落。肖明瀚将虚荣视作"人性普遍存在的缺陷和为恶倾向"之一,绿衣骑士正是利用亚瑟王的虚荣心,"使他接受了本不该接受的挑战";亚瑟王和其他圆桌骑士之所以责怪高文为了骄傲而去送死,"实际上是为了掩盖自己的怯懦,维护自己的声誉"(500);为了维护私人的荣誉感,即使是最高贵的骑士们也会倾向于使用一切手段,向暴力与欺骗妥协。

在宫廷文化和宗教思想的影响下,骑士精神中属于战争和武士的内容被从情感和理念两方面进行教化和改造。宫廷的贵妇人们要求骑士彬彬有礼,举止文雅,礼让女性;教廷则希望骑士们扶贫济弱、救苦厄难,有限制地使用暴力,避免不必要的血腥杀戮,为正义而战。也就是说,完美的骑士所持的理想主义是为了"维护秩序、保卫信仰和保护弱者而战"(Saul 193)。但是,骑士精神和骑士制度毕竟授予了骑士阶层合法使用暴力的权力。琼斯的研究发现,"不管骑士精神如何表现为已经限制了骑士争斗的暴行,它都可能会鼓舞暴力行为。社会地位和个人荣誉都只能通过勇猛的战功获得……浪漫传奇故事反映出这一点,同时也鼓舞了这种态度。故事中随处可见用争战来报复挑战和辱骂,通过武力胜利来获得并维护荣誉"(Jones 169)。在这种情况下,骑士精神的内核中就产生了自相矛盾的两面,一方面使骑士们为了高尚的、无私的目的使用暴力,维护社会秩序、公平和正义;另一方面则可能使骑士们为了个人的利益和荣誉挑战社会公正和准则,为了卑鄙的、自私的理由使用暴力。科伊佩尔正是从后一方面的可能性出发,才认为暴力是"骑士精神的本质""骑士是武士,而非普通人",而且他们所珍惜的"既定特权"正是"在任何情况下,只要触及了他们带刺的荣誉感,他们都有使用暴力的权力"(Kaeuper 8)。骑士用"锋利的武器和遍洒的献血"守护他们的荣誉感,暴力和荣誉紧紧交织在一起,也难怪科伊佩尔将骑士们的暴力行为称为"高傲的暴力"(proud violence)(8)。

用暴力手段维护个人荣誉是否正义? 在 14 世纪已经有相关的讨论。乔叟的《坎特伯雷故事集》中,《梅利比的故事》("Tale of Melibee")就表现了诗人对用暴力手段维护家族利益和个人荣誉的否定看法。梅利比的故事是由《坎特伯雷故事集》中的叙事者乔叟讲述的故事之一,这个故事几乎是一篇正反双方辩论的论述文,主题为是否采取暴力手段维护荣誉。故事中的梅利比是个有权势的财主,一日外出时有人闯入他家,打了他的妻子,还重伤了他的女儿。梅利比和妻子普鲁登丝(Prudence)之间展开辩论,目的是决定应该采取什么行动。梅利比希望以暴力手段进行报复,维护他的荣誉,妻子则力劝他宽恕和解,以和平手段解决争端,并提出荣誉的意义应该源于内心,克制冲动,显示怜悯和慈悲,而不在于展示暴力。乔叟借普鲁登丝之口对依靠暴力维护荣誉的行为提出了质疑,并为荣誉另下了定义。《梅利比的故事》的主角并不是骑士,乔叟也没有直接对骑士精神做任何批评,他只是借一场夫妻间的争辩对荣誉和暴力之间的关系给出了两种截然不同的论点,并隐晦地赞同妻子的观点,提出了应该审慎地对待暴力,打破了荣誉和暴力之间的依存关系。

马罗礼的《亚瑟王之死》则通过亚瑟王宫廷及其治下的骑士们的故事向读者进一步揭示骑士的荣耀与暴力之间一体两面的复杂关系。马罗礼本人就是一名骑士,经历过战争与杀戮,又因被控诉抢劫勒索、强奸等罪行被判入狱。刘易斯在《中世纪和文艺复兴时期的文学研究》（*Studies in Medieval and Renaissance Literature*）中解释了马罗礼这些罪名的来源，认为"'抢劫'和'勒索'很可能是决斗中的举措，这不仅仅是被允许的，而且是骑士的荣耀要求的"；而"强奸罪和绑架没有什么区别，兰斯洛特从火刑架上救下桂妮薇王后并将她带走的举动……也可以被定义为强奸"，很有可能马罗礼不过是出于骑士的准则从某位暴虐的丈夫手中拯救了一位淑女（105）。不管刘易斯的解释是否符合实际情况，至少马罗礼这位骑士本人的经历和暴力难分难解，或者说，任何骑士都会在荣誉感的催生下使用并宣扬暴力行为。马罗礼所著的《亚瑟王之死》反映了马罗礼所处的时代特征与他的个人经历，"展现了被战争扯成碎片的混乱的十五世纪"（Jost 260），因此暴力描写尤其明显。该书中骑士的个人荣誉是通过暴力决斗和比武获得的，任何辱及骑士荣誉的行为都在鲜血中得到偿还。少年亚瑟刚刚登上王位时，发出告谕召开大会，并派使者给与会的罗特国王等人赠送礼物。但是这些国王不仅拒收礼物，还羞辱了亚瑟王的使者，并辱骂亚瑟王"乳臭未干，出身低贱"，亚瑟王回报给这些国王的是率兵进发，以战争雪耻（马罗礼 11-27）。面对对手的嘲笑、讥讽或侮辱，亚瑟王和他的圆桌骑士们都会选择战争或决斗，而不是容忍来解决争端，只有战斗中的胜者才有权力给予败者一点慈悲，饶恕他的性命。通过描述亚瑟王宫廷的建立以及衰败的过程，马罗礼的作品清晰地反映了"追寻世俗的荣耀既是宏伟之源，也是毁灭之源"（Barron 147）。对荣誉的追求促使亚瑟王和他的骑士们建功立业，创建了伟大而文明的亚瑟王宫廷，但也同样引发了骑士们之间的矛盾冲突，带来了背叛与战争，内部斗争与兄弟相残最终导致亚瑟王廷的覆灭。

当罗琳在《哈利·波特》系列小说中利用霍格沃茨的四大分院特质来重写骑士精神的重要品质的时候，暴力与荣誉这一对交织的核心概念也是《哈利·波特》系列故事围绕的中心。罗琳以此为突破口,拆解了原本作为整体的骑士精神,使不同骑士准则的具象表达之间产生无法调和的矛盾,借此批评了骑士对私人荣誉的无节制追求,并希望读者能够通过阅读格兰芬多与斯莱特林两个学院之间的竞争与战争,反思荣誉与暴力。格兰芬多和斯莱特林之间的矛盾,主要发生在它们对荣誉的共同追求中,表现在它们追求荣誉不同的方式上,更表现在它们对待暴力的态度和使用上。

2. 霍格沃茨的校园竞争:追逐荣誉

在霍格沃茨校园内部,学院之间的竞争无处不在,每个新生在开学时就被告知每年一度的"学院杯"竞赛的存在:"你们在霍格沃茨就读期间,你们的出色表现会使你们所在的学院赢得加分,而任何违规行为将会使你们所在的学院减分。年终时,获最高分的学院可获得学院杯,这是很高的荣誉"(魔法石,70)。由于对所在学院的归属感,每一个学生都加入这一场荣誉的争夺战之中,他们的日常行为导致的加分或扣分直接体现在大厅里四个学院各自的得分沙漏里的宝石数量上,这种直观的方式更刺激了学院间的竞争,尤其是格兰芬多和斯莱特林,作为最经常获得学院杯的两个学院,它们之间的较量也相对更为激烈。这种竞争突出反映在魁地奇的赛场上,不仅因为魁地奇杯的争夺直接关系到大量的得分,很大程度上影响到学院杯花落谁家;更重要的是,魁地奇赛场是优秀的学生们集中展现他们的能力、胆识等个人素质的舞台,是为个人和学院获得荣誉,得到其他学生,甚至是教授们喜爱认可的重要场所。它的重要性,就相当于浪漫传奇中的比武大会(tournament),是骑士们通过合法的暴力获取荣誉最重要的场所之一。

中世纪骑士以战争为职业,战争是骑士的荣耀之源,而比武则是仅次于战争的骑士的荣耀之源。在战争与比武中,骑士们通过竞争获得荣誉,争夺名声。中世纪的骑士传奇最重要的主题之一就是描写和表现战争与比武的场面,颂扬骑士的英武。亚瑟王传奇的集大成作品,马罗礼的《亚瑟王之死》对骑士比武进行了大肆渲染，频繁的比武大会贯穿了《亚瑟王之死》始终，中间穿插着骑士的冒险故事、战争和爱情。在这部作品中，每逢重要节日几乎都有比武大会召开，规模有大有小，既有一对一的战斗，也有大规模的混战，还有国与国之间的大比武；在比武中圆桌骑士们按武力值排出了次序，最勇武的骑士兰斯洛特勇冠三军，以至于有他出场的时候，亚瑟王甚至不让高文爵士（亚瑟王的侄儿）出战，因为有兰斯洛特在，高文就无法获得优胜。在一次比武大会上，兰斯洛特匿名出现，"仅凭手中的一只长矛"就挑落数位圆桌骑士，在被三人围攻，受了重伤之后，还能"一把宝剑一连打败三十多位骑士"（马罗礼743-745）。骑士们依靠自己的勇猛和武技获得荣耀和奖赏，但是比武大会所提倡和渲染的不仅仅是高超的武艺，还有公平竞赛的精神。克雷蒂安在《埃里克与艾妮德》（*Erec et Enide*）中告诉读者，两个骑士不应该同时攻击一个骑士，否则将被认为是背叛行为（treachery）。《亚瑟王之死》中提倡的公平比斗都是发生在两个骑士之间有准备的决斗。尽管骑士精神无法避免地提倡暴力，但是中世纪的骑士传奇在宣扬骑士武功的同时，还是尽力给武力的使用套上了各种规则的枷锁，在这当中，除了宫廷文化和宗教精神对暴力行为的种种限制之外，武士伦理本身要求的公平竞争也是重要内容。

罗琳在《哈利·波特》系列中用运动竞赛的方式重写了比武大会，她创造了一种全新的巫师竞技比赛：魁地奇。这种竞技运动规则复杂，每支队伍包括三名追球手、两名击球手、一名守门员和一名找球手，七名选手骑在飞天扫帚上进行比赛，比赛既是团体的对抗，也包含个人（尤其是找球手）之间的比拼。霍格沃茨几乎每年都要举办魁地奇比赛，学院之间两两竞赛直至决出冠军，获得魁地奇杯是学院的巨大荣耀，连院长有时都会为了取得胜利采取一些违规手段为自己学院的队伍助力，麦格教授（格兰芬多院长）就曾经将一年级的哈利破格吸纳进本院球队，期望他非凡的飞翔技能可以帮助格兰芬多获得魁地奇杯。通过魁地奇比赛，选手们的武力和技能得到体现，优秀的选手获得学生们的崇拜和追捧，荣耀非凡；每个学院的魁地奇队长和学院级长属于同一个级别，享受一般学生无法获得的特殊待遇（例如豪华的级长浴室）。哈利因为与生俱来的飞翔天分在魁地奇比赛中如鱼得水，经常能够以个人的技术和努力决定整个队伍的胜利；他在球场上获得的掌声、欢呼和赞扬可能是学生中最多的。罗琳用扫帚上的球类角逐重新演绎了马背上的武力较量，魁地奇就像骑士获取并展示荣誉的比武大会一样，是球员们展露能力、竞争荣誉的中心，也是展示骑士精神的舞台。哈利在魁地奇的球场上展现过高超的飞行技术、勇敢的拼搏精神、公平竞争的风度，以及对女性球员的礼让，可以说，球场上的哈利体现了骑士精神的典型特征。与哈利代表的格兰芬多球队相反，斯莱特林球队在魁地奇比赛中则完全体现了蛇院不择手段追求荣誉的风格。斯莱特林球队为了夺取胜利不止一次采取过"明显而卑鄙的作弊行为""公开的和令人反感的犯规行为"（魔法石，115)，曾经在比赛中故意暴力攻击对方队伍中的女性队员，曾经依靠过比其他队伍更快速的新型扫帚（密室，63)，也曾经使用过欺诈手段（阿兹卡班，151)，违反了公平竞争的准则。为了胜利的荣耀，斯莱特林球队不顾规则，放弃公平竞赛，放弃绅士风度，完全抛弃了骑士精神的其他准则而推崇赤裸裸的暴力行径。

　　有关魁地奇比赛的情节穿插在哈利的学校生活和冒险中。在战争开始之前，只有一年霍格沃茨因承担"三强争霸赛"（Triwizard Tournament）而取消了比赛，而后者可以看作罗琳模仿骑士的比武大会而重写出的"巫师比武大会"，从内容和形式上来说它都比运动竞技更贴近真实的比武大会。系列小说的第四部《哈利·波特与火焰杯》的叙事主要是围绕着三强争霸赛的过程及其背后的阴谋展开的。罗琳为这场争霸赛设置了三场比赛：斗火龙取金蛋、斗水妖救爱人（或朋友）以及迷宫寻路夺宝。连续三场的比武大会是中世纪浪漫传奇中流行的情节范式,渐进性的三场比武对骑士进行武力、道德、身份(血统)等方面的测试,象征着骑士精神逐渐完善的过程。高文爵士接受了绿衣骑士的三斧,高瑟爵士①也同样经受了三场比试。巫师三强争霸赛的斗火龙考验了勇气和实战能力,斗水妖考验了爱与友谊,迷宫寻路则考查了公平竞技的精神——考查的重点正是标准的骑士精神所推崇的准则。

在争霸赛中,哈利在霍格沃茨全校师生和来参加比赛的另外两所魔法学校的师生面前勇斗火龙与水妖、救助弱小、忠于朋友,集中展示了他的勇武、坚毅、忠诚、谦逊和友谊,体现了"高尚的道德风范"(火焰杯,305)。因为他在比赛中的精彩表现,获得了"学校里大多数同学的支持"和欢呼喝彩,甚至得到了媒体的特别关注。但是对于哈利来说,获得这些荣誉比不上重新获得他最好朋友罗恩的友情,"罗恩为他打抱不平,这对他来说比一百分还宝贵"(火焰杯,218)。哈利和他的朋友们确实会因为荣誉问题产生矛盾,当哈利被阴谋卷入三强争霸赛时,绝大多数人(包括罗恩)都认为他是为了追求荣誉弄虚作假才能得到比赛名额,赫奇帕奇学院觉得哈利"盗取了他们勇士的光荣"(177),开始怨恨哈利甚至格兰芬多学院;拉文克劳的大多数同学"都以为他施展了诡计,哄骗火焰杯接收了他的名字,迫不及待地为自己赚取更多的名声"(179)。这些误解,尤其是罗恩的冷淡和漠视,使哈利非常痛苦。但是当看到哈利在比赛中勇敢地面对巨大的危险和困难时,曾经误解过他

---

① 高瑟爵士(Sir Gowther)是同名的布列塔尼叙事诗(Breton lay)《高瑟爵士》(*Sir Gowther*)的主人公。布列塔尼叙事诗是一种篇幅相对较短(大约1 000行)的中世纪浪漫传奇作品,多讲述骑士浪漫传奇故事。高瑟爵士是梅林的同父兄弟,年幼起便行事暴虐,作恶累累。后来悔改赎罪,吃狗食、穿烂衣,一言不发。在赎罪过程中,他三次帮助国王打退异教徒的进攻,身上所着的铠甲由黑色变为红色,最后变成白色,象征他得到了救赎。具体文本可见 Anne Laskaya and Eve Salishbury, *The Middle English Breton Lays*. Ed. (Kalamazoo: TEAMS, 2001), pp. 274 - 295.

的朋友与非斯莱特林的同学们还是选择支持他。哈利与塞德里克(三强赛中来自霍格沃茨赫奇帕奇学院的另一位勇士)在比赛中都秉持了公平的原则,互相帮助;在面对最终胜利时更表现出了对朋友的忠诚以及恪守公平竞赛的精神,面对拿到奖杯的巨大诱惑,为了公平,塞德里克坚持要"放弃赫奇帕奇学院数百年来未曾得到过的荣誉"(376),哈利也抵抗住荣誉的诱惑,最后决定两人分享奖杯与荣耀。哈利和塞德里克面对荣誉时做出的选择反衬出斯莱特林学院为了获取魁地奇杯或学院杯的胜利而做出的有愧于骑士精神的"努力",表现出格兰芬多与斯莱特林追求荣誉的不同方式。

魁地奇比赛和三强争霸赛都像浪漫传奇中的比武大会一样,提供了可以合法有序地使用暴力获得荣誉的场合。虽然它们同暴力相关,其间的规则也时常被暴力破坏,但是有节制地使用暴力才是理想的骑士精神的要求,是获得骑士荣誉的必要条件。然而,在罗琳的情节设计中,无论是魁地奇比赛还是三强争霸赛,最终都因为邪恶势力的介入而成为赤裸裸的暴力展示和屠杀的场所,在这些赛场上最终获得彰显的不是骑士的美好品德与荣耀,而是暴力与其带来的无序、恐怖与死亡。英国魔法部花费巨大人力物力举办的魁地奇世界杯(Quidditch World Cup)成了食死徒们用暴力宣告回归的最佳场合,而三强争霸赛更是遭到利用,象征胜利的奖杯被制作成"门钥匙"将哈利和塞德里克带到伏地魔面前,塞德里克因此死亡,伏地魔重获肉身,而哈利倍受折磨。有序的暴力导向了无序的暴力:战争到来了。

3. 正邪之战:权力角逐

斯莱特林学院作为纯血统贵族巫师的聚集地,崇尚通过暴力手段(黑巫术)来获取荣誉和权力,维护本身的社会地位。罗琳将斯莱特林塑造成邪恶力量的领袖人物——伏地魔及其大部分爪牙食死徒们(Death Eaters)的出身学院。斯莱特林古老的巫师贵族们重视他们的"纯粹高贵"的巫师血统和家族的延续,甚至从中发展出对非巫师血统的歧视,对巫师、普通人及其他智慧生物进行了按照血统的划分和排序,自认为纯血巫师占据了等级金字塔的顶端,凌驾于其他生物种类之上,并从而享有征服、控制他们的权力。伏地魔的出现正投合了巫师贵族们的需求,他的纯血统论调和"魔法即强权"的观念得到了斯莱特林的追捧,从学生时代起就给自己招揽了一批主要由斯莱特林学生组成的追随者,后来成为他的恐怖组织的主要成员。在伏地魔的理论里,没有正义邪恶的分别,也没有是非善恶的存在,只有对权力的无限制、不计手段的追求。而只有权力,才能维护纯血巫师贵族事实上已经岌岌可危的地位和优越感,因为"现在大部分巫师都是混血的。要是不和麻瓜(Muggles)通婚,我们(纯血巫师)早就绝种了"(密室,64)。为了维护自身的荣誉,斯莱特林学院几乎毫不犹豫地投入了伏地魔一方,走上了依靠暴力寻求权力之路。在伏地魔及其党羽依靠暴力进行统治的时期,他们实行种族歧视、隔离和灭绝制度,迫害非纯血统的巫师,尤其是"泥巴种"①巫师,残害维护、亲近麻瓜的巫师;对非巫师血统的智慧生物,如精灵、妖精、人马、人鱼、巨人、狼人等,则分类实行不同的统治方案。

　　勇敢对抗这种恐怖统治的,是主要以格兰芬多学院的代表人物结成的"凤凰社"及其领导的正义力量。四个学院在这场正邪之战中立场最明确的表达在小说尾声。霍格沃茨大战前夕,当学生们面临选择留下来保卫学校还是自由离开时,"四张桌子渐渐地空了。斯莱特林的桌旁空无一人;而拉文克劳鱼贯而出时,一些年纪较大的同学坐着没动;赫奇帕奇留下来的就更多了;格兰芬多更是有一半的同学都待在座位上"(死亡圣器,449)。代表骑士精神不同品质的四个学院在这场战争中的最终选择在原本应该团结统一

_____

　　① 即父母双方都是没有魔力的普通人的巫师。哈利的母亲莉莉、哈利最好的朋友赫敏都是"泥巴种"。

的霍格沃茨学校中间划出一道分水岭，根据对暴力的态度和使用将四个学院分裂为善恶两方，为了权力和个体荣誉而擅用、滥用暴力的斯莱特林为恶；而为了维护秩序、维护公正、保护弱小而有原则地使用暴力的格兰芬多以及其拥护者为善。

尽管在对抗伏地魔的战争中，凤凰社的成员们不可避免地使用了暴力，但是哈利本人将暴力的使用降到了最低程度。哈利一直固执地使用缴械咒语"除你武器"来进行战斗，对抗来自敌人的杀伤力巨大的可怕恶咒，乃至大部分食死徒都将使用缴械咒看作哈利的标志性行为。哈利的老师之一，凤凰社成员卢平告诫他："缴械咒的时代已经过去了……即使你不想杀人，至少也得用昏迷咒。"哈利的回答清晰表明了他对暴力的态度："我不能无缘无故地把挡我路的人咒死，那是伏地魔的做法。"（死亡圣器，52）与之形成鲜明对照，食死徒中坚分子贝拉特里克斯在对战中对哈利不无炫耀地解释如何"正确"使用"钻心剜骨"咒语伤害别人："你需要发自内心，波特！你需要真的希望造成痛苦——并且享受这种感觉——正当的愤怒不会伤害我多久的——"（凤凰社，528）。贝拉的"教导"说明了不可饶恕咒语作为邪恶的黑魔法的真正含义——施咒人必须"发自内心""真的希望"对他人造成伤害，甚至要享受它——这是一种自主选择的罪恶。在不可饶恕咒语的使用上，哈利和贝拉分别体现出战争中双方对使用暴力截然不同的态度，这正回应了当邓布利多自谦说他的功力不比伏地魔时，麦格教授的评价："那是因为您太——哦——太高尚了，不愿意运用它。"（魔法石，6）邓布利多领导的凤凰社和格兰芬多学院，即使在战争中，也力求将暴力的运用控制在有限的范围内。在最后一战中，他们甚至愿意让斯莱特林的学生自由离开战场到安全地区，也不愿意将他们作为人质来威胁这些学生的食死徒父母，以增加获胜的几率，减少己方的伤亡。如果按照当前通俗文化中经常奉行的以暴制暴的理论，凤凰社无疑不可能获得胜利。罗琳通过《哈利·波特》系列反映出的是一种颇为理想主义的世界观——这是同浪漫传奇中表现出的宗教影响一脉相承的——正义一方真正有力的武器并不是暴力，而是仁爱。

正义的格兰芬多以勇敢为特征，其最高表现在于勇于为了爱而牺牲。凤凰社之所以能获得最后的胜利，关键就在于它的代表人物们纷纷都为爱选择了献身。莉莉·波特（Lily Potter）为对孩子的母爱牺牲自己，斯内普为对莉莉的爱情牺牲自己，邓布利多为正义牺牲自己，哈利为了他所珍爱的一切——父母、老师、朋友、爱人和正义——也决定牺牲自己。换言之，凤凰社用以对抗滥用暴力的食死徒组织的最大武器，并不是暴力，而是爱和自我牺牲的精神。邓布利多——格兰芬多的代表人物、凤凰社的创始人，哈利的人生导师一直试图教导哈利，爱才是力量的真正来源，哈利具有的"伏地魔从未有过的能力"正是爱；是爱保护了哈利，帮助他抵御了权力的诱惑，保持了心地的纯净（混血王子，378）。哈利与伏地魔的斗争隐喻了仁爱与暴力的斗争，而仁爱与暴力正是骑士精神中最重要的矛盾组合。最理想的骑士精神正是要求骑士为了爱而使用（或不使用）暴力，但实际问题是，不管是在浪漫传奇还是在骑士的现实生活中，这个最高理想都很难实现；更多的时候，暴力的使用是为了个人的荣誉和利益。

通过巫师世界的战争，罗琳给骑士精神中的贵族伦理，即对贵族血统的重视、对家族荣誉与权力的追求与维护等特征蒙上了邪恶的、暴力的面罩，同骑士精神另外的重要品质如勇敢无畏、忠诚无私、仁爱等对立起来；罗琳挖掘骑士精神内部仁爱与暴力之间的矛盾，对暴力的使用提出了质疑。在罗琳的重写中，骑士精神中的血统观念、荣誉观念都催生了暴力的滥用，同骑士精神要求的正义、仁爱与责任感产生了不可调解的矛盾。

三、二元对立：分院内部的矛盾冲突

分院帽按照四个学院创始人要求的品质对学生进行分院，这似乎意味着每个学生身上最重要的特点就反映在他的学院归属上。但问题是，人性的多层次和复杂善变决定了某种品质概念并不能完全说明个体的全部。罗琳在小说中体现了个体人物的具体性与复杂性。"分院仪式"是根据主要特质对个体进行分类的仪式性场合，分院过程具有象征性意义，分院帽给每个学生分配学院的过程具有明显的差异性：有些学生的学院特征明显，例如德拉科·马尔福，分院帽几乎是刚碰到他的头发就决定了他的归属；有些学生具有多重特质，使得分院帽在他们的几种特征间权衡良久，最后需要探查学生本人的意见才能决定他们的去向，哈利、赫敏等学生都同时具有两种学院所要求的品质。

因此，在《哈利·波特》系列中，即使同一个学院的学生也表现出独特个性。在他们身上，学院的特色品质表现的程度和方式常常存在巨大的差异性，体现出含混，甚至是反讽的意味。当学院内部矛盾最激烈的时候，甚至可能以二元对立的形式形成尖锐的内部对抗，小说人物也因此而面临选择的困境。由此可见，在四大分院的内部存在不同的声部，并不因为其主要特质的统一性而成为同质性声音。通过交错的各种声部，罗琳对被她分解的骑士精神的不同准则和典型品质进行了多层面、多维度的展示，在现代社会伦理视域下反观骑士精神的各种特质，并通过极端情境下二元对立结构凸显其异质性，揭示骑士精神某些特质与当代西方社会价值体系的不相符合之处。罗琳通过解构式的挪用将这些矛盾冲突凸显现在读者面前，并且通过小说的情节安排提供了自己的意见。

1. 冒险与规则

浪漫传奇故事的核心是骑士的冒险经历，或者说，冒险是浪漫传奇故事的固定规则：年轻骑士们离开宫廷单独冒险受到鼓励，甚

至是他们获得身份的必要途径，少年骑士们必须通过独立冒险，行侠仗义，获得贵族夫人小姐们的芳心，证明自己具有同高贵的骑士身份相匹配的美德，从而获得亚瑟王宫廷众骑士的承认。在冒险经历中考验自身、追寻自我，最终成为理想的骑士是中世纪浪漫传奇中的范式性情节，因此弗莱（Frye）在《批评的解析》中说"浪漫故事情节的基本因素是冒险"（226）。弗莱认为这样的故事结构不免单一："一个从不发展又不衰老的中心人物经历一个连一个的冒险，一直到作者本人无力支撑下去为止"（226）。弗莱的批评针对某些浪漫传奇固然有理，但事实上优秀的浪漫传奇的骑士主人公们也并不总是"不发展又不衰老"的，至少《高文爵士与绿衣骑士》中的高文不是如此，马罗礼笔下的兰斯洛特也不是。

《哈利·波特》系列小说具有浪漫传奇的内核：少年"骑士"们必须在冒险中成长，寻找自我、证明自我。作为一部以冒险为主线的成长小说中的主要角色，哈利·波特和他的朋友们在冒险中逐渐成长，由单纯渴望冒险游戏的少男少女成长为成熟坚强的战士；在带有传奇色彩的冒险经历当中他们不断接触社会与人性的"真实"；更重要的是，从冒险的一开始，他们就已经对冒险本身进行了多重声音的讨论。

格兰芬多学院的特征是勇敢与冒险，但是内部就存在着对冒险精神的质疑，尤其是当冒险与规则发生冲突的时候。浪漫传奇中的英雄冒险是程式，英雄们不需要回答已经预设了答案的"是否需要冒险"这一问题；并且英雄冒险必须离开充满秩序的宫廷，冒险的场所是森林、荒野或巫术缠绕的古堡，不受宫廷规则束缚。但是罗琳将小说冒险情节的大部分背景设置在魔法学校之内，受到规则的制约，此种设定将冒险同规则对立起来：学生必须遵守规则，而冒险必然打破规则。因此，"是否应该冒险"就成为冒险的主人公首先需要回答的问题。主人公三人组中的赫敏，在小说伊始是最固守校规的学生之一，并因此和充满个人主义冒险精神的哈利和罗恩产生了不少矛盾。赫敏规劝哈利夜间不要出门，因为"如果你被抓住，会给格兰芬多丢掉多少分啊……你真的太自私了"（魔法石，94）。赫敏的出发点是为了学院整体的荣誉，相比之下，哈利和罗恩因为接受了德拉科的决斗挑衅而决定违反校规就显得有欠考虑。是选择为了个人荣誉而冒险，还是选择谨守规则而做"懦夫"？哪一种是更具备勇气的体现？随着赫敏和哈利、罗恩的关系不断亲近，她也加入二人的冒险中来，学会为了"更重要"的目的而放弃遵守规则。在《魔法石》的结尾，一向懦弱的同院同学纳威·隆巴顿鼓起勇气，担当了规则的守护者，阻止三人组的冒险，理由正是当初赫敏用过的；然而这一次，正是曾经维护规则的赫敏用石化咒击倒了纳威，因为她判断为了保护魔法石而冒险是值得的，比维护校规更重要。在此处，罗琳传递出一个信息，即为了"更大利益"冒险是有必要的，在这一前提下，突破规则是合法合理的。

　　和浪漫传奇中鼓励骑士外出历险不同，学校教育一般情况下会禁止学生的各种冒险行为，冒险和规则通常是二元对立的两面：如果事事守规矩，自然不会冒险。但是霍格沃茨显然不是一般的学校，邓布利多也不是普通的校长，从校长邓布利多对这些违背校规的学生的雷声大、雨点小的惩罚和实质上的奖励看来，这位在开学典礼上强调规矩的校长事实上不那么重视规矩，甚至从某种层面来说，正是他本人暗中鼓励哈利和他的朋友们"为了更大的利益"违反规矩，进行冒险，并在冒险中学会面对困难和挑战，强化自身：冒险成了英雄成长的必要条件。

　　然而并非只有冒险才意味着具有勇气：试图阻止哈利等人违反校规进行冒险的纳威也同样受到了这位校长的表扬，理由是能够挺身反对朋友，维护规则，比反对敌人需要更大的勇气。罗琳的情节处理让冒险、勇气与规则之间的关系变得含混复杂起来：违反规矩是勇敢，努力维护规则同样是勇敢。看似矛盾的结论实际上说明勇敢的真相，这也是罗琳对勇敢的定义：勇敢是为了自己坚信的真相与正义挺身而出。

小说中的成年人物对于少年冒险的态度呈两极化分布。邓布利多校长等冒险推崇者鼓励并提供机会让哈利通过冒险成长起来，哪怕少年的冒险像是孩子的游戏，鲁莽而冲动。而一向公开表现出对哈利敌视的斯莱特林院长斯内普教授则是冒险精神的批评者，他多次批评哈利依仗自己"救世主""大难不死的男孩"的身份，藐视规则、违反校规，屡教不改。斯内普的批评虽然有偏见成分，但并非完全没有道理。哈利在冒险行为中受益良多，培养了勇敢的品质，发展了最忠诚的友谊；但他也在冒险中失去了很多，因为伴随着冒险精神的常常是鲁莽和不谨慎，随意置自己于险处的轻率举动。在系列小说第五部《哈利·波特与凤凰社》中，罗琳描写了一次典型的失败的冒险经历：哈利因为判断失误，擅自决定离开学校去魔法部救援自己的教父小天狼星，好友们劝说无效，决心与他同去，结果中了敌人的圈套，导致小天狼星的死亡和朋友们的受伤，让哈利陷入深深的自责与懊悔。

小天狼星与哈利的父亲詹姆·波特从学生时代起就是最好的朋友、一起冒险的伙伴，二人都是冒险精神的推崇者。哈利曾经因为谨慎而拒绝了其教父小天狼星的冒险提议，当时这位教父表现得非常不悦："你不如我想的那样像你父亲，对詹姆来说，只有冒险才是有趣的。"（凤凰社，211）乐于冒险的小天狼星最终因为教子的一次冒险而丧命，可以算是对冒险精神做出的最佳反讽。勇敢和冒险并不意味着轻率和鲁莽，后者只能带来失败。冒险需要勇气，更需要审慎与思考，否则将给自己和他人带来难以承受的灾难性后果。这是哈利在失败的冒险经历中学到的重要教训，也是罗琳在审视骑士的冒险精神之后，试图传递给现代青少年读者们的信息。

2. 血统论与家族观

系列小说中的斯莱特林学院奉行贵族伦理的血统论，其中典型的如布莱克（Black）家族和马尔福（Malfoy）家族。在现实生活中，欧洲的皇室和贵族阶层虽然在二战之后已经走向衰败，但是在大众间依然有不少拥趸，不少通俗文学作品也反映出大众对所谓"蓝血贵族"的追捧和崇拜，以"纯血"贵族为溢美之词。但是罗琳显然对这样的家族没有好感，从她给他们挑选的姓氏上就可见端倪。布莱克（Black）意味着"黑暗"，而马尔福（Malfoy）意味着"错误的信仰"，或者说，"黑暗的错误信仰"就是罗琳对贵族纯血统伦理做出的基本论断，这显然说明罗琳崇信的是现代欧洲的资本主义制度下的民主、平等观念。在系列小说中，布莱克和马尔福这两个家族具有阶级一致性，彼此还是姻亲，但他们在血统论信仰方面并不完全一致，前者以家族信仰为先，后者以家族利益为先。以中世纪观念来看，贵族阶层的血统观与其家族利益原本是一体两面：纯血统的结合本身就代表双方的家族利益联盟达成，其后代也因此获得稳固的身份与地位，家族利益得到维护。但是罗琳却将纯血统与家族利益进行了二元对立，将纯血巫师世家放置进选择的困境：当纯血信仰与家族利益之间产生矛盾，放弃纯血统才更有利于家族利益的时候，巫师贵族家庭又应做何选择？

布莱克和马尔福两个纯血家族交出了不同的答案，布莱克家族抹杀一切有损于家族荣誉，或者反对家族规则的成员，视"纯血"为第一位，导致家族覆灭；而马尔福家族视家族利益与传承为第一位，马尔福夫人为了儿子德拉科的安全甚至敢于背叛伏地魔，背叛"纯血"信仰，最终至少保住了全家的性命。这样的结局无疑是对"纯血"信仰的莫大反讽：本身是为了维护家族利益的血统信仰已经不再适应时代的发展，坚持贵族通婚和"纯血"只能使家族日益走向衰败。

系列小说的第五部《哈利·波特与凤凰社》对布莱克家族的纯血论信仰有比较清晰的描述：布莱克家族的老宅里悬挂着一幅家谱图，"一直可以追溯到中世纪"（77），暗示了该家族古老的贵族传承以及其秉承的贵族血统观念。挂毯上绣着"最古老而高贵的布莱克家族永远纯洁"几个大字,可以算是"纯血论"的最佳注解,而挂毯上凡是反叛了家族血统信仰的成员名字都被烧成一个小黑洞,代表永远除名。此小说情节体现了贵族复杂的家庭关系,"保持血统的压力会在父母与子女之间或者同胞之间引发爆炸性的冲突"(德瓦尔德 14),该家族为了"纯血论"驱逐了血脉相连的家族成员,具有反讽意味。其中,哈利的教父小天狼星因为反叛"纯血论"被除名,小天狼星的堂姐安多米达因为嫁给"麻瓜种"巫师也被除名。小天狼星之死断绝了布莱克家族谱系,纯血论最终导致了自身的孤立和灭亡,就像小天狼星所说:"如果你只想让你的儿女同纯血统的人结婚,那你的选择余地就非常有限了。我们这种人已经所剩无几了。"(凤凰社,79)

布莱克家族的最后一代原本共有两男三女五个成员,小天狼星是家族反叛者,进入了格兰芬多,而不是家族固定的斯莱特林学院;他的弟弟雷古勒斯因为"纯血论"加入食死徒,但是在发现伏地魔制作魂器的秘密后,发觉这与他的理念不符,决心反抗邪恶,偷走了其中一个魂器并因此牺牲;他的堂姐之一贝拉特里克斯和丈夫都是顽固的食死徒,为了伏地魔战斗到最后一刻;另一个堂姐纳西莎嫁给马尔福家族,全家也成为食死徒,但在最后时刻背叛了伏地魔并间接导致其失败;被除名的堂姐安多米达帮助凤凰社,她的女儿、女婿都是凤凰社成员,在最后一战中双双牺牲。仅这一代人就包含了如此复杂的信仰分歧,可见永远纯洁的布莱克家族内部其实存在着诸多矛盾,只是维护纯血家族的理念一直占据统治地位,最终导致了整个家族的覆灭。

马尔福家族则和布莱克家族不同,马尔福人丁单薄,活着的仅有卢修斯(Lucius)和纳西莎(Narcissa)夫妇以及他们的儿子德拉科。对马尔福来说,信仰不是第一位的,家族的传承本身才最重要。根据罗琳的描述,马尔福应该是贵族世家出身,罗亚科诺姐妹

(Laura Loiacono & Grace Loiacono)指出,马尔福庄园(Malfoy Manor)暗示了这个家族的历史传承,因为"庄园"(或称采邑)是从中世纪传承下来的,代表一个家族的贵族地位以及其对领地享有的法律与经济上的权威(Loiacono & Loiacono 177)。马尔福家族追求"纯血论"的目的十分功利,主要是为了维护家族和阶层的特权,攫取最大利益。马尔福家资产众多,家主卢修斯一直资助英国巫师政府——英国魔法部(The Ministry of Magic)和巫师首相,享有很高的政治地位;他还是霍格沃茨巫师学校的校董,有权力通过董事会影响全英国唯一正规巫师学校的教学。他加入食死徒组织是为了保障自身权益并寻求更大的政治地位,因此当伏地魔失去肉身、食死徒遭到打击时,卢修斯立刻号称自己只是"中了迷惑咒",通过贿赂逃开了对食死徒的审判。相对于布莱克家族身体力行地极力奉行纯血论,马尔福家族虽然重视纯血论,但他们更重视家族利益。因此卢修斯·马尔福可以为了自身和家族的安全一再背叛伏地魔,他的妻子纳西莎也为了儿子德拉科的安全欺骗伏地魔,反而使家族在战后存活下来。

从罗琳描写的斯莱特林学院最古老、最典型的两个家族的兴衰可以看出,即使在重视血统的巫师家族内部,对是否应该坚持"纯血统"也存在着不同的看法。"纯血论"已经日薄西山,尤其是当血统论与家族利益和社会发展相违背时,应该继续维护所谓"纯洁"的血统论,还是以家族利益为第一要义?欧洲贵族的历史侧面说明了答案:"随着古老家族的消亡和新家族的出现,只有头脑僵化、自我欺骗的人,还墨守贵族是个血统纯正的种姓的观念"(德瓦尔德 21)。罗琳通过小说文本也给出了类似的答案。这个问题在当代英国尤其具有社会意义:浪漫传奇时代的贵族家庭保持纯血信仰与其家族利益具有一致性,接纳平民血统无疑会影响家族的声誉与后代的地位;但是随着资本主义的发展和现代社会的到来,作为依然拥有女王和贵族的现代君主立宪制国家,贵族阶层的地位和他们的古老论调其实岌岌可危，和斯莱特林的贵族们颇有顾影相怜之感。

第三节　哈利与伏地魔：分裂的亚瑟王原型

罗琳着力描写了哈利与其命定对手"伏地魔"（汤姆·里德尔）之间的相似性与精神联结，将正邪不两立的英雄传说"变奏"出"现代主义主题"，体现了"邪恶的内在性"（戴锦华 211）。但是，罗琳此种人物设定的源起与意义并不仅限于此：它既具有英国贵族文化的深刻烙印，也对其进行反思与扬弃，体现了英国不同文化形态之间的动态关联。

哈利与伏地魔的相似性在于，二人由英国骑士文学的核心人物亚瑟王一体双生，分别代表了骑士精神的某些侧面。罗琳解构了亚瑟王这一典型骑士形象，将亚瑟王原型的成长经历、性格特征、重要事迹等分解为细小的情节符码，再挪用来塑造小说中对立双方的领袖人物形象——哈利和伏地魔这对"双生"人物，使两者都表现出明显的骑士领袖的特质。而二者的胜负是当代文化选择的结果：罗琳塑造的这对"双生"人物形象，尽管具有种种相似性，却经由个人选择走上了完全不同的道路，类似于两个亚瑟王之间进行了一场善与恶的对话。罗琳通过此重新衡量了"命运"与"选择"之间的关系，让现代个人主义更重视的"自由选择"操纵了中世纪浪漫传奇文本中旋转的"命运"之轮，恶与悲剧成为自主选择的结果。通过互文重写，罗琳的作品反映出英国的资本主义主导文化对贵族文化中有效成分的选择与内化过程，揭示了英国当代社会语境下新骑士精神的文学建构的意义所在。

一、英国贵族文化核心:亚瑟王形象的互文建构

前文曾论证,骑士精神是英国封建贵族的文化核心,融合了武士伦理、贵族文化和基督精神等不同来源的价值观,而中世纪骑士文学帮助建构了"骑士精神",使之成为一种复杂的伦理。亚瑟王是骑士精神的代表人物,体现了不列颠民族身份和国家认同,具有突出的英国性。

中世纪英语浪漫传奇中最具有代表性的文本是亚瑟王和他的圆桌骑士的故事。亚瑟王本人是否真实存在仍然是未解之谜。皮尔萨尔(Derek A. Pearsall)在《亚瑟王传奇:简介》(*Arthurian Romance: A Short Introduction*)一书的开篇详细讨论了历史上是否存在真实的亚瑟王这一问题,认为"无论真实的亚瑟王存在与否,或者以何种方式存在,他都必然被创造出来(或者发现),来填充历史的一段真空,来满足对民族英雄的诉求"(5 - 6)。尽管英格兰国王亨利七世宣称自己是亚瑟王后裔,但其实他甚至不是英国人,这一做法不过是为了王权继承的正统性,通过与象征英国性的亚瑟王建立联系,来表明自己也具有古老的英国血统。就已存的文献资料来看,亚瑟王很可能只是一个文学创造出的人物,正如索尔(Nigel Saul)所指出的:"英雄的亚瑟王可能是中世纪最杰出、最原创的文学创作"(40)。中世纪研究专家 C. S. 刘易斯综述史料,认为"假如历史上确有亚瑟其人,他大概是罗马人。他的传说起于凯尔特人……(《布鲁特》)是一首诺曼诗歌的改编,在精神上完全是盎格鲁-撒克逊的。它的流传是法国诗人和传奇作者们的杰作。它在现代的发展则几乎完全是英美的"(*Medieval and Renaissance*, 24)。

尽管亚瑟王(或者类似的人物)很早就出现在凯尔特人的传说故事中,但是现存的凯尔特传说成书较晚,因此,目前可知最早将亚瑟王作为英国国王进行详细的叙述,且产生了较大影响力的可

能是威尔士书记员，蒙茅斯的杰弗里，在 1136 年左右用拉丁文撰写的伪历史作品《不列颠诸王史》。在该书中，杰弗里追溯了从布鲁图斯（Brutus）开始的英国国王的统治和重要事迹。这本历史书中存在大量的虚构故事，极力渲染了预言、巫术以及各种超自然存在。杰弗里的想象力在有关亚瑟王的部分几乎是信马由缰，他首先给亚瑟王编撰了一个具有桃色色彩的传奇出身：亚瑟的父亲尤瑟国王（Uther）对康沃尔公爵夫人伊格娜（Ygerne）产生了狂热的情欲，并因此求助于巫师梅林（Merlin）。梅林使用了一种变身魔药，使尤瑟完全变身为康沃尔公爵的样子，去了公爵的城堡与伊格娜相会。杰弗里特别强调"当晚她就怀上了亚瑟——后来以非凡的勇气赢得极高声誉的著名的国王"（151）。与此同时，康沃尔公爵在与国王军队的交战中被杀，尤瑟如愿以偿，同伊格娜生活在一起。亚瑟十五岁时成为新国王，他表现出"超凡的勇气，而且慷慨大方"，他"天生的美德，他优雅的举止，使他受到全国人民的爱戴"（155）。亚瑟勇武非常，在对萨克森人的战斗中，他手持宝剑卡里波恩，"杀死了四百七十个敌人，才减缓了屠杀的速度"（160），恢复了英国的荣誉。杰弗里简要叙述了亚瑟王迎娶王后桂妮薇（Guinevere），并在宫廷中发展出一套优雅的礼仪的过程，而将亚瑟王的悲壮结局作为重点加以详述：在亚瑟王挑战罗马帝国时，他的侄儿莫德雷德（Mordred）与王后通奸，并自封为王；在复仇之战中，亚瑟受了重伤并被送到阿瓦隆岛，将王位传给了他的表弟康斯坦丁。杰弗里笔下的亚瑟王主要是一位英勇的武士和慷慨的国王，他具有传统的英雄史诗和传说中的武士英雄的特质，具有传奇又高贵的出身、非凡的武力和豪爽慷慨的性格，重视荣誉，嗜杀好战。

杰弗里的《不列颠诸王史》很快被诗人威斯（Robert Wace）用

方言(vernacular)翻译重写为《布鲁图传奇》①(Roman de Brut)，在重写的过程中威斯进行了自由改编，充分发挥了自己的想象力，将当时宫廷文化中提倡的骑士精神与对待贵族女性的翩翩风度融合进文本。威斯特别对尤瑟国王对伊格娜的调情以及亚瑟王与王后桂妮薇之间的爱情做了更为详尽细致的描写，增添了更多的情感与心理描写。除此之外，他还为亚瑟王传说增添了非常重要的部分，即圆桌骑士制度，让亚瑟的骑士们能够不分先后地落座，避免内部争端。威斯重写后的亚瑟王已经超越了传统的武士形象，转为贵族国王形象，开始重视礼仪(courtesy)，尤其是重视爱与情感，他自称是"一个重'爱'之人"(One of Love's Lovers)(Wace 43)。此时的亚瑟王形象已经开始向典型的浪漫传奇宫廷骑士领袖的形象靠拢。

　　威斯之后的另一重要改编者是莱亚门(Layamon)，他用《布鲁特》(Brut)重新讲述了不列颠人的历史故事和丰功伟绩。莱亚门的《布鲁特》几乎全盘挪用了威斯对英格兰历史的叙述，只是对亚瑟王的部分做出了精心的重建与扩展。莱亚门对亚瑟王这一人物的重写显示了他"伟大的爱国活力与热情"，带有"民族史诗的气质"(Pearsall 16)。莱亚门不惜笔墨，竭力渲染亚瑟王在对撒克逊

---

　　① 此书于1155年被威斯呈送给了当时英格兰新王后，阿基坦的埃莉诺(Eleanor of Aquitaine)。这是金雀花王朝最著名的王后之一，她首先是法兰西国王路易七世的王后，因无子而离婚后很快带着丰厚的嫁妆嫁给路易七世的宿敌，英格兰国王亨利二世，所生四子中有两子先后成为英格兰国王。埃莉诺在英国宫廷中长期享有崇高地位，致力于改善宫廷文化。她1204年去世，享有中世纪罕见的八十高龄，她的墓穴上的肖像保存至今，肖像手中捧着一本打开的书，象征着知识的巨大力量，也展示了埃莉诺对宫廷文化的重视与贡献。威斯所译的《布鲁图传奇》呈送给埃莉诺之后，便处于当时的宫廷文化中心，影响深远。有关埃莉诺的生平，可见于多部传记以及金雀花王朝历史，尤其是琼斯(Dan Jones)所著的《金雀花王朝：缔造英格兰的武士国王与王后们》(The Plantagenets: The Warrior Kings and Queens Who Made England)。

人作战（而威斯只是简要叙述了这场战事）中的勇武，详细描写其中的战斗、暴力与死亡。莱亚门还扩充了威斯创造的圆桌骑士制度，强调亚瑟王对法律的制定与遵守（有时法令不免残酷，甚至对女性也施以黥刑），以一种史学叙事的态度建构出了一位对外作战勇猛无畏，对内统治刚柔并济的武士国王形象。

　　亚瑟王的故事进入法国叙事传统后，其中的英格兰民族色彩被弱化，而成为当时宫廷流行文化的载体。法国浪漫传奇的创始人和杰出代表克雷蒂安用方言重写了亚瑟王及其麾下圆桌骑士们的故事，完成了亚瑟王的故事由史诗向浪漫传奇的转向。尽管克雷蒂安挪用了杰弗里等人笔下的亚瑟王故事和人物，他所遗留的五部作品却具有高度的原创性，其中的《囚车骑士》更是把骑士兰斯洛特和王后桂妮薇之间的典雅爱情（courtly love）引入了亚瑟王主题（Saul 44）。浪漫传奇与史诗或历史叙事具有本质上的不同，因此，同样是讲述亚瑟王的宫廷，克雷蒂安创造了一个更文明、更优雅、更理想化、更温情脉脉的亚瑟王宫廷。与之前杰弗里以及莱亚门作品中对亚瑟王及其骑士的暴力行为进行宣扬赞美不同的是，勇武与暴力不再是生存的必要条件，而是为了证明自身的存在价值与身份，骑士们的英勇武力展示的最佳场合不再是国家征战的战场，而是个人冒险的旅途或者带有表演性质的演武大会。骑士们最优秀的品质往往并不是表现在战斗当中，而是表现在情感当中。亚瑟王作为优秀的骑士英雄领袖，推广了一整套贵族宫廷文化与礼仪，重视个人情感，提倡对待女性彬彬有礼。在骑士浪漫传奇中的亚瑟王的宫廷里，高贵的身份、高贵的情感与高贵的行为互相促发，相辅相成。

　　在此后的两三百年间，亚瑟王的故事历经了多种版本的改编和重写，其中，卡克斯顿印刷出版了马罗礼爵士所汇集的各种亚瑟王传奇的材料，综合而成的亚瑟王故事集大成的作品《亚瑟王之死》。马罗礼叙述了亚瑟王和圆桌骑士的全部历史。在故事开端，马罗礼大致上挪用了杰弗里虚构的亚瑟王出身,但是增添了一些情节,比如梅林向尤瑟王提出要求,当亚瑟出生之后必须由他来抚养,他则将襁褓中的亚瑟交给了艾克特爵士。少年亚瑟生活在艾克特爵士家里,对自己的身世一无所知,直到他拔出石中剑成为新国王,梅林才告知他实情。少年国王亚瑟被敕封为最高贵的骑士,平息了国内的各种纠纷,在比武大会上显示了非凡的武艺,并且身先士卒,打败了反叛的十一位王爷,巩固了统治。因为挪用了之前的众多资料,马罗礼书写的亚瑟王事迹繁多,个性相对复杂,大体上来说,塑造了更为全面、立体的亚瑟王形象。马罗礼的亚瑟王是骑士精神的典范,他作战勇武非凡、武力过人、尊敬女性、对部下慷慨大方,具有理想的骑士领袖的特质;但是同时,他不可避免地崇尚权力与虚荣,以暴行维护统治,具有许多骑士共通的缺点,做过恶行。在马罗礼《亚瑟王之死》的第二卷中,一个佩剑的少女来到亚瑟王的宫廷,要寻找一位"行为端正、品德超群","从未犯过奸淫、奸诈和叛逆的罪行"的骑士来为她取下佩剑(45)。亚瑟王自己承认并非"最具美德的骑士",他的尝试也以失败告终,他"按住剑鞘使尽了全身的力气向外拔剑,但没有成功"(45)。亚瑟的罪恶首先在于其权力欲。《不列颠诸王史》中的亚瑟王在几次战争胜利后,"对自己的威慑力感到振奋,产生了占领整个欧洲的念头",他侵略挪威,"占领了城市,到处放火……驱散乡民,肆意屠杀"(164)。亚瑟王自大好战、权欲熏心的特点为后来的罗曼史和亚瑟王传奇的作者继承,《亚瑟王之死》中,亚瑟继位没有几年,就"征服了整个北部地区和苏格兰,所有的人都归顺了他。威尔士一部分地区曾反对过他,但在亚瑟王及其圆桌骑士的神威的震慑下,这些地区也像其他地区一样,被一一征服"(11)。在和反对者的战斗中,亚瑟王"浑身都是血污……他的宝剑已沾满了鲜血和脑浆"(24),连梅林都赶来告诫他:"你还不住手! 难道你杀得还不够多吗? 他们的五六万人马已被你杀得只剩一万五千了,你也该停手了吧!"(27)因为权力欲进行征服、滥用暴力是中世纪骑士的本性和职责,因此许多中世纪诗歌和浪漫传奇对骑士的能征善战是持赞扬态度的。暴力和权力欲是骑士精神也难以驯服的骑士的内在缺点。在亚瑟王身上体现出的权力欲和暴力在当时看来是十分正常的。

从中世纪亚瑟王传奇的产生和承继可以看出,亚瑟王的故事作为中世纪欧洲文学的一个重要叙事题材和传统具有突出的互文性特征,亚瑟王传奇的作者们任意挪用之前作品的内容和主题,并通过不同的方式进行重写,或者改变其中的细节或架构,或者增添新的内容或主题。刘易斯总结中世纪英语作品的创作过程认为,中世纪作家的创作"对现代文学来说是非常陌生的。……一方面,他们似乎被原作束缚,从未想过要将其打散,然后融合碎片,再塑出一部全新的作品来。但在另一方面,他们又随心所欲地处理原作品,毫不犹豫地根据他们自己的知识,甚至是他们自己的想象来填补原作——进行润色,使之更贴近生活"(*Medieval and Renaissance Literature*, 36)。对于中世纪的作家来说,文本间相互挪用与依赖是普遍存在的,正如伯罗(J. A. Burrow)所说:"很少有作品能达到现代作家所普遍追求的完全独立性,大多数作品通过某种程度的汇编、翻译或仅仅是转抄而涉及其他作品"(43)。可以说,互文性正是中世纪的写作特征,亚瑟王这个人物形象是在中世纪数百年间历史、文学作品的作者们不断创造、挪用、重写、改编的过程中逐渐丰富起来的,最终成为中世纪骑士传奇中最伟大、最典型的领袖人物之一,亚瑟王文学形象的互文变迁集中体现了骑士精神的历史构成与内在矛盾。他的故事作为一种文学传统,在中世纪结束之后依然活跃在文学领域,经历了难以计数的反复重写。

在英国,骑士精神的影响尤为深远,一是因为亚瑟王形象与英国民族认同紧密相连,二是因为英国封建时代向资本主义社会的过渡较为缓和,经过不流血的"光荣革命",英国保留了王室和上议院制度,贵族阶层仍然享有较为稳固的特权地位,"工业革命几乎没有动摇贵族统治……英国是欧洲历史上贵族权力延续的一个极端案例",英国并未形成强烈的"反贵族话语"(德瓦尔德 5)。因此,亚瑟王及其代表的贵族文化虽然从英国的主导文化退居,但并未退入故纸堆,而是持续地对英国文化产生影响,成为威廉斯文化模型中"剩余文化"(Residual Culture)的典型代表。文学领域尤其如此,骑士精神的许多价值观念依然活跃,尽管它们本质上属于现代工业社会发展之前的封建文化。《哈利·波特》系列对亚瑟王传奇进行互文重构,通过"重新阐释、淡化、投射、差别性包含与排除"等方式(Williams, *Marxism and Literature*, 123),在骑士精神内部进行文化选择,体现了英国主导文化对骑士精神的合并过程。《哈利·波特》系列小说中最重要的一对人物形象——哈利与伏地魔是对亚瑟王的又一次重写。罗琳的重写方式和中世纪作家们不同,她完全打碎了亚瑟王这个骑士领袖原型,依照现代价值观对其"碎片"进行重新组合,拼凑成一对同源、却殊死搏斗的"双生"人物。

二、"双生"人物:哈利与伏地魔

在《哈利·波特》系列小说中,哈利与伏地魔面临着"双生"人物(Doppelganger①)的普遍命运:系出同源,互为死敌。二者的身世之谜、成长经历与身份特质类似,分别是亚瑟王原型在民主文化与极权文化中的投影。二者的"双生"与对立,是亚瑟王与其代表的骑士精神被一分为二,凸显了骑士精神的内部矛盾:"具有骑士风范的人,最优秀的品质是荣誉、虔诚和爱,而最坏的品质是残暴、

---

　　① 术语"Doppelganger"或德文版的"Doppelgänger",原意为"面貌极其相似的人"。

迷信和贪婪。骑士精神的美德是勇气、信仰和献身，而它的恶习是杀人、不宽容和残暴"(Broughton 108)。

亚瑟王的出身融合了魔法、欺骗、情欲、死亡以及戏剧化的血统证明和身世大白。哈利与伏地魔的身世作为这个故事的两种变体，在小说叙事中以明暗双线呈现。前者是小说情节主线：受姨母一家虐待的孤儿哈利进入魔法学校，逐步发现身世秘密，成为"救世主"；后者以闪回式碎片呈现：汤姆·里德尔的母亲出身于败落的纯血巫师家族，用爱情魔药迷惑邻家青年私奔，又被抛弃，产后去世。汤姆被孤儿院收容，进入魔法学校后探查身世秘密，弑父弑亲，成为大魔王"伏地魔"。亚瑟王身世的重要性在于贵族文化对血统真伪与传承合法性的重视，而罗琳非常讽刺地将哈利与伏地魔都设定为混血，伏地魔几乎是私生子。作为当代作家，罗琳在身世叙述中更重视童年创伤及其回应。明线的哈利以"善"治愈童年创伤，更迫切地寻求认同、爱与友谊，而暗线的伏地魔以"恶"回应童年创伤，表现出控制欲与暴力倾向等问题。

少年亚瑟王通过拔出石中剑昭示自己的血统与身份，在梅林的辅佐下登上王座，学习掌控权力，为了征服叛乱贵族，他的"宝剑和盾牌沾满了鲜血和脑浆"(Malory 16)，梅林竭力教导他放弃暴力，施以仁爱。罗琳笔下，石中剑被投射为"魔杖"，权力被置换为"魔力"，导师梅林被重写为邓布利多教授：哈利是他"爱的教育"的信徒，伏地魔则对此不屑一顾，成为暴力的信徒。

哈利和伏地魔都在襁褓时失去了父母的庇佑，寄人篱下，度过了孤单落寞、缺少关爱的童年；他们都在十一岁时收到来自一个神奇的魔法世界的请帖，发现自己原来属于一个未知的新世界，并且在进入霍格沃茨后喜爱上这所学校，把它当成人生中第一个可以称之为"家"的地方。他们都在这所学校里发现自己的天赋、确立自己的人生方向，寻找到志同道合的同伴，建立了属于自己的"圆桌骑士团"。他们使用的是兄弟魔杖，决定了魔力来源的杖芯来自同一只凤凰的尾羽。因为哈利头脑中含有伏地魔的一片魂器①，他们之间具有心灵感应，可以感知对方的喜怒哀乐、所见所思所想。他们是那么相像，连伏地魔的第一片魂器(维持了少年形态的伏地魔的一片灵魂)在见到哈利时都坦诚道:"我们都是混血统，都是孤儿，都是由麻瓜抚养长大的。也许还是自伟大的斯莱特林本人之后，进入霍格沃茨的仅有的两个蛇佬腔。我们甚至长得也有几分相像呢"(密室,188)。

"双生"人物是中世纪浪漫传奇中常见的主题，意指在某一文本中出现了在外形或行为举止上非常类似的两个人物形象。"双生"人物的出现常常预示着死亡的到来，这一特点在文学中从古典文本延续至今。不管是古希腊传说中的爱上了自己水中倒影的美少年那耳喀索斯(Narcissus)，还是爱伦·坡(Allen Poe)在《威廉·威尔逊》(*William Wilson*)中塑造的那个碰到了与他极度相像的同名者并感到万分恐惧的威廉，或是奥斯卡·王尔德(Oscar Wilde)在《道林·格雷的画像》(*The Picture of Dorian Grey*)中刻画的不老不朽的美貌青年道林·格雷，他们和自己的双生者之间的关系从爱到恨、复杂多变，但是死亡是他们共同的结局。伏地魔与哈利也同样面对着"双生"人物面临的普遍命运:从哈利出生起，他们就被预言将互为死敌，二者只能存其一。

在这对"双生"人物的设置中更重要的是，罗琳将浪漫传奇中亚瑟王的经历分解后有选择地分别挪用在了哈利与伏地魔两个人物的形象设定中。哈利与伏地魔的"双生"与对立，仿佛是亚瑟王被一分为二。亚瑟王作为骑士形象的典型，他的故事与他的个性中具有的矛盾之处正是因为骑士精神本身就是一套复杂的价值观体系，内部具有矛盾与缝隙;践行这一套体系的亚瑟王也因此表现

---

① 伏地魔为了"飞跃死亡"，将自己的灵魂分割为七片，寄存在不同的物体上，只要有一片灵魂存在，他就不会死亡。

出骑士领袖复杂善变的个性,骑士行为中的善与恶在他身上交织出现。罗琳用哈利和伏地魔这对不死不休的"双生"人物分解、重写了亚瑟王的形象,表现出了骑士精神内部的尖锐矛盾;哈利最后的胜利表现出作者在骑士精神中做出的选择和扬弃,也表现出现代人对正义与邪恶新的判断与态度。

在中世纪作家们集体创造出来的亚瑟王传奇中,亚瑟王的出生过程是一个融合了魔法、欺骗、爱情的占有欲、死亡等要素的奇妙故事,这个故事的基本要素被罗琳挪用来创造了伏地魔的身世之谜。伏地魔的母亲梅洛普·冈特,出身于已经败落的纯血统家族,是一个相貌平平、魔法低微①的女巫,她爱上了富有的麻瓜邻

---

① 根据罗琳的人物设定,梅洛普出生在曾经最辉煌的巫师贵族家庭,是霍格沃茨创始人之一、斯莱特林学院第一任院长萨拉查·斯莱特林的直系后代。但是这个家族早已衰败,梅洛普甚至是个"哑炮",即出生在巫师家庭却不具备魔法能力的人。罗琳暗示,冈特家族的衰败是由于为了保持血统纯正而不断进行家族内部的通婚,导致后代成员在精神和身体上都产生了病变,暴虐、无理性、挥霍无度等特征在家族血统中不断流传。到了梅洛普出生的时候,整个冈特家族只剩下三个人,即残暴而且神经质地着迷于家族纯血统的老冈特和他的一对儿女,哥哥莫芬和妹妹梅洛普。从罗琳的叙述看,莫芬显然具有某种精神疾病,智力低下,但是魔力正常;而梅洛普则相反,她的精神和智力正常,但是没有魔力。依照家族内部通婚的传统,梅洛普只能同莫芬(也许更糟糕的情况是同她的父亲老冈特)一起生出冈特家族新的后代。梅洛普显然很清楚自己的命运,但是由于她没有魔力,又处于父亲和哥哥的严密监视下,无法逃脱。但是一旦机会到来,梅洛普毫不犹豫地逃离了冈特家族。尽管乱伦这一主题同人类家庭的历史一样悠久,但是相较于现当代文学来说,古典文学以及中世纪文学在这一方面有更集中的讨论。古典文学讨论的主要是众神之间的乱伦关系,而中世纪浪漫传奇则书写了王室和贵族家庭中的乱伦关系。例如亚瑟王同自己同母异父的姐姐,特里斯坦与自己的舅母伊瑟之间的乱伦关系,《德加利爵士》(Sir Degaré)中的父女乱伦、母子乱伦关系,以及《爱茉莉》(Emaré)中的父女乱伦关系等等。也许是因为考虑到现代读者尤其是青少年读者对乱伦主题可能有反感,罗琳没有直接点明冈特家族的这一特点,而是采用了暗示的方式。

居家英俊的青年汤姆·里德尔，并用爱情魔药①迷惑了里德尔，使他陷入狂热的恋爱，并同他私奔，但是后来里德尔从魔药中清醒过来，抛弃了已经怀孕的梅洛普。梅洛普贫病交加，将孩子生在孤儿院，给他起名为汤姆·马沃罗·里德尔，之后便死去了。在孤儿院长大的里德尔对自己的身世一无所知，直到他十一岁收到了霍格沃茨的入校通知，得知自己是一名巫师，对自己的身世产生了莫大的疑问与兴趣，坚持认为他"与众不同"的魔力一定来源于生身父亲。此后他在校期间一直秘密查询他的身世，最终在十七岁时弄清了一切前因后果，并实施了对生父和母亲家族的报复，亲手杀害了他的父亲全家和舅舅莫芬·冈特。在现代价值观的审视下，欲望、堕落、欺骗、私生子、谋杀等一系列带有负面色彩的文化符码被罗琳从亚瑟王的出生故事中提取出来，全数挪用来建构一个生来邪恶的魔王形象。伏地魔这个人物最初就同亚瑟王形象中最负面的要素紧密关联，而哈利恰恰相反，他的形象融合了现代价值观审查下的亚瑟王之"善"。

在《哈利·波特与魔法石》中，亚瑟王出生后被艾克特爵士收养的情节则被改头换面，变成了哈利·波特的童年经历。哈利的父母被杀后，邓布利多决定让哈利的姨妈一家收养他。不过姨妈一家对待哈利的态度显然比不上艾克特一家对少年亚瑟的尽心抚养，恩重如山，哈利没有像亚瑟王一样拥有一位出色的义兄凯爵士，担当他的国务大臣，为他出生入死。相反，哈利的姨兄达力贪吃、愚笨、被父母溺爱，以欺凌弱小为乐，处处与哈利作对。当哈利

---

①　爱情魔药是特里斯坦（Tristram）和美人伊瑟（Isolt 或 Yseult）的浪漫传奇中的重要道具，特里斯坦代替舅舅马克王去迎接新王后伊瑟，途中二人误饮了爱情魔药，双双爱上对方，最终酿成爱情悲剧。特里斯坦传奇最初并不属于亚瑟王圆桌骑士传奇系列，后来被引入亚瑟王传奇。克雷蒂安在《克里热》（*Cligés*）中提过这个故事，后来马罗礼又在《亚瑟王之死》中花了很大篇幅重写了这个故事。

十一岁时收到霍格沃茨的通知书后，邓布利多逐渐向哈利透露其身世，并辅佐他成为一名杰出的巫师，对抗伏地魔。在哈利的故事里，长胡子的邓布利多几乎完全扮演了亚瑟王传奇中梅林对亚瑟王的导师角色，教养、引导一个少年逐渐成长为合格的领袖。

亚瑟王创建圆桌骑士团，建立一整套骑士理念的情节也被罗琳挪用，成为伏地魔和哈利成长为领袖的重要经历。亚瑟王的圆桌骑士团战无不胜，其衰亡也从内部开始。遵从宫廷爱情的兰斯洛特和忠于自身权力欲望的莫德雷德都是骑士团成员，内在的固有矛盾最终以战争外显，毁灭了亚瑟王宫廷。在《哈利·波特》系列中，骑士精神的内在矛盾被重构为二元对立：哈利与伏地魔在骑士精神中分别有所取舍。以仁爱为目标，承担"骑士"责任的哈利，与崇尚强权、攫取独裁地位的伏地魔，分别建立了自身的信仰与精英团体。当权力与责任被割裂，骑士精神随之分解。哈利与伏地魔都具备亚瑟王式的领袖魅力和超越平庸的超人特征；区别在于，去贵族化的、被重新阐释的骑士美德归于哈利，而骑士贵族难以割弃的权力欲与随之而来的暴行归于伏地魔。他们分解了亚瑟王作为骑士国王的特征和统治理念，哈利继承了亚瑟王性格中的勇敢、慷慨、仁慈、友爱的一面，而伏地魔则更多地体现了亚瑟王的暴力与权力欲；哈利和他的"圆桌骑士"朋友们——DA 小团体和凤凰社——拥有超出常人的勇敢和智慧，他们因此而甘愿承担更大的责任，是利他主义者的代表，而伏地魔和他的"圆桌骑士"——食死徒团体——则因为拥有更大力量而谋求更多利益，是利己主义者的代表。

在理想主义阐释中，骑士具有"高度的荣誉感、藐视危险与死亡、酷爱冒险、对弱者和被压迫者充满同情心、慷慨大方，自我牺牲，是一名利他主义者"（赫恩肖 3）。这几乎是罗琳对哈利的人物设定。哈利具有两大性格特征，一是勇敢，二是慷慨。这二者都来源于骑士精神，但是可以脱离贵族的阶层属性存在。勇敢是哈利性格中非常典型的一面,小说在表现哈利的勇气方面不遗余力,更难能可贵的是,哈利的勇气以匡扶正义、对抗强权与扶助弱小为念,对抗邪恶极权、政府官僚、警察暴力和媒体嘲讽。哈利一年级时,为了纳威的魔法记忆球,第一次骑上了飞天扫帚就敢于和德拉科在空中进行对决;复活节时又为了赫敏的安全和巨怪对抗。他的校园生活是在一个接一个的冒险中度过的,勇敢面对一切的精神伴随着他的冒险经历,伴随着他的成长。在对抗强权方面,哈利表现出了近乎执拗与鲁莽的勇气。伏地魔在哈利眼前复活,魔法部不愿意相信哈利陈述的事实,反而污蔑哈利为说谎者。面对绝大部分同学不信任的目光和媒体的冷嘲热讽,哈利坚持说出真相,为此多次公开顶撞魔法部特派霍格沃茨的官员乌姆里奇,宁愿受到乌姆里奇残酷的惩罚。连麦格教授都为此多次劝说哈利,避免发生冲突而吃亏。在赫敏的劝说和帮助下,哈利组建 DA(邓布利多军),教导小部分有意的同学私下练习黑魔法防御术,为即将到来的战争做准备。在哈利的人生导师、他最伟大的保护者邓布利多死后,哈利拒绝同暴力执法、逮捕无辜人士作为食死徒以求得民众信任的魔法部合作,离开校园,仅凭两位好友的帮助独立对抗邪恶势力,完成邓布利多的临终嘱托。勇气的最高表现在战争后期,当哈利发现头脑中寄居着伏地魔的一片灵魂,只有自我牺牲才能消灭对方时,"他怀着对死亡的恐惧,然而他的心脏却跳得格外有力,勇敢地维持着他的生命"(死亡圣器,510)。哈利坦然赴死,表现出为了公共利益视死如归的牺牲精神。当他确定了自己的牺牲计划,母亲莉莉的灵魂出现,对哈利进行了最高程度的赞美:"你真勇敢"(516)。哈利的勇敢是为了朋友、为了正义而对抗强权、对抗暴力、对抗邪恶,并且甘愿为之奉献一切,乃至生命,表现出视死如归的大无畏精神。这正是理想主义的骑士精神所推崇的勇气,在这中间萌发出的牺牲精神、公正、保护受欺压者的愿望,正是日后爱国主义的主要素质。在这一点上,哈利与亚瑟王一样,成了正义的化身。

慷慨被认为是骑士贵族的美德,在游吟诗人的渲染下,慷慨成为贵族身份的象征。从历史现实考虑,贵族的慷慨是当时的封建分封制所要求的财产分配方式;在文学作品中,慷慨是高贵的美德,是成功的骑士领袖必须具备的素质。克雷蒂安在《克里热》中借用主人公的父亲,希腊皇帝之口特别指出了慷慨的重要性:"慷慨的人总是赢得声誉……如同玫瑰花中最娇艳,慷慨也超越了所有其他美德。"(*Cligés*,200-212)对于亚瑟王来说,慷慨是他得以聚拢大批圆桌骑士、受到国民和下属爱戴、取得对外战争胜利的重要原因。战争胜利之后,亚瑟王赠送许多战利品给骑士们;每一次比武大会,亚瑟王都对胜利者给予慷慨的奖赏。亚瑟王的慷慨赏赐是聚拢圆桌骑士、获取国民爱戴、取得战争胜利的重要手段,而哈利的慷慨剥除了"赏赐"的阶级内涵,是在现代平等语境下的"分享",是现代人际关系和友谊的基础。哈利少年时在姨妈家长大,颇受苛待,几年都没有得到零用钱。当他重新进入魔法社会,第一次打开父母留给他的金库,一下子获得了一笔不小的财富。面对突如其来的金加隆,小哈利并没有因为长期的窘迫而表现出吝啬,而是乐于分享,并从分享中获得快乐。在新生前往霍格沃茨的列车上,哈利购买了一大堆零食,与新结识的朋友罗恩一同享用,"在这之前他没有分给过别人任何东西,其实也没有人跟他分享。现在跟罗恩坐在一起大嚼自己买来的馅饼和蛋糕(三明治早已放在一边被冷落了),边吃边聊,哈利感觉好极了"(魔法石,61)。正是慷慨使哈利获得了第一个也是最重要的朋友罗恩①。哈利的慷慨似乎是天生的,在没有任何人教导的情况下就从分享中体会到快乐。慷慨伴随着他和朋友们的友情,有时他甚至进行不具名的馈

---

①　或许是巧合,《不列颠诸王史》中的亚瑟王所持的长矛名为"罗恩","矛身很长,矛锋宽平,渴望痛饮敌人的鲜血"(159)。

赠。哈利将他在三强争霸赛中获得冠军的奖金一千金加隆①赠送给罗恩的两个哥哥——双胞胎弗莱德和乔治,资助他们开笑话商店。哈利毫不在乎这笔数目庞大的金加隆,而更希望大家获得快乐,尤其是在战争即将到来的情况下,"我需要一些欢笑。我们可能都需要一些欢笑"(火焰杯,432)。

除了勇敢和慷慨这两项骑士领袖的基本美德,哈利的仁爱、宽容、谦逊都在他的故事中得到了充分的说明。哈利展现的骑士美德剔除了暴力和阶层属性,是骑士精神在当代最具有活力的部分。而伏地魔体现了亚瑟王的"骑士之恶",即以当代价值观判断,主导文化应该拒斥的部分。从阶级属性看,暴力是武士的本职,权欲与虚荣是贵族本性,以暴力维护权力与个体荣誉是骑士精神的内在要求。亚瑟王的"恶"主要体现于此,为维护权力和个人权威犯下暴力罪行,典型事件是亚瑟听信预言,屠杀五月出生的婴儿。伏地魔试图杀死七月婴儿的情节脱胎于此。罗琳以伏地魔继承自母系的"贵族"血统来反讽式地解释其暴力倾向。

伏地魔的母亲家族是冈特家族的最后传承,这个"非常古老的巫师家族,以不安分和暴力而出名……习惯于近亲结婚,这种性格特点一代比一代更加显著……缺乏理性……特别喜欢豪华的排场"(混血王子,165)。伏地魔无疑继承了来自母亲血脉中的暴力,他残暴嗜杀,喜欢用"钻心剜骨"咒语折磨对手或不听话的下属。他的冷酷和霸道在很早就表现出来,在他还生活在伦敦的孤儿院,还不知道自己身份的时候,就已经学会利用神奇的能力恐吓、惩罚其他孩子,"谁惹我生气,我就能让谁倒霉。我只要愿意就能让他们受伤"(混血王子,210)。伏地魔在霍格沃茨期间隐藏了他暴虐

---

① 三强争霸赛被伏地魔利用,奖杯被做成"门钥匙",将同时抓住奖杯的哈利和塞德里克二人传送到伏地魔身边。伏地魔依靠哈利的血成功复活,并随后杀死了塞德里克,这让哈利对获得争霸赛的胜利感到痛苦。

的一面,表现得文雅好学、彬彬有礼,得到了大多数老师和学生的喜爱。当他发现了自己身世的秘密后,冷酷地谋杀了生父全家,并将罪名巧妙地推在自己仅剩的亲人,他的舅舅莫芬身上,导致后者的死亡。弑父和弑亲的举动将他的残酷推到了顶点,而当他发现魂器的秘密,决定用谋杀来制造魂器使自己的灵魂永生不灭时,他的控制欲达到了顶点,他希望掌控死亡,正像他给自己造的名字①所预示的那样:飞跃死亡。伏地魔竭力推崇母系祖先提倡的"纯血统",尽管在罗琳的反讽设定中,他本人是最低级别的混血。血统论是吸引巫师贵族的最佳诱饵,为他的政治野心和权力欲望服务。

伏地魔的血统论和权力论紧密联系在一起,最突出的表现莫过于当他控制了魔法部后,在魔法部大厅里树立的新雕像,"一个女巫和一个男巫坐在雕刻华美的宝座上……石像底部刻着几个一英尺高的大字:魔法即强权。……雕刻华美的宝座,实际上是一堆石雕的人体,成百上千赤裸的人体:男人、女人和孩子,相貌都比较呆傻丑陋,肢体扭曲着挤压在一起,支撑着那两个俊美的、穿袍子的巫师"(死亡圣器,179-180)。关于这些底座上的石雕的象征含义,赫敏一针见血地指出:"麻瓜,在他们应该待的地方"(180)。伏地魔公然宣称"魔法即强权",认为巫师是更高等级的生物,拥有更大的能力,理应凌驾于其他魔法生物和普通人类之上,以血腥暴力的手段和高明的魔法控制他们。伏地魔的这一宣告是《理想国》中色拉叙马霍斯宣称的"正义乃是强者的利益"的又一次文学变体,是贵族阶层惯用的逻辑圈套。伏地魔的权力欲同亚瑟王的征服欲如出一辙,但是伏地魔是亚瑟王的极权版本,在获取权力的过程中伏地魔表现出极端的权威性人格,自恋、狡诈、背信弃义、缺乏共情,具有虐待狂倾向。在伏地魔身上我们看到了一个典型的缺乏

---

①　Voldemort 从法语"Vol de mort"演变过来的,原意是"死亡的飞翔"或"飞跃死亡"。

共情能力的极端分子，一个自主为恶、极具权力欲望的狂人。伏地魔是寄居在每一个权力体制中并伺机攫取力量制造恐怖的战争贩子，权力就是他的信仰，为此他可以抹去身上一切可以称之为"人"的那些东西，或者说，伏地魔是罗琳对极权暴力的隐喻。

通过解构式挪用手法，罗琳将亚瑟王拆解成一对尽管面貌和天赋相似，童年境遇雷同，却针锋相对、不死不休的双生人物，赋予人物充分的原型魅力。罗琳以现代道德观念、家庭观念、价值观念等对亚瑟王进行审判，将他的出身、经历、性格和理念进行善恶的二元对立解构，将其童年经历以及勇敢、慷慨、宽容、谦逊、责任感等优点赋予哈利，又将亚瑟王出身故事中的不光彩之处在哈利身上尽数抹去，为他配上一对勇敢、正义、慈爱却英年早逝的父母，再配上刻薄庸俗的养父母，让读者对小哈利的同情怜悯之情油然而生，从而更容易对他在无人教导的情况下体现出的本真的善良勇敢而敬佩折服，也更倾向于原谅他在学校的那些"小过错"。而伏地魔则将亚瑟王性格中恶的一面放大表现出来，成为充满权欲和控制欲的暴力狂人，为了得到权力、维护个人利益不择手段。亚瑟王的出身中那些不光彩的因素也被罗琳全数借用来给伏地魔安排了一对可怜又可恨的父母；尽管罗琳在小说中驳斥了纯血论，她却似乎并不排斥现代的遗传观念——她将伏地魔母亲的家族成员描述为因近亲通婚而导致的疯子和狂人，并将其缺陷尽数传递给了伏地魔，让他从孩提时期起就表现出了残忍、嗜血、狡诈等一系列恶行，使读者对这个拥有出色天赋的孤儿难以生出认同之心。哈利和伏地魔似乎天然地体现出截然不同的人格特征，其实是罗琳将现代观念判读下的亚瑟王和骑士精神的善赋予哈利，而恶赋予伏地魔，又让这二者互为死敌：这无疑将原本居于骑士精神一体的隐形的内在矛盾放大为尖锐的外在矛盾，其斗争的过程和结局集中体现了罗琳小说对"善"的定义，以及她在"善"的教育方面的努力。她对骑士形象的价值判断，对善的赞美和对恶的鄙薄也集中体现了现代善恶观念。

在骑士文学中,骑士暴力具有必要性与正义性,因为其"道德基调显然不是我们今天的中产阶级道德观,更不是无产阶级道德观。……它是贵族的……我们现在所说的'罪犯',它并不全部谴责;它不满的主要是那些卑劣的无赖"(Lewis, *Medieval and Renaissance*, 104)。而在罗琳的互文重构中,伏地魔作为骑士暴力的人格化身,携带着贵族阶层的血统论与权力欲,同其他骑士美德成为二元对立,将原本居于骑士精神一体的内在矛盾凸显为激烈的外在冲突,其斗争过程和结局集中体现了当前主导文化对骑士精神进行选择的结果。罗琳的立足点是资本主义的民主、平等、和平的价值观,她对骑士精神的价值审判以另一种方式再现了亚瑟王之死的必然性。

亚瑟王的宫廷由盛转衰,其中的原因一直是历代重写者关注的重点。学界通常认为亚瑟王的失败源自圆桌骑士内部:"一个伟大的武士领袖获得权力,赢得众多战争的胜利,最后却被来自内部的背叛毁。"(Putter and Archibald 8)罗琳创造双生人物哈利和伏地魔,将"内部的背叛"重写为善恶双方的殊死斗争,更充分地表现了对骑士精神中善与恶的分辨和扬弃,也更强调了个人选择的重要性。

三、哈利的复活:新骑士精神的建构意义

戴锦华认为伏地魔"权力异化的终极形式,是对死亡的僭越和于人世永生的觊觎",而小说结尾哈利的死而复生损害了"罗琳对生命主题的延展和变奏:尊重生命,同时意味着尊重死亡"这一主题(228)。但是,从文化选择的角度来看,罗琳设定哈利与伏地魔之间"一个必死在另一个手上""只能存活一个"的意义在于,以现代主导的民主、平等、和平价值观为判断,聚合了骑士精神之善的哈利必须彻底战胜作为骑士贵族之恶的伏地魔,尽管这些"已然过

时的,被超越了的文化,只有梦幻和童趣的回归才能使它复活"
(Marcuse 63)。哈利的死而复生在罗琳的童话里发生,却不乏现
实意义:它揭示了哈利代表的那部分来自剩余文化的骑士美德,被
构建为一种新骑士精神的价值所在。

　　罗琳借助亚瑟王传奇的"预言"情节,通过重新阐释预言生效
的方式,淡化"命运"的莫测力量,强调个人选择的决定性作用,阐
明当下对骑士精神进行取舍的必要性。凯尔特文化中的命运具有
莫测力量,神秘而不可抵抗,预言是亚瑟王传奇中重要的情节。

　　在马罗礼的《亚瑟王之死》中,亚瑟王采信了梅林的预言,因此
犯下杀孽。梅林向亚瑟王预言,他的王国将来会毁灭在亚瑟王同
他的姐姐乱伦所生的儿子手里,"将来毁灭他的那个人就是五月出
生的"(马罗礼 42)。亚瑟王于是告示全国,凡五月出生的孩子一
概送入宫廷,他们被送入一条船里,任其漂向大海,船漂向一座城
堡,中途触礁,大多数孩子遭了灭顶之灾,但是亚瑟王与他的姐姐
罗特王后乱伦通奸所生的私生子莫德莱特(Mordred)却被好心人
营救并收养,直到十四岁时被送进亚瑟王的王宫。莫德莱特后来
果然趁亚瑟王讨伐兰斯洛特之际背叛了亚瑟,逼婚亚瑟的王后桂
妮薇,并自己加冕为国王,导致亚瑟的死亡和王国的覆灭。这个预
言故事涵盖了丰富的主题,其中出生预言、乱伦、命运、背叛、父子
相残等都是在古典文学、史诗和圣经文本中历经反复重写的重要
文学母题,显示了亚瑟王传奇本身丰富的互文性。罗琳挪用并重
构了以上情节,通过解构预言的神秘论本质完成对伏地魔的"命
运"反讽。

　　罗琳在系列小说的第五部《哈利·波特与凤凰社》中挪用了以
上的"预言"情节中的要素。伏地魔的手下斯内普偷听到有关伏地
魔命运预言的前半部分,并将之告诉了伏地魔:"有能力战胜黑魔
王的人走近了……生在曾三次抵抗过他的人家,生于七月结束的
时候。"(凤凰社,548)伏地魔采信了这个预言,并决定亲自对这个

襁褓中的孩子,也就是哈利·波特下手。在他亲手杀死了哈利的父母之后,对哈利发出的死咒却因为哈利的母亲以生命为代价施展的古老魔法而反弹了回去,只给哈利留下了一道闪电状的疤痕,反而毁灭了他本人的肉身,只留下虚弱的灵魂逃窜流亡,以图东山再起。伏地魔并不知道这个预言的下半部分,这部分正是罗琳对古典文学中预言故事的深刻体会,是她对"预言"这一戏剧化情节的精彩重写:"黑魔王会把他标为自己的劲敌,但他将拥有黑魔王不知道的力量……他们中间必有一个死在另一个手上,因为两个人不能都活着,只有一个生存下来。"(548)小说人物邓布利多在对哈利分析解释这个预言的意义时说:"他还没有看见你,就在你身上看见了他自己,他用那道伤疤标出你的时候,没有像他打算的那样杀死你,反而给予了你力量和一个前途,使你能够逃脱他不止一次""对你下手将会把力量传给你,并把你标为他的劲敌"(凤凰社,549)。伏地魔在对哈利发出咒语时,由于哈利母亲施展的保护魔法的反作用,他无意间遗失了自己的一片灵魂进入了哈利的头脑,同时也将自己一部分高深的魔力送给了哈利,使哈利具有了斯莱特林直系血缘才能具有的蛇佬腔以及感应伏地魔其他部分灵魂的能力。正是因为这样,哈利才能够一次次从伏地魔的阴谋中逃生,逐渐成长,并最终成为有能力击败伏地魔的、法力高深的巫师。可以说,如果伏地魔不采信他听到的预言,襁褓中的小哈利·波特就不会成为"救世主"哈利·波特,预言中所说的一切都不会发生。罗琳在这一情节重构中特意添加了一个人物,与哈利同样符合预言要求的纳威·隆巴顿。讽刺的是,伏地魔没有选择纯血统的纳威,而是选择了与他同为混血的哈利。伏地魔选择以暴力对抗预言,反使预言成真,由此亚瑟王式无可抵挡的预言命定论被重构为选择决定论。就像中国谚语所说的"信则有,不信则无",伏地魔选择相信预言,并按照预言采取了行动,反而使预言成真,似乎"命运"同他开了一个玩笑。但罗琳并非在重复俄狄浦斯主题,向读者讲述一个关于无常命运的悲剧,罗琳强调的是伏地魔出于自由意志和自主选择而造成的后果,他最终的自食恶果,并不是来自命运的戏弄。

罗琳对预言的重新阐释是:个人选择决定命运,而预言本身无关紧要。预言的本质是语言,其所指具有模糊性:"预言可以被随意阐释,因而就可以被随意操纵——被任何人,从任何立场。"(Lavoie 45)既然阐释可以操控预言的走向,那么个人意志就将在实质上决定命运。自由意志与命运决定论间的矛盾由来已久,罗琳的书写也无法完全摒弃源自古希腊罗马时代的西方命运说根深蒂固的影响。庞德(Julia Pond)注意到了《哈利·波特》系列中命运与自由选择之间的张力,并引入尼采有关命运与自由意志的哲学思想,认为在小说中命运与自由选择的力量同时发生,并且取得了互相间的平衡;但哈利通过个人的强力意志在命运的挤压中竭力拓宽其界限(197-202)。尽管罗琳无法否认命运某种程度的玄学存在,但她明显更青睐当代主导文化中的个人主义价值观,因此在文本中反复强调自由意志和个人选择的重要性。

从系列小说整体情节来看,个人选择不但能决定预言实现与否及命运的走向,还能决定个体的人格善恶。哈利与伏地魔的选择和自由意志最终决定了预言是否能实现,确定了"命运"的走向。哈利的向善是出于他自己的选择:在分院帽为他选择学院时,发现哈利同时具有两个学院的特质,因此备感犹豫,给了哈利自主选择的机会。分院帽明确向哈利预言:"斯莱特林能帮助你走向辉煌,这毫无疑问。"(魔法石,74)但是哈利之前的经历让他对斯莱特林学院产生了反感,因此坚持选择他认为更加正义的格兰芬多,分院帽首肯了他的选择。作者借邓布利多之口强调哈利与伏地魔的本质区别在于选择:"表现我们真正的自我,是我们自己的选择,这比我们具有的能力更重要。"(密室,198)在哈利磨难重重的成长过程中,他面对了比常人更多的诱惑,虽然也曾有过迷茫和失落,但是他始终坚持了善与爱的本心，坚持道德原则，坚定地走向他所选择的方向。

与哈利在每一个选择中的向善相反，伏地魔在人生的重要选择上都在经过深思熟虑后有意识地做出了恶的决定。伏地魔的权力欲和征服欲凌驾于道德之上，强权凌驾于一切伦理准则之上："世界上没有什么善恶是非，只有权力，还有那些无法获取权势的无能之辈。"（魔法石，180）因此，他选择了通过欺骗、栽赃嫁祸、酷刑、谋杀，甚至种族灭绝来追逐权力与绝对权力，显示了缺乏边界约束的个人利己主义与权力结合的恶果。

哈利作为伏地魔无意识间制造的"复制品"，却通过个体选择成为伏地魔的对立面，成为镜像中同他完全对立的影子。想要杀死自己的影像，反而摧毁了本体的故事是"双生"这一古老主题的常见现代表达。威廉·威尔逊碰到了与他极度相像的同名者，他恐惧、疯狂，最终用一柄剑攻击那个相似者，镜子里照出的却是他将自己刺穿了。道林·格雷的一切恶行都反映在他的画像上，他本人保持了年轻美貌，画像却变得丑恶不堪，最终他在摧毁画像时杀死了自己。罗琳的哈利和伏地魔是对这个古老主题的又一次重写。哈利和伏地魔的双生及其结局说明个体的自主选择决定善恶与命运，有学者认为，任何个体都有可能成为像哈利·波特一样的"特殊个体"（Byler 123），但是在这一过程中，个体需要正确的价值观引导，而哈利所代表的骑士美德就是罗琳从英国文化传统中选择出来对个人主义进行有效补充的内容，这正是哈利"复活"的必要性所在。罗琳强调的主题不再是自我毁灭，而是自主选择决定善恶，控制所谓"命运"的齿轮。

罗琳的《哈利·波特》系列体现了英国当前的主导文化与贵族文化根深蒂固的影响之间的动态关联。通过哈利·波特与伏地魔的一体双生，罗琳试图批判、剔除属于贵族阶层的血统观念与强权观念；强调个人，尤其是拥有权力的超人型个体必须具有对他人和社会的责任感;弘扬仁爱、慷慨、勇敢等骑士美德,将其融入主导文化。《哈利·波特》系列对亚瑟王与骑士精神的互文重构将这一英国封建贵族时代的文化剩余中最符合当下主流价值与大众接受的内容提取出来,建构为当代语境下的新骑士精神,作为个人主义的必要指导与补充,为个人主义设置"责任"边界,帮助解决当代个人主义面临的困境。

罗琳采用解构式挪用的手法,将原本作为一整套行为准则的骑士精神通过其内部的不同准则的要求分解为四种特质,霍格沃茨四个分院分别成为这四种骑士特质的象征物。由此,四大分院就成为具象化的骑士精神四大特质,四大分院的相互对抗和内部争斗便可以具体地凸显骑士精神内部各种准则与特质之间的矛盾与断裂。罗琳以同样的手法将典型的亚瑟王骑士形象解构为一堆情节符码,重新融合为哈利和伏地魔两个对立的双生人物形象,用他们的殊死争斗、截然不同的选择与命运来展示骑士人物面对的伦理与道德困境。在这个过程中,罗琳实际上用现代人的眼光与善恶伦理重新审视了骑士精神和骑士形象中内在的矛盾,将之分解为善与恶的对立。罗琳在现代道德观念框架下对骑士精神进行选择和扬弃,将强权观念、凌驾于道德标准之上的私人荣誉观、暴力合法观念以及"生而高贵"的血统观念从中剔除,强调了个人,不管是拥有权力的超人型个体还是没有特殊能力的普通个体,都必须具有对他人和社会的责任感,弘扬了仁爱、慷慨、勇敢、智慧、忠诚、诚信、尊重女性等骑士美德。罗琳的选择具有深刻的现代精神烙印,事实上是对骑士精神中的贵族阶层印记进行了一次清洗,反映出"该系列雄心勃勃的计划,以呈现哈里的胜利作为一个新世界的黎明,统治的原则是宽容、民主和合作"(Panoussi 44)。

罗琳对中世纪浪漫传奇文本中所体现的骑士精神和骑士形象的解构式挪用背后,是她对当今社会、历史与文化的观察与思考。正如同她 2008 年在哈佛大学毕业典礼演讲中所说的:"我看到更多的证据，证明邪恶的人类为了获得、维持权力而加害与他们同样的人类。我开始为这些我看到的、听到的、读到的东西做噩梦，是文字的噩梦。"①霍格沃茨内部的斗争，以格兰芬多和斯莱特林分别为首的战争双方，以及哈利与伏地魔的不同选择，所代表的不仅仅是善恶对立，还可以影射不同的宗教教义、意识形态和种族、阶级观念之间尖锐的矛盾与对立，它们在今天的英国、欧洲乃至世界范围内依然广泛存在，并造成了一系列的社会问题、局部的冲突与战争。反讽的是，这种对立难以调和，也正缘于其不仅仅是简单的是非善恶，而是站在不同的政治、文化、宗教立场上得出的不同结论和进行的不同选择。

面对此种现实，罗琳将冲突的根本原因仅仅归结于权力的争夺，将权力欲简化为"恶"进行批判，虽不免体现了其立场与判断的片面性质，但值得称道的优点在于《哈利·波特》毕竟与当代通俗文化中常见的暴力崇拜背道而驰。通过《哈利·波特》系列对骑士精神的重写，罗琳批判并剔除了其中的强权观念、暴力合理观念以及血统观念等贵族伦理，建立了一种以仁爱与责任感为核心的新骑士精神，强调直面暴力威胁、维护生命的价值与正义的勇气，推崇美德，对抗暴力，试图重新规范伦理价值衰落、宗教式微后个人主义无序的生活。罗琳的小说对骑士精神的重新书写将她对权力的批判、对骑士精神美好品质的弘扬传递给广大青少年读者，积极地发挥着文学在文化精髓传承和教育大众方面的功能。或许正因为此，小说家加勒特（Greg Garrett）才盛赞该系列，认为罗琳的小说"让我想做一个更好的人"（xi）。

---

① 该部分文字为作者通过罗琳 2008 年在哈佛大学毕业典礼的演讲视频翻译、整理而成。

第四章　对话性戏仿：重写典雅爱情

罗琳的《哈利·波特》系列小说本身介于浪漫传奇和现实小说两种文类之间，既在魔幻色彩中体现了现实的"世界实际上如何"，又有对"世界应该如何"的情感诉求。罗琳的理想是用爱①来改变世界，当然，此处的爱是广义的，不仅仅是情爱，但爱情确实是《哈利·波特》系列的重要主题之一：罗琳刻画出了各式各样的爱情故事，既有欢喜冤家式的打打闹闹，也有苦恋不得的单相思；既有克服万难、一生相守的坚贞夫妻，也有劳燕分飞、形同陌路的情侣。在这些爱情故事中，罗琳挪用了典雅爱情中的元素或程式，并对它们进行了不同方式和基调的戏仿。

对贵族女性的恭敬服侍是骑士精神中宫廷礼仪准则的要求，由此衍生出的典雅爱情是浪漫传奇的核心主题和内容之一，是兰斯洛特故事和特里斯坦故事的主要内容。以典雅爱情为主题的浪漫传奇满足了中世纪宫廷女性读者的精神需求，因而获得贵族女性的资助，成为流行的宫廷读物，极大地影响了之后以爱情为主题的文学作品。这种贵族资助模式的现代变体就是大规模的读者群对畅销小说的"赞助"，能够摸准大众读者脉搏，调准大众口味的通

---

① 罗琳在小说中体现了多维度的"爱"，或可用 C. S. 刘易斯在《四种爱》(*The Four Loves*)中分类加以解释：家庭之"慈爱"(Affection)，朋友之"友爱"(Friendship)，爱人之"情爱"(Eros)，以及对众生的"仁爱"(Charity)。

俗小说才能获得大规模受众的欣赏。正如菲德勒(Leslie Fiedler)所说，女性"畅销书"作家们的"趣味和幻想与大众读者们不谋而合，而大众读者群，自身也主要是由女性构成"，因此，"那些名垂史册、持久不衰、大众路线上大获成功的作家，就是前仆后继地来自自认为是在一个父权社会里受剥削、受压迫、受支配的那一阶级"(21-22)。罗琳显然属于菲德勒所说的"在大众路线上大获成功的"女性畅销书作家群体，甚至可以说是当代该群体中最杰出的一位。罗琳重写典雅爱情这一古老的主题，似乎也就成了历史的必然。在这一主题的重写上，罗琳也确实获得了成功：《哈利·波特》系列小说中的主要人物之一，西弗勒斯·斯内普(Severus Snape)教授之所以获得广大读者(尤其是女性读者)的深切同情和由衷喜爱，甚至催生了读者中的"斯内普主义者"群体的产生，正是由于他是一名忠贞的典雅爱情践行者。然而，罗琳对典雅爱情的戏仿式重写绝不仅仅是为了满足女性读者对至死不渝的奉献型求爱者的白日梦式幻象，因为她还奉上了一名类似的女性奉献型求爱者贝拉特里克斯来做参照物，随时击碎关于爱情的美好幻象。罗琳以此种双线进行的对话性戏仿来重写典雅爱情故事，其实是发起了一场关于爱情主题的讨论，展现典雅爱情内部的矛盾性，揭示爱情的多副面孔。

第一节　典雅爱情：传统与发展

　　典雅爱情特指欧洲中世纪游吟诗人和宫廷诗人创造的一种特殊的文学范式，通常以抒情诗歌和浪漫传奇为文学载体，以宫廷文化为背景，描述出身高贵、武艺高强、相貌俊美的骑士对一位贵族女性忠贞且谦恭的爱慕之情，以及骑士因爱慕/守护/拯救心上人而历经的重重冒险与考验。典雅爱情与中世纪真实生活相去甚远,是一种"理想化、形式化、艺术化"的文学表达(肖明翰 395)。但是,典雅爱情作为一种文学范式是中世纪欧洲宫廷文化的重要反映,也是中世纪欧洲文学的核心构成,它面向市民阶层的扩散对中世纪时期及之后的欧洲文学创作产生了重要影响。典雅爱情的文学演变历经但丁(Dante Alighieri)、乔叟、塞万提斯(Miguel de Cervantes)等文学大师之手,经由反复的互文重写,催生出许多被奉为经典的文学作品,极大影响了欧洲文学中的爱情观念。

一、浪漫传奇中的典雅爱情:概念与矛盾

12 世纪的法国宫廷,来自凯尔特传说(Celtic Tales)的亚瑟王和他的圆桌骑士们的传奇故事是王公贵族们喜爱的消遣。在香槟的玛丽①女伯爵(Marie of Champagne)的庇护下,诗人克雷蒂安写出了其代表作《囚车骑士》(*Le Chevalier de la Charette*,*Lancelot*),描绘了圆桌骑士的翘楚兰斯洛特和他所侍奉的亚瑟王的王后桂妮薇(Guinevere)之间的暧昧关系。兰斯洛特对他所钟情的桂妮薇王后唯命是从,为了她愿意接受各种苛刻的乃至羞辱的考验。兰斯洛特因为对桂妮薇的爱情几乎变成傻瓜,而面对其他女性的诱惑则坐怀不乱。桂妮薇被邪恶的骑士梅勒刚(Meleagant)绑架,兰斯洛特将营救桂妮薇王后作为终极目标,为此他甚至不顾骑士的荣耀,愿意乘坐由侏儒执驾、运送囚犯的囚车换取消息,并因此受到极大的羞辱。但桂妮薇却对他出言斥责,只因为他在登上囚车前"还迟疑了两步,必然是心存犹豫"(*Lancelot*,Line 4493 - 4494)。兰斯洛特在营救桂妮薇的途中历经挑战,最终杀死梅勒刚,维护了桂妮薇的安全与声誉。《囚车骑士》所宣扬的骑士对爱慕的贵族女

---

① 香槟的玛丽是阿基坦的埃莉诺的长女。埃莉诺是金雀花王朝最著名的王后之一,作为阿基坦的女公爵,她先后成为法兰西路易七世的王后与英格兰亨利二世的王后。玛丽是她同路易七世的女儿。

性谦卑恭敬的"服侍"精神受到了宫廷中贵族女性的青睐,这种叙事模式很快在宫廷文化中推广开来,对宫廷爱情主题与范式的形成产生了根本性的影响,不仅影响了数百年间的骑士传奇叙事,而且影响了中世纪中后期的骑士阶层实际生活。据匝狄(Z. P. Zaddy)考证,《囚车骑士》事实上成为当时的优秀骑士应该遵守的骑士行为准则的指南书(159 – 180)。

1883 年,帕里斯(Gaston Paris)根据《囚车骑士》创造出了"典雅爱情"①(amour courtois)这一术语,将兰斯洛特与桂妮薇视为典雅爱情的代表人物,描述中世纪骑士传奇中骑士与他爱慕的女性贵族之间的关系。帕里斯概括出典雅爱情的四大特征为:(1) 非法、隐秘;(2) 求爱者地位相对低微,信心不足,而被追求者高贵傲慢,甚至倨傲不逊;(3) 求爱者历经各种武力、勇气、忠诚的考验,方能获得贵妇人芳心;(4) 典雅爱情类似于一项艺术或一门学科,受限于各种规则章程(518 – 519)。amour courtois 这一术语很快被翻译为英文 courtly love,并且在欧美评论界流行开来,被广泛认为是 11、12 世纪游吟诗人和宫廷诗人们独创的一种爱情形式,并且极大地影响了中世纪后期以及之后的文学作品。随着有关典雅爱情的评论性文章和书籍不断增加,帕里斯创造的这个术语也被后人不断挪用,其意义被增添、删改、变体,乃至重新定义,这个术语本身已经成为互文性的绝佳案例。

评论家与研究者们众说纷纭,根据不同的中世纪浪漫传奇文本对"典雅爱情"这一概念进行重新阐释。其中,让诺里(Alfred Jeanroy)以抒情诗歌(troubadours,或译为游吟诗歌)为主要素材,强调典雅爱情的本质是对一位被理想化了的贵妇人的崇拜

---

① 该术语还被译作"宫廷爱情",重点指出此类故事发生的背景与受众;也有人将之译为"骑士之爱",强调此类爱情的求爱者身份。在本书中,主要选取"典雅爱情"这一译法,意在强调此类爱情所特有的中世纪宫廷文化要求的"典雅"特色。

(Moore 623),而忽视了帕里斯的概念中非法通奸的成分。穆尔
(John C. Moore)在比较帕里斯和让诺里二人对典雅爱情的定义
时不无疑惑地表示:"'典雅爱情'最有影响力的定义者们中的两位
使用的概念暗中排除了对方的主要例证"(623),意指帕里斯根据
骑士浪漫传奇《囚车骑士》发明了"典雅爱情"这一术语,专指骑士
与其钟情的女主人之间的婚外情,而让诺里则根据中世纪的抒情
诗歌重新定义了"典雅爱情",将骑士对其理想主义化情人的顶礼
膜拜作为核心。抒情诗歌发端于 11 世纪末的法国南部普罗旺斯
地区,以该地区的方言创作和演唱的"普罗旺斯抒情诗"大力抒发
理想化的爱情主题(fin'amors①),"高贵的女子,不渝的爱情,缠绵
的心绪,无望的思念等等,是这类诗歌所表达的基本内容……有些
游吟诗人诗歌对爱情的描写十分奇特,甚至把异性之间的爱慕之
情精神化了……爱,尤其是男女之爱,被看成一种非常圣洁的感
情,是一种极为虔诚的感觉的抒发……是一种崇高的、尊严的、理
想化的爱的表达"(刘建军 294)。这些爱情诗歌创造了一种温文
尔雅的宫廷氛围,要求骑士们在与贵族女性的交往中放弃粗鲁与
暴力,学会自我约束和保护、尊敬后者,用爱情对骑士在举止和礼
仪方面进行教化,设立新的骑士行为规范。

　　普罗旺斯抒情诗将宫廷爱情主题带入了法语骑士文学,并在
其传播中对西欧其他地区的文学产生了深远的影响,逐渐成为中
世纪文学想象的中心主题。12 世纪法国北部以诺曼方言创作的
骑士浪漫传奇文学(Romance)正是典雅爱情与骑士文学的结合,
突出表现骑士的冒险和爱情,克雷蒂安正是这一体裁公认的最早
的代表人物。他首先将亚瑟王题材引入浪漫传奇,而之前的浪漫
传奇作品主要采用法国本土题材,歌颂法国查理曼大帝及其麾下
勇士的丰功伟绩,例如著名的《罗兰之歌》(*Chanson de Roland*);

---

　　① 意为"True love",摒弃了爱情中的肉欲成分。

或者采用古典题材，模仿、改写拉丁史诗，传唱特洛伊战争、底比斯之战中的英雄功勋等。此两种题材的作品主要歌颂国王、贵族与骑士们的文治武功，而克雷蒂安主要围绕亚瑟王与圆桌骑士题材写作，形成了浪漫传奇的第三大题材系列，开创了"骑士精神与宫廷爱情相结合的主流浪漫传奇传统"，使亚瑟王题材成为"作品最多、成就最高、流传最广、影响最大"的浪漫传奇题材系列（肖明翰 422）。研究中世纪女性历史的学者斯沃比（Fiona Swabey）认为，克雷蒂安描绘的宫廷爱情是对普罗旺斯抒情诗歌中纯情之爱的发展，"贵妇人不再是被动和遥不可及的形象，开始占据主导地位"（85）。克雷蒂安所遗留的五部作品中有四部重点探讨了宫廷爱情主题，除了上文所说的《囚车骑士》之外，《埃里克与艾妮德》（*Érec et Énide*），《克里热》（*Cligés*）和《伊万，狮子骑士》（*Yvain，Le Chevalier au Lion*）三部作品皆着重描写骑士热烈忠贞的爱情，并将之作为骑士冒险经历的原因、过程或结果，使骑士的外在历险探索与内在精神追求紧密联合，由此奠定了典雅爱情的故事模式以及人物形象，作为当时的宫廷文化代表，它们的影响力很快扩散开来。克雷蒂安之后，浪漫传奇"开始关注求爱、骑士行为、自我发现和精神探求。女性经常成为传奇故事的核心"（斯沃比 88）。在中世纪浪漫传奇的逐渐发展和向市民阶层的扩散过程中，骑士爱情占据了越来越重要的地位，在《特里斯坦》（*Tristran*）与《霍恩王》（*King Horn*）等浪漫传奇作品中，典雅爱情开始成为骑士精神的核心，"服侍妇女的责任在骑士伦理中占据主导地位，甚至与服侍上帝相提并论"（朱伟奇 241）。溯源文学史看来，克雷蒂安在《囚车骑士》中描绘的爱情故事正是对抒情诗歌中的爱情主题的挪用与改编，将骑士对爱慕对象的宗教膜拜式的遥远爱恋和不能获得满足的欲望变成了骑士对女主人的非法婚外情，并且设置了种种考验与磨难。让诺里和帕里斯事实上分别根据不同的中世纪文学素材定义"典雅爱情"，其定义自然会有不同的侧重点。

　　刘易斯的《爱情的寓意——中世纪传统研究》（*The Allegory of Love：A Study in Medieval Tradition*）对典雅爱情概念的流行起到不可小觑的推动作用。刘易斯发展了帕里斯的定义，对典雅爱情的内涵进行详细阐释，进一步总结明确其基本特征。在《爱情的寓意》中，刘易斯将典雅爱情定义为一种"高度特殊的爱情"，将其特点概括为谦卑（humility）、宫廷礼仪（courtesy）、私通（adultery）和爱情膜拜（religion of love）。其中，爱情膜拜尤为重要，贵族女性成为骑士心灵的主人和理想的化身，成为真善美的象征，成为被颂扬的主体和被崇拜的对象。刘易斯认为，只有高雅（宫廷出身）的人才懂得爱情，但反过来也正是爱情才使人典雅（Lewis 2）。刘易斯的阐释涉及了浪漫传奇的宫廷文学本质，因为浪漫传奇"首先产生于宫廷……大多数作品也是在王室和贵族的宫廷里创作并由王室成员和贵族所消费"（肖明翰 381）。在刘易斯的定义中，典雅爱情虽然本质上是非法的婚外情，却具有规范行为礼仪、升华精神道德的力量，骑士们对所钟情的贵妇人的膜拜就如同对上帝的膜拜，甘愿在心上人面前表示出恭敬与谦卑，以骑士的力量服侍爱慕的对象。显而易见，刘易斯的概念中囊括了帕里斯和让诺里双方的重点，也囊括了双方的矛盾。斯沃比在诠释典雅爱情的概念时点出了其中看似矛盾的两个要点："骑士之爱既推崇贞洁，又赞美婚外情"（91）。她认为其实这两点并不冲突，因为典雅爱情"贞洁"的对象并不是婚姻，而是爱情；而中世纪宫廷爱情的传统认为，婚姻出自政治或经济利益的考虑，与爱情是不相容的。斯沃比的阐释只能部分地解释通奸的存在以及其与婚姻之间的道德矛盾，她无法解释的是，典雅爱情究竟是理想主义的爱情膜拜，并由此使爱人们在精神上与道德上得到了升华，还是一种被以爱情为名歌颂的、其本质依然是肉欲的通奸行为，必然带来各种矛盾与恶果。这也正是评论家们针对典雅爱情批评的焦点与核心所在，正如纽曼（F. X. Newman）所观察到的："典雅爱情是自相矛盾的信条，这种爱情既是不正当的,又可升华道德;既狂热又守纪,既耻辱又愉悦,既人性又超验。可能典雅爱情最大的矛盾在于,它在很多方面看来与中世纪格格不入(unmedieval),却可以被看作中世纪(Middle Ages)对有关爱情的学问最独特的贡献"(vii)。

　　评论家们在典雅爱情概念中发现的最大的内在矛盾早就存在于中世纪诗人们的创作之中。休斯(Geoffrey Hughes)从中世纪典雅爱情发源的文本中发现了"爱情明显的二元性:爱促生了面向理想主义、奉献、愉悦、灵性、温柔与高贵的推动力,同时也促生了面向占有欲、嫉妒、利用、肉欲、痛苦与堕落的推动力"(76)。中世纪诗人们在作品中包容了关于爱的不同的意识形态和文化传统,丰富地展现了爱的各种维度之间的矛盾与冲突,因而充分展现了巴赫金所说的那种对话性和复调作品的不确定性特质。典雅爱情的内在矛盾正是根源于此,只不过典雅爱情将爱情放置在一个极端的戏剧化模式之中,放大了爱情所带来的喜悦与痛苦,放大了爱情可能带来的善行或后果,聚焦于爱情内部的矛盾与对话。在典雅爱情的情景之中,爱情的各种维度分毫毕现,正如同曼德尔(Jerome Mandel)所说的那样:"典雅爱情这一术语的意义取决于……它在多大程度上帮助我们理解一个文学文本的意义。"(277)

　　研究中世纪文学的批评家们细究有关典雅爱情的文本,发现即使是中世纪书写典雅爱情故事的作者们对于典雅爱情的看法也充满了矛盾。克雷蒂安在《囚车骑士》中语义模糊,在很多重要问题上模棱两可,有意识地提出了理性与爱情、爱情与道德、骑士的忠诚与骑士的爱情等两难的抉择,似乎很难判定这位宫廷诗人究竟在兰斯洛特与桂妮薇的故事中表达了对此类爱情的欣赏还是嘲讽。事实上,在克雷蒂安遗留下来的四部完整的、主题是典雅爱情的作品中,唯有《囚车骑士》有关婚外情,另外三部都是以婚姻为骑士爱情的归宿。克雷蒂安提出的这些问题引发了读者和研究者们的对话与讨论:小罗伯特森(D. W. Robertson, Jr)在一场讨论典雅爱情意义的研讨会上认为克雷蒂安的作品意在反讽,所谓典雅爱情不过是情欲作祟(3)。本顿(John F. Benton)、杰克森(W. T. H. Jackson)等人也持相同意见,认为兰斯洛特为爱疯狂滑稽可笑,克雷蒂安的书写是讽刺性的(Benton 28)。而瑞迪(William M. Reddy)则认为,"在滑稽之下隐藏的是道德教导的目的,读者应该透过表象阅读"(186)。兰斯洛特虽然有时为了爱情癫狂可笑,但是将他对桂妮薇王后的爱情同梅勒刚对桂妮薇那种充满嫉妒、色欲和暴力的觊觎做对比,就可以发现在重要的时刻兰斯洛特是最值得托付的骑士,坚定勇敢、重视荣誉、慷慨忠诚。克雷蒂安推崇的不是充满了情欲的婚外情,而是在理想化典雅爱情中的骑士表现出的爱情奉献和自我约束。

马罗礼的《亚瑟王之死》也大篇幅地描写了典雅爱情的故事,对兰斯洛特、特里斯坦等践行典雅爱情的骑士们,以及那些集美貌与美德于一身、享受着骑士们的忠诚爱恋的贵妇人们加以各种溢美之词。在他的作品中,典雅爱情无疑具有礼仪规范的正面作用,是骑士准则中的重要成分。典雅爱情也确实促使求爱的骑士们在表达爱情的过程中展现出勇气、力量、忠诚、慷慨等一系列美德。但是马罗礼的态度也常常相当暧昧,在描写兰斯洛特或特里斯坦为爱情发疯癫狂时不无嘲讽之意,甚至有评论家认为马罗礼有意将亚瑟王宫廷的衰败归结于典雅爱情的存在。骑士精神的武士伦理要求骑士向其领主或国王效忠,而典雅爱情的规则又要求骑士忠于他所钟爱的女主人,当二者发生冲突的时候,骑士就面临着艰难的选择。马罗礼在《亚瑟王之死》中着意书写了这种痛苦的抉择,并刻画了选择可能带来的悲剧性后果。兰斯洛特最终遵循典雅爱情的法则,选择从亚瑟王的死刑法令下救出桂妮薇王后,此举带来了一系列的争斗与死亡,最终导致亚瑟王宫廷的覆灭。摩尔曼(Charles Moorman)在分析马罗礼笔下的典雅爱情时认为:"马罗礼不大可能没有发现他所搜集到的材料中的典雅爱情的矛盾本质(paradoxical nature)……相反他着手挖掘这一矛盾本质,从而明确并强调了亚瑟王宫廷的一项主要失败之处……对马罗礼来说,通奸的典雅爱情是邪恶的……毁灭了圆桌文明。"(165)

二、典雅爱情的文学演变:互文与戏仿

随着浪漫传奇不断传播,典雅爱情的受众群体由贵族转向富裕市民,获得了广泛的认同,影响也随之扩大转移,因为它"表现的是一种普遍的人性,在虚拟中满足了人类追求真善美的普遍心理"(马罗礼 123)。作为宫廷文化的代表,典雅爱情观念的影响是自上而下的,从宫廷贵族向富裕市民阶层辐射,因此这一爱情观念不仅影响了骑士阶层,成为历史上许多著名骑士和贵族的行为准则,还"成为文艺复兴时期诗人们追求道德品质完美和进行创作的精神动力"(朱伟奇 245)。但丁等欧洲文坛大师纷纷将自己的心上人捧上至高无上的文学宝座,奉献以诗人所能给予的最诚挚的爱慕与崇拜。

1. 但丁的"爱情"崇拜

在但丁的诗歌中,他早逝的旧爱贝雅特丽齐以极致光辉的形象出现。从《新生》(Vita Nuova)中对贝雅特丽齐的仰慕、怀念与追思,到《神曲》(Devine Comedy)中但丁与贝雅特丽齐最终在天堂重逢,但丁在诗歌中尽情表现他的"爱情"崇拜。这在当时的社会文化中并不奇异,但丁的爱情观念与浪漫传奇文学所称颂的典雅爱情有诸多相似之处,对贝雅特丽齐的崇拜与爱慕促使但丁努力完善自我,帮助他获得诗人的灵感,达到至真、至善、至美的境界。刘易斯所说的"爱情膜拜"在但丁身上展露无遗。在但丁看来,爱情可战胜命运的无常与死亡的恐惧,爱情的万丈光辉是诗人得以摆脱愚钝与庸俗的灵感之光,也是获得精神净化与升华的重要途径。

在《新生》中,但丁以散文将三十一首抒情诗歌连为一体,诉说他少年时对贝雅特丽齐谦卑的爱慕之情,歌颂她的无双美貌和优

雅举止,赞颂她的美好心灵,哀恸她的早逝,最后抒发了由爱慕升华的、对贝雅特丽齐高贵灵魂的崇敬之情。但丁宣称,赞颂"最最雅致"(the most gracious)的贝雅特丽齐是他写诗的"一贯与唯一的题材"(subject matter always and only)(*Vita Nuova*,67)。《新生》中,但丁为爱情辗转反侧,思绪万千,他总结认为,让他烦恼的爱情具有看似矛盾的特点:(1)爱神可解救其忠诚的信徒于庸俗愚钝之事;(2)爱神使其最忠诚的仆人受到最严格、最痛苦的考验;(3)爱情,正如其名所示,甜蜜美好;(4)以爱情俘获你的那位女郎却是最最铁石心肠的(45)。由但丁的表述可见,他的爱情观念和表达受到典雅爱情范式的极大影响:男性求爱者采取谦卑与服从的姿态,而被爱者冷漠无情;求爱者经历百般考验,而被爱者毫不知情;求爱者竭力隐藏心上人的身份,唯恐玷污她的闺名,被爱者却因此横眉冷对;而最重要的一点是,爱情既苦且甜,将诗人从平庸中解救出来,使他迸发出诗歌的热情与灵性,使诗人肉体的欲念升华为精神的追求,使他的灵魂渴望与贝雅特丽齐在天堂中会面,得享圣洁的荣光(169)。

　　但丁对贝雅特丽齐的爱情膜拜在《神曲》中获得了进一步升华。布鲁姆(Harold Bloom)在《西方正典》(*Western Canon*)中宣称,"贝雅特丽齐是但丁原创性的标志",是但丁"崇高愿望的理想化身"和"独特个性的理想化投射"(60–64)。贝雅特丽齐的形象在《神曲》中反复出现,成为至善至美的象征,成为引领诗人灵魂获得救赎的标志。但丁将典雅爱情观念中对情人的爱情膜拜混合以宗教崇拜,将骑士对所爱贵妇人的辗转反侧、求而不得化作朝圣者蹒跚步向灵魂救赎的崎岖旅程。刘易斯在解读贝雅特丽齐与朝圣者但丁之间的关系时,认为诗人但丁在《神曲》中使用了一个比喻:"贝雅特丽齐凝视着太阳。注视着贝雅特丽齐的但丁也模仿她凝视太阳……贝雅特丽齐与但丁的动作之间的关系,跟光与反射的关系相同。……贝雅特丽齐与太阳的关系,跟但丁与贝雅特丽齐的关系是一样的。"（Lewis, *Medieval and Renaissance Literature*，74）由此可见，朝圣者但丁对贝雅特丽齐的爱慕不再仅仅是浪漫传奇中骑士对心上人的谦卑服侍，爱情之欲念被转换成为一种对崇高理想的精神追求。

作为崇拜者，朝圣者但丁距离他的贝雅特丽齐是如此之远："任何一个凡人，即使潜入海中最深处，他的眼光距离那发出雷声的大气层最高处，都不及在那里我的眼光距离贝雅特丽齐那样遥远。"但是，距离虽遥远，灵魂却无阻隔，因为"她的形象直接由上方向下映入我的眼帘，而无任何物体介于其间使它模糊不清"。但丁因为这崇高的"爱情"膜拜所获之多恐怕此前无人能及："我的希望在你身上得到生命力……你……把我从奴隶境地引到了自由。"（但丁 190）从《新生》到《神曲》，但丁在爱情膜拜中获得了热烈而自由的诗性灵魂，将宫廷爱情推向了极致理想的状态。

与同时代方言浪漫传奇中被爱慕的贵妇人相比，贝雅特丽齐超越庸俗，成为爱情崇拜的终极理想化身。但丁通过《论俗语》为方言文学辩护，还从中汲取了足够的养分，在《新生》和《神曲》中创造出贝雅特丽齐这一文学人物。克雷蒂安在普罗旺斯抒情诗歌创造的"纯情之爱"的基础上，创作出典雅爱情的故事模式，成为当时贵族宫廷的情感准则，后来经过大量浪漫传奇的模仿和改编，这种爱情范式在文坛风靡一时。但丁受此影响，将典雅爱情"奉为能促生虔诚和圣洁的天才之师"（伊赫津哈 107），将宗教崇拜与爱情崇拜通过他世俗生活中曾经钟爱又过早夭折的女性形象做出了完美融合，将克雷蒂安笔下的典雅爱情上升到神学高度，这种极致的爱情关系又反过来影响了但丁之后以典雅爱情为主题的浪漫传奇，使爱情膜拜的宗教特征愈发明显。

但丁等欧洲大陆文学巨人的影响力进一步推动了典雅爱情的文学发展，提升了典雅爱情的文学价值，升华了典雅爱情故事的创作模式。他们的创作影响扩散至整个欧洲大陆，也扩散到了孤悬海外的英格兰岛。在那里,乔叟接受但丁等人的文学影响,创作出中古英语的典雅爱情故事。

2. 乔叟的"爱情"实验

乔叟熟悉典雅爱情故事,翻译过典雅爱情诗歌,并对该文学范式进行了更为充分的实验与讨论。中世纪英语文学作品的创作过程离不开对已有故事范式的重写,作家一方面借用已有的故事模式,另一方面"又随心所欲地处理原作品,毫不犹豫地根据他们自己的知识,甚至是他们自己的想象来填补原作——进行润色,使之更贴近生活"(Lewis, *Medieval and Renaissance Literature*, 36)。乔叟的很多作品都对典雅爱情及其文学范式进行了"随心所欲"的实验性重写,表达作者对这一爱情故事模式和内核的疑问。

乔叟的代表作之一《特洛伊罗斯与克丽西达》(*Troilus and Criseyde*)被称为"英语语言中第一部也是最伟大的爱情叙事诗"(Howard 345),代表了"浪漫传奇文学在英国的最高成就"(肖明翰 558)。这个故事的素材出自在欧洲广泛流传的古典题材浪漫传奇,经历了数代诗人①的共同想象和创作,讲述了特洛伊城邦最年少的王子——特洛伊罗斯(正是那位劫持了海伦的帕里斯王子的幼弟)与出身高贵的寡妇克丽西达以特洛伊战争为背景的爱情故事。在乔叟的版本中,特洛伊罗斯与克丽西达之间的"隐秘爱情"被塑造为"以古老的特洛伊为背景的中世纪宫廷浪漫传奇"

---

① 乔叟的《特洛伊罗斯与克丽西达》的直接来源是薄伽丘(Giovanni Boccaccio)的长诗 *Filostrato*,诗名意为"因为爱而五体投地的人"。乔叟翻译了薄伽丘的作品,在翻译的过程中,乔叟不但将薄伽丘原作的八行诗体(Ottova rima stanza)改为七行的皇家律(Rhyme Royal),还对诗歌内容进行了任意地增添或删改,形成了由五部长诗构成的《特洛伊罗斯与克丽西达》。其结构工整精巧,语言优美而富有深意,人物形象突出,对人物的心理描写细致入微,是中世纪英语文学的典范作品,为后世许多作家的创作提供了素材与模范。

(Scanlon 171)，其中典雅爱情的主题和传统非常明显，对于理解其中的人物、事件与情景都具有重要作用。一向瞧不起爱情的特洛伊罗斯原本目下无尘，对女性不屑一顾。在维纳斯的神庙中，别人都在恭敬地向女神乞求爱情，只有特洛伊罗斯来回走动，面露不屑，冷嘲热讽。但是丘比特的爱神之箭射中了他的心，让他在第一眼见到克丽西达时就陷入了狂热的爱情（Chaucer, *Troilus and Criseyde* Ⅰ, 190 – 230）。从此他对克丽西达的爱情崇拜正像之前他所蔑视的供奉爱神的那些人一样，如同典型的典雅爱情中的求爱者们一样，变得谦卑恭敬，将情人无限理想化，而将自身低到尘土里去，认为自己是不值得爱的"可怜虫"，一向勇武的小王子经常躲在卧室床上为相思病长吁短叹、泪流满面。但同时爱情的魔力又促使他表现出典型的中世纪骑士的美德，变得彬彬有礼、慷慨大方，在战场上显示出高强武艺，作战英勇，所向披靡（Ⅰ, 1077 – 1082；Ⅴ, 1800 – 1806）。这是典型的典雅爱情范式（conventions），陷入爱情的骑士因为爱而痛苦，也因为爱而成长为战场上的英雄。但是该诗的后续发展却与一般的典雅爱情故事不尽吻合，克丽西达的成熟世故、薄情寡义与特洛伊罗斯的天真青涩、不谙情事形成强烈对比，二人最终的分道扬镳也体现了乔叟对典雅爱情的疑问：人是否经由爱情而成长？爱情如何永葆忠贞？成熟贵妇人给少年骑士设置的考验是出自真心还是玩弄人心？

在创作《坎特伯雷故事集》时期，乔叟对典雅爱情主题进行了更进一步的讨论。《坎特伯雷故事集》中最具有浪漫传奇特征的是第一位顺位的《骑士的故事》（"The Knight's Tale"），该故事具有明显的典雅爱情主题，但是已经显示出与《特洛伊罗斯与克丽西达》显著的不同点，在某种程度上可以看作乔叟对典雅爱情故事的一次成功的戏仿，反映出乔叟对于典雅爱情理念的反思。曼德尔在分析《坎特伯雷故事集》中的典雅爱情主题时认为，《骑士的故事》中帕拉蒙（Palamon）与阿塞特（Arcite）之间的情敌竞争关系是乔叟对典雅爱情范式的创新改编,在之前典雅爱情故事的主要文本中都找不到这样的先例(285)。通过乔叟对受到两位骑士爱慕的贵族少女艾米丽(Emily)以及对故事结局的描绘,曼德尔甚至提出这个故事事实上是"反典雅爱情主题的",因为"女性的愿望不被考虑;受苦最多的求爱者所得最少;比武大赛的失败者赢得了美人;最终的结局是由公爵与议会决定的政治权宜"(286)。曼德尔由此认为,《坎特伯雷故事集》缺乏真正的典雅爱情故事中的本质特征:"使人高贵的热情"(ennobling passion)(287),这与刘易斯在《爱情的寓意》中的结论相同:早期的乔叟是一位书写典雅爱情的诗人,但是他在最后也最辉煌的作品中已经不再是了(Lewis 161)。霍尔曼(Hugh C. Holman)也指出,"乔叟仍然继续使用他从前作品的技巧与主题……过去的主题并没有被抛弃,只不过被改变了"(245)。或许,正是这种反思与改变赋予了典雅爱情范式更长久的文学生命力。

《坎特伯雷故事集》中的数个故事都拥有典雅爱情的范式或典型人物(或变体),但是精髓已变。朝圣者乔叟未讲完的《托帕斯爵士的故事》("Tale of Sir Thopas")则完全是浪漫传奇的讽刺性戏仿:出身高贵、容貌精致的托帕斯爵士离家冒险,为了爱情将要和三头巨人决斗。朝圣者乔叟废话连篇地赞美骑士的高贵风度和冒险精神,赞美托帕斯"玫瑰一般的红唇"和"俊美的鼻梁"(The Canterbury Tales, 256),故事刚说一半就被旅店主人粗暴地打断,要求他讲点别的。可见当时此类浪漫传奇在一般城市居民听来也耳熟能详、毫无新意。作为已经流传了几个世纪的文学体裁,浪漫传奇不断重复固有的故事模式,愈发显得陈腐俗套,而该体裁的常见文风矫揉浮夸,对爱情的理想化虚构又同中世纪现实过度差异、几近荒谬,因此不再能满足当时日益扩大的市民阶层的文学需求。乔叟等中世纪晚期的作家已经意识到按套路重复浪漫传奇的无趣,因此尝试改变甚至颠覆浪漫传奇的常见情节模式和人物形象,来体现作家对宫廷文化、爱情主题乃至普遍人性的反思与诘问。在其创作生涯晚期,乔叟通过《托帕斯爵士故事》这个被打断的戏仿来讽刺宫廷典雅爱情范式在当时市民文化中的流俗重复,并通过《坎特伯雷故事集》中典雅爱情故事与其他市民故事的并置说明此种爱情模式与普通市民生活的格格不入,体现了当时的市民对传统宫廷爱情故事模式的厌倦。

克雷蒂安创造《囚车骑士》的典雅爱情范式,马罗礼或许将亚瑟王朝的覆灭归罪于典雅爱情的恶果,但丁通过典雅爱情表达至善与至美,乔叟对典雅爱情主题进行"随心所欲"的应用和实验,中世纪的诗人们对这一主题的反复重写和思考显示出爱情主题在当时社会与文学中的重要性,也显示出不同爱情观念的交锋与对话。就像卡林(W. Calin)指出的那样:"任何一件艺术作品本质上都不仅仅是根植于传统,更重要的是评价传统。"(1)

典雅爱情作为中世纪骑士浪漫传奇和世俗叙事文学的核心主题之一,影响了后世整个欧洲对于爱情的理念、对待女性的态度以及之后的文学传统。如果说典雅爱情的核心是"爱情使人高贵",那么"整个浪漫主义传统和浪漫主义诗歌与戏剧,以及整个求爱小说(novel of courtship,19 世纪小说的主要模式之一)传统与它在现代浪漫小说中的继承者"都体现了对宫廷浪漫传奇的传承(Pearsall 23)。典雅爱情中的主要范式,例如对爱慕对象的奉献与服侍、因爱情而受磨难、在爱情中的自我克制等都在欧洲文学史中经历了各种方式的反复重写。比较而言,戏仿或许是最突出的重写方式,因为吸引读者最好的方式,莫过于让他们在熟悉的范式中感受到惊奇并引发思考与讨论。乔叟的典雅爱情实验已经触及了对其范式的戏仿,但真正通过戏仿颠覆并发展了典雅爱情概念的是西班牙作家塞万提斯。

3. 塞万提斯的爱情戏仿

在塞万提斯的时代,骑士阶层早已消亡,但骑士传奇却依然风行。塞万提斯通过戏仿讽刺中世纪浪漫传奇的程式化、低俗化重复，以荒谬表现骑士理想与骑士爱情同现实之间的巨大反差。《堂吉诃德》（*Don Quijote*）是对浪漫传奇的总体戏仿，宫廷爱情自然是其中讽刺与颠覆的重点。学界一般认为，《堂吉诃德》是第一部现代意义上的戏仿作品，它是对以骑士为主人公的浪漫传奇的总体戏仿，浪漫传奇的语言、程式、故事等统统被滑稽模仿（李玉平164-165）。甚至可以说，《堂吉诃德》成就在于有意识的戏仿式重写浪漫传奇和典雅爱情的主题与范式。典雅爱情在15、16世纪已经成为西欧各国大量流行的骑士传奇作品最重要的主题之一，有时甚至超过了对骑士精神的颂扬，乃至于不去衷心爱慕一位美丽的贵妇人、不为情人流泪流血受苦受难就不能被称为合格的骑士。塞万提斯在《堂吉诃德》上部第一章就不无嘲讽地引用了与他同时代著名的骑士小说中的求爱信："你以无理对待我的有理，这个所以然之理，使我有理也理亏气短；因此我埋怨你美，确是有理。"（10）诸如此类描写骑士为了爱情伤春悲秋、矫揉造作的情节在当时流行的浪漫传奇中比比皆是。塞万提斯在《堂吉诃德》中以异常精巧的方式戏仿了这一类爱情游戏，通过将爱情的践行者降格，并将其恋爱对象粗鄙化，以毫无前情铺垫的、突发的狂热爱情的范式化表达使爱情变得滑稽，读来妙趣横生。布鲁姆在《西方正典》中曾"万分冒昧地把塞万提斯和但丁并列讨论"，比较堂吉诃德与朝圣者但丁，认为"堂吉诃德的贝雅特丽齐就是受惑的杜尔西尼亚……天堂里的贝雅特丽齐和受惑的杜尔西尼亚的地位或现实是一样的"（64）。贝雅特丽齐是朝圣者但丁"典雅爱情"的理想对象；受惑的杜尔西尼亚则是堂吉诃德的"理想爱人"，另类的"典雅爱情"对象。

实际上，堂吉诃德爱慕的杜尔西尼亚是个幻象，其本体是充满男性气质的农村姑娘阿尔东莎·洛兰索，"粗粗壮壮，胸口还长着毛"，且"中气真足，嗓门儿真大"（174），从相貌、出身、气质到行为、语言完全是典雅爱情中贵妇人的反面。堂吉诃德却为这位村姑添上显贵的头衔,夸赞她娇美无双,尽管被桑丘揭了老底,他也自有一番道理:"老实说吧,诗人歌颂女人,无非随意捏造个名字,并不是真有那么个意中人……他们多半是捏造一个女人,找个题目来作诗,表示自己在恋爱,或者借此自高身价。"(175)说这番话的堂吉诃德非但不疯,反而逻辑清楚、道理清晰:他非常明白自己执着的只是一个虚构的幻想,只是他自己的理想主义。洛兰索姑娘心里并没有堂吉诃德这号人物,堂吉诃德却模仿宫廷爱情里的骑士,为了她憔悴忧伤,唉声叹气,时而又发疯发狂,他为她做的情诗、写的情书读来都成了大笑话,那些"一别至今,肝肠寸断""冷酷的美人,亲爱的冤家""反正我只要一死,就随了你的狠心,也了了我的心愿""爱情太促狭暴力,总侮弄他、虐待他"之类的句子都叫读者捧腹大笑。到了小说下部,堂吉诃德变本加厉,将洛兰索的丑陋粗俗解释为魔法的诅咒,由此又引出无数笑话。

塞万提斯愈是描写洛兰索的粗鄙不堪,堂吉诃德对杜尔尼西亚的拳拳爱意就愈显得荒谬可笑。尽管塞万提斯的笔触辛辣讽刺,几乎把他之前骑士传奇里的典雅爱情故事颠倒了个,把那些要生要死、悲欢离合的爱情故事讥讽了个遍,但是就堂吉诃德来说,他对幻想中的杜尔尼西亚确实真诚而执着,他对她具有"升华了的欲望","对这位不幸着了魔的杜尔西尼亚"做出了类似于但丁对"贝雅特丽齐式的赞颂"(布鲁姆,西方正典,108)。在这个层面上,堂吉诃德反而继承了典雅爱情的精髓。

朝圣者但丁的贝雅特丽齐是佛罗伦萨银行家的女儿,一位富有的美丽少女被理想美化,作为爱情的对象并不突兀;然而堂吉诃德的杜尔西尼亚本是粗鄙的村姑,作为骑士的爱情对象简直荒唐至极,可是堂吉诃德却宣称她只是中了恶毒的魔法,他的爱情也因此更饱受折磨。堂吉诃德振振有词,为他的爱情理想辩护;他的爱情在外人看来可笑,但是他自己却严肃忠贞,死心塌地。受惑的杜尔西尼亚是堂吉诃德的创造物，这位永远也不能摆脱恶毒魔法、以美丽面貌同堂吉诃德相遇的爱人，另辟蹊径地超越了当时流行骑士小说中因为美而被爱、因为美而无理的贵妇人们。堂吉诃德所热爱并愿意为之付出一切的，并不是一个具象的贵妇人，而是忠贞的爱情理想本身。由此可见，塞万提斯对宫廷爱情的态度含混，并非一味批评和完全鄙弃。正如罗斯（Margaret Rose）所说："在'总体戏仿'中作者用戏仿构建作品的情节和人物，和/或反思小说形成的过程，如塞万提斯的《堂吉诃德》，此时对总体戏仿的复杂性最重要的也许是对被戏仿文本的含混态度，这些被戏仿文本对戏仿文本的情节或人物有所帮助。"(46)

在 18 世纪之前，戏仿又被认为"滑稽模仿"，属于比较低劣、不严肃的文学形式。《堂吉诃德》或许也因此长期没有获得正统文学的承认。杨绛先生在《堂吉诃德》的译者序中回顾了《堂吉诃德》逐步走进经典的历程：该书一出版就风靡西班牙，主要读者是少年和青年人，当时文坛只把这部小说看作滑稽故事，小贩叫卖的通俗读物，堂吉诃德不过是个滑稽的疯子。直到英国小说家菲尔丁强调堂吉诃德的正面品质，尤其是浪漫主义时期的评论家们对堂吉诃德大力推崇，视他为悲剧人物，这部小说才逐渐从英国开始被经典化(3-7)。巴赫金认为，戏仿的功能在于以嘲讽的笑来批评、颠覆被戏仿文本，戏仿在小说的发展史上具有独特的重要地位，"最为重要的那些典范作品和小说类型，都是通过戏仿破坏此前的各种小说世界的过程中创造出来的"(*Dialogic Imagination*, 309)。然而有趣的是，"戏仿具有一种自相矛盾的效果，即它保存了它试图摧毁的文本……因此戏仿的经典作品《堂吉诃德》保存了它所攻击的骑士浪漫传奇——难以预料的结果是，在大部分时间里，这部小说被读作对错位的理想主义的颂扬，而非讽刺"(Dentith 36)。戏仿的矛盾性使戏仿的功能不仅仅停留在批评与讽刺，而是使戏仿文本获得了新的生命力，在继承与反拨间来回拉锯，创造出了复杂的重写文本。

通过戏仿，《堂吉诃德》超越了当时流行的骑士传奇；通过爱情对象的粗鄙化过程，塞万提斯固然攻击了当时典雅爱情矫揉造作的表达方式，但是通过他的戏仿重写，堂吉诃德的爱情超越了当时俗套的骑士小说——正因为对象的粗鄙，理想主义的爱情幻想反而在滑稽中体现出真情可贵、真爱难求，远非千人一面的高贵骑士对贵妇人的程式化爱情表白可以比拟。通过戏仿，《堂吉诃德》将洛兰索之粗鄙与堂吉诃德之真挚并置，之间产生的对比与张力将典雅爱情推至了新的高度：以一种滑稽可笑的方式，爱情被完全精神化、理想化了，与真实的肉体欲望再无关系。堂吉诃德的爱情以颠覆的外在形式体现了典雅爱情的理想主义内在核心，从与但丁完全相反的方向将其故事模式向前推进，以爱情对象的不协调破除俗套，让"丑"成为真爱的体现方式之一。戏仿反而赋予典雅爱情概念更丰富的内涵，这一效果与戏仿的本质相关。

巴赫金认为《堂吉诃德》是"小说文类经典和最纯粹的模范"，"以非凡的深度和广度，实现了异体以及小说内部对话话语全部的艺术可能性"（*Dialogic Imagination*，324）。巴赫金提出戏仿是一种狂欢化的双声文本，双声话语"同时为两个说话人服务，同时表达两种不同的意图：正在说话的人物的直接意图和作者的曲折意图。在这样的话语中存在两个声音、两层含义、两种表达。同时这两个声音具有对话关系，相互联系……就像这两个人实际上在进行交谈一样。双声话语总是内部对话的。这类例子包括滑稽、反讽或戏仿性的话语、叙述者曲折的话语、人物语言的曲折表达、整个被组合后的文类话语——所有这些话语都是双声的、内部对话的"（324‐325）。对于巴赫金而言，在《堂吉诃德》中，"骑士传奇的可敬语言……成为语言对话的参与者之一，它成为语言的散文形象……对于新的作者意图有能力产生内部对话性的反抗"（386）。从巴赫金的观点看来，贬损、嘲讽当时已经程式化了的骑士传奇是塞万提斯书写《堂吉诃德》的意图,因此塞万提斯挪用了骑士浪漫传奇的整体程式和语言进行戏仿,然而这些程式和语言背后蕴含的欧洲中世纪数百年贵族生活孕育出的骑士精神和典雅爱情观念,也随着塞万提斯的挪用进入了《堂吉诃德》的文本,成为人物形象和故事情节塑造的重要结构,发出了对抗塞万提斯意图的、独立的声音。

　　塞万提斯对骑士传奇的戏仿重写产生了现代意义上的小说,但是为什么骑士浪漫传奇会被选择为这一新文类鼻祖戏仿的对象? 邓提斯(Simon Dentith)对此做出了解释:"浪漫传奇首先是满足愿望的文类,其规则是巧合与奇迹——这些正是天意如此(Providence)的别名。而小说,是一个更彻底的世俗文类,描述的是世界本来如何,而非世界应该如何,小说通过让浪漫传奇碰撞上更艰难、也更平庸的现实存在,不断地揭穿浪漫传奇的诉求"(55)。浪漫传奇所描写的理想的骑士精神和宫廷生活中的典雅爱情,都是作为"世界应该如何"出现的,代表了当时的宫廷精神生活和文化生活的需求。尤其是典雅爱情,本身就反映了宫廷文化和礼仪对骑士阶层的约束和规范,反映了贵族女性的精神诉求以及对骑士们的期许,而并非对中世纪真实的贵族女性与骑士之间关系的写照。斯沃比对此给出了解释:"对已婚贵妇的追求为社会习俗所不容,它属于想象中的世界,能带给人们更加精神化的另类爱情体验。"(88)贵族女性在公开场合聚会,聆听诗人们朗读他们关于典雅爱情的作品。克雷蒂安写作《囚车骑士》,明确承认香槟的玛丽是他的恩主。受到此类作品影响的骑士们也开始采用浪漫传奇中的方式对待他们的心上人;文学的世界与现实的宫廷生活发生了互相的影响①。

---

　　① 也就是巴赫金所说的第一类体裁话语(现实生活中的话语)与第二类体裁话语(小说相互文本中的话语)相互作用。

　　然而，随着这种文化由宫廷散播到整个贵族阶层，再散播到城市居民，典雅爱情的程式与故事的元素也随之距离读者的实际生活愈来愈远，越发显示出与严苛或平庸的现实的巨大差别。乔叟重写典雅爱情时已经意识到该模式的流俗化问题，因此反复实验其范式与人物形象，尝试做出创新；随着骑士阶层的消亡与骑士传奇的泛滥①，塞万提斯会对当时俗烂可笑的典雅爱情流行范式做出颠覆性的戏仿重写，进行笑的攻击也就似乎不足为奇了。因为"正是在此处，在大众的笑声中可以找到小说真正的民间根源。……伴随着直接再现——嘲笑活生生的现实，是对体现在国家神话中的所有高级文类（high genre）和所有崇高典范（lofty models）进行戏仿和滑稽模仿（travesty）的兴旺发展"（Bakhtin, *Dialogic Imagination*, 21）。

　　但从塞万提斯的《堂吉诃德》的阅读与评价的历史可见，不论塞万提斯写作时的直接意图如何，在读者接受上，《堂吉诃德》对典雅爱情的态度确实是含混的。粗鄙的洛兰索作为堂吉诃德的恋人尽管滑稽可笑，但是堂吉诃德对杜尔尼西亚的爱情确实理想真挚：嘲讽与同情交织在一处，难分彼此。而将洛兰索之粗鄙与堂吉诃德之真挚进行并置，之间产生的对比与张力确实将典雅爱情推至了新的高度：以一种滑稽可笑的方式，爱情被完全精神化、理想化了，与真实的肉体、欲望再无关系。

　　典雅爱情没有因为塞万提斯以及之后的戏仿而被摧毁；相反，戏仿含混与对话的本质以及戏仿方式的多样性赋予典雅爱情更丰富的超文本存在形式。巴赫金在《陀思妥耶夫斯基的诗学问题》（"Problems of Dostoevsky's Poetics"）中谈到了戏仿的不同类型：

---

　　① 在《堂吉诃德》中，堂吉诃德的侄女要烧掉使叔叔变成疯子的小说，搬出了堂吉诃德的私人图书馆的"一百多部精装的大书，还有些小本子"（上部，33）。塞万提斯借理发师和神父之口——评价了当时流行的一长串骑士传奇小说，态度褒贬不一。

"戏仿话语可以极端多样:可以戏仿他人的风格作为风格;可以戏仿他人社会典型性或个人独特性的观看、思考和说话的方式。戏仿的深度也会变动:可以仅仅戏仿表面的文字形式,也可以戏仿另一个文本中支配性的最深层规则。不仅如此,作者可以用不同方式使用戏仿话语:戏仿可以是目的本身……也可以进一步为其他积极的目标服务"(194)。罗斯也谈到戏仿方式的多样性:"最广义的戏仿及其应用首先可以被描述为模仿,接着是改变另一作品的'形式'和'内容',或风格和主题,或句法和意义,有时对二者之一进行变化,有时将二者同时变化,最简单的是改变它的词汇。"(44)罗琳的《哈利·波特》系列通过多种方式为读者奉献了新型的典雅爱情戏仿,其中有一些是以娱乐或讽刺为目的的微型戏仿故事,例如罗恩误服爱情魔药,从而对罗米达·万尼产生短暂的、滑稽的爱情狂热的小插曲,但是另一些爱情戏仿则同小说的情节结构、人物塑造与小说主题息息相关,塑造了具有鲜明特色的典雅爱情践行者。

《哈利·波特》系列中亲时代和子时代①的爱情以不同方式呈现。青年一代的恋爱方式与观点都十分现代,情侣分合洒脱,爱情并不是人生的第一要素。与之相比,隐晦地、碎片化呈现的亲时代的爱情故事却意蕴深沉,爱情成为人物的行为动机,左右着人物的人生抉择,决定了人物的伦理善恶。西弗勒斯·斯内普对莉莉·波特隐秘的单相思,与贝拉特里克斯·莱斯兰奇(Bellatrix Lestrange)对黑魔王的暧昧崇拜②,成为系列小说中一对镜像的、

---

①　"子时代"指小说中哈利·波特等少年主人公的时代,主要是通过直接叙述交代给读者;而他们的父辈的故事则通过各种间接叙述,如记忆片段、回忆、信件、转述等,交代给读者,在本书中将父辈们的故事称为"亲时代"故事,与"子时代"对应。

②　其实邓布利多同第一代黑魔王盖勒特之间隐晦的同性爱情也基本符合典雅爱情的程式,但在本书中不做详解。

对话的典雅爱情戏仿，形成了富有戏剧张力的爱情对话。

　　典雅爱情与骑士精神类似，都具有内部矛盾性。罗琳通过解构式的挪用分解骑士精神，将内在矛盾外显为和不同选择之间的冲突对抗。在重写典雅爱情时，罗琳则充分利用了戏仿的含混性，一方面继承了典雅爱情的主要范式与话语，另一方面却在典雅爱情践行者的人物形象、爱情表达的方式以及爱情对人物品格的影响上做出反叛和扭曲。通过对典雅爱情进行不同方式的"变调"，罗琳的戏仿挖掘典雅爱情内部的矛盾之处，对典雅爱情的范式提出了批评：一个主要质疑典雅爱情的基本条件，即质疑是否只有高贵者才能践行真爱；另一个主要质疑典雅爱情的终极命题，即质疑爱情是否能够使人更加高贵。斯内普与贝拉特里克斯都不是程式化的典雅爱情践行者，却分别践行了变调的典雅爱情范式：斯内普是邪恶卑下者的爱情，虽有质疑，却依然继承了典雅爱情的精髓，歌颂了爱情的正面意义，para 此时的含义更偏于"相近"，总体可以看作典雅爱情的"副歌"（Beigesang）；贝拉的故事则挑战了典雅爱情"令人高贵"的本质，反映出激情的盲目性与荒谬性，打破爱情与"真善美"的联结，para 此时更偏向于"相反"之意，总体可以被看作颠覆性更强的"反歌"（Gegengesang）。

　　罗琳的爱情戏仿采用了复调的两条情节线，以不同的人物、不同的方式和不同的结局对典雅爱情进行了双重戏仿，不但增加了文本的含混性，使文本获得了被多重解读的可能性，也突出了戏仿的对话性，将戏仿文本与源文本之间的双重对话升级为两种不同层次的戏仿文本与源文本之间的三重交叉对话，充分揭示了爱情的可能性与复杂性。

第二节 "反骑士"的典雅爱情:作为"副歌"的戏仿

在《哈利·波特》七部曲系列中,斯内普的人物重要性和特殊性随着情节逐步展开而逐级递增。在小说第一部,斯内普只是霍格沃茨魔法学校里一位阴沉刻薄的教授,具有典型的黑巫师和"坏"教师的形象,其貌不扬、不修边幅、不苟言笑、不近人情。作为重要课程魔药学的教授以及斯莱特林蛇院的院长,斯内普在课堂上刁难、羞辱哈利和他的格兰芬多同伴们,课堂下则不放过任何给格兰芬多扣分的机会,因此很快就成为主角们厌恶、仇视的教师,这种形象配合以他偶尔神秘的行踪和举动,加之一系列"巧合",很自然地被哈利和同伴们怀疑为伏地魔的手下。在第一部结局,斯内普暂时被解除了嫌疑,但是在接下来的故事发展中他维持了令人厌恶的形象,甚至变本加厉。

在小说第三部《哈利·波特与阿兹卡班囚徒》中,读者们发现了斯内普与哈利的父辈们从学生时代起就是对头,确证了从第一部就埋下伏笔的事实:因为仇视哈利已逝的父亲,斯内普对哈利怀有很深的恶意。在故事的推进中,一系列事件使三人组对斯内普的怀疑日益加深,尽管每一次最终都证明斯内普不过是替罪羊,阴谋的主事者另有其人,但是笼罩在斯内普身上的疑云从未散去。小说第五部《哈利·波特与凤凰社》明确了斯内普作为凤凰社成员、打入伏地魔的食死徒团体的间谍、为邓布利多工作并深受信任的身份之后,哈利对他的怀疑和厌恶依然挥之不去。在斯内普接受邓布利多的任务,私下教授哈利学习"大脑封闭术"这种高难度魔法的时候,哈利借机看到了斯内普视为重要隐私的过去,更多地了解了斯内普与哈利父亲的恩怨。此举加剧了他们之间的矛盾,却开始将斯内普的故事逐渐展开。

　　该系列第六部题为《哈利·波特与混血王子》，这是该系列唯一一部小说书名中出现同名主人公哈利·波特之外的题名人物。"混血王子"(The Half-Blood Prince)，本义为"混血的普林斯"，隐藏了普林斯的出身：他的父亲老斯内普是个"麻瓜"，母亲则是出身斯莱特林学院的女巫普林斯。邓布利多向哈利逐渐揭开斯内普的个人过往：少年时斯内普因为对名誉的野心和对力量的渴望加入了食死徒，并因此而犯下了不可饶恕的错误；他偷听到了有关伏地魔的一则预言的前半部分并将之告知伏地魔，导致了哈利父母的死亡，斯内普因此懊悔一生。正是这件事导致他反戈加入了凤凰社，为邓布利多服务。然而就在这一部的结束章，哈利目睹斯内普杀死了邓布利多，似乎又坐实了他作为双面间谍、一直在为伏地魔服务的身份。

　　小说的第七部《哈利·波特与死亡圣器》是故事的高潮，也是斯内普故事中最精彩的部分。斯内普临死时将他一生重要经历的记忆抽出，交托给哈利，从而让哈利了解了整个事件的前因后果，也了解了斯内普最大的秘密——他从年少时便对哈利的母亲莉莉·波特怀有至死不渝的爱情。这份爱情是斯内普所有看似矛盾行动的动机，解释了一直以来存在于这个人物身上的疑问。

一、作为结构的典雅爱情范式

　　1. 隐秘的恋情

　　自抒情诗歌发端开始，典雅爱情就具有隐秘性特征，骑士应当拼死守护他所爱慕的女性的名誉。通常认为，为众人知晓的不是真正的典雅爱情；将隐秘的情感公之于众只能是将之置于他人邪恶的揣测或谋算之下(Owen 32)。乔叟在《特洛伊罗斯与克丽西达》中也借潘达洛斯(Pandarus)之口向初陷恋情的特洛伊罗斯强调谣言可畏："多少女性因为蠢货和傻瓜们的夸夸其谈而丧失名誉"(*Troilus and Criseyde* Ⅲ, line 297 - 298)，"从本性上说任何夸耀者都不可信任"(308)。因此，为了保护所爱慕的贵妇人克丽西达的名誉，年轻的王子、勇武的骑士特洛伊罗斯发誓对此守密，绝不向他人透露。在保持沉默、维护所爱的对象的名誉方面，斯内普可算是个中翘楚。他对莉莉·伊万斯(Lily Evans)的爱情就同骑士对心上人的爱慕一样，除少数当事人之外，几乎不为人所知。

斯内普少年时期就默默爱恋着仪表出众、能力非凡的莉莉，却由于身份、家境、长相等因素而自卑，不敢明确表达，又因学院间的分歧同莉莉渐行渐远，只能更深地隐藏他的单相思。从霍格沃茨毕业后，莉莉嫁给了一直追求她的詹姆·波特(James Potter)，夫妻双双加入邓布利多的凤凰社，成为对抗食死徒的中坚力量。在这种情况下，斯内普的爱情面临着双重的"不合法"，首先是莉莉已为人妻，其次是他们分属对立的阵营；这种"不合法"以及对莉莉的名誉的保护迫使斯内普对他的恋爱缄默不言，直到他发现由他偷听到并转告伏地魔的预言涉及了莉莉一家人的安危，才为了莉莉的生命安全暴露了他的爱情：他先乞求伏地魔饶过莉莉的性命，又以"什么都行"为代价，恳求凤凰社领袖邓布利多保护莉莉一家(死亡圣器，500)。然而莉莉一家并没有逃过伏地魔的追杀，只有襁褓中的小哈利活了下来。

斯内普将他的感情暴露给了邓布利多，邓氏便抓住斯内普的弱点加以谋划，以他对莉莉的爱情为胁迫，要求斯内普继续为凤凰社服务，保护哈利："她儿子还活着，眼睛和他妈妈的一样，一模一样。我想，你肯定记得莉莉·伊万斯的眼睛，它的形状和颜色，对吗？……如果你爱莉莉·伊万斯，如果你真心地爱她，那你面前的道路很清楚。"(死亡圣器，500)斯内普答应这一要求的唯一条件就是继续保持他对莉莉爱情的隐秘性："可是千万——千万别说出去，邓布利多！只能你知我知！您起誓！"(死亡圣器，501)邓布利多惊讶于他竟然不愿意将自己最好的一面表现于人前，但也同意帮助他隐瞒此事。如斯内普所愿，这个秘密被守护着，直到他被伏地魔杀害,濒死时依从邓布利多生前的嘱托,将自己的记忆和秘密交给哈利·波特,从而引导哈利做出最后的选择。

　2. 谦卑的爱情膜拜

　　在典雅爱情的程式中,男性求爱者,不管他本身的家族或血统有多高贵,在爱慕的女性面前必须呈现出卑微的姿态,将自己置于服侍与服从的地位。斯内普在面对莉莉时一直是谦卑的,甚至是自卑的。童年时他的家境贫困,酗酒的麻瓜父亲和懦弱的女巫母亲无法给他创造安稳舒适的生活环境,瘦弱的小男孩穿着"一条过短的牛仔裤,一件又大又长、像是大人穿的破旧外衣,还有一件怪模怪样的孕妇服似的衬衫"(死亡圣器,488),在远处偷偷凝望着邻居家的美丽的小女巫莉莉,鼓足了勇气才敢与她搭话,却丝毫不敢泄露他的爱慕。在血统论者眼中,像莉莉这样完全出身于"麻瓜"(普通人)家庭的巫师是血统最低贱的"泥巴种",但是受到血统论影响很深的斯内普却在面对莉莉时背弃了他一贯的信仰,否认血统的差别,向她保证"麻瓜"出身"不会有什么不同"(491)。在霍格沃茨中学习的最初几年,尽管学院间存在对立,但是斯内普依然和莉莉维持着亲密友谊,在莉莉面前,日后的黑魔法和魔药大师斯内普永远是服从者,"莉莉那双明亮的绿眼睛眯成了缝,斯内普立刻退缩了"(497)。

　　莉莉是霍格沃茨最优秀的学生之一,长期担任过斯莱特林院长的斯拉格霍恩教授曾向哈利夸赞她的出色表现:"作为一名教师,是不应该偏爱学生的,但我就是偏爱她。……莉莉·伊万斯,是我教过的最聪明的学生之一。活泼可爱。一个迷人的姑娘。我经常对她说,你应该在我的学院才是。我经常得到她很不客气的回答……当然啦,你母亲是麻瓜出身。我发现这一点时简直不敢相信。我本来以为,她那么优秀,一定是纯种的。"(混血王子,54)尽管出身麻瓜,莉莉的魔法天赋却超过了绝大部分纯血巫师,她擅长魔咒、精通魔药(这一点同斯内普非常相似)。她非常美丽,她的红发和绿眼睛深深吸引着詹姆·波特等一群爱慕者。她具有强烈的正义感——她出身自普通人的世界,具有现代人普遍持有的平等、民主、博爱观念——这使得她总是乐意站在被欺凌者的弱势群体一边去对抗强者。她是凤凰社最忠贞、最有能力、最勇敢的成员之一;在伏地魔威胁到哈利生命的时刻,她甚至能够使用一种最古老的血缘魔法,以生命为代价毁灭伏地魔的肉身,保护襁褓中的哈利(莉莉灭绝伏地魔肉身的功劳不为人所知,几乎所有人都将此归结于当时只有一岁多的哈利,他因此而被称为魔法界的救世主)。这样的一位美丽聪慧的女巫作为斯内普理想中的爱人,当然是十分称职的:莉莉本身就是一位趋于完美的理想型人物,无论是作为女性、作为母亲、还是作为女巫,她都十分成功。斯内普曾经同莉莉长时间保持亲密友谊,一度得到莉莉认可,是她"最好的朋友",甚至曾经他们有希望更进一步,"在他专注的凝视下,她的脸红了"(死亡圣器,497)。但是由于二人的道德观念和价值观念分歧,这份友谊最终破裂了。

斯内普与莉莉的隔阂部分源于斯内普的自卑心理。斯内普被詹姆·波特为首的几个格兰芬多男生当众挑衅、欺凌,被詹姆的恶咒击中倒挂在树上,露出了"一条快变成黑色的内裤"(凤凰社,422)。这幅滑稽的景象落在前来帮助他的莉莉眼中,极度的尴尬让斯内普的自卑到达了顶点,在詹姆的奚落中,他口不择言地喊出了"我用不着她这种臭烘烘的小泥巴种来帮忙!"(凤凰社,422)。"泥巴种"一词中的身份歧视毁掉了莉莉对斯内普的友谊,尽管斯内普使尽手段向莉莉道歉,甚至扬言要睡在格兰芬多塔楼的入口处,以求得与莉莉见面。但是他的道歉没有成功,因为此时的斯内普还没有放弃血统论和对权力的野心,而这些正是莉莉无法接受的。

斯内普谦卑的爱情上升为爱情膜拜是在莉莉死亡之后。他在莉莉死后发现了她留下的一封写给好友小天狼星的信件,末尾署名"莉莉，无限爱意"，斯内普将带有莉莉署名的部分信纸撕下来，揣在怀中妥善收藏，当作圣人遗物般依恋尊崇。这一幕让人联想到《囚车骑士》中的兰斯洛特如何将桂妮薇掉落的梳子上纠缠的一缕秀发"上万次贴着眼睛、嘴唇、脸庞和眉宇……放置在皮肤和衬衣之间，贴着胸膛贴近心口，即使拿一整车的红宝石或祖母绿也不愿交换"（Chrétien, *Lancelot*, line 1464－1471）。同兰斯洛特膜拜活着的桂妮薇的一缕秀发相比，斯内普膜拜死去的莉莉一封旧信上的签名似乎更真挚，也更具悲剧气质。与《神曲》中的贝雅特丽齐相似，活着的莉莉仅仅是一位聪慧、美丽的女性，死去的莉莉才获得了斯内普心中至高无上的地位。讽刺之处正在于此：斯内普没有为活着的莉莉放弃血统论和暴力论，却因为莉莉的死而做到了。

3. 历经考验的忠贞

《囚车骑士》中的兰斯洛特对桂妮薇忠贞不贰，哪怕面对桂妮薇的冷漠与斥责，也要为她出生入死，历经冒险与考验。《亚瑟王之死》中描述的兰斯洛特更是多次面对其他女性（包括贵妇人、贵族少女、美丽的女巫等等）的爱慕与诱惑，都保持对桂妮薇的忠贞。骑士要对爱慕的贵妇人忠贞不贰、至死不渝，这是中世纪时期公认的典雅爱情的要求。乔叟在《群鸟议会》（"The Parlement of Foules, or The Parliament of Fowls"）中借用斑鸠之口明确指出："上帝禁止一个情人改变（其对象）……哪怕他的女主人再冷漠，他也要永远服侍她，至死不渝"（line 582－585）。与兰斯洛特的忠贞类似，斯内普因对莉莉的爱情而加入凤凰社，对邓布利多尽忠，承担风险刺探消息。他的中途倒戈没能挽救莉莉的生命，她的死亡将斯内普推入了绝望与悔恨，但他的爱情没有随她死去而消亡。莉莉的死使她成为正义与母爱的化身，由有生命的人转化成了抽象的精神。这种精神也就成了斯内普所有行动的目的——为了延续她的信念，保护她的儿子而继续听命于邓布利多。

　　他的爱情经受了重重考验而没有改变,在小说中罗琳以"呼神护卫"咒语的显现清楚表明了这一点。"呼神护卫"咒语通过呼唤内心深处最真挚、最重要的情感,实体化为代表这种情感对象的独特的形象,来保护念咒人,使之能在精神上对抗邪恶。罗琳特别创造出"摄魂怪"这种奇特的邪恶生物来代表精神上的恶:摄魂怪吸取受害人所有快乐和美好的情感,使受害人沉浸在最痛苦的记忆和感受中无法自拔,只留下一摊行尸走肉。斯内普的"呼神护卫"咒语呼唤出的一直是象征着他对莉莉爱情的银色母鹿,说明他对莉莉的爱情一直是他内心深处最重要的情感,是他精神力量的来源。

　　在中世纪浪漫传奇中使骑士求爱者经受一系列考验与折磨的是他的心上人,而在《哈利·波特》系列中,由于莉莉已逝,接手这一考验任务的是邓布利多。邓布利多作为知情人,利用斯内普的爱情、悔恨与痛苦,操控他的心理并控制他的行为,要求斯内普完成了许多艰难而危险的任务。斯内普背弃了他原本的信仰与选择,为邓布利多所用,为凤凰社打探消息,保护哈利的安全,保护霍格沃茨的学生,在邓布利多的各种计划中扮演了完美的棋子。在这些任务中他经受来自双方面的怀疑、嘲讽与攻击,时时刻刻身处危险的境地,目的是保护一个他异常厌恶的男孩,完成他早逝的爱人的心愿。他内心真实的情感与他执行的任务常常互相违背,斯内普在这些考验中无数次历经了兰斯洛特与特里斯坦们所面临的两难抉择。

　　除了在双面间谍岗位上经历的危险与考验,斯内普面临的更大的痛苦是精神上的。他一直因为将预言告知伏地魔从而导致莉莉的死亡而悔恨并且自我折磨,哈利的出现反复提醒他这一点。更艰难的选择是在对待哈利的态度上:这是他所爱慕的女性遗留的孤儿,他需要继承她的遗志保护他、教导他;然而这个孩子的外貌和部分性格实在同他的生父——詹姆·波特(无疑是斯内普最嫉妒、最憎恨的人)——太相似,让斯内普发自内心地厌恶。对莉莉的爱情迫使他承担保护哈利的重任，但是内心的憎恶之情却难以抑制，使他无法在实际相处中善待哈利，与哈利间的冲突矛盾不断升级，加剧他内心的痛苦。这种痛苦与他对往事的悔恨交织，使他长期处于自我折磨的状态，透出一种阴郁、孤独而冷酷的气质。

4. 爱情促生高贵

作为双面间谍，斯内普游走在食死徒中间，为邓布利多打探各种机密，冒着生命危险向伏地魔编造谎言，参加生死一线的争斗，表现出了超越常人的勇气、智慧与审慎。就像是骑士们为获得心上人的青睐而上阵决斗，表现自己的武功、智慧和英勇，斯内普在竭力实现莉莉遗愿的过程中展示出不凡的能力。即使是一开始对他充满蔑视的邓布利多也只能承认他做得"非常出色"，甚至承认他拥有的勇气够格进入格兰芬多（死亡圣器，505）。

斯内普在学生时代懦弱卑微，受尽欺凌。当莉莉一家受到威胁时他只能去哀求强者——先乞求伏地魔，后乞求邓布利多——保住莉莉的性命，为此他甘愿冒风险接下一份无期限的、极度危险的工作。莉莉的死让他的爱慕最终上升为典雅爱情式的爱情膜拜，激发了他无限的勇气和信心，坚持完成莉莉的遗愿。他总能完成各种艰险的任务，并默默地向哈利和他的同伴们提供帮助，不求回报或感激。在邓布利多领导的正义一方中，斯内普无疑是最具实力也最机敏的战士。他的勇气和能力甚至超过了小天狼星、卢平等凤凰社的中流砥柱，多次拯救凤凰社或哈利于危难中。如果以邓布利多领导的凤凰社与浪漫传奇中的亚瑟王圆桌骑士做类比的话，斯内普几乎拥有与兰斯洛特一样的超然地位，更不用说他本人同兰斯洛特一样，是典雅爱情的践行者。

比能力更重要的是，他的爱情崇拜引导他走向了正义的道路，在道德上向善，获得了精神上的升华：他的内心不再冷漠，不再以权力为野心，而是竭尽全力在战争中拯救他能够帮助的人，尤其是女性和孩子，哪怕自己要扮演恶人，遭人唾骂。当邓布利多告诉他那可怕的最后的计划时，对斯内普那种希冀哈利能够活下来的态度不以为然："别大惊失色，西弗勒斯。你目睹了多少男男女女的死?"斯内普的回答让我们认识到了这位原先以名誉与权力为野心的斯莱特林的转变："最近，只有那些我无力相救的人"(死亡圣器，507)，对于生命的尊重、对他人的关怀和对弱者的同情在这句话中表露无遗。

综上所述，斯内普对莉莉的隐秘的爱情内化了典雅爱情概念中最重要的特点，他的爱情故事的结构模仿了典雅爱情的程式：他卑微地热爱着被理想化的莉莉，在她死去后，爱情成为他生活下去的动力，经受了一系列由邓布利多代为执行的考验，并在此中展现出个人的智力、勇气与向善的精神，完成了道德上的升华。斯内普的最终受难揭开了所有隐藏的秘密，他对爱情的信仰、为之付出的一切努力以及承受的一切痛苦在他交给哈利的记忆中大白于天下，使他获得了类似于殉难者的地位。

总体说来，罗琳成功地挪用了典雅爱情的精髓和范式来创造了整部小说中最感人的爱情故事和爱情主角，但是斯内普的故事并不是中世纪浪漫传奇中骑士爱情故事的翻版，讲述一个高贵的骑士如何因为爱情受苦，又因为爱情而更完美，西弗勒斯·斯内普的形象距离高贵实在太过遥远了。

二、黑巫师的典雅爱情

"斯内普跪在小天狼星的旧卧室里。他读着莉莉写的那封旧信，泪水从鹰钩鼻的鼻尖流淌下来。"(死亡圣器，508)

这是斯内普获知莉莉被害消息后的场景。为恋人的死亡(或离去)而悲痛欲绝是典雅爱情故事中常见的场景，坚强英勇的骑士"跪地""流泪"都是表现悲痛的常见手法。但是在斯内普这里，泪水顺着他那标志性的丑陋的大鹰钩鼻"流淌下来"，如果忽视这一幕场景中的悲伤意味，这个景象无疑是滑稽的(由于电影演员本身并不如小说描写的那么丑陋，这一幕的滑稽性在影片中被大大减弱了，并且电影的视觉效果也影响了同时作为观影者的小说读者）。斯内普的爱情中戏仿的滑稽性，在这一幕中通过一个硕大的鹰钩鼻子尖滴落的泪水显露无遗。然而，就戏仿的基调来说，斯内普的故事并不是以滑稽逗乐为目的，滑稽只是戏仿文本和被戏仿的典雅爱情并置所带来的效果。在这个场景以及斯内普故事的大部分情节中，罗琳（和读者）对斯内普充满了同情，以至于滑稽的效果虽然确实存在，但是却被故事的悲剧性色彩冲淡了①。

1. 斯内普的"反骑士"形象

斯内普的故事基本符合典雅爱情的范式，但是斯内普的个人形象却与典雅爱情中的骑士截然不同。从中世纪浪漫传奇中典雅爱情的主要人物看来，这些骑士都出身王室贵族，受过良好的教育，在宫廷生活中彬彬有礼、风度翩翩，在战场和比武大会上又骁勇善战、英勇无畏。克雷蒂安笔下的践行典雅爱情的骑士们不是王子就是出身高贵的骑士。《克里热》的主人公是来异国宫廷的王子，父亲是"希腊与康斯坦诺普的伟大统帅，富有并受人尊敬的皇帝"（Chrétien, *Cligés*, line 47 - 49）。马罗礼描绘的兰斯洛特是"圆桌骑士第一人"，具有"高尚的骑士精神"（158），他热爱冒险，扶贫救弱，"是当今世上最谦逊的骑士，对妇女再温顺不过了"（173）。他的武艺与英勇也是有目共睹的，"名扬四海，成了世上最伟大的骑士，男女老少无不对他推崇备至"（189）。更重要的是，这位骑士俊美非常，四位高贵的王后一见他，就为他争风吃醋，争相获取他的爱情，而他为了对桂妮薇王后的忠贞宁愿"体面地死在这间牢房里"，也不愿选择她们中任何一人为情人（161）。这样的骑士很容易就能获得女性的青睐，一位倾心于兰斯洛特的女巫狂热地表示

---

①　斯内普的故事的许多情节是在他弥留时留下的记忆片段中体现的，死亡冲淡了这些片段中原本的滑稽色彩。

如果"不能与活着的你享受欢乐"，便要以得到尸体为满足，"用香油涂你的身体，把它供奉起来，永远留在我的身边"（183）。中世纪骑士传奇中的另一位典雅爱情的践行者特里斯丹也同样是出身高贵的王子，年少时就到法国学习了"语言、礼仪和武艺"，还学习了狩猎和驯鹰等上流贵族的特技，"从来没有人受过比他更完备的教育"（马罗礼 256）。他风度翩翩，受到法国公主的青睐，同时还是一位英勇无畏的勇士。中世纪浪漫传奇中，亚瑟王的圆桌骑士虽多，但是，正是这两位典雅爱情最坚定的践行者，代表了最伟大的骑士风度："所有的国王、王公和骑士都一致认为，在亚瑟王的时代，若论骑士的品行和武功以及慷慨谦逊的美德，朗斯洛（兰斯洛特）爵士和特里斯丹爵士都是远远超过其他所有骑士的。他们所创建的业绩，别人是望尘莫及的。"（马罗礼 527）在典雅爱情的程式故事中，求爱的骑士大多符合这一类人物设定，尽管他们在爱上同样出自贵族王室（有时比他们更高贵）的贵妇人时会进行自我贬低，对心上人唯命是从，谦卑恭敬，但是究其本身来说，无一不是高贵的骑士贵族，受到臣民的追捧和众多女性的爱慕。与范式的典雅爱情的践行者相比，斯内普这个人物形象是"反骑士"的，他与"高贵"很难沾边，他的低微不是出于心理上的自我贬低和谦卑风度，而是由现实条件引发的。

从出身来看，斯内普是混血巫师，他的母亲出自败落的魔药世家，从斯莱特林学院毕业后藏匿起女巫的身份嫁给了一个麻瓜，并因此被逐出家族。他的父亲在破产之后染上酗酒的恶习，父母之间的关系也十分紧张。这样的出身显然和兰斯洛特等骑士大相径庭。斯内普在进入霍格沃茨魔法学校前并未受到良好的教育，加上家境贫寒，不要说礼仪规范，就连个人卫生都很成问题。他的典型特征是"油腻腻"，油腻的长发，油腻的灰黄色的脸孔，还有他快变成黑色的内裤，使他在少年时期具有极其糟糕的个人形象。成年后的斯内普依然维持了"油腻黑发、鹰钩鼻、皮肤蜡黄"的形象，加上他常年一身黑色的巫师袍，被学生戏谑称为"油腻腻的老蝙蝠"。他言辞尖刻，即使对女生也不例外，眼神冷漠、态度严苛，这一切都和典雅爱情故事中的宫廷礼仪规范格格不入。从罗琳的叙述来看，斯内普年长单身，似乎从没有女性对他表示好感；在其社交方面，学校的同事、凤凰社的队员，甚至食死徒成员都同他关系冷淡，唯有与卢修斯一家稍显亲近。这样一个冷漠孤独、不修边幅又阴森丑陋的黑巫师，却是罗琳整部《哈利·波特》中在爱情方面最诚挚的角色。

　　这样一个形象不佳的黑巫师在践行典雅爱情的过程中几乎具有了某种悲剧性的气质，让人联想起《巴黎圣母院》中丑陋的卡西莫多。斯内普临终时看着哈利的绿眼睛挣扎着说出的"看……着……我"为他一生的爱情悲剧画上了完美的句号，感动了无数的读者，以至于不少读者一厢情愿地美化这个本有很大人格缺陷的人物。当罗琳被问及斯内普的人物形象时，她坦诚这一人物是"一个有很大缺陷的英雄"，或者说，是一个"反英雄"形象，"他一直相当残酷，是一个霸道的人，因为怨恨和不安全感而充满谜团——但他去爱了，并且表现出了对这份爱的忠诚，最终为此付出生命。这非常英雄主义"（Appelbaum 83）。斯内普在故事最后获得的几近英雄的气质和他个人糟糕的形象形成了巨大的对比和反差，罗琳通过挪用和戏仿典雅爱情成功地建构起这个充满张力的"反骑士"人物形象。

　　2."副歌"中的质疑

　　斯内普身上似乎承袭了典雅爱情的精髓，即爱情使人受苦，也使人高贵。但是斯内普的典雅爱情是"变调的吟唱"，是罗琳对于典雅爱情的同情性的戏仿"副歌"。斯内普的故事中存在着罗琳对于爱情的本质与浪漫传奇故事中的"爱情第一原则"的严肃思考与批评。典雅爱情的文本本身具有内在的矛盾性，首先是爱情的二元性矛盾：爱情催生了向善的动力，同时也催生了向恶的动力与痛苦。其次是典雅爱情的准则与骑士精神原则间的矛盾,兰斯洛特面对的难题是无解的,究竟是选择作为情人的忠诚,还是选择作为武士的忠诚? 而在奉行生而平等的民主观念的现代人看来,典雅爱情概念的宫廷基础同样值得质疑:是否只有出身高贵(宫廷)、举止高雅的人才能够践行爱情? 在这曲以斯内普为主角的"副歌"中,一个不那么高贵典雅的人物践行典雅爱情的范式,渴求一份永远不能得到的爱情,在个人的价值体系和爱情的信仰中间徘徊纠结,经历了比兰斯洛特更深刻的痛苦。

斯内普无疑是"爱情第一原则"的信奉者,他背弃了食死徒,加入凤凰社,为邓布利多效劳,其本身不是为了正义,而是极其私人化的"为了她,为了莉莉"(死亡圣器,507)。但是斯内普对莉莉的爱并没有爱屋及乌扩及莉莉的家人,相反,他仇恨她的丈夫詹姆·波特,并且恨乌及乌地将这份憎恨转嫁到了与詹姆相貌非常相似的哈利身上。在他刚刚探知伏地魔要追杀莉莉一家时,他向伏地魔请求仅仅饶恕莉莉的性命。他对邓布利多做出同样请求时,邓布利多毫不客气地斥责了他:"你令我厌恶。……你就不关心她丈夫和孩子的死活? 他们尽可以死,只要你能得到你想要的?"(死亡圣器,499)斯内普的爱催生他的嫉妒与恶念。莉莉死去后,斯内普找到了莉莉生前寄给小天狼星的旧信和照片,他将信的第二页,留有莉莉的"无限爱意,莉莉"的签名的信纸塞进他的长袍,又将"手里的照片一撕两半,留下莉莉欢笑的一半,把詹姆和哈利的一半扔在地上的五斗橱下"(508)。斯内普对莉莉的爱情是真挚的,但这份爱情给他带来的是无尽的痛苦,以及近乎偏执的嫉妒心与占有欲。少年时在莉莉面前受到詹姆、小天狼星等人的羞辱是他无法忘怀的耻辱记忆(他将这段记忆抽取出来保存进冥想盆,却被哈利偷窥到,因此而勃然大怒)。他视小天狼星、卢平等人为劲敌,即使同为凤凰社成员,也要抓住他们的痛脚,言语尖刻地讥诮讽刺。因为哈利与父亲詹姆肖似,斯内普将他当年对詹姆的嫉妒憎恶全部转嫁到哈利身上:他厌恶哈利继承自其父亲的任何一种特征,例如他乱糟糟的黑发和魁地奇天赋,批评哈利"——跟他父亲一样平庸、傲慢,专爱违反纪律,喜欢出风头,吸引别人注意,放肆无礼——"(死亡圣器,501),却对哈利性格中与詹姆不同的地方视而不见。他因为莉莉而保护哈利,又因为詹姆而不可抑制地仇恨哈利,这种矛盾的情绪同样造成他的痛苦:保护哈利正是对他的爱情的最大考验。

斯内普在道德上具有相当的模糊性,他在少年时就受到斯莱特林血统论的影响,具有明显的种族歧视观念,从他对莉莉的姐姐麻瓜佩妮的态度可以看出他对"非我族类"明显的轻蔑和敌视。佩妮讥讽他的穿着,斯内普便用魔力将她头顶的树枝折断,砸中她的肩膀复仇;因为好奇心,他偷拆过佩妮的私人信件,并对此丝毫不以为耻,被质问时轻描淡写地回以一句"那又怎么样?"(死亡圣器,494)在校后期他已经同后来的食死徒核心分子们混在一处,并对他们的所作所为无动于衷。斯内普加入食死徒组织是出于他个人的选择,出于他对权力与名誉的渴望,这一点即使到了他成年之后也可见端倪。他在迎接新生的首次魔药课上有一段著名的让"全班哑然无声"的开场白演讲:

你们到这里来为的是学习这门魔药配制的精密科学和严格工艺。由于这里没有傻乎乎地挥动魔杖,所以你们中间有许多人不会相信这是魔法。我并不指望你们能真正领会那文火慢煨的大锅冒着白烟、飘出阵阵清香的美妙所在,你们不会真正懂得流入人们血管的液体,令人心荡神驰、意志迷离的那种神妙魔力……我可以教会你们怎样提高声望,酿造荣誉,甚至阻止死亡——但必须有一点,那就是你们不是我经常遇到的那种笨蛋傻瓜才行。

(魔法石,83)

这段开场白中包含了大量信息。作为一位严谨的魔药配制和发明大师,斯内普显示了他在魔药方面极高的天分,他享受这种天分带来的、使他超越常人的能力,并且毫不掩饰地表达了自己对于缺乏能力的"笨蛋傻瓜"的轻视。这种轻视背后是他恒久不变的价值观:力量即优越,有能者居上。在这种价值观的引领下,他必然寻求更大的力量,更多的荣誉,就像他所说的:"提高声望,酿造荣誉。"伏地魔的价值观与他如出一辙,区别只在于伏地魔更极端、更邪恶,依靠杀人来获取自己的永生,而斯内普依靠酿造魔药来驱逐(自己与他人的)死亡。虽然斯内普的权力欲没有像伏地魔那样走入极端,但在追求权力方面,他们的渴求是统一的,也就难怪他会在学校期间就受到伏地魔理念的吸引,并加入食死徒团体,以暴力手段求得荣誉与力量。

爱情迫使斯内普在正义的道路上前行,在这个过程中,斯内普表现出了理想骑士般的勇气与魄力,极大地帮助了正义一方最终获得战争的胜利;在道德层面他确实得到了升华,不再是那个对他人的死亡和痛苦无动于衷的冷漠的食死徒;但是爱情并没有让他改变根本的价值理念。在这一点上,罗琳用斯内普的故事回应了典雅爱情文本中表现出的典雅爱情与武士伦理间的矛盾性:典雅爱情试图用宫廷礼仪和贵族妇女的爱情来改造骑士的武士本质所带来的粗鲁和暴力。武士伦理的价值观正是"有能者居上",依靠骑士的武功来评价其战场功能;但是典雅爱情理念提出了对礼仪、高雅举止和对女性态度的重视,要求骑士们的行为符合宫廷礼仪规范:无礼仪,不成人(Manner makes man)。举止粗鄙的骑士无法证明其高贵的身份,也无法获得贵族女性的芳心;相反,即使是出身不明确的骑士,如果举止高雅,礼仪规范,也会被认为具有高贵的出身。马罗礼在《亚瑟王之死》中说得非常明确:"优雅者自有优雅的品行,高贵者总是遵循高贵的行为规范。"(256)在中世纪的骑士传奇文本中,典雅爱情被用来规范、限定骑士们的行为,修正武士伦理中的暴力成分;骑士们在贵族女性面前学会了温文尔雅、彬彬有礼,但是作为骑士精神的核心,暴力依然处处存在,在战场、比武大会或决斗场上,这是宫廷礼仪和典雅爱情无力约束的。更需要明确的是,典雅爱情只是上流社会内部的爱情规则,不适用于对其他阶层。骑士们被要求善待贵族女性,并没有被要求善待所有女性,尤其是来自自由民或更低阶层的女性。安德里亚(Capellanus Andrea)在《爱情法则》(*The Art of Courtly Love*)中说得很清楚,对待乡下姑娘没必要讲求礼仪,可以使用暴力征服。这种阶级的局限性被中世纪的诗人们清楚地反映在作品中,贵族骑士对其他阶层的态度中带着理所当然的轻蔑。在现代人的观点看来,骑士阶层的暴力性和对权力的争夺不仅仅表现在其内部的争斗中,更重要的是表现在这个阶层对其他阶层的暴力中。而在斯内普的故事中,斯内普之所以失去莉莉的友谊,根本的原因正是在于他的价值观里对其他阶层的理所当然的暴力和统治心态,这是出身于"麻瓜"的莉莉不能容忍的。中世纪骑士文学中对骑士的道德要求重点在于贵族阶层内部的礼仪和正义,而罗琳的小说中包含的是现代人的生而平等的观念,要求的是不分种族与阶层的正义。兰斯洛特们能够表现出近乎完美的贵族骑士道德,却绝不能满足现代人的正义和博爱观念。兰斯洛特可以为了对桂妮薇的爱与忠诚而暂时放弃对亚瑟王的忠诚,斯内普虽然也做出了同样的选择,为了莉莉放弃对伏地魔的忠诚,但是他内心深处的能力至上的内核,决定了他不可能得到具有现代平等观念内核的莉莉的爱。他对莉莉的热爱也没有改变他根本的价值观,只能使他成为行动上的英雄。中世纪典雅爱情文本中的贵族女性们并没有质疑骑士精神的基本内容,只是希冀能够规范骑士在宫廷贵族内部,尤其是对贵族女性的态度和行为;贵族女性对于骑士们表现出来的有节制的暴力采取了欣赏、仰慕的态度。典雅爱情和骑士原则的矛盾点在于骑士究竟效忠于谁。在罗琳的戏仿式重写中,外貌丑陋的、出身也并不高贵的斯内普具有骑士伦理中的武力至上的内核,他被放置在一个有关于人的价值的不同观念发生碰撞的背景中,爱上了一位奉行平等的女性,践行他的典雅爱情,并因此经受痛苦的选择。斯内普典雅爱情的对象是一位同他在出身和价值观上具有根本分歧的女性,在这种设定下,遵循典雅爱情原则的斯内普,需要选择的不仅仅是效忠的对象,更是信仰、价值体系,以及完全不同的人生道路。他所面临的选择的痛苦以及随之带来的内心深处的矛盾是根本性的,就像他保护他所厌恶的哈利一样,他选择的是一条他本人其实并不认同的道路,为之奋斗的是他与之格格不入的理想。这就使斯内普在这条道路上难以获得其他斗士们所能获得的内心的满足和愉悦,唯一引领他前行的只有对死去的莉莉的“无望的爱情”。

斯内普是一位在外形和举止上完全“反骑士”,在内核上却具有骑士伦理暴力核心的黑巫师。作为典雅爱情的实践者,他出于爱情在战争中选择了正义的一方,为此接受了重重考验,最终牺牲生命。在这个戏仿式的典雅爱情故事中,典雅爱情的基本程式和主要特点均被罗琳挪用、模仿,但是罗琳丑化了追求爱情的“骑士”的外在形象,降低了其出身,凸显了其道德品格上的模糊性,又将其骑士的暴力内核呈现在现代人的民主、平等理念的关照下,全方位地降格了典雅爱情的求爱者。降格的求爱者践行典型的典雅爱情,在这种不协调的并置中,罗琳刻画出了一个本质上和外表上都并不高贵的人为了爱能够做出的全部改变和牺牲。这种不协调的并置带来的悲剧效果大于滑稽效果,罗琳对斯内普的基本态度是同情的,在他身上基本体现出了爱情使人向善的一面(罗琳让莉莉早早死去,迫使斯内普的爱情精神化、去欲望化),尽管爱情没有从根本上改变斯内普的价值观和为人处事的信条,但是斯内普为爱情所受的磨难基本上还是将他引领上了更高贵的道路,体现出了为爱情的牺牲和奉献。在这个意义上,斯内普的故事是罗琳书写的一曲典雅爱情的"副歌"，其中包含了对典雅爱情前提条件的质疑，批评了浪漫传奇范式中的爱情的贵族阶层属性，但是总体而言，没有掩盖爱情具有的正面价值。丑陋阴森、卑下低微的小人物也能因为爱情而成为英雄人物，显示出英雄气质。与中世纪时期只有高贵的宫廷出身的人才能够践行典雅爱情的观念相比较，罗琳的重写无疑是在现代平等观念的引导下进行的。爱情是每个人的权利，哪怕丑陋、卑微、邪恶如同斯内普者都能够因为爱而向善——尽管罗琳对这种"向善"能达到的程度仍然持保留态度。

第三节　"女骑士"的典雅爱情：作为"反歌"的戏仿

贝拉特里克斯是《哈利·波特》系列小说中主要的反面人物之一，伏地魔的首席信徒。她的首次出场是在系列小说的第四部《哈利·波特与火焰杯》第三十章。贝拉特里克斯是笃信"生而高贵"的斯莱特林老牌贵族布莱克（Black）家族的长女，她的亲妹妹纳西莎·布莱克嫁给了马尔福家族的卢修斯，夫妻俩的独子正是骄纵的德拉科，哈利在霍格沃茨的老对头。贝拉的堂弟小天狼星由于进入格兰芬多学院被家族除名，他是詹姆·波特与莉莉·波特的好友，哈利的教父。这个家族正如其名，在追寻血统纯粹和"生而高贵"上几乎走进了"黑暗"的盲区（尽管还没有进入邪恶的极端），并且在自己的家族中严格地执行这一点，将任何胆敢玷污血统的成员驱逐出去。如果以中世纪的阶级观来看，布莱克家族的理念是正常合理的贵族阶级观念。但是在现代社会的平等观念的观照下，竭力维护所谓"纯血统"，蔑视平民则变成了政治错误。布莱克家族行为的种种荒谬感实际上源于罗琳将中世纪的阶级、家族观念与现代社会进行了并置，从而产生了历史和文化的不协调。如果以中世纪文本体现的贵族观念来看，在布莱克家庭出生、成长的贝拉特里克斯是一位名副其实的贵族少女,门当户对的婚姻进一步确保了她贵族夫人的身份地位。

贝拉是典型的布莱克家族成员,一个"黑暗"使徒。她狂热地维护巫师纯血统、鄙视混血巫师,对麻瓜世界敌视憎恶。从学生时代起,她就跟随伏地魔,是食死徒最核心的成员之一。她的婚姻是由血统与利益决定的贵族联姻行为,贝拉嫁入纯血家族莱斯特兰奇(Lestrange)家族,丈夫罗道夫斯以及他的弟弟拉巴斯坦都是忠实的食死徒。在伏地魔失踪之后,贝拉等人还为了寻找他的下落,用恶咒与酷刑折磨凤凰社成员——同为奥罗①的隆巴顿夫妇直至他们精神崩溃,并因此被逮捕、审判后投入阿兹卡班监狱。数年后伏地魔重新得势,贝拉等人被从监狱放出,继续跟随伏地魔,杀人放火、作恶多端,直到最后一战时毙命。

从人物形象上来看,贝拉特里克斯疯狂偏执,是享受变态快感的虐待狂、毫无悔过之意的杀人犯和纵火犯,一个典型的反面人物。这样的人物在罗琳的笔下竟然也是忠贞的典雅爱情践行者。如果说斯内普的故事是典雅爱情的"副歌",那么贝拉特里克斯的爱情故事则是一曲戏谑滑稽的"反歌"。贝拉的故事中,戏仿的基调和方式更贴近于《堂吉诃德》中堂吉诃德对粗鄙村姑阿尔东莎的"爱慕",求爱者和其对象同时被疯癫化,使爱情的表达变得戏谑讽刺,滑稽可笑。但如此戏仿的意义不是仅仅为了增加作品的娱乐性,而是对典雅爱情的另一种戏仿实验,从新的角度考察了典雅爱情,颠覆了爱慕者与被爱慕者的实质权力关系,并且和斯内普的故事互相观照,构成了有关爱情的善与恶的对话。

一、被颠覆的典雅爱情范式

典雅爱情中的男性骑士要成为合格的爱人,"首先要放弃男性

---

① 即巫师警察。

的自傲，谦卑地为他爱慕的夫人服务"(Owen 25)。在中世纪以男性为尊的社会环境中，浪漫传奇却在理想化的爱情中颠覆了男性与女性之间的主从关系："女性不再是男性欲望的被动的猎物，而成为他此后渴望的理想，全部思绪与精力的核心。"(Owen 25)为了赢得所爱慕的贵夫人的青睐，骑士几乎盲目地服从她的命令，献上不懈的忠诚，至死不渝；而这位夫人却常常无动于衷，心如磐石。浪漫传奇塑造的典雅爱情典型范式，是一位贵妇人拥有身居高位的丈夫，同时接受一位地位稍低的贵族骑士的爱情与效忠，最著名的典雅爱情主人公桂妮薇王后和伊瑟王后等都是如此。这是在男尊女卑的社会中特定的女尊男卑关系，愈发体现出骑士在典雅爱情中的奉献和服务精神，这也是浪漫传奇吸引如此多女性读者的原因之一。

罗琳在建构贝拉特里克斯的故事时，确实挪用了典雅爱情的基本程式，但通过身份和性别的置换进行了一番颠覆性戏仿，体现了一种新型的权力关系。贝拉特里克斯一直衷心爱慕黑魔王伏地魔，向他效忠，却被要求同黑魔王的另一名忠心下属罗道夫斯·莱斯特兰奇联姻，夫妻二人双双为了伏地魔而战。但是在伏地魔的阵营中，贝拉的地位却又明显高于她的丈夫。将伏地魔—贝拉特里克斯—罗道夫斯的三角关系同亚瑟王—桂妮薇王后—兰斯洛特或者马克王—伊瑟王后—特里斯坦的三角关系进行对比来看，贝拉特里克斯同桂妮薇或伊瑟类似，都是在丈夫与情人中间徘徊的女性。不同的是，桂妮薇和伊瑟都由于丈夫的身份而获得了比情人更高的地位，又受到情人的爱慕，成为他效忠的对象；而贝拉特里克斯和她的丈夫却都是伏地魔的麾下，无论贝拉特里克斯是否爱慕伏地魔，她都必须效忠于他。在典雅爱情范式中处于表面上"尊位"的是贵族女性，而在贝拉特里克斯的故事中，这位女性处于双重的"卑位"，她并不是指使爱慕者为自己冲锋陷阵的贵妇人，而是为了爱慕的对象冲锋陷阵的"女骑士"。

1. 神经质的狂热崇拜

在浪漫传奇中,被年轻俊美的骑士爱慕的贵族夫人通常具有非凡的美貌与女性的魅力,同时又具有高尚的品德,对爱人忠贞,并不以美貌为诱惑男性的利器。斯库茨(James A. Schultz)研究典雅爱情的本质时认为,典雅爱情中的身体是"世俗的、方言的,至少在文学文本中一度是理想化的"(17);如果进一步从浪漫传奇文本中描述的身体细节。如女性的胸部、男性的胡须等典型的性别特征看,则可以发现早期的浪漫传奇文本故意抹去了性的意识(Schultz 26–28)。正是通过对"美"的无性别描述,典雅爱情表现出明显的理性化、精神化的特征,情欲的色彩被降低到极限,骑士对爱慕的贵族女性的膜拜具有了纯洁的宗教崇拜特征。然而在罗琳对贝拉特里克斯与伏地魔的描绘中,贝拉对伏地魔的爱慕与迷恋却带有明显的情欲特征,她的崇拜热烈、盲目且疯狂,从理想主义的典雅爱情降格为充满欲望的荷尔蒙迷恋。

贝拉特里克斯从年少时便爱慕伏地魔,这并不难理解。失去肉身之前的伏地魔一度是英俊、博学、迷人的男巫,他了解并擅用自己的魅力,尤其是男性魅力。罗琳对他擅用男色俘获女性的特点直言不讳。青年伏地魔在博金-博克古董店(Borgin & Burkes)做店员,工作是说服别人将宝物交给店里出售,"据说,他对此事特别擅长"(混血王子,325)。为了完成任务,伏地魔甚至能够将他的英俊面孔和男性魅力应用在一位"很胖的老太太"——赫普兹巴身上,这位专横的老太太"戴着一顶精致的姜黄色假发,艳丽的粉红的长袍在她四周铺散开来……看上去像一块融化的冰淇淋蛋糕","对着一面镶嵌着珠宝的小镜子,用一块大粉扑往已经鲜红的面颊上涂着胭脂"(混血王子,326)。伏地魔依靠他英俊的面庞和蛊惑人心的本领,在这位老太太面前做小伏低,骗取她的信任,见到她秘密收藏的赫奇帕奇金杯和斯莱特林挂坠。之后,伏地魔策划了一起完美的谋杀,夺得两件宝物并嫁祸他人。依靠"男色"哄骗赫普兹巴不过是伏地魔年轻时利用自身男性魅力所行恶事的冰山一角,暴露出这位黑魔王道德上的无底线与手段上无所不用其极。由此不难推断他同贝拉特里克斯之间的暧昧关系很可能是出于他的恶意引诱和放纵。

　　贝拉迷信于伏地魔的法力,着魔于他的魅力,对他又爱又惧,完全忠诚。即使当伏地魔失踪后,她依然不改衷心,在魔法部的审判中表现得十分高傲:"那神气倒像坐在宝座上似的"(火焰杯,355);她相当自傲地"声明她继续为伏地魔效忠,并说她为她在伏地魔失势后想方设法寻找他而感到骄傲,还说她坚信她总有一天会因自己的忠诚而得到回报"(凤凰社,79)。贝拉对伏地魔的忠诚的确超越了绝大部分的食死徒:他们在伏地魔倒台后纷纷逃跑,或倒戈,或隐藏身份,或推卸责任,尽力否认自己曾经为伏地魔效力。相比其他食死徒,贝拉的忠诚明显与她的个人情感相关,她尽一切努力提高自己在他心目中的地位;她极力维护伏地魔的名誉,任何辱及黑魔王的言语都使她暴跳如雷;她在伏地魔面前言听计从,心甘情愿地受他驱使,被他惩罚。

　　早期的伏地魔尽管邪恶,却法力强大且富于魅力,作为贝拉特里克斯爱慕的对象也算是合情合理。然而,在伏地魔辗转设法为自己重塑肉身之后,他的"身形,又高又瘦,像一具骷髅……面孔比骷髅还要苍白,两只大眼睛红通通的,鼻子像蛇的鼻子一样扁平,鼻孔是两条细缝……他的手像苍白的大蜘蛛"(火焰杯,381 - 382),这样的一个怪物依然获得贝拉的奉献与迷恋,就显示出悲剧性的荒谬感。这个时期伏地魔已经失去了他曾经无往不利的男性魅力,但是贝拉特里克斯依然对他忠心耿耿。她向斯内普质问其对黑魔王的忠心,当斯内普表示在黑魔王倒台的时刻,失去信心是人之常情时,贝拉激动地表示自己的忠心和在黑魔王眼中的特别之处:"他还有我! ……为了他,我在阿兹卡班蹲了许多年!""他什么都会告诉我的! 他说我是他最忠诚、最可靠的——……过去,黑魔王把他最宝贵的东西都托我保管"(混血王子,21-23)。

　　贝拉极力地凸显自己在食死徒组织中的特殊地位,事实也的确如此:被关押在阿兹卡班十几年、最核心的十名食死徒中,贝拉是唯一的女性;她的忠诚超越了绝大部分食死徒,她的狂热则几乎排在第一位。其他食死徒服从伏地魔的同时,还会考虑家族或个人的利益,但贝拉将这些都抛诸脑后,以全部心力服侍她的主人。黑魔王侵占了她的妹妹纳西莎夫家的庄园①,她毫无芥蒂地表示:"您待在我们家里是我们的荣幸。没有比这更令人高兴的了。"(死亡圣器,7)纳西莎不愿意让自己的儿子德拉科接受伏地魔委派的危险任务,向斯内普请求帮助,贝拉的态度是:"德拉科应该感到骄傲,黑魔王给了他极高的荣誉。……你(纳西莎)应该感到骄傲!如果我有儿子,我巴不得牺牲他们去为黑魔王效忠呢!"(混血王子,26-27)她在食死徒集会上公开表现对伏地魔的迷恋,她"朝伏地魔探过身子,似乎用语言还不能表达她渴望与他接近的意愿",而他稍微一句暗示就让她"顿时脸涨得通红,眼睛里盈满喜悦的泪水"(死亡圣器,7-8)。贝拉就像浪漫传奇中的骑士们一样,狂热地维护心上人的地位和名誉,当哈利随口直呼了伏地魔的名字,贝拉的第一反应是:"你敢说他的名字?……闭嘴!……你竟敢用你卑贱的嘴巴说出他的名字,你竟敢用你杂种的舌头玷污它,你竟敢——"这一连串的尖叫让贝拉的疯狂跃然纸上,以滑稽的方式戏仿了浪漫传奇中骑士们维护心上人名誉时的狂热,就如同兰斯洛特热爱桂妮薇王后,绝不允许其他骑士对她出言不逊,一旦听到便付诸武力打败了敌人,便要求他们也向桂妮薇效忠(马罗礼 161-162)。

　　在贝拉戏剧性的故事中,罗琳以戏谑的方式体现爱情的盲目

---

　　①　贝拉的妹妹纳西莎嫁入马尔福家族。马尔福庄园继承自先祖,是该家族的贵族身份的象征。

性,贝拉唯爱情之命而是从,鲜明又夸张,却和典雅爱情的"唯命是从"有着根本的区别。浪漫传奇中骑士们在服从女主人方面尽管具有如出一辙的狂热,但是在大多数情况下,他们的"服从"并不从根本上挑战骑士们的理想和原则,并不损害骑士的风度,反而证明了身为骑士的准则与价值。《囚车骑士》中的兰斯洛特即使坐上囚车受辱,或者在桂妮薇的要求下暂时输掉比武大会,但是最后仍然获得了比武的成功,并且通过先抑后扬的方式凸显了高贵的骑士精神。在马罗礼描写的特里斯坦的故事中,也明确指出特里斯坦首先是一位骑士,其次才是伊瑟的爱人,他并未因为爱情违背骑士的准则。在这些浪漫传奇中,贵妇人所代表的宫廷文化和骑士们的骑士制度虽有矛盾之处,但在阶级上它们是同源的,在本质上是共生的,贵妇人不会要求骑士们抛弃骑士精神中最可贵的品质,骑士的荣誉与心上人的青睐往往是同一的。但是,贝拉在对伏地魔的服从中抛弃了个人荣誉以及家族利益,完全丧失了个体的独立性和道德观,具有更极端的盲目性。

2. 卑微的爱慕

贝拉特里克斯对待他人轻蔑而高傲,在伏地魔面前卑躬屈膝。贝拉同时拥有女性身份和"骑士"地位,伏地魔既是她爱情的"主人",也是她所在团体的"主人",因此贝拉不需要像兰斯洛特、特里斯坦或斯内普那样在两难中抉择,她只需要服从。哈利每一次见到贝拉与伏地魔同时出现,贝拉的姿态都是臣服而谦卑的:她"扑倒在伏地魔脚下"(凤凰社,530)或"跪倒在伏地魔身边"(死亡圣器,536),她会为了自己的失败哭哭啼啼地向伏地魔道歉,也会用"像在对一个恋人说话"的柔软语气称呼他为主人(死亡圣器,536)。贝拉只在黑魔王面前显示女性的柔软特质,承认自身"女性"的身份,而在面对其他人时完全是"法术高强而且心狠手辣"的武士(死亡圣器,337)。在这一点上,她同兰斯洛特、特里斯坦尤其相像,在恋人面前谦卑,而在他人面前骄傲。

浪漫传奇中骑士们在爱情的鼓舞下显示自己的骑士精神和风度,获取战斗和比武大会上的胜利;贝拉同样为了伏地魔的要求或命令四处争斗,但是在这些"考验"中她所显示出的只有疯狂与残忍,她得到的总是失败。相对于凭借胜利获得心上人奖赏的浪漫骑士们,贝拉得到的常常是伏地魔毫不留情的惩罚,使贝拉的爱慕中掺杂了惶恐畏惧的成分。骑士们在贵妇人面前诚惶诚恐是缘于担心不够资格获得她们的爱情,但是贝拉的惶恐是更实质意义上的:当她获悉伏地魔交给她的任务失败时,她的"声音里第一次透出了恐惧……她此刻的愤怒后面藏着恐惧……她尖叫道:'这不是真的,你在说谎!主人,我尽力了,我尽力了——别惩罚我——'"(凤凰社,529)。

在浪漫传奇描绘的典雅爱情中不存在类似恐惧,因为典雅爱情中被爱慕的贵妇人不可能像伏地魔那样对她的骑士做出实质的、肉体的残酷惩罚,也无法让为她效忠的骑士心生畏惧(这只有摩根王后那样可怕的女巫才能做到),她们对骑士的控制力源自她们作为贵族夫人的崇高地位、迷人的容貌和女性魅力以及被理想化的高贵品格。这种形象会让骑士心生爱慕,因为爱而不得而痛苦、而受折磨,却不会让骑士产生类似于恐惧的情绪。而贝拉的情况不同,她爱慕的对象同时也是她实质意义上的主人,对她具有完全的权力控制,浪漫传奇典雅爱情中的被爱慕的贵妇人则不具备类似的对爱慕者的实质控制力。她们由于父亲或丈夫获得了高贵的地位,本身却并不享有相应的权力;尽管可以依靠女性的魅力和宫廷礼仪准则获得骑士的效忠和服侍,却无法在实质上掌控骑士——因此各种落难的贵妇人需要骑士拯救的情节才具备合理性。

可以说,通过转换求爱的骑士的性别,罗琳重写了"骑士"与其爱慕的主人之间的权力关系。贝拉处于爱情和身份的双重卑位,爱慕者和被爱慕者之间的权力平衡被打破了。贝拉的卑微,不是浪漫传奇中求爱的骑士故作姿态式的卑微，而是在真实的权力结构中处于卑下者位置。

3. 无子的"女骑士"

贝拉特里克斯不曾生育，在这一点上，她延续了桂妮薇和伊瑟的悲剧：无爱的婚姻没有带来孩子，通奸的婚外情也没有带来孩子。孕育生命和母亲的形象会破坏贝拉特里克斯作为狂热迷恋其主人的"骑士"的形象，但更重要的是，或许罗琳认为贝拉不配拥有母亲的身份。在最后的大战中，贝拉同莫莉·韦斯莱的决斗象征性地表明了这一点。莫莉是《哈利·波特》系列中提及最频繁的母亲形象之一，她同亚瑟·韦斯莱为纯血夫妻，孕育了六个孩子，几乎全家都是格兰芬多学院的中坚成员。哈利的母亲莉莉早逝，姨妈佩妮对他冷漠无情，是莫莉给予了哈利母亲般的关切。这位平时只勤于家务魔法的职业家庭主妇居然能够在一对一决斗中杀死贝拉特里克斯，依凭的正是她对孩子的爱，正像她发出最后一击时高声宣示的那样："再也——不许——你——碰——我的——孩子！"（死亡圣器，544）

贝拉没有做过母亲，也不理解母爱的强烈，因此她瞧不起妹妹纳西莎为了儿子低声下气恳求援助，也因此她以战场上牺牲的弗雷德（莫莉的儿子、凤凰社成员之一）来嘲笑同她决斗的莫莉。她无法想象身为母亲为了保护孩子能够付出的代价，也没有意识到失去孩子的母亲能够爆发出的惊人威力。她的失败与她所爱慕的伏地魔的失败相同，源于他们对爱的蔑视；他们的失败正是由莉莉、纳西莎和莫莉这三位母亲"联手"造成的。莉莉为了保护哈利摧毁了伏地魔的肉身，迫使他远遁罗马尼亚的原始丛林，历经十一年才获得灵魂回归的机会；莫莉为了同在战场战斗的孩子们和死去的弗雷德爆发魔力，竟然能够给予战力超群的贝拉特里克斯致命一击，让伏地魔在关键时刻心神动摇；纳西莎为了儿子德拉科的安危可以背叛伏地魔，向他隐瞒哈利的诈死计划，间接导致伏地魔的最终失败。

贝拉将所有情感都奉献给她的主人，是他称职的"骑士"，然而作为女性却被罗琳剥除了孕育的能力和母亲的身份，拥有的只是不能结出果实的狂热激情。在罗琳的笔下，爱情罗曼蒂克似乎显然比不上母爱的伟大，母性之爱才是女性高贵的情感，"母亲"才是女性最重要的身份，尤其当女性的爱情走向盲目、疯狂和卑微时，便成为罗琳讽刺谴责的对象。

二、疯女巫的典雅爱情

在贝拉与黑魔王的故事中，一个神经质的疯女巫爱慕、忠诚于邪恶丑陋的黑魔王，并为他忍受磨难、出生入死、为非作歹，最终毙命。典雅爱情的元素被精心地扭曲、糅合、拼接在一起，典雅爱情的对象被粗鄙化，爱情表达的方式不再是理想主义的，而是被情欲化、卑微化，其践行者逐步由高贵走向堕落，形成了一个作为典雅爱情"反歌"的戏仿：这曲"反歌"充满了戏谑意味，残暴的疯女巫向没有面孔的怪物魔王表达类似典雅爱情的迷恋，狂热卑微又充斥着欲望，不协调的并置和多种负面元素的杂糅让爱情变得滑稽又可怕。

贝拉的故事对于典雅爱情最大的攻击并不在于性别的置换，而在于爱情的对象被全面降格，伏地魔品性邪恶、欲壑难填，并非浪漫传奇中理想化的、至善至美的贵妇人；贝拉狂热的激情从一开始就被蒙上了情欲的阴影，任何意义上来说都没有使贝拉变得更美好、更高贵，而是推动她走向完全堕落的道路，走向丑陋、疯狂、残忍和邪恶。浪漫传奇文本中，典雅爱情虽然常作为婚外情存在，但作者们更重视爱情的真挚表达，通常以去情欲化的理想主义方式进行叙事，高贵的爱情践行者们仅在面对心上人时采取谦卑姿态，愿意为爱情做出牺牲与奉献并因此而精神升华。但不管如何回避婚外情的非法事实，情欲的激情与理想主义的爱情崇拜本就具有内在的矛盾性。罗琳正是抓住了这一矛盾来书写贝拉的故事,情欲在其中成为主导的激情,而其结果完全是灾难性的。

贵族家庭出身的贝拉曾经是美丽热情的黑发少女,继承了布莱克家族遗传的俊美外表,但她的爱情将她引向犯罪,在阿兹卡班监狱十几年的监禁生活使她失去了曾经的美貌,"黑色的长发在照片上显得乱蓬蓬的……她还保留着一些俊美的痕迹,但某些东西——也许是阿兹卡班,已经夺走了她大部分的美丽"(凤凰社,358-359)。失去的美貌作为表象,象征着她走向了病态、疯狂的内心。

贝拉的精神长期处于癫狂状态,经常神经质地尖叫和大笑,连残暴的狼人格雷伯克都对她"心存戒备"(死亡圣器,338)。她的精神癫狂和长期的监狱生活不无关系,因为阿兹卡班阴森可怖的看守摄魂怪是"世上最丑恶的东西之一。它们在最黑暗、最污秽的地方出没,它们在腐烂和绝望中生活,它们把和平、希望和快乐从周围的空气中吸走……摄魂怪靠近时,所有美好的感觉,所有快乐的回忆都会从你身上被吸走……一直把你吸到跟它一样……没有灵魂,充满邪恶。你只剩下一生中最坏的经历"(阿兹卡班,108)。阿兹卡班监狱建立在一座孤岛上,甚至不需要围墙,因为"犯人都被囚禁在自己的脑子里,无法唤起一丝快乐的念头。大部分人几星期之后就疯了"(109)。小天狼星曾经描述过在阿兹卡班的生活,并推测"我没有失去理智的唯一原因是我知道自己是清白的。那不是一个愉快的念头,所以摄魂怪不能把它从我的脑子里吸走"(阿兹卡班,212)。贝拉特里克斯与她的堂弟小天狼星一起被关入阿兹卡班,后者化形为动物逃避摄魂怪,并最终成功越狱,但精神几乎崩溃,前者在狱中关押时间更久,却并未完全疯狂,这或许是由于她高深的法力,或许是因为她作为食死徒的内心已经"充满邪恶";贝拉没有在摄魂怪的攻击下忘记对伏地魔的"爱",正说明她的感情带来的痛苦远超快乐,因为快乐与爱是摄魂怪最好的食粮,而痛苦则会被它们留给囚犯。由此可见，贝拉对伏地魔的"爱情"被罗琳设定为等同于痛苦，是她"一生中最坏的经历"。此处罗琳对浪漫传奇中金科玉律式的爱情强烈批判，以一个为爱情发疯的女性施虐狂为例，提出了对"爱情使人高贵"范式的批评与质疑。

在典雅爱情为主题的浪漫传奇中，求爱的骑士也会因为爱情而疯癫。克雷蒂安在《伊万，狮子与骑士》(Yvain, Le Chevalier au Lion)中描写伊万由于失信失诚而失去了作为骑士的身份和自我，因而发疯。《囚车骑士》中的兰斯洛特因为对桂妮薇的爱情，不时显得有些神经质，但是在重要的时刻他依然是值得依赖的正直、忠诚、勇敢的骑士。在马罗礼笔下，兰斯洛特和特里斯坦都曾有过短暂的疯癫行为。兰斯洛特被女巫布莱森夫人的魔法迷惑，将爱莲娜公主当作桂妮薇王后，与之同床共枕，失信于他的爱人桂妮薇王后，因此被王后斥责驱赶。兰斯洛特因而"过于伤心，竟一下晕倒在地，昏死过去……苏醒了过来，他即刻从一个凸出的窗口跳了出去……脸和身体都被荆棘刺破了。……他神智错乱，完全像一个疯子。他东跑西颠，一走就是两年"（马罗礼 573）。兰斯洛特因为违背了对王后的忠贞而痛苦发疯，他的疯狂只伤害自己，而非他人——斯内普在某种程度上继承了这种典雅爱情践行者的自虐特征，他的疯癫也是暂时性的，只要误会解除就可以复原。而贝拉则是因为对伏地魔的迷恋而变得日趋疯狂，因为她从伏地魔那里学会了使用黑魔法，学会了"发自内心……真的希望造成痛苦——并且享受这种感觉"（凤凰社，528），她的疯狂伤害别人，并且因为作恶而更加疯狂，疯狂与邪恶形成了循环。与典雅爱情模式要求的"因为爱而受苦"不同，贝拉是"因为爱而让他人受苦"的施虐狂典型。

贝拉特里克斯爱好以恶咒折磨他人，享受他们的痛苦与尖叫，从中获得兴奋与愉悦；她模仿婴儿说话的语调和她的高声尖笑令人恐惧、厌恶；她亲手杀死布莱克家族的最后一名成员——她的堂弟小天狼星，断绝了自己家族的血脉，却丝毫感受不到愧疚或悲伤；她不愿意帮助妹妹纳西莎和侄子德拉科，任由他们受伏地魔的威胁和差遣；她诋毁嫁给麻瓜的亲姐妹安多米达和她的女儿唐克斯，跟她们断绝关系，并且向伏地魔发誓"只要有机会"就将清除她们，像"修剪枝叶"那样"砍掉那些威胁到整体健康的部分"（死亡圣器，9）；她鄙视自己驽笨的丈夫，除了对黑魔王的暧昧激情，她无法感受到任何对他人、哪怕是家人的情义。

　　贝拉对伏地魔的盲目爱情没有让她在任何一方面变得更高贵，反而沿着堕落的道路一去不回。从罗琳对她的描述来看，"疯狂"与"残忍"是对贝拉的最佳注解，她成了布莱克家族中最"黑暗"的一个，在她的兄弟姐妹身上或多或少都存在着善与美，但是贝拉仅存的爱是她对伏地魔的狂热迷恋。通过贝拉的故事，罗琳淋漓尽致地刻画了爱情的邪恶面，及其带给人最可怕的后果，讽刺性地攻击了典雅爱情中"爱使人高贵"的设定，批评了将爱情与真善美进行等同的定式。

　　同可叹、可敬又可悲的斯内普比较，贝拉特里克斯可恨、可笑又可怜。这个在权力结构中处于双重卑位的女性奉献型求爱者被罗琳毫不留情地贬讽，彻底被异化。斯内普为广大女性读者构建了一个求而不得、却愿意为爱情付出一切的男性求爱者的美好幻象，以一种心甘情愿的受虐者姿态博得了广泛的同情，在对爱情的忠贞和奉献上，他甚至比霍桑（Nathanial Hawthorne）笔下的丁梅斯代尔（Arthur Dimmesdale）要讨女性读者喜欢得多①。而贝拉特里克斯却随时用她的疯狂笑声打破这一幻象，用她的施虐狂症状和邪恶的快感提醒读者爱情还有另一副面孔。罗琳通过不同方

---

　　① 不少女性读者还自发成立了类似宗教崇拜的"斯内普主义"（Snapism），自认为是"斯内普之妻 Snapewives"的一员。具体情况可见 Zoe Alderton，"'Snapewives' and 'Snapeism'：A Fiction-Based Religion within the Harry Potter Fandom"，*Religions* 5，No. 1（2014）：219 - 267.

式戏仿出两则典雅爱情故事，斯内普的故事中悲剧高于戏谑，而贝拉的故事戏谑高于悲剧。斯内普故事和贝拉故事作为两种不同类型的戏仿，对典雅爱情的批评角度、方式和效果完全不同；作为大致上的"副歌"和大致上的"反歌"，二者之间产生反差对话与戏剧张力，让读者见到爱情中的至善与至恶，见到其中的可敬与可悲之处。

罗琳让中世纪的血统、暴力、阶层观念与现代平等、自由、民主、博爱观念产生碰撞、摩擦与战争。在此背景下，以不同的人物和方式践行了典雅爱情的基本程式，使其范式与戏仿在她的小说中并置，从而产生了批评的对话。中世纪浪漫传奇中典雅爱情隐含的矛盾在罗琳的重写中被放大、对立、清晰化。典雅爱情范式影响了欧洲爱情观念的形成与表达，私人情爱曾被建构为正面的、引人向善的动力，而罗琳的双重戏仿厘清了爱情的二元性质——作为向善的动力和向恶的诱因，二者的并置对比凸显了戏剧冲突与张力。爱情随时变换面孔，似乎在提醒读者（尤其是广大女性读者）需要谨慎小心。

第五章　当下性回声：重写魔法与巫术

　　罗琳在《哈利·波特》系列中书写魔法，但其魔法的本质不是浪漫传奇中的神秘主义巫术，而是以巫术为外延、以科技为核心的扭曲造物。在这种变异魔法的书写过程中，罗琳的挪用超出了文本范畴，而向社会现实逼近；罗琳的戏仿也不再局限于文学范式或原型人物，而是扩展到整个现代社会；通过重写魔法与巫术，罗琳的作品成为文学传统、社会现实及作者三方的发声与回声的交汇之所。

第一节　魔法与现实：从浪漫传奇到《哈利·波特》

　　如果说文学是源于生活的文化产品，那么文学作品中表现出来的那个源于现实，又区别于现实的虚拟世界就无疑是文学具有的重要魅力之一。相对于现实的世界，文学的虚拟世界可以为读者们提供一个遥远的、异质的、想象的"他界"（Otherworld）。愈是非现实主义的作品，塑造出的"他界"的魅力往往愈大，盖因"他界"为生活在现实世界中的人们提供了一个更理想，或更完美，或更神奇的世界；阅读的过程也因此为读者们提供了一个暂时离开生活的常态、享受一次在"他界"中精神遨游的机遇。浪漫传奇是一种典型的建立"他界"的文学体裁，前面两章中我们讨论的骑士精神和典雅爱情都可以看作支撑浪漫传奇"他界"的支柱:骑士精神将人性理想化,而典雅爱情将两性之爱完美化,"他界"表达了对理想化的世界与情感的期望,这种期望又反过来影响了中世纪以及之后现实的宫廷生活模式。魔法(以及巫术和超自然力量)则是浪漫传奇"他界"的第三根柱子,支撑起了传奇"他界"的神奇魔力。

当 12 世纪的法国诗人们开始传唱亚瑟王传奇,使之成为宫廷高雅文化的时候,他们在古老的英雄叙事中增添了"一种新的音符""一种有关爱情、迷幻术及妖精之国的音符"(拜尔斯 185)。典雅爱情为英雄史诗增添了罗曼蒂克的情调,粗鲁野蛮的战士在贵族女性的爱情训导中逐渐成为彬彬有礼、温文尔雅的骑士;巫师与女巫们的迷幻术与神秘的妖精之国不仅仅为骑士们的冒险和爱情故事渲染出了一种神秘莫测的氛围,还常常在中世纪诗人们的想象和叙事中占据核心的地位。正是通过神乎其神的魔法力量,骑士传奇的种种叙事套路和故事模式才能够成立:无论是死亡与重生、失却与寻回、分离与重聚、变形与恢复、破碎与合一,都需要魔法与超自然力量的存在才能够实现。正如斯维尼(Michelle Sweeney)所说,"魔法提供了浪漫传奇理论与概念格式的脊柱"(118)。在中世纪浪漫传奇中,魔法不是机械的"降灵",而是重要主题、核心情节和叙事基础,在整个叙事框架中占据决定性的地位。如果说骑士精神和典雅爱情是中世纪骑士传奇表达对理想道德和情感的期望,那么魔法则表现出时人对世界构成的认识、理解和想象,正如桑德斯(Corinne Sauders)所说,魔法这一要素"绝不仅属于浪漫传奇模式中异域的、奇幻的、逃避主义的一面,相反,它联系着真正的实践活动、信仰以及对神秘力量和自然的可能性的恐惧、对神祇与恶魔力量的恐惧"(Saunders,"Violent Magic in Middle English Romance",239)。

"他界"构成的基础是现实中的人类社会和文化,因此它必然有模仿现实的一面,而超凡的想象则构成了"他界"的另一面。骑士传奇中的魔法有着中世纪魔法实践的现实基础，在传奇作者们的想象下又被赋予了更神奇的力量和魅力。在历代诗人和叙事者们的传唱和歌颂中，亚瑟王和他的圆桌骑士们所处的宫廷具有明显的"仙境"（faery）色彩。桑德斯在《中世纪英语传奇中的魔法和超自然现象》（*Magic and the Supernatural in Medieval English Romance*）一书中指出，"仙界（the world of faery）是浪漫传奇的惯例特征：它展示了一个充满神奇冒险的平行世界（parallel sphere），也是巫师、女巫和各种魔法物品的来源"（179）。带有"仙界"色彩的亚瑟王宫廷和中世纪现实中的宫廷构成了一组文学"他界"和现实世界的对观，两者之间的关系是复杂的、相互的、变动的。在桑德斯看来，"他界既类似又超越人类世界：在他界中自然魔法（natural magic）和'妖法'（necromancy）可以达到巅峰"（179－180）。骑士传奇中描述的魔法相对于现实的中世纪社会中的魔法行为更奇妙、更强大也更神秘，是"人类控制同类、自然乃至命运的唯一途径，是行使自由意志的终极方式"（Sweeney 78），其中的典型代表就是亚瑟王传奇中出现的巫师梅林以及他神秘莫测的魔法力量。

　　巫师梅林是亚瑟王传奇中同魔法与巫术联系最紧密的人物，研究亚瑟王传统的学者卢帕克（Alan Lupack）认为，"梅林是浪漫传奇和编年史传统都不可或缺的人物，在通俗文化中他也很常见"（329）。根据卢帕克对这个人物形象的溯源，梅林形象最早可能脱胎于凯尔特文学（Celtic literature）中的法师米尔汀（Myrddin），后来蒙茅斯的蒙茅斯的杰弗里挪用了凯尔特法师的形象与特征，在他的《不列颠诸王史》中，创造出了一个预言家、巫师、军师合体的梅林。鲁迅曾评价《三国演义》中的诸葛亮"多智而近妖"，《不列颠诸王史》中的梅林不仅"近妖"，而且几乎就是个"半妖"。蒙茅斯的杰弗里为梅林塑造的出身很离奇，他的母亲是一位国王的女儿，而父亲是一个能够随意"隐没身形"的"英俊男子的形象"，经常出现在梅林母亲的闺房，同她生育了梅林。梅林这位来无影去无踪的父亲身份神秘无比：据说"月亮和地球之间生存着一些幽灵……叫……男魔，其特性介乎人与天使之间……会幻化成人类的模样与妇女交媾"，而梅林的父亲正是其中一员（蒙茅斯的杰弗里 111-112）。诡异的出身解释了梅林所具有的种种强大法力：他能够了解其他法师们都无法知晓的秘密，能够做出复杂而准确的预言，能够靠技巧搬运巨大的石头，还能够制造出让一个人完全变身为另一个人的神奇魔药。

　　亚瑟王传奇的另一个重要源头是基本素材来源于《不列颠诸王史》的诗体传奇编年史《布鲁特》（Brut）。据刘易斯指出，《布鲁特》的"一个显著特点是对超自然力量的喜爱"（Lewis, Medieval and Renaissance, 28）。《布鲁特》中充满了对魔法等超自然力量的描绘，其中出现了巨人、精灵等非人类物种，连亚瑟的铠甲、宝剑都是由精灵工匠打造的。刘易斯更明确地举例指出，"梅林在《布鲁特》中变得越来越引人注目"（30）。梅林的重要性在此后的各种版本中不断增加，中世纪的浪漫传奇文本不断挪用《不列颠诸王史》和《布鲁特》中的梅林形象以及特征，并且为梅林的故事增添了许多细节。在不同的重写版本中，梅林的出身之谜、他的预言能力、他的神奇法术和魔药、他对不列颠国王的辅佐和帮助都被大书特书。在克雷蒂安的骑士浪漫传奇创造出典雅爱情模式之后，13世纪初法语方言汇编的浪漫传奇通行本（Vulgate Cycle①）也随之

---

　　①　1215—1230 年左右，一批中世纪作家和编纂者将已存的各种类型的亚瑟王传奇故事按照年代顺序编写出一套七卷本的方言法语版全集，意在涵盖所有亚瑟王传奇故事与人物。核心故事是兰斯洛特传奇，圣杯传奇，以亚瑟王之死结尾。梅林的故事也被收入其中并且增添了许多细节，后来又增添进特里斯坦的传奇故事。总的说来，方言全集的主体本质是记录"以爱与骑士精神为目的的全部冒险生活"（Pearsall 46）。

为梅林添加了一位可怕的爱人薇薇安（Viviane）①，梅林陷入了对她的爱情，明知薇薇安将对自己不利，还是将咒语传授给她，最终被自己传授给薇薇安的魔法困在一座幻象城堡之中，只有薇薇安能够自由出入，而她因为对梅林的爱，甘愿留在城堡中陪伴他（Lupack 336）。

马罗礼的《亚瑟王之死》挪用并综合了大量之前的法语浪漫传奇素材。不列颠国王尤瑟爱上了康沃尔公爵夫人依格琳，得了相思病；他向神秘的巫师梅林问计，为了获得梅林的帮助，同意将来会将他与依格琳的头生子交给梅林抚养。尤瑟服下梅林特制的变身魔药，完全变成康沃尔公爵的模样，与依格琳同床共枕，使她怀孕。康沃尔公爵战死之后，尤瑟同依格琳结婚，并遵守诺言，将依格琳所生的孩子交给梅林。梅林将这个孩子转交给另一位骑士抚养，取名为亚瑟。尤瑟王死后，梅林辅佐年少的亚瑟排除万难，成为新王；在亚瑟王和反对者的战争中，梅林为他出谋划策，劝说他不要滥杀，教导他为君之道，要求他同属下分享战利品。在这个过程中，依照马罗礼的表述，梅林是一位法力强大的巫师，也是一位忠心耿耿的谋士、智计百出的军师、德高望重的辅佐者。亚瑟王坐稳了王位之后，在情欲驱使下犯下大错，与自己同母异父的姐姐罗特王后同床共枕，罗特王后因此生下了一个男婴。为了此事，梅林再次施展了神奇的魔法，他先是"变成一个十四岁的少年"，后来又变成"一个八十岁的老人"，反复向亚瑟提出警告，并做出了一番预言："最近你做了一件事，触犯了上帝……这事将使你和你的骑士遭受灭顶之灾……你的肉体将因你的丑恶行径而受到惩罚……不幸的是，我自己也将在羞辱中死去，我会被人活埋而死。不过，你

---

① 梅林和薇薇安的爱情故事被罗琳非常隐晦地挪用在了邓布利多和第一代魔王格林德沃的同性恋情中。邓布利多同格林德沃年少时曾为好友，关系密切，共同追求"更伟大的利益"；后二人分道扬镳。格林德沃在同邓布利多的决斗中束手就擒，自愿被囚禁在高塔之中，期待邓布利多前去探望。

将死得轰轰烈烈。"(32－33)巫师梅林做出过多次精准的预言,他预言的自己的命运也不例外地成为现实;他"屈辱"的死亡同样是源于自身的情欲:在马罗礼的版本中,他爱上了湖上仙女妮妙,纠缠她,并教给她各种法术;妮妙厌恶他、惧怕他,却又为了获得力量而取悦他。最终,当梅林向妮妙展示"岩底穿行术"时,妮妙使用从梅林那里学习的魔法将他锁在岩石中,活埋起来(92－93)。在梅林消失之后,马罗礼作品中施行巫术的主要角色就变为了以湖上仙女和摩根王后为代表的女巫们。

　　马罗礼虽然汇集了之前的各种素材,重写了梅林的故事,但他并没有对梅林的魔法进行深入的探寻或讨论,梅林那可怕的魔力来自何处？马罗礼没有交代过梅林的出身或师从,仅仅轻描淡写地提及,妮妙之所以厌恶、惧怕梅林,是因为他是"魔鬼的儿子"。马罗礼没有在这一点上花费笔墨,有可能是因为在他的时代,梅林的身份是广为人知的,不需赘言。马罗礼描述的梅林的魔法中最引人注目的部分是他的预言能力和变形术;正是这两者使得梅林实质上创造了亚瑟王朝,并掌握了它的命运。综合看来,在梅林这个虚构人物身上,"自然魔法"和"妖法"确实都到达了"巅峰"。梅林能够制作各种效果奇妙的魔药,治愈各种可怕的疾病和致命的创伤;他可以对人施展魔咒,使人昏睡,或者隐身(马罗礼 38－41);他似乎能控制物理,让状如磨盘的大理石"始终露出水面"(70);他能够随意变身,将自己变为少年或老人;他也能够使用魔药使一个人完全变成另一个人的模样;他能够准确地解梦并预测未来,知晓每个人命运的轨迹,知晓过去与未来。梅林的魔法显然超越了中世纪现实中巫师的能力,基克希弗(Richard Kieckhefer)认为,中世纪浪漫传奇中的巫师们甚至为现实中的魔法师们"提供了可供效仿的高标准"(100),魔法"他界"和现实世界的联系由此可管窥。

　　浪漫传奇中的巫术是善还是恶？从亚瑟王传奇文本看来,梅林的魔法恶善交织，可怕又可敬，他带来最神奇的魔法物品，满足人们内心最可怕的欲望，他带来死亡也带来新生。在梅林的魔法中，善与恶交织在一起，难以彻底分割，只能根据不同的立场来进行判定。桑德斯将中世纪英语传奇中出现的魔法现象二分为"白魔法"（white magic）和"黑魔法"（black magic），将其中类似科学技术研究的自然魔法归类为"白魔法"，包括医学治疗、魔法机械、宝石魔力研究、魔法物品制造等，爱情魔法也勉强被归于此类，因为尽管爱情魔法具有一定危险性，但是往往要依靠药物力量达成，因此爱情魔法同药剂学有脱不开的关系（*Magic and the Supernatural*，117 - 145）；而同恶魔召唤以及邪恶力量相关的"妖法"则被归类于"黑魔法"，其中就包括梅林所擅长的变形术和魔法咒语，强调其非法性与危险性（154 - 161）。然而从《亚瑟王之死》等浪漫传奇作品看来，梅林施行所谓的"黑魔法"也并非为了作恶——至少从亚瑟王的立场看来是如此——正是他的变形术促成了亚瑟王的出生，也是他的各种咒语帮助亚瑟创建了强大的宫廷。就如同基克希弗所说，"即使是最邪恶的魔法，也具有一种浪漫魅力……魔法可能是邪恶的，但是它确有其诱惑力。"（113）魔法的非凡力量与其神秘性成为一种诱惑力吸引着历代读者，让浪漫传奇拥有了一种"类似海妖塞壬的本领，诱惑着读者跟随文本参与想象"（Sweeney 11）。亚瑟王传奇塑造出了具有非凡魅力的魔法"他界"，为中世纪晚期的各种骑士传奇挪用并重写，形成了一个书写魔法和超自然力量的欧洲文学传统，以哥特文学、魔幻现实主义、奇幻文学等为其典型代表。

　　具体年代与地点的模糊性使得亚瑟王宫廷可以被浪漫传奇作者用来投射作者时代的风俗，形成"他界"与"现实"世界在文本中的并置。克雷蒂安的法语亚瑟王传奇如此，马罗礼的英语《亚瑟王之死》也如此。作者们根据叙事模式和情节的需要，可以自由攫取并安排魔法的出场和功能；魔法作为一种文学工具，帮助浪漫传奇的作者们创造出作品的现实意义。在 12 世纪,宫廷诗人克雷蒂安将各种爱情魔药使用得出神入化,围绕此类爱情魔药,骑士的爱情和信仰不断碰撞,上演了骑士爱情的悲欢离合,讨论宫廷典雅爱情的是是非非;而在中世纪即将结束之际,走向末路的骑士阶层之一马罗礼爵士则将预言和变形术充分糅合进了亚瑟王骑士宫廷的兴衰史,讨论骑士精神衰败的真正原因,希冀重回骑士精神的黄金年代。正如斯维尼所说,浪漫传奇的作者"通过魔法在文本内部创造了一个安全区域,一个遥远或过去的世界,因此有可能探索一些本来可能造成社会动荡或很难讨论的社会问题"(23)。魔法是浪漫传奇世界的核心要素之一,在不同的时代,魔法作为最佳中介,联系真实世界和传奇文本;正是在魔法的掩护下,骑士传奇的作者们将他们所处的时代特色以最奇特玄幻、最吸引读者的方式带入传奇文本,讨论社会现实,抒发内心所感,并留待后人评说。浪漫传奇中的魔法,其实可以看作现实的回声。

托尔金所推崇的"童话"(Fairy Story)或者奇幻小说(Fantasy),可以看作对中世纪史诗与传奇的现代重写。这种"20 世纪的主导文学模式(dominant literary mode)"吸引了大量的读者,从世纪初的托尔金《魔戒》系列,到世纪末的罗琳《哈利·波特》系列,都是至少一代人耳熟能详的作品"(Shippey vii)。托尔金如是解释"童话"的魅力:它创造了一个神奇却可信的、有机统一的"第二世界"(the secondary world),为读者提供了"对他界的惊鸿一瞥";在这个文字虚构的世界中,读者可以获得在现实中受挫的欲望的满足,暂时逃离世俗的平凡庸俗,因此也就获得了"恢复、逃避和安慰"(recovery,escape and consolation)(75-85)。托尔金所说的相对于"主体世界"(primary world)(即现实世界)而存在的"第二世界"实际上就是存在于文学作品中的"他界"。

中世纪时期的人们对于他们生存的世界所了解和掌握得太少,因此能够掌握未知力量的魔法具有莫大的吸引力,在魔法的

"他界"当中,各种不可企及的愿望获得满足;而在现代社会,人们对他们生存的世界又似乎无所不知,无所不用,科学发展使世界逐渐失去了神秘感,中世纪时期那些无法解释的难题和奇异的现象在今天成为常识,而常识让人生厌。在这种情况下,魔法再次焕发出它的魅力,以让被科学洗脑的现代人耳目一新的方式重新阐释世界,在魔法的"他界"中,现代人逃脱了由理性的科学思维和各种电子技术产品主导的现代社会,尝试一种对他们来说全新的、感性的、原始的巫术思维,从而获得一种新鲜的感悟。叶舒宪在谈到近些年来重新风靡欧洲世界的"新萨满主义"①时认为:

> 把文学艺术史的变化和思想史的进程结合起来看,就可找到猫头鹰重新降临现代社会的原因。……既然资本的合法性早已祭起了"理性"这面威风八面的大旗,于是反抗资本主义合法秩序的努力就自然转向"理性"的对立面去汲取力量和灵感。借助于古老巫术来拯救日渐萎缩和干枯的幻想力从而给扭曲变形的审美艺术提供起死回生的希望和原动力……而来自爱丁堡中世纪古城的罗琳则直接以母亲讲述魔幻故事的方式把巫术性的感知──思维世界呈现给我们,对于"幻想/理性的对立尚未定型的少年儿童来说,这个巫术世界的真实性似乎不亚于现实世界"。(126)

从叶舒宪的观点看来,似乎罗琳是有意识地利用凯尔特文化中的巫术思维和巫术传统来对抗现代社会中弥漫的理性思维,对

---

① "'现代巫术'又可以叫做'新巫术'或'新萨满主义',它是当代西方人反叛传统基督教,借助在教会和教堂以外的异教(尤其是非西方的宗教)和原始宗教的修持方式,来重建人的精神信仰和自然灵性的所谓'新时代运动'的一个重要组成部分"(叶舒宪 125)。

抗当今社会急速发展的高科技,对抗现代市场社会的商品文化。在罗琳建构的魔法"他界"中,梅林是巫师社会的始祖,亚瑟王传奇中魔法和巫术的各种表现都被重现了:巫术与生活的所有方面息息相关,学生们在校园学习各种咒语和魔法,包括如何对未来做出预言;梅林所会制作的神奇的变身魔药是霍格沃茨的教学内容,聪慧的小女巫赫敏在二年级时就可以自学完成。至于梅林的其他法术,如让人昏睡、隐身、将石头漂在水面上等等,也都在学校有传授,精通的巫师大有人在;霍格沃茨的每一个小巫师都能学会各种千奇百怪的咒语,其中许多是在中世纪的传奇文本中从来没有被提及的。

但是罗琳对魔法与巫术的重写并不是仅仅对浪漫传奇中有关魔法的内容进行挪用、扩充和变形,而是在对中世纪时期的魔法和巫术的本质进行解构和颠覆之后进行的创新的当下性重写,用以回应今天的世界。她笔下的巫师学校体现出典型的现代性特征,在这所学校里,"技术型"巫术被系统化地学习,与当今科技的传授如出一辙,价值理性为工具理性覆盖,实用主义和成功哲学盛行,巫术的神秘主义本质被边缘化;罗琳所描绘的巫师社会中,魔法和生活的各个方面紧密相连,成为人们的常态化生活方式,和中世纪浪漫传奇中神秘莫测的魔法在内核上完全不同。魔法世界里的消费、家庭、娱乐乃至政治,虽然以巫术文化为表现形式,体现的却是现代社会的各种图景和价值内核。罗琳描绘的巫术主导的"魔法"他界,实质上是借用魔法为外衣和陌生化手段,对她所处的社会现实进行了一番整体的挪用与戏仿;她"将当今英国的整体替身分割成了巫师区和麻瓜区,从而参与进那个托尔金要'离开'的现实"(Campbell 163)。

第二节　魔法学校:"科学化"的魔法

　　在《哈利·波特》系列中,罗琳挪用浪漫传奇中的各种魔法元素创造了一所奇妙的巫师学校——霍格沃茨。据称,这所学校创始于巫师因为被普通人恐惧、仇恨而遭到残酷迫害的中世纪(公元993年左右),四位创始人通过魔法将学校隐藏在英国的某个地方①,只有巫师才知道其所在,借此躲避普通人的窥视与迫害,保护幼年巫师与女巫。这所寄宿制学校历史悠久,依山傍水,主体建筑是典型的中世纪古堡群,坐落在山崖之上,城堡连地下室共有九层,另有五座塔楼。城堡周边被隐藏了各种危险与神奇生物的禁林(Forbidden Forest)与黑湖(Dark Lake)环绕。古堡、森林与湖水是在骑士浪漫传奇中最典型的与魔法相关的地域。神秘的古堡中常常隐藏着法力高强的巫师(或女巫)以及他们的秘密;森林②通常代表了来自荒野的威胁,是"宫廷"的对立面;而湖水③常作为精灵或仙女的孕育之地,出产神秘的魔法物品,或者担当魔法的传承。在霍格沃茨学校内部,各种魔法元素精彩纷呈:冰冷透明的幽灵、能够自由活动的画像人物、行走的铠甲、会自动变化的楼梯与走廊……可以说,罗琳通过丰富的文学想象将中世纪浪漫传奇中

---

　　①　据罗琳宣称,霍格沃茨位于苏格兰。

　　②　克雷蒂安将野林(Wild Forest)主题引入了浪漫传奇,骑士们在冒险旅程中总是要经历可怕的森林,野林中危险无序,暴力横行;骑士被困其中时经历恐惧、孤独等情绪,具有强烈的象征含义。在《埃里克与伊妮德》(*Erec and Enid*)中,埃里克在野林中被迫与劫匪相斗(*Erec*, 2792 - 2793),还要同巨人决战(*Erec*, 4316 - 4317),经历了重重危险。《高文爵士与绿衣骑士》等经典的骑士传奇中都有对危险的森林的描述。

　　③　亚瑟王传奇中亚瑟王的宝剑等魔法物品都出自湖中,兰斯洛特被湖中的仙女教养长大,也因此被称为"湖上的骑士"。

的魔法元素组合成了一所神奇的巫师学校。这所学校是培育巫师与女巫的摇篮，但是细查学生们在这所学校中学习的课程与受到的教育，却可以在该校的"巫术"传授中看到科学的影子，反映的是资本主义现代性的实用主义特征。

一、巫术与科学

弗雷泽（James Frazer）在《金枝》中提出过关于巫术和科学之间关系的看法："巫术与科学在认识世界的概念上，两者是相近的。二者都认定事件的演替是完全有规律的和肯定的。并且由于这些演变是由不变的规律所决定的，所以它们是可以准确地预见到和推算出来的……那些属于真理的或珍贵的规则成了我们称之为技术的应用科学的主体，而那些谬误的规则就是巫术。"(49－50)这一观念影响深远，获得了许多人类学家和社会学家的支持。通过深入分析，不难发现弗雷泽这一论断的核心，即科学等同于真理，而巫术等同于谬误的二元对立两分法。在弗雷泽的论述中，巫术是科学发展的原始阶段，通过去芜存菁和大浪淘沙式的检验，被现代理性确认为"正确"的，就成为"科学"，反之则被斥为"迷信"。巫术是在人类进化和发展过程中已经被抛弃的陈芝麻烂谷子，不值得回顾。在这种科学与巫术的二元对立中，科学是正，而巫术是负；科学是真实，而巫术是虚构；科学是中心，巫术则是边缘。研究中世纪文化的专家刘易斯也在《人类的废除》(*The Abolition of Man*)中以一个比喻表明了类似的看法："科学家在巫师们失败的地方获得成功……严肃的巫术与严肃的科学是一对双胞胎，一个生病死了，一个却强壮地活了下来。"(52)在刘易斯看来，虽然巫术和科学是同源而生，但是巫术早已夭折，只有科学才是成功的幸存者。刘易斯的推论和中世纪时期的社会现实不无关系。

中世纪浪漫传奇中富含魔法元素、巫术等超自然力量，这些并非完全是诗人凭空捏造，而是同当时的欧洲的社会与文化基础紧密关联。基克希弗对中世纪魔法文化的经典论述《中世纪的魔法》(*Magic in the Middle Ages*)中指出,"有多类型人物涉及各类魔法活动:僧侣、教区牧师、医师、赤脚医生、助产士、民间大夫和未受过正统教育的神职人员,甚至是普通的男男女女"(56);贵族宫廷也常常豢养各种"魔法师",充当门客或用来娱乐,魔法暗杀和爱情魔法充斥着 14 世纪的法国宫廷以及中世纪晚期的英国宫廷(Kieckhefer 96)。由此可见,在中世纪的欧洲,魔法活动具有广泛的社会基础,上至王公贵族,下至贩夫走卒,可能都或多或少地接触过魔法活动,或者至少是有耳闻。事实上,中世纪时期被看作魔法的活动内容庞杂,包括医疗、星象学、炼金术、占卜、魔术表演等等,基克希弗在深入阅读中世纪神学、文学、历史等文本的基础上总结认为:

> 总的说来,中世纪欧洲的学者们承认两种形式的魔法:自然魔法(natural magic)和恶魔魔法(demonic magic)。自然魔法与科学没有什么区别,更确切地说,它正是科学的一个分支。自然魔法是有关于自然内部的"神秘美德"(occult virtues)(或隐藏力量)的科学。恶魔魔法和宗教也没有什么不同,更确切地说,它是宗教的误用,是在人的事务上偏离了上帝而转向魔鬼寻求帮助的宗教。(Kieckhefer 9)

基克希弗所说的"自然魔法"有时也被称作"习得魔法"(learned magic),而"恶魔魔法"也被称为"妖法"(necromancy)。他的两分法将魔法一半归结于科学,另一半则归结于邪教;这种分类的本质实际上是将巫术看作科学的前身与迷信的集合,研究自然魔法将转变为科学,而拜邪教自然是迷信。

在中世纪晚期到文艺复兴早期的欧洲,确实出现了一批当时的先锋派魔法研究者①，促成了部分魔法门类向早期科学的转向。例如著名的帕拉塞尔苏斯(Paracelsus)，他的研究促使魔法制药学向现代化学发展转向。帕赫特(Henry M. Pachter)通过研究帕拉塞尔苏斯的生平与贡献得出结论，认为"中世纪的魔法……为现代技术预先做了准备。研究隐藏的自然之力的实验旨在带来我们所熟知的科学。帕拉塞尔苏斯和他的门徒们……区分了迷信与科学"(73)。帕赫特的学科研究同基克希弗的历史文化研究的结果不谋而合，二人实质上都从侧面支持了弗雷泽，同样以"迷信"与"谬误"来指称已经被现代科学抛弃的中世纪魔法。

弗雷泽的理论中能够转向为科学的巫术大体上类似于基克希弗所说的自然魔法。马林诺夫斯基(Bronislaw Malinowski)在分析弗雷泽的巫术定义时指出，在弗雷泽的理论中，"巫术建立的基础是，人类认为，只要知道掌握自然之力的法则，就可以直接控制自然；在这一点上，巫术与科学是同类"(3)。这种类似关系可以解释许多隶属于巫术范畴的学问与近代科学之间具有的密切联系，例如占星术与现代天文学，炼金术与现代化学，巫医、巫药与现代制药和生物化学等等。但是巫术与科学的区别却并不在于简单的"科学是正确的，而巫术为谬误"一类二元对立式的武断结论。在弗雷泽发表了他的《金枝》之后，一些学者也提出了批评意见，他们认为，尽管科学与巫术看来相似，但二者本质上是截然不同的。他们重点指出："科学来自经验，而巫术出自传统。科学由理性指导，由观察修正；而巫术不受此二者影响，反而浸润于神秘主义氛围之中。"(Malinowski 3)在他们看来，巫术的本质是"某种神秘的、非个人的""超自然的"力量，而不是科学所崇尚的自然法则。

中世纪时期的魔法研究中，对自然之力的研究是和对神秘力

---

① 代表人物有大阿尔伯图斯(Albertus Magnus)、阿古利巴(Cornelius Agrippa)、帕拉塞尔苏斯(Paracelsus)、狄约翰博士(Dr. John Dee)等。

量的崇拜以及个人灵魂的探寻联系在一起的，并不能做简单的二元分割。即使是在现代人看来，同早期科学联系最紧密的魔法门类也是如此。中世纪的魔法与巫师之所以被视为"异端"正是因为它们脱离了对上帝的信仰和崇拜，而转向追求某种超自然的神秘力量，追求个人灵魂的永恒与肉体的不朽。中世纪时期的炼金术师们研究的可不仅仅是如何提纯金属——这是现代冶金科学的目标——而更重要的是"灵魂转换"（transformation of the soul）（Hume & Drury 100）。在中世纪人的宇宙观看来，人体是缩小的宇宙，自然是放大的人体系统，因此自然法则往往可以应用于人类的身体与灵魂；他们对自然法则的寻根彻底，目的不在于自然本身，而在于研究人，尤其是人的灵魂。而这一命题是现代科学也迄今无法给出准确答案的，在这一研究中最终陷入神秘论的科学家不胜枚举。从中世纪学者们对魔法的认知中可以看出，魔法实质上是他们对世界以及人的存在本身进行理解与认知的方式。魔法是中世纪的人们（尤其是知识分子与学者们）对当时难以理解的自然现象或自然力量的认识、研究和利用，也可能是对构成世界或控制世界的某种神秘力量（上帝如是，魔鬼亦如是）的追求、崇拜与掌控的企图。不管是哪一种类型的魔法，都反映了当时人对世界的认识和考察，尤其是对难以理解的神秘力量的理解和利用。巫术与魔法的神秘与危险正在于其不可知，也因此为人类所敬畏。

　　现代科学的理性内核决定了能够被人认识和掌握的规则往往成为科学或技术，而神秘论的，不能为人所准确认知、并掌握利用的规则就成了现代人嗤之以鼻的"迷信"和"巫术"。但是当自然失去了神秘感，现代人也随之失去了对自然的敬畏，似乎人类一切都可以驾驭，都可以征服。中世纪的巫术是建立在神秘论的基础上的，无论是"自然魔法"，还是"恶魔魔法"，都不是大众可以自由学习和掌握的技能。在一代又一代的少数、特别的人手中，巫术的秘密口耳相传，即使有文字记录，也是艰涩高深的，只为极少数能够参透秘密的人准备。这也就是为什么中世纪的作者们都用"神秘"（occult）一词来形容巫术（Kieckhefer 140）：它所涉及的力量，无论自然或超自然，都是隐秘的；这门学科本身，也是隐秘的。

巫术的本源是什么？巫术如何被传授？巫师和女巫们如何学习、精进？中世纪的文学文本对此语焉不详，基本上都进行了神秘化处理，这种叙事特点和中世纪时期对巫术的理解是一致的。梅林的巫术高深，因为他是恶魔或男魔之子；梅林传授给湖上仙女许多神奇的魔咒，但是具体的教学过程马罗礼以及之前的作者都并没有办法交代；《亚瑟王之死》中可怕的女巫摩根王后，亚瑟王同父异母的姐姐，精通变形术等高深的魔法，甚至能将自己"变成一堆大理石"逃过亚瑟王的诛杀（马罗礼 112）。马罗礼虽然说明她是在"修道院里学会了魔法"，但是除此之外就没有更详细地说明学习的过程了（4）。无论是巫师梅林，还是或善良或可怕的女巫们，他们能力的获取和使用都是神秘莫测的，不能为一般人认识和运用，中世纪的作者们也从不交代他们能力的具体运用始术和规则。桑德斯在《宗教与魔法》（"Religion and Magic"）一文中总结认为："魔法与超自然因素使传奇具有了奇妙之处，但是也同样可以将之考察为意义深刻的现实主义。"（201）骑士浪漫传奇展示的魔法虽然是作者们的文学想象，但是想象也同样具有现实基础。正是因为中世纪时期人们对世界认知的匮乏造成了魔法与巫术的神秘性特征，中世纪诗人们关于巫术的想象也充分反映了当时人们对于这种难以掌控的神秘力量的崇拜与恐惧。

罗琳对巫术本质的认识或许同弗雷泽类似，她所描写的巫术和魔法并不是神秘莫测的不可知的力量，而是要通过系统的学习才能被掌握和运用的。奥斯特林（Michael Ostling）甚至断言罗琳的魔法就是现代社会的科技，霍格沃茨也因此在他看来成了"去魅"的魔法世界（11-13）。虽然巫师和女巫出生时就带有巫力，一种似乎通过基因遗传的力量（偶尔也会有基因突变，比如父母都是普通人，孩子却有魔力，比如哈利的母亲莉莉·波特，赫敏·格兰杰等；还有父母都是巫师却生出没有巫力的孩子，称为"哑炮"），但是充分掌握这种力量并且运用它要完全依赖后天有计划、有系统的学习，这正是罗琳创造的霍格沃茨巫师学校的任务。从罗琳书写的魔法学校霍格沃茨的教学来看，隐藏在霍格沃茨巫师学校外衣之下的，实际上正是现代科学教育的理性内核：从校长到教授，这所学校里的每一位教师从任何意义上说，都并不"迷信"，而霍格沃茨的课程设计，正和当下的现代教育体系中系统化的科学技术的传授如出一辙。

二、霍格沃茨的课程设计与现代性

在《哈利·波特与魔法石》中，生活在普通人世界、寄人篱下的小孤儿哈利收到了来自神秘的巫师学校霍格沃茨的录取通知书，从而开启了他在这所学校的神奇的学习和冒险经历。霍格沃茨巫师学校是这部系列小说绝大多数情节发生的场所，哈利在校园中努力学习如何成为一名巫师——毕竟在这之前，他对巫术世界一无所知。罗琳对这所巫师学校进行了精心的设计，从入学要求到考试制度，从学校历史到校园文化，从校歌校训到分院特色，从课程设置到教学情况，将一所虚构的巫师学校构造地面面俱到。在这所学校的"创立"过程中，罗琳杂糅了文学想象、巫术历史与社会现实，尤其是霍格沃茨的课程设计，从某种角度来说，几乎到了以假乱真的地步，反映了当代的社会现实，体现了典型的资本主义现代性特征。从这所学校的课程设计中可以看出，该校对理性思维极为推崇，驳斥"迷信"，坚信"科技类"巫术可以造福巫师的生活，珍视时间，崇尚成功，以实用主义为荣。

霍格沃茨魔法学校采用标准的七年学制，具有魔法天赋的孩子出生时被自动列入了招生名单中，并在11岁生日时收到学校的入学通知信。学生从入学开始即以一种理性方式循序渐进地学习各种课程,例如魔咒学、变形术、魔药课、天文、黑魔法防御术、草药学、魔法史、保护神奇动物课、飞行课等等。其中变形术、魔咒课、魔药学、草药学等必修课程最为重要,将决定学生能否成为巫术高超的巫师或女巫。

这几门重要课程来自罗琳对浪漫传奇叙事范式的再一次挪用。在亚瑟王传奇中,巫师梅林精通变形术、各种咒语和制作魔药,很多女巫则精通草药和魔药知识,能够用草药治疗伤病。此类巫术便成为魔法叙事的范式,以此为基础构建的类似课程的学习也成为罗琳笔下的霍格沃茨学校最重视的一系列课程:变形课(Transfiguration)教学生如何让物体变形,或者凭空变出物体;魔药课(Potions)学习配置各种常用药水和基本毒药的解药;草药学(Herbology)教导学生了解各种奇异植物的用途及其培育法,并为魔药制作提供材料;魔咒课(Charms)教习各种常用魔咒,让学生练习如何通过正确念出咒语施展巫术。罗琳将挪用自浪漫传奇的巫术范式重写为她笔下魔法学校的主体课程,并且隐隐将四大课程同四大分院进行对应,其任课教师都是霍格沃茨各分院院长、最具实力的巫师或女巫。其中,变形术——梅林最典型的法术——被分配给格兰芬多学院,而曾经教授变形术并出任当时的格兰芬多院长的邓布利多教授恰好具有典型的梅林形象。历来由女巫精通的草药学也同样被罗琳分配给了女性巫师——小说中赫奇帕奇院长斯普劳特教授。斯莱特林前后两任院长斯内普教授、斯拉格霍恩教授都担任魔药学教授,拉文克劳院长弗立维教授则承担魔咒学课程。由此可见,法力最强大的巫师才能教授最重要的、最实用的课程,并且因此进入霍格沃茨学校教职工金字塔的顶层,受到学生的崇拜。这是典型的实用主义和成功者逻辑。而那些在整个课程体系中重要性相对较低的课程的其他授课教师,其地位也随之下降。魔法史、天文学、保护神奇动物课、占卜课以及算术占卜、古代魔文等课程的教授显然个人实力与地位均低于重要课程的教授,也相应地较少受到学生的推崇和敬畏,课上常有学生敷衍了事。唯一的体育类课程飞行课或许是例外,但它的受欢迎也同样是成功崇拜的体现。驾着扫把飞行水平高的学生可以被选入魁地奇球队,成为学院甚至学校的运动明星,受到同学们的崇拜与追捧,毕业后也可以进入专业球队,名利双收。总体说来,在罗琳设计的霍格沃茨校园里,实用主义和成功哲学被推崇,价值理性为工具理性所覆盖。

霍格沃茨的考核制度也同样体现其现代性。罗琳在设计这一制度时显然借鉴了现代欧洲教育体制:每个科目都留有平时作业和课堂检测,重点考查学生的资料搜集、独立研究、论文写作和单独或组别完成任务的能力。校图书馆对学生开放,鼓励阅读和研究,除了少许禁书需要教授签字许可外,学生可以自由借阅绝大部分魔法研究的书籍,进行自主学习和实验。学生每年需要接受一次期末考试,考试合格方可升学。成绩的标准分为优秀、良好、及格、差、很差以及极差六档,严格监控学生的成绩水平。一年级至四年级的低年级学生只要期末考试主修科目合格就可以升级,而五年级学生则需要接受"普通巫师等级"(O. W. L. s—Ordinary Wizard Levels)考试,每门科目的 O. W. L. 考试合格才能获得该科目的 O. W. L. 证书,成绩达到教授设立的标准(常常优良等级)才被允许进入六、七年级该科目的 N. E. W. T. 班,进行更进一步的学习,以期通过七年级的"终极巫师等级"(N. E. W. T. s—Nastily Exhausting Wizarding Tests)的考试,合格者才能毕业。

综合看来,霍格沃茨的一至五年级大约相当于现实世界的基础教育,而最后两个年级类似于现代高等教育,以考试筛选出的具有更高魔法天赋的学生,才值得教授花费宝贵的时间对其进行更专业的培养,以适合更专业的职业需求。小说中,很多重要的巫师工作都需要拥有多门 N. E. W. T. 证书,例如巫师世界唯一的医院,圣芒戈医院的治疗师需要在"魔药学、草药学、变形术、魔咒学和黑魔法防御术的 N. E. W. T. 考试中成绩至少必须达到'E'（良好）"（凤凰社，428）；而"只接受最优秀的人才"的傲罗（巫师警察）也要求"至少五个 N. E. W. T. 证书，成绩都不能低于'良好'"，其中包括黑魔法防御术、变形术、魔咒学、魔药学（凤凰社，432 - 433）。

霍格沃茨巫师学校的课程设置、考核方式与标准等可以体现出典型的资本主义现代性特征，罗琳挪用了现代教育理念和教学制度为内核，杂糅以中世纪巫术文化的内容，综合创造出一所师生统一穿巫师长袍，戴尖角高帽，教学"科学化"巫术的现代巫术学校。在书写这所巫术学校的过程中，罗琳以现代课程的系统化设置方式解构了中世纪巫术的主要形式与内容，将浪漫传奇作者们崇拜又恐惧的神秘力量分割进了不同的科目和课程，并以现代性的科学视角与实用理念在这些科目中进行筛选，把巫术分成了"有用"的重要学科和"无用"或"迷信"的次要学科。

教授和学生们最重视的课程，即变形术、魔咒课、魔药学、草药学等学科以"科学化"、系统化的方式向学生传授巫术，训练核心的巫师"技能"，如变形、念咒语、制作魔药等，这些科目的成绩可以大致上决定学生是否能成为巫术高超的巫师或女巫，以及他们未来的就业前景，决定他们是否能成为"成功人士"。而那些被边缘化的课程，包括巫师历史、天文学、预言占卜等，则因为实用性不强，或者神秘性太强，难以开展系统训练等原因而被学生忽视，任课教师也随之成为教师阶层的底层或边缘人士。罗琳的这种课程设置，重现了西方科学发展历史上对"知识"的实用主义分类和以工具理性为主导的选择：能够被人类利用各种手段找到规律进行认知活动的，被尊为"科学"，而那些被人类经验证明为错误，或者还无法找到规律进行认知的，则被斥为"迷信"。被罗琳设置为霍格沃茨主要课程的，无一不是"科学型"的、可以进行系统化教学的巫术，而最为学生无视的"迷信"课程，则是中世纪浪漫传奇中最重要的神秘主义巫术力量：预言。

三、主要课程与实用主义

　　罗琳从现代学校（尤其是研究型大学）的教育体制中获得灵感，将现行的科学化、系统化、鼓励实践研究与创新的现代教育体制挪用进一所巫师学校的课程设置与教学过程。霍格沃茨的主要课程的教学过程完全体现了现代社会的实用主义原则，基本都要求学生在教授指导下进行长期的、循序渐进、有条理、有体系的学习和实践。每门课程都有教授指定的课本，难度随年级增长不断提高，以魔药教科书为例，从基础教材《魔法药剂与药水》提高到《进阶魔药制作》；变形术的课本则从《初级变形指南》到《中级变形术》再到《高级变形术指南》，步步深化；魔咒课本则从《标准咒语·初级》不断升级至《标准咒语·五级》。学生在专业教师的指导下，从入门的基础知识开始，直到复杂的综合实践，学习掌握每个科目内在的逻辑性和规律性，并在教授和课本的帮助下进行各种创新型实验，从而掌握并自由运用巫术。

　　以魔药学课程为例，斯内普在他的新课开场白中开篇明义："你们到这里来为的是学习这门魔药配制的精密科学和严格工艺。"（魔法石，83）魔药原本代表神秘力量，制作魔药向来和巫师或女巫的低吟浅唱、各种来源不明的动植物材料、明火上炖煮的大锅等原始、愚昧、邪恶的意象相连，但是在罗琳笔下，制作魔药是"精密科学"，需要"严格的工艺"，是一种已经被历代巫师们进行过系统研究、充分实践的"科学"的认知活动；任何一种材料的添加都有明确的目的，每一种反应都有明确的特征，每一个步骤都要求时间精准，手势精确。

　　斯内普在课堂一开始就询问了哈利著名的三个问题："如果我把水仙根粉末加入艾草浸液会得到什么？""如果我要你去给我找一块牛黄，你会到哪里去找？"以及"舟形乌头与狼毒乌头有什么区别?"(83-84)这三个问题都非常实际,分别涉及了三项该课程将要研究的基础内容,即材料之间的化学反应、如何寻找原材料以及如何区分原材料。在麻瓜世界成长的哈利对这些名词毫无概念,也没有像同样出身的赫敏那样提前阅读课本,因此他面对这些问题束手无策。斯内普的本意虽是刁难,但是也点出了巫师课程学习的重要环节之一:课前预习,这一点简直会让所有阅读《哈利·波特》系列的青少年读者们心有戚戚然,因为这正是现代课堂的典型模式。从这三个问题也可以看出,魔药学是具体而微的实用学科,涉及大量的专有名词、具体的配方和细致的操作。作为魔药大师的斯内普,虽然上课方式略显简单粗暴,但是仍然给予了学生专业的指导:从最简单的锻炼基本手法的疥疮药水开始,学生们循序渐进地认识各种材料以及其功用、学习采用不同手段处理各种奇怪的配料、学习熬制魔药的各种手法和禁忌。如果不考虑魔药课上出现的各种诡异的原材料(例如蝾螈眼珠),这门课完全可以被看作现代化学或药物学——它们本质相同。

在亚瑟王传奇中,梅林制作出了神奇的变身药水,让亚瑟的父亲尤瑟完全变成了康沃尔公爵的模样,得以同公爵夫人同床共枕,才孕育了亚瑟。这种魔药是如何制作的? 作者们语焉不详,读者们似乎也不太好奇;在亚瑟王传奇历来的叙述中,梅林一出场就是出身诡秘、神秘莫测的法师,几乎没有人能够了解他的法术。而在《哈利·波特》系列中,变身魔药"复方汤剂"曾经作为重要道具数次出场,它的原理、所需材料和制作方法,在魔药制作的书籍《强力药剂》中交代得很清楚。勤奋好学的小女巫赫敏依靠自学课本,在二年级时就成功制作出了这种复杂的药剂。无独有偶,在特里斯坦与伊瑟的浪漫传奇中,神奇的爱情魔药(一种药酒)使他们陷入了狂热的爱恋,这种魔药就像是神话中丘比特的爱情之箭,具有神奇的、不可思议的威力,能够促使任何人对任意对象产生毫无来由的爱情。然而在《哈利·波特》系列中,爱情魔药"迷情剂"的制作原理和特征都被解释得非常清楚，它具有"特有的珍珠母的光泽"，以及"螺旋形上升的蒸汽"，因而识别起来并不困难。学生们能够按照课程要求进行制作，当然也可以直接从商店中购买到成品，用来开一点无伤大雅的玩笑。

在《哈利·波特》系列中，中世纪浪漫传奇中最著名的两种魔药成了在魔药课堂上教学的内容；梅林、湖上仙女、摩根王后和其他的巫师、女巫们的神奇法力在这里都成了学生在课堂上反复练习的作业。魔咒课成为另一种形式的语言课程：学生们必须记住各种咒语的英语意义，学会将咒语分割成最基本的语素，并以声调准确、熟练的语速念出咒语。草药学变体成为植物学研究，变形术则致力于进行语言（咒语）和动作（魔杖使用）的精准结合。如何搬运巨石、如何将人变成石头、如何让石头浮在水面上、如何让伤口复原、如何让破碎的东西恢复原状、如何在地下穿行，这些在浪漫传奇中神秘莫测的法术在霍格沃茨的课程中都可以系统地学习，就如同现代学校里的学生学习如何制造电路表、组装收音机或者在实验室里提纯黄金。霍格沃茨主要课程中的巫术教习，实质上是巫师"技术"的实用化、系统化、科学化传授。罗琳将中世纪巫术中更加贴近"科学"的部分割裂出来，佐之以文学想象，拼贴进与之相关的现代科学，以科学语言进行描摹，再辅之以现代教学体制，得到了一套以实用主义为导向的科学化巫术课程。

四、次要课程与神秘主义

从罗琳的叙述看来，霍格沃茨的各种次要课程不但实用性低，对学生的吸引力也欠佳。例如，在学生看来，魔法史是"最令人厌烦的课程"，也是"惟一由幽灵教授的课程"（魔法石，81）。幽灵老教授重复着自己数十年不变的课程，用"单调乏味的声音"整堂课不停地讲述巫师的历史，即使是像妖精叛乱，或是中世纪焚烧女巫这样的历史大事件都讲述得索然无味；学生则昏昏沉沉，机械地做课堂笔记，很少有人能不在课堂上被催入梦乡。学生对待作业也多半东拼西凑，敷衍了事，罗恩在做"一篇三英尺长的《中世纪欧洲巫师大全》的作文"时"潦潦草草……尽量把字写得很大"（密室，85）。相对于变形术教授麦格在首次课向学生宣称的"变形术是你们在霍格沃茨课程中最复杂也是最危险的法术"，或者是魔药学教授斯内普的开场白中傲慢地表示"我可以教会你们怎样提高声望，酿造荣誉，甚至阻止死亡"，魔法史或天文学这一类课程的教授显然无法进行类似的夸口，历史、文化等课程的重要性与实用性都被贬低，价值理性远不如工具理性，这也显然是当今教育界普遍面临的问题。罗琳不无讽刺地戏仿了当下学生们对人文课程的态度，用这种方式回应了现代教育的弊病。

在所有次要课程当中，地位最尴尬的是占卜。预言曾在中世纪浪漫传奇中被视为巫师最重要、也最神奇的能力，在霍格沃茨这所巫师学校中却仅仅在选修课中被传授，还一度面临被取缔的尴尬境地，其原因在于占卜课是现代性推崇的实用主义的反面，它代表的是巫术文化的神秘主义精髓。

想要了解未来是人类一贯的渴求——即使在科技已经高速发展的现在，预言常常还只是人类的梦想——今天的人并不比古人高明太多。古希腊的神话传说和中世纪的浪漫传奇中都在预言方面有很多精彩的故事和人物。而霍格沃茨的占卜课教授西比尔·特里劳妮（Sybil Trelawney）这个人物建立在与预言相关的原型人物的基础上，罗琳挪用、拼贴了不少此类人物形象的特点：她的名字来源于古希腊神话中的女预言家，她的外在形象则来自吉普赛女巫。这位特里劳妮教授据说继承了卡珊德拉（Cassandra）的血脉，颇具神棍气质，"体型很瘦，一副大眼镜把她的眼睛放大成了原来的好几倍，她身上披着一条轻薄透明、缀着许多闪光金属片的披肩。她又细又长的脖子上挂着数不清的珠子、链子，胳膊和手上也戴着许多镯子和戒指"（阿兹卡班，59）。这位教授的教具也是巫术文化中常见的"羽毛笔、蜡烛头、许多破破烂烂的扑克牌、数不清的水晶球和一大堆茶杯"(59)。如果说斯内普等教授身上充满了现代科学家严肃、谨慎、博学的气质,那么特里劳妮则是他们的对立面,她身上集中了那些被认为是迷信、愚昧、庸俗的神棍色彩。

特里劳妮教授学生如何通过辨别茶叶渣的形状或水晶球中的雾气来预言未来,并且自己在课堂上做出各种耸人听闻的预言。她的这一套把戏虽然也唬住了一些学生,但是哈利、赫敏和罗恩都表示出怀疑和不满,尤其是赫敏对特里劳妮的质疑直截了当。作为在现代社会中产阶级高级知识分子家庭中成长起来的小女巫,赫敏在进入霍格沃茨之前接受的现代教育奠定了她科学理性思维的基础。因此在她看来,同她选修的算术占卜课相比较而言,特里劳妮的茶叶渣和水晶球的占卜课"简直就是一堆垃圾"(64)。在赫敏看来,即使同为理想思维拒斥的占卜,算术占卜似乎也比茶叶和水晶球占卜来得更"科学"一些。技术类课程——变形术的教授麦格对占卜课的评价也不高:"占卜学是魔法分支里最不严谨的一门学问。不瞒你们说,我对它没有多少耐心。真正的先知少而又少,而特里劳妮教授……"(63)麦格教授言又欲止,从她的话看来,估计麦格教授在学生时代也不是占卜课上的好学生。她评价占卜的"不严谨",是相对于变形术这样按图索骥、理论与实践丝丝入扣的"严谨"的学科而言。换言之,变形术一类的巫师的技术是可以通过学习和实践被掌握的,而特里劳妮的占卜,靠的是所谓的"天目",流淌在先知血脉中的神奇力量。普通的巫师无法通过学习掌握占卜和预言的能力,也没有什么规则可以依循。可以说,特里劳妮的占卜能力是罗琳书写的魔法中最贴近中世纪浪漫传奇中的巫术和魔法的力量,她才是梅林法师真正的传人。

特里劳妮在她的选修课一开始就已经说出了占卜的秘密:"这是所有魔法艺术中最高深的一门学问。我必须把话说在前头,如果你们没有洞察力,我是无能为力的。在这个领域,书本能教给你们的也就这么一点点……许多巫师尽管在乒乒乓乓的声响、各种各样的气味和突然消失等领域很有才能,但他们却不能看透未来的神秘面纱。……这是少数人才具有的天赋。"(阿兹卡班,60)一贯相信书本就是知识和力量的赫敏对此"非常惊愕";而特里劳妮对赫敏也自有评价:"我看见你周围的光环很小,对于未来没有多少感知力。"(阿兹卡班,62)

特里劳妮看似疯疯癫癫,其实却在可以学习掌握的巫术和不能依靠学习掌握的巫术中间划出了一道鲜明的分水岭,尽管其他教师和学生都对她的能力和教授的课程怀疑,甚至鄙视;即使睿智如邓布利多,在没有见识到特里劳妮真正的预言之前,也对预言和占卜不以为然。尽管流淌在特里劳妮血液中的先知的血脉已经稀薄,她仍然做出了至少两个真正的预言,其一是在黑魔王的势力处于巅峰时预言黑魔王对手的出现,其二是在所有巫师都认为黑魔王已经失踪时预言黑魔王的回归,几乎决定了整个小说情节的走向。在做出这两个预言时,她的状态仿佛被某种神秘力量附身,说话的语调和神态都和平时大不相同,而在预言结束之后,似乎她本人也不清楚自己究竟做出了什么样的预言。这显然是靠学习和练习无法获得的力量,也难怪笃信书本的赫敏和推崇"严谨"的巫术的麦格教授无法严肃对待特里劳妮的占卜课。而比她们更极端一步的,笃信"理论为中心",认为"理论知识能够更有效地帮助你们通过考试"的魔法教学的魔法部官员乌姆里奇,在对霍格沃茨的课程审查中对特里劳妮的占卜课嗤之以鼻,甚至取消了特里劳妮的任课资格(凤凰社,168)。

尽管特里劳妮貌似骗子和神棍,但是从各种有关于特里劳妮预言的细节推敲,她极有可能是装疯卖傻,以保护自己作为真正先知的身份,因为历代先知的悲惨命运警示敢于泄露神秘未来的人们。在她最奇特、最重要的两个预言之外,特里劳妮很多看似不经意的、神神叨叨的预言最后居然也都以某种方式极其准确地应验了，而听到这些预言的人毫不在意，只以为是特里劳妮的疯话。在邓布利多死亡之前她特别向哈利警告即将到来的危险："——被闪电击中的塔楼，灾难，不幸，越来越近……"（混血王子，402），并且在同哈利的闲谈中透露了马尔福在有求必应室的秘密——正是马尔福打通了外界同霍格沃茨的通道，间接造成了邓布利多的死亡。在这之前特里劳妮很可能也对邓布利多做出了警告，但是并没有被采信："校长暗示过希望我最好少去拜访他……我不会死乞白赖地缠着不尊重我的人。如果邓布利多决定不理会纸牌的警告——"（混血王子，402），尽管如此，她还是又一次对哈利提出了预警，希望可以改变邓布利多的命运，或许是为了报答邓布利多和霍格沃茨一直以来给予她的庇护。邓布利多对特里劳妮的警告置之不理，并不完全是因为他不相信特里劳妮的预言能力，更主要的是因为正是他本人策划了自己的死亡，他事实上知道自己即将死去。特里劳妮的预言很快应验，邓布利多死在了霍格沃茨的塔楼上。类似的"巧合"经常发生，似乎又确证了特里劳妮作为先知的身份。

　　人类的命运是否能够被预言？预言是否能准确应验？这是千百年来欧洲作家们不断追寻解答的问题。乔叟等中世纪作家显然更相信命运与神的万知万能，当他们在文本中谈到预言或者转动的命运之轮时，他们的态度是严肃的，发自内心地怀疑人类可以自主掌握命运。乔叟曾在《特洛伊罗斯与克丽西达》中借特洛伊罗斯的自问自答对此进行讨论："并不是被预见的每一件事情必然发生。但是，据他们所说，所有发生的事情都曾经被预言过。"（*Troilus* Ⅳ，1005－1008）罗琳对特里劳妮这位先知的设定巧妙地同乔叟这一番讨论不谋而合：并不是特里劳妮预言的每一件事情都会发生，但是，发生的所有事情似乎都曾经被特里劳妮预言过。像罗琳这样信赖个人的自主选择与自由意志的当代作家——她借邓布利多之口反复重申个人选择的重要性，告诫哈利（以及读者）不是所有预言都会应验，又将先知特里劳妮描写成疯疯癫癫的神经质——竟然没有完全否定预言的可能性，这本身已经说明了预言这种来自根植于西方古老的信仰与神话，并且经过了古典文本与中世纪浪漫传奇文本反复重写的故事模式在欧洲文学传统以及文学思维中根深蒂固的影响。

在罗琳描绘的巫师世界，在预言的准确性与"科学性"方面比较受到尊重的不是特里劳妮这样的"先知"，而是一种半人类生物——马人。接替特里劳妮的占卜教师是马人费伦泽，他对特里劳妮的"算命"不以为然，而对马人的占星术推崇备至，因为他们掌握的是通过"几个世纪的时间，揭示出这些（星辰）运动的奥秘"这样精妙的技术。马人通过研究星辰"运动的奥秘"来窥测未来，尤其是灾难和重大变故，而"人类被蒙住了双眼，被……缺陷所束缚"，而且"人类微不足道的意外事故……和广阔的宇宙相比……跟乱爬的蚂蚁一样无足轻重，不受行星运行的影响"（凤凰社，392）。刘易斯在研究中世纪人们的想象与思想时举例说，"巫术追求控制自然的力量，而占星学却宣称自然之力控制人类。因此，巫师是现代实践或'应用'科学家和发明家的先驱；而占星家则是19世纪哲学唯物主义者的先驱"（*Medieval and Renaissance*，82）。马人的占星术研究的是宇宙如何作用于地面上的整个世界，而特里劳妮的占卜和预言则属于一种神秘莫测的力量，几乎不可能被传授和学习，只能依靠着血缘的传递或机缘巧合下"天目"的打开。

在魔法学校霍格沃茨，系统化、"科学化"教学巫术的实用技术类课程受到重视，普及巫师历史、文化价值的课程遭到冷遇，真正体现巫术超自然力量的预言课程却因为其神秘性被学生看作骗术，不以为意。霍格沃茨虽然名为巫师学校，但是这所学校的内核是现代性的科学与理性思维，在这里传授的是"科学"内涵的巫术"技术"，贯穿其教育理念的是魔法的实用性，其教育目标是帮助学生认识、控制并利用自身的特殊力量。也就是说，霍格沃茨重视的是"可知"魔法的学习，而非"不可知"魔法的研究；因此，中世纪浪漫传奇中魔法的神秘学特征在霍格沃茨被最大程度地摒弃了。霍格沃茨对实用型巫术课程的重视和对"预言"等课程的轻视反映出它的现代性教学理念，也反映出霍格沃茨在教学内核上与现代教育体制的一致性。罗琳通过霍格沃茨巫师学校总体戏仿了欧美的现代教育模式，该校教育形式与教学内容的不协调性引发阅读趣味，以魔法陌生化的手法重现现代教育的优点与弊病，促使读者重新观察并思考自身所处的教育体制。

第三节　魔法社会：生活中的魔法

彭宁顿（John Pennington）在题为《从仙境到霍格沃茨，或〈哈利·波特〉的审美困难》（"From Elfland to Hogwarts, or the Aesthetic Trouble with *Harry Potter*"）的文章中认为，"从根本上说，罗琳不愿意——或者是不能——脱离这个一致实相；她的小说，尽管满是'魔法'装饰，早就在世俗现实中有其先兆，并且完全依存于她同时想要逃离的现实"（79）。罗琳是否想要逃离现实是她的个人意愿，但是从她的小说文本看来，罗琳从来没有脱离现实，相反，她借魔法世界描绘现实、评价现实。

在形式主义之后，巴赫金将社会、文化的维度重新带回文学批评，特别是小说批评中。长篇小说作为"各种基本言语体裁的百科全书"，将人类生活的方方面面都纳入其中，"同没有定型的、正在形成中的现代生活（未完结的现在）产生密切的联系"（巴赫金509）。长篇小说文本与社会文化、大众生活之间的互文关联无可避免，通俗小说尤其如此。通俗小说反映的多是当下的社会文化生活，在《哈利·波特》系列小说中，消费文化、家庭文化、娱乐文化、政治文化与巫术文化、科技文化等各种文化的符码交织，小说叙述的内容同现代人的世界、历史、社会与生活产生了密切的互文关系。格林布拉特(Stephen Greenblatt)的新历史主义虽然被后来的研究证明具有内在缺陷,但是其对文本生成时的文化语境研究的重视却不无道理:以文学作为"建构了已知文化的符号系统的一部分",因此需要对"文学文本中的社会存在和文学文本周围的社会存在进行双向调查"(Greenblatt 4-5)。对罗琳作品的阅读应采取同样的策略,才能发现小说生成时各种社会文化因素留下的痕迹。

罗琳在《哈利·波特》系列小说中描绘了一个栩栩如生、几乎以假乱真的魔法社会,它一方面隔绝于普通人的现代社会,同普通"麻瓜"的世界相对立,另一方面又同现代人的世界具有千丝万缕的联系,是现代社会的隐喻。罗琳创造的魔法世界和现实世界之间的并置关系早已被国内外的评论家们觉察,姜淑芹曾在《并置与戏仿:析〈哈利·波特〉的魔法世界》一文中判定:"魔法世界是对现代真实社会的戏仿",认为"罗琳通过戏仿的叙事策略迫使读者认真思考魔幻世界里存在的严峻问题"(148-150)。事实上,罗琳关注的并不仅是"魔幻世界"里那些"严峻的问题",而是现代社会的总体存在状态。罗琳解构式地挪用了中世纪浪漫传奇的魔法和巫术元素,杂糅以现代社会生活和后工业文化的各种文化碎片,借由想象整合创造了一个以"魔法"为生活方式的巫师世界,对现代社会的消费生活、家庭生活、娱乐生活和政治生活进行了总体戏仿,将现代社会的"常态"通过戏仿进行层次渐进的魔法"陌生化",让读者从"他者"的视角重新审视了当下世界。

一、消费生活:消费文化与巫术文化

消费文化是现代性的典型产品之一,《哈利·波特》系列小说中有关消费的情节占据了重要的叙事地位。最明显的文本证据就是,哈利·波特进入并开始熟悉魔法界的过程就是他在这个世界进行消费的过程。随着魔法学校录取通知书到来的是一张长长的购物清单，从课本到魔杖，从全套校服到课堂用具，都需要学生去对角巷（魔法界的商业中心）去进行一番大采购。或者可以说，在魔法世界的中心——霍格沃茨巫师学校——向学生和读者打开大门之前，最先将人们带入魔法世界的是巫师世界的消费行为。入学采购成为每年开学前的重复"仪式"，而到了三年级之后，当学生们年满 13 周岁，"Teenages"的消费生活也随之升级。只需要拿到家长的签名许可，学生就可以"独立消费者"身份进入学校附近的魔法商业村镇霍格莫德进行休闲购物活动，那里有该系列小说中最著名的消费场所：蜂蜜公爵糖果屋、三把扫帚酒吧等供学生们消遣娱乐。可以说，消费行为伴随着魔法世界学生的成长过程。

消费文化在整个《哈利·波特》系列小说情节中得到了突出体现。小说中大量和消费相关的文化符码是同当今社会的消费现实和消费文化分不开的。从 18 世纪开始，消费文化就是欧洲文化、历史和文学研究绕不开的重要内容。李伯庚在《欧洲文化史》中特别重视物质文化，认为"欧洲文化是在它的基本物质条件基础上，在人民大众的日常生活中形成的"（下册，145）。从 18 世纪开始，欧洲就存在着道德主义和消费主义的交锋：从道德主义的观点看，过度的消费显然是一种浪费，更可能是一种堕落；但是非道德主义的思想家，例如伏尔泰，以及理论经济学家们从经济社会进步的角度看，则认为过度消费对经济社会进步也是有贡献的（下册，148－149）。这种争论一直不曾停歇，到了二战后，西欧的文化精英分子依然在警告大众，认为美国的消费主义和商品文化给欧洲带来"抹杀灵魂"的物质主义，造成了欧洲文化和道德上的堕落。《哈利·波特》系列小说以消费作为魔法世界必不可少的生活部分，其消费文化折射出一个当今的社会现实，即消费活动在青少年生活中的重要性和普遍性，以及消费与青少年的社会身份与健康心理建构之间的密切关系。罗琳在小说中戏仿现代消费生活，在她笔下，消费和巫术结合起来，构成了一幅哈哈镜镜像式的消费新图景。

巫术文化与消费文化的结合无疑有助于增加小说文本的趣味性。读者借用哈利作为"外来者"的视角观察巫师世界的消费活动,发现巫师们的消费生活中处处充满了神奇的魔法。对角巷的商店里售卖有"自动搅拌""可折叠"功能的各种大锅,药店里出售龙肝和甲虫眼珠,还有专门的猫头鹰商店;魔法火车上售卖的巫师零食"巧克力蛙"可以自由跳动,附赠卡片上的巫师人像可以自由活动。然而,自小就生活在巫师世界的孩子们以"本地人"视角看来,魔法商品没有什么神奇,对他们来说,"巧克力蛙"当然会跳动,药店里卖龙肝也不值得大惊小怪,卡片上的人会消失是理所当然的,因为"你不能希望他整天待在这里",反而是普通人世界的照片上永恒定格的人像显得很奇怪,"他们就一动不动了吗?……太奇妙了!"(魔法石,62)哈利眼中的神奇魔法在巫师们眼中只是最正常不过的商品;或者说,在巫师的消费生活中,魔法本身就可以成为商品。在小巫师们最喜欢的蜂蜜公爵糖果店,有一面墙的糖果都具有"特效",蟾蜍形状的薄荷冰淇淋"真的会在胃里跳动"(阿兹卡班,113)。"韦斯莱魔法把戏坊"是出售魔法的典型:速效逃课糖大受学生欢迎,一吃就鼻血不止的"鼻血牛轧糖"只剩"最后被压扁了的一盒",羽毛笔功能各异,可以"自动喷墨、拼写检查、机智抢答",各种防御小恶咒的防咒斗篷、帽子、手套等也广受欢迎(混血王子,91-92)。在罗琳笔下的巫师世界里,任何魔法都可以成为商品,甚至连决定巫师身份、每个巫师必备的"命定"魔杖①(wand)

---

① 在罗琳的设置中,巫师一般必须依靠魔杖才能施行魔法,而每位巫师的魔杖都具有个体特殊性,成为巫师身份的代表。魔杖是不同的木材和内芯组合而成的,用材预示了巫师的性格或命运。中世纪女巫的典型形象常手持魔杖,在莎士比亚的《麦克白》中,麦克白见到的三个女巫就用魔杖搅动坩埚。有关女巫使用魔杖的叙述,可以追溯到荷马的《奥德赛》。其中的女巫喀耳刻就使用"棍棒"样式的魔杖,可以将人变形为猪,也可用来调制药剂。中世纪的浪漫传奇等文学作品中的女巫使用魔杖的形象可能来源于此。

都是通过消费获得的。

消费文化直接影响了巫师身份的建构过程，巫师身份的象征是魔杖，而获取魔杖成了典型的消费行为。系列小说第一部就说明，从公元前382年就开始制作并贩卖魔杖的奥利凡德魔杖店是英国魔法界唯一一家制作魔杖的店铺，几乎所有的英国巫师都是在这家商店购得他们一生中最重要的魔法工具。店主奥利凡德的名言是"不是巫师挑选魔杖，而是魔杖挑选巫师"，魔杖是不同的木材和内芯的组合，暗示了一个巫师的特质和命运，只有合适的魔杖才会在购买人手中展现神迹。以小说主人公哈利挑选魔杖的过程为例，哈利试了多根魔杖，试用最后一根冬青木①材质的魔杖时"感到指尖突然一热……只见一道红光，魔杖头上像烟花一样金星四射，跳动的光斑投到四壁上"（魔法石，51）。这根魔杖不仅确立了哈利的巫师身份，还为哈利与伏地魔的双生关系埋下了伏笔（哈利和伏地魔的魔杖内芯使用了同一只凤凰的两根尾羽，二者因此是兄弟魔杖）。尽管消费行为的两个当事人——卖主奥利凡德和买主哈利都为这奇妙的景观倍感激动，但是谁也没有忘记这场魔杖挑选作为商业行为的本质：奥利凡德开了价，而哈利立刻用他刚刚从银行取出的"金加隆"付了款。

在此处，罗琳不无讽刺地表明，魔法社会身份的构建的基础是金钱与消费，以哈利在魔法世界的两重身份来说，学生的身份是通过消费确立的，巫师的身份同样如此。消费文化原本绝不是巫术文化的核心：在中世纪浪漫传奇中，梅林从未购买过某种材料去熬制他的变身魔药，亚瑟王获取湖上仙女的宝剑时也没有花费一个金币；贵族夫人和骑士们本身也并不热衷于购买与消费——他们

---

①　在基督教传统里，冬青象征死亡和重生。这是对哈利的命运的预示。而且据奥利凡德称，冬青木的特性是精确，所以经常被用来作武器，被视为战斗、保护及与邪恶对抗的象征。这也同哈利的特征相符合。

生活中更多的是战争、缴获、礼物与馈赠。消费文化是18世纪之后兴起的近现代产物，只有现代人才会如此熟悉罗琳笔下有关商品市场和消费生活的各种现象。罗琳魔法世界的商品文化与物质主义内核与现实世界一致，区别只在于现实世界的商品与消费生活充满了科技元素，科技成为商品，而巫师们的消费生活则充满了魔法元素，巫术成了商品。

在罗琳描绘的看似与世隔绝的魔法世界中，中世纪的巫术文化与近现代的消费文化紧密地联合了，共同构成了现代巫师们常态化的消费生活。在高度商品化、物质化的消费文化中，巫师和"麻瓜"的生活并没有什么本质差别。

二、家庭生活：现代家庭文化与魔法的日常化

罗琳描写的巫师社会同样以家庭为基本单位，在其基础之上建立社区与政府，私人生活的中心依然是家庭生活。家庭内部的成员构成及其权力关系、性别构成及其权力地位等与当今社会实在的权力逻辑别无二致。换言之，《哈利·波特》系列小说中的家庭文化就是现代中产阶级家庭文化，只不过拼贴以魔法的日常化使用，增添了阅读的乐趣。

罗琳在《哈利·波特》系列中创造了很多家庭谱系，但是她花费笔墨详细描写家庭生活状态的是一对镜像式的家庭图景，即存在于普通人世界的哈利姨妈德思礼家和存在于魔法世界的韦斯莱家，这两个家庭可以分别看作两种社会主流家庭生活的缩影，相映成趣，二者的比较可以揭示两种家庭结构与家庭生活在看似巨大差异中的同质性。

将这两个本来互不干扰的家庭联结起来的是小说的主人公哈利。襁褓中的小哈利失去父母之后，被邓布利多交给姨妈一家抚养，其间饱受虐待与漠视，从没有对这个家庭产生归属感和亲情；十一岁生日当天哈利收到霍格沃茨录取通知书进入魔法界，从此

他主要生活在这所寄宿制学校里（暑假他必须回到姨妈家），并把学校当作了自己第一个家。但是霍格沃茨毕竟不是一个真正的家庭，让他感受到家庭温馨和宾至如归般的关怀照料的是韦斯莱的家庭。哈利一进校就同韦斯莱家的幼子罗恩结成好友，哈利在韦斯莱家度过了一年级暑假的最后一段时间，期间受到了韦斯莱全家的热情款待，体会到了长辈无微不至的关怀，也接触到了一个典型的魔法家庭的日常生活。

　　使用魔法是巫师家庭的常态，衣食住行等日常生活都离不开魔法。例如，罗恩家的房子"以前似乎是个石头垒的大猪圈，后来在这里那里添建了一些房间，垒到了几层楼那么高，歪歪扭扭，仿佛是靠魔法搭起来的"（密室，18）。女主人韦斯莱夫人"胖墩墩、慈眉善目"，却又如同"一头露着利齿的老虎"，是一名凶悍的全职主妇，孩子们和韦斯莱先生都常被她训斥。她"穿着一条印花的围裙，兜里插着一根魔杖"（密室，19）。这根魔杖正是魔法家庭和现代家庭生活最核心的区别。魔杖和围裙的结合塑造出一位神奇的女巫主妇，掌管巫师家庭的日常劳务。她的壁炉上摆着魔法家政指导书："《给你的奶酪施上魔法》《烤面包的魔法》《变出一桌盛宴!》等；她"用魔杖朝水池里的碗碟随意一点，那些碗碟就自己清洗起来"（密室，19）；她的魔杖可以让土豆自动脱皮，让刀具自动飞出橱柜开始切菜，在锅里搅拌时有"奶油酱从魔杖头上喷了出来"（火焰杯，34）。对应着德思礼家的科技产品，韦斯莱家的很多陈设都具有魔法，例如墙上的挂钟"只有一只针，没标数字，钟面上写着'煮茶''喂鸡''你要迟到了'之类的话"（密室，19）；家里的镜子会说话，哈利第一次照镜子时，镜子大叫"把衬衫塞到裤腰里去，邋里邋遢!"（密室，24）；韦斯莱们出门购物旅行也不靠汽车，而是用飞路粉（Floo Powder）通过壁炉之间的网络，从家里的壁炉到达目的地附近的壁炉。魔法的存在让巫师们的日常家庭生活在哈利眼中显得神奇无比，但是归根结底，巫师家庭生活也不过围绕一家几口的衣食住行进行,除去魔法的日常化使用之外并无新意。真正让哈利接受并喜爱韦斯莱家的是温暖与爱——这是德思礼家吝于给予他们眼中"不正常"的"怪胎"哈利的,并不是神奇的魔法。

正如哈利对巫师家庭的日常生活抱有好奇心,巫师们同样对现代社会的家庭生活抱有好奇心。韦斯莱先生认为电力比魔法更加神奇,喜欢研究"麻瓜"的科技产品,收集插头和电池,希望弄清楚这些东西的奥秘,尽管在他的生活中完全用不上这些。他经常"在棚子里捣鼓那些麻瓜的东西",甚至改装了一辆汽车,让它能飞上天(密室,22)。韦斯莱先生对科技很感兴趣,并且感慨"麻瓜"们"真是天才……想出了多少不用魔法生活的办法啊"(密室,24)。无独有偶,当凤凰社的巫师到德思礼家去接哈利进入凤凰社总部时,他们也同样对德思礼家的电力产品表现出好奇心:"疯眼汉穆迪……那只魔眼滴溜溜乱转,把德思礼家那许多节省劳力的用具尽收眼底。……金斯莱·沙克尔和斯多吉·波德摩在仔细研究微波炉,海思佳·琼斯……发现了一个削土豆器,现在正对着它哈哈大笑。"(凤凰社,34-37)以小说中巫师的视角来看,现代社会的中产家庭生活也同样"神奇",充满了他们无法理解的怪异力量与物品——这是哈利从来没有觉察的。

两种家庭生活的区别在于衣食住行等日常生活进行的方式:现代家庭依靠电器与科技,巫师家庭则依靠魔法。系列小说第四部提及,哈利四年级暑假时恰逢魁地奇世界杯赛,韦斯莱先生邀请哈利去观看比赛并在陋居小住,因此对德思礼家进行了一次正式访问。通过壁炉旅行的韦斯莱家进入了德思礼家的壁炉,但是居住在现代城市中的德思礼们早已经不需要传统的壁炉,他们的壁炉是封死的,前面放了一只电火炉。韦斯莱们被困在封死的壁炉里,不得不炸开它才能出来,导致此次会面变成一次意外冲突。封死的壁炉作为象征物,体现了现代社会家庭生活同魔法社会家庭生活的区别:以电力为代表的科技力量主导了现代家庭,他们习惯于电视机、录像机和一切使用电力的科技产品;而巫师们的家庭,虽然似乎存在于前电力时代,却可以依靠魔法力量替代科技。

以韦斯莱们为代表的巫师家庭生活中充满了魔法和巫术元素,而他们对此习以为常,魔法就是他们赖以为生的生活方式。作为家庭主妇的女巫们熟练地运用魔法处理家务、照顾家人,就如同现代家庭的主妇们熟练地使用各种电器产品照顾家庭生活一样正常。成长在普通世界的哈利认为韦斯莱夫人用魔杖做家务很神奇、很有趣,但是罗恩和其他的韦斯莱成员们并没有对魔法作为生活方式而产生任何新奇感;相反,他们认为哈利的姨妈一家人的电器生活很神奇且难以理解。巫师家庭的魔法运用对巫师而言是常态,不具备浪漫传奇中巫术的神秘化特征。

在两种家庭的互相观看中,科技与魔法都只是家庭生活的运行方式,只是两种家庭文化的外在表现,并不能改变家庭文化的本质逻辑。从家庭构成的实质上说,巫师家庭与现代家庭类似,都主要是由异性恋夫妇与其子女构成的核心家庭,是依靠血缘关系与家庭成员之间的互相依赖结成的利益共同体,延续血脉,扶持照料。在家庭的权力结构中,也同样以父亲的权威为中心,夫妻关系较前现代家庭更为平等,但男性依然是家庭经济收入的主要来源,是家庭的支柱,女性主要担当维持家庭生活日常运转、照顾家人的责任,夫唱妇随,管教子女。罗琳笔下巫师世界的家庭生活,反映了典型的西方现代中产家庭文化,只不过抽离了其中的科技因素,拼贴了巫术文化的碎片。

三、娱乐生活:现代娱乐文化和图景

《哈利·波特》系列小说中巫师们也享受许多娱乐休闲活动,他们有酒吧、咖啡馆,有各种各样的节日庆祝活动,有娱乐八卦报纸,也有自己的摇滚明星、运动明星,以及各种魔法游戏;魔法在这些娱乐项目中不可或缺,让读者觉得妙趣横生。但是细究这些魔法娱乐活动,可以发现它们只是对现实世界各种娱乐活动的挪用、拼贴与戏仿,尽管具体形式或内容被扭曲,但它们同现实世界的娱乐活动具有同样的内核,再现了现代娱乐文化和图景。

罗琳把娱乐文化纳入系列小说叙事,将现代娱乐图景拼贴进魔法生活,营造了似曾相识的熟悉感,但更重要的是,通过现代工业和信息时代的娱乐文化碎片和来自古老神话传说的巫术文化碎片的拼接,将读者习以为常的娱乐生活放置进不协调的语境,呈现出滑稽效果。在古典叙事的五重符码中,巴特最不以为然的大概就是文化符码,认为"经由资产阶级意识形态特有的转体,便将文化转变成自然,这些符码仿佛缔造了现实和'生活'",巴特斥之为意识形态碎片,称之为"令人作呕的混合物",因为它们极力想营造一个充满"日常"和"标准观念"的真实幻觉来欺骗读者(281)。然而在罗琳的叙事中,现代娱乐文化同巫术文化构成的"编织物",只有在魔法界的成长、生活的巫师眼中才是"日常",就如同家务魔法在这类巫师眼中是"日常"一样;在跨界生活的小说人物或者生活在现代世界的读者眼中,这个以现代娱乐文化为经线、巫术文化为纬线的"编织物"是怪异的造物,充满了"异常"和滑稽之感。此种"异常"可以为读者带来阅读的乐趣,更重要的是在不协调的并置当中,将读者的目光引向被罗琳从现代娱乐生活中特意攫取出的文化碎片。

小说中可以作为娱乐文化典型代表的是魁地奇世界杯赛,这是魔法界最受欢迎的魔法体育运动、最大的娱乐盛事。这种两队选手骑在扫帚上进行的球类运动杂糅了篮球、棒球等现代球类运动的精髓,又融合进了巫术的应用。罗琳在《凤凰社》中集中笔墨,描写了一场盛大的魁地奇世界杯赛,各国巫师球迷们齐聚赛场,哈利也应罗恩一家的邀请,观看了保加利亚对爱尔兰的决赛。魔法和现实在罗琳笔下融合地天衣无缝,给读者带来了巨大的新奇感和阅读乐趣;然而如果从这幅神奇的景象中抹去魔法的痕迹,那么它就几乎是写实的现代运动大赛景观。现代社会中，国际运动赛事已经成为一种政治表达，在小说中也不例外。政治、运动和商品消费的结合正是现代社会的特有图景。小说中的英国魔法部为了显示实力，耗时耗力、精心准备这场世界杯比赛，赛场周边成为巫师界国际场合。开阔而隐蔽的观众宿营地里搭满了"各国巫师"的魔法帐篷，形成了神奇的魔法空间：不同国籍的男女巫师在自家帐篷上挂上所支持队伍的标志和代表球员的肖像；小贩们用魔法"从天而降"，叫卖各种"稀奇古怪的玩意儿。有发光的玫瑰型徽章……能尖声着喊出队员们的名字……有两国的国旗，挥舞起来会演奏各自的国歌……有供收藏的著名队员的塑像，那些小塑像可以在你的手掌上走来走去，一副得意扬扬的派头"；还有价格昂贵的"全景望远镜……可以重放画面……用慢动作放……如果需要的话，它还能迅速闪出赛况的分析"(56)。韦斯莱家的帐篷也在这片露营地上，从外面看起来只是"歪歪斜斜的双人帐篷"，但是钻进去却是"一套老式的三居室，还有浴室和厨房"，足够容纳韦斯莱全家和他们的客人们。对此，只有在普通人的世界度过童年的哈利和赫敏表现出惊讶，而土生土长的巫师们则对这种完全不合逻辑的空间"熟视无睹"(火焰杯,48)。这是罗琳对魔法的神秘性本质的再一次解构——当魔法成为生活的常态，其魅力就冰消瓦解了。

在描写此次魁地奇世界杯的景观时，罗琳大量挪用了现代社会大型竞技运动比赛的元素，挪用了多种体育与商业文化文本，对现实世界的体育比赛中的广告文本、体育竞技术语、体育比赛解说词、官方发言等各种非叙事文本进行戏仿，因此小说文本充满了"社会大文本"的痕迹。例如，比赛的场馆设置和赛程设置几乎完全照搬了现实中的体育比赛，场馆内有"一块巨大的黑板，上面不断闪现出金色的文字，就好像有一只看不见的巨手在黑板上龙飞凤舞地写字，然后又把它们擦去。……那些闪动的文字都是给赛场观众看的广告"(火焰杯,58)。尽管售卖的商品是魔法用品，但是这些广告用词和造句对现代读者来说是多么"似曾相识"："矢车菊：适合全家的飞天扫帚——安全、可靠，带有内置式防盗蜂音器……斯科尔夫人牌万能神奇去污剂，轻轻松松，去除污渍！……风雅牌巫师服——伦敦、巴黎、霍格莫德"(58)。罗琳将充斥着现代生活——电影、电视屏幕、街头巷尾、比赛现场——的类似的广告词拼贴在魁地奇球场的广告牌上，不发一言评论，以一种错位、滑稽的方式再现了现代人的消费生活图景和商业文化氛围，让读者重新审视在自己的生活中原本已经习以为常的东西，发现其中的荒诞意味。

罗琳的挪用、拼贴与戏仿揭示了现代大型竞技赛事的娱乐性与商业性本质。拉开魁地奇比赛序幕的是吉祥物表演，以虚假的美色和虚假的金钱对观众进行了双重诱惑。决赛精彩残酷，骑在扫把上急速飞行的球员们组成各种阵势，采用各种战术，甚至变得"不择手段"：故意撞人、暴力犯规，一些击球手"根本不管手里的棒子击中的是球还是人，只顾拼命地狂挥乱打"(火焰杯，66)。而两边的吉祥物们之间的对抗也逐步升级，二者的魔法酣战"丝毫不亚于上面进行的比赛"(67)。魔法同美色、金钱、暴力、竞技缠绕在一起，将现代运动竞技比赛的核心诠释得别具一格，戏仿得淋漓尽致。

以魁地奇比赛为例，可以看出罗琳描写的巫师娱乐活动在内涵上和现实世界的娱乐活动并无二致。罗琳使用了魔法为陌生化工具，增加阅读的乐趣，吸引读者，让读者随着哈利的视角，观看比赛并为其中神奇的魔法惊叹。但是罗琳通过这些写作手法想要呈现给读者的是现实中习以为常的娱乐乱象：是马尔库斯(Herbert Marcuse)所说的那种"政治、商业和娱乐已经完全结合在一起"的现代图景(Marcuse 107)：娱乐与商业结合，各种广告见缝插针式地占据人们的生活空间，各种商品交易借用运动集会的机会开展宣传；体育与政治紧密结合，举办体育赛事成为政府显示国力的窗口；运动竞技中迭出不穷的暴力与作弊行为……这些现实问题在罗琳作品中留下了时代的印记。罗琳通过编织两种不协调的文化碎片，将这些现象以一种滑稽可笑的方式扭曲地呈现出来，以陌生化的方式帮助读者们重新审视他们已经习以为常的怪象，认识娱乐生活的本质。同时，通过这场娱乐盛事，《哈利·波特》系列开始进入一种更明显的政治关注，这场比赛最终为"食死徒"组织利用，公然"直播"虐待屠杀"麻瓜"的仪式场景，向全世界宣告其政治回归。此情节与马尔库斯的论断具有惊人的巧合："商业和娱乐仍然是统治的政治策略。这不是悲剧之后的讽刺剧，这不是悲剧的大结局——悲剧刚刚开始，并且，主角不是英雄，而是将成为仪式祭品的人民。"（Marcuse 107）

四、政治生活："魔法即强权"

从个人经历来看，哈利·波特的故事是一个少年英雄的成长史；从政治大局来看，则是魔法界两种统治观念之间的政治交锋与战争。邓布利多为首的凤凰社竭力维护巫师和其他种族之间的和平共处，而伏地魔为首的极端组织食死徒以及其代表的纯血统论则奉行"魔法即强权""强权即正义"，追求纯血巫师为代表的"优秀"种族对其他"劣等"种族（包括普通人类、半人类、魔法生物等）的暴力统治。罗琳在魔法的掩饰下尽情地针砭现实，将当今世界的文明冲突、意识形态冲突和观念冲突挪用进她的作品，从巫师视角重写了人类近代史，戏仿现实。

在中世纪浪漫传奇中，勇武的骑士们斩杀巨龙、打败残暴的巨人和邪恶的狼人，消灭这些同人类为敌的怪物，巫师们只是作为辅助，为骑士们出谋划策，或提供其他服务。而在罗琳的重新书写中，普通人早已失去了直面怪物进行殊死搏斗的能力，甚至他们也不再相信有魔法生物的存在，巫师担当起了斩杀巨龙、消灭狼人、吸血鬼和巨人的重任。在《哈利·波特》系列的魔法世界中，巫师身份杂糅了早先浪漫传奇中骑士和法师的双重身份。在巫师的黑袍下,他们具有骑士阶层的暴力内核,寻求权力和荣誉,不惧于用鲜血捍卫尊严和地位。在他们之中,先后出现了一些持极端观念的巫师,尤其是先后两代黑魔王(Dark Lord),希冀扩大巫师们的统治,将势力范围扩张到普通人类(麻瓜们)的世界。

罗琳书写的两代黑魔王同现实世界的历史和现实有密切的关联。小说中明确将第一代黑魔王,德国魔法界出身的盖勒特·格林德沃同二战中的法西斯德国联系起来,让格林德沃成为纳粹法西斯背后的神秘力量。罗琳本人曾在多个访谈①中将二代魔王伏地魔与二战元凶阿道夫·希特勒相提并论,伏地魔和他组建的食死徒,在意识形态上显现出明显的纳粹观念,而行动方面则显示出了近二十年来极权恐怖组织的影子。小说中描写的英国魔法部是组成十分复杂的政府部门,其中的官员们代表了不同的政治理念和执政观念,有些持明显的种族歧视观念,奉行强权和暴力;有些持隐晦的种族观念,也有少部分支持种族平等;其间的复杂性随着小说七部曲的陆续展开逐渐升级。罗琳通过哈利那十分有限的观察和叙述,揭开了英国魔法界十分复杂的政治生活的冰山一角,显露出她对现实世界的政治环境的认识和回应。

浪漫传奇中的巫师和女巫们从来没有建立独立政权,亚瑟王被带去的精灵之地阿瓦隆(Avalon)只是一个模糊的地域概念。但是在罗琳的设置中,英国的巫师们既有巫师议会,也有巫师法庭威森加摩(Wizengamot),当然还有巫师政府——几乎照搬了现代欧美社会三权分立的政治模式。英国魔法部的总部隐藏在伦敦的地下,机构完善,分工明确,宛然又一个英国政府。魔法部设有各种行政部门,越是严肃、权威的机构越是处在地下更深处:例如法律执行司和威森加摩管理机构处在升降梯能够到达的最深处,而

---

① 例如 2000 年秋天的 BBC *Newsround* 访谈。

魔法体育运动司则最靠近地表，隐喻了这些行政机构之间森严的等级差别。

在魔法部大厅中间"竖立着一组纯金雕像……其中最高的是一个气质高贵的男巫，高举着魔杖，直指天空。围在他周围的是一个美丽的女巫、一个马人、一个妖精和一个家养小精灵。马人、妖精和家养小精灵都无限崇拜地抬头望着那两个巫师"（凤凰社，88）。这座雕像象征了英国魔法部对魔法界各阶层与种族的基本定位：男性巫师（尤其是纯血的）处于统治与中心地位，而女性巫师居次，而其他半人类、类人类智慧生物则自愿地、服从地围绕在巫师周围，崇拜他们，跟随他们。通过这座雕像，作为英国魔法世界政治中心的魔法部展示了他们的政治诉求和理念，其中包含了一种危险的种族与性别歧视的倾向；这种倾向的发展与普及正是两代黑魔王先后出现并且吸引了大批追随者的基础。罗琳通过这组雕像影射了在许多政府部门存在的性别歧视和种族歧视，并指出了其中蕴含的危险倾向。

在小说中的魔法界，各魔法族群各阶层并不像魔法部所规划的那样满足于从属的地位，甘愿被控制和利用；相反，很多魔法族群仇视巫师，不甘心服从于人类，积极寻求自身的独立地位，因此同巫师之间爆发了各种冲突。罗琳借霍格沃茨魔法史课程，轻描淡写地向读者们介绍了16世纪的"妖精叛乱"，露出了人类巫师和其他魔法生物之间残酷战争的一角。事实上，由于巫师政府的执政理念，巫师同魔法生物之间的矛盾与争斗从未停止过。魔法部的下辖单位神奇生物管理控制司（Department for the Regulation and Control of Magical Creatures）包括动物科（Beast Division）、人形科（Being Division）与幽灵科（Spirit Division）。从罗琳的用词可以看出，魔法部的官员们对于非人类的魔法生物所持的高傲态度在"动物科"的设置和行动中反映得尤为明显。

动物科下辖处置危险生物委员会（Committee for the

Disposal of Dangerous Creatures），魔法生物只要伤害到巫师——不论原因——往往被处以极刑，例如海格饲养的鹰头马身有翼兽巴克比克因为德拉科·马尔福的无礼挑衅而用爪子抓伤了他，因此被判处斩首。龙的研究与控制办公室（Dragon Research and Restraint Bureau）将各种龙当作饲养和实验对象，使之受到精神与肉体的双重伤害。狼人捕获部队（Werewolf Capture Unit）和狼人登记办公室（Werewolf Registry）力求对这种生物进行严格的控制，无论狼人是否犯错，甚至本身就是受害者①。另外还有害虫咨询委员会（Pest Advisory Board），针对的是那些连智慧动物都称不上的魔法生物，巫师以"害虫"统称，此类生物一旦被发现，遭到的都是杀灭或驱逐。巫师们对魔法动物的态度和现实世界人类中心主义对动物的态度如出一辙，或者说，罗琳就是借用巫师和魔法动物的关系来批评人类高傲的自我中心。

　　罗琳挪用了中世纪浪漫传奇中出现的各种魔法生物，建立了一个构成复杂、种族多样的魔法界族群。梅林的后代们依然是魔法界的统治者，同其他半人类、类人类和非人类魔法生物保持了微妙的、复杂的共生关系。马人、人鱼、吸血鬼、狼人、巨人、巨怪、妖精、家养小精灵等等智慧生物对人类（尤其是巫师）的态度也截然不同；具有占星预言能力的马人对人类敬而远之，拥有古老智慧的人鱼持有和马人类似的观念；吸血鬼、狼人等以猎杀人类、转变人类为生，因此遭到巫师的猎杀和攻击，同人类为敌；智力低下、身体强壮的巨人族群有攻击人类的历史，在巫师的威胁和内部斗争的消耗下逐渐缩小；妖精在同人类的大战之后部分习惯了同人类在共生中互相防备，天生具有金钱观念并善于制造宝物的妖精是理财能手，创办了巫师界的银行；家养小精灵则沦为人类的奴隶，思

---

　　①　由于狼人唾液的传染性，被狼人咬伤的人也会转变为狼人。有研究指出"狼人"可能是对艾滋病人或其他传染病患者的隐喻。

想上几乎完全奴化了。至于其他的魔法生物,从火龙到猫头鹰,都被巫师们控制、饲养、利用。在庞大的魔法金字塔顶端,站立的是法力高强的巫师们。

在《哈利·波特》系列的后两部,一些秉持极端思想的巫师寻求更大的利益和更多的权力,试图将更多生物纳入这座权力金字塔的塔基,并对巫师内部进行区分,让纯血统的巫师凌驾于其他巫师之上,成为金字塔最尖端的部分。伏地魔当政后,将魔法部的金色塑像改为黑色的巨型石像:"一堆石雕的人体,成百上千赤裸的人体:男人、女人和孩子,相貌都比较呆傻丑陋,肢体扭曲着挤压在一起"(死亡圣器,180)。这群匍匐在巫师脚下的"呆傻丑陋"的正是巫师口中的"麻瓜",没有魔法的普通人。伏地魔的新魔法部在巫师内部进行了血统大清洗,将"泥巴种巫师"(父母都是麻瓜)处死或监禁,强制要求同泥巴种巫师结婚的巫师们立即离婚。魔法部发行了标题为"泥巴种:对祥和的纯血统社会的威胁"的小册子,在政治上否认了泥巴种巫师的地位,泥巴种巫师甚至被剥夺了魔杖——使用魔法的权利和在魔法世界的社会身份。雷金(Nancy R. Reagin)在《伏地魔是纳粹吗?》("Was Voldemort a Nazi?")一文中将失去魔杖的泥巴种巫师同纳粹德国时期遭到迫害的犹太人相比,认为他们都经受了"社交死亡"(social death)(Reagin 142)。在《哈利·波特与死亡圣器》中,食死徒们称呼泥巴种巫师时使用的不再是人称代词"他"或"她",而是物化的代词"它"(it),充分显示了这个组织在政治上的极端性(*Deathly Hollow*,527)。除了迫害泥巴种巫师外,伏地魔对普通人类的手段则更加残忍,他领导食死徒组织接连向普通人进行了几次无差别恐怖袭击,导致布罗克代尔大桥突然倒塌,制造多起恶性谋杀案,制造飓风席卷英国西部,造成大量伤亡,引起"全国上下一片恐慌"(混血王子,2)。在这样的恐怖活动中,魔法堕落成了暴力工具,其本质与子弹和炸药毫无二致。

伏地魔施行的种种政治举措从根本上区隔了普通人与巫师，斩断了两者之间最后的交通渠道，将巫师和普通人彻底分成了两种人类，或者说，普通人被看作成与动物同等的低等生物。他的政治诉求和作为很容易使读者联想到各种极端恐怖主义者，例如法西斯主义分子。麦肯纳（Tony McKenna）在《〈哈利·波特〉与当代》（"*Harry Potter* and Modern Age"）一文中论断认为："很明显，伏地魔这个人物是法西斯领袖的典型"（McKenna 362）。

在罗琳书写的魔法世界的政治生活中，最重要的主题是文明冲突、种族歧视、敌对与战争。魔法给予了巫师权力和高人一等的错觉，巫术是巫师进行战争和攻击的手段与工具，魔法成为暴力的代名词，引起战争的根源是控制欲和权力欲。罗琳虚构的巫师界战争是对人类战争的历史和现在进行时的重写。她笔下的妖精有犹太人的影子，家养小精灵有黑奴的影子，食死徒有极端分子的影子。通过虚构的巫师世界的战争和冲突，罗琳回顾了人类世界的战争史（尤其是二战），也回应了当前世界的恐怖主义和各种民族和信仰之间冲突不断的世界局势。在这一点上，《哈利·波特》系列具有典型的当下性和现实意义。尽管罗琳只能使用乌托邦式的解决办法来结束魔法世界的战争，但她确实切中了人们对当前的现实中弥漫的暴力思维及行为的恐惧心理——在魔法的掩盖下，大众读者通过观摩一个匪夷所思的世界里的战争来释放潜意识里的担忧、紧张与恐惧的情绪。

第四节 "去魅"的魔法：生活的常态

在《哈利·波特》系列中，现代世界与魔法世界的地理空间并置非常明显。每年的开学季，小英雄哈利都要在伦敦市国王火车站的九又四分之三站台通过一面被施了魔法的墙来完成他的身份转换:从现代伦敦的一个不名一文的孤儿成为魔法界人所共知的救世主。这两个世界在罗琳笔下被刻意地从多个角度进行对比,尤其是从主人公哈利的视角来进行反复比较。由于哈利的特殊身份和经历,他天然地对他的姨妈一家所属的现代社会的一切带有抵触情绪,而对以霍格沃茨为代表的魔法世界产生了归属感。哈利在现代社会成长到十一岁,但是他似乎从来没有享受到现代社会给人类生活带来的一切便利,也没有接受现代教育会给予人类的自我中心式的理性思维:因为他一直是一个活在社会边缘的"小"人物。反而是魔法社会给予他身份与尊重,让他享受了良好的教育;也因此哈利很快地接受了一个新鲜的、奇异的社会与它的行为方式,并且对其中的一切抱有好感(相比之下,赫敏对两个世界的感观则要客观、中立得多)。在这样的叙述视角下,两个世界的并置对比就带上了明显的个人好恶与偏见。抛开主要叙事视角的偏见,再来看两个世界的并置,才能发现两个看似截然不同的世界在内核上的一致性。

一、现代世界:物质主义与人类中心主义

　　罗琳在《哈利·波特》中对现代社会和现代人的庸俗提出了批评,她描写的哈利的姨妈一家是典型的现代城市居民,居住在伦敦市女贞路四号小惠金区,一个典型的中产阶级街区里的一栋花园洋房里。罗琳描写这一家人时口吻辛辣讽刺,笔下毫不留情。她嘲讽姨妈佩妮的外貌,说她的"脖子几乎比正常人长一倍,这样每当她花许多时间隔着篱墙引颈而望、窥探左邻右舍时,她的长脖子可就派上了大用场";而哈利的姨父,弗农·德思礼先生,一个钻机公司的业务主管,则"胖得几乎连脖子都没有了",每天寻思的就是如何卖出更多机器,完成更多业务,获得更高提成(魔法石,1)。这对夫妇虽然在脖子的长度上完全相反,但他们同样虚伪自私,对出身古怪的哈利冷漠无情,对他与生俱来的魔法既恐惧又歧视,完全不能接受"不正常"，自欺欺人地认为不存在魔法和巫术。相比之下，他们对自己的儿子达力则无原则溺爱，把蠢笨无礼、好吃贪财、恃强欺弱的达力夸耀成"小天使"，让他在电视机、游戏机和零食的包围中度过童年。

罗琳用带有强烈的夸张和讽刺的笔触将德思礼一家人塑造成了金钱崇拜、庸俗可笑、盲目自大又见识短浅的现代城市"小市民"形象。他们在科技时代电子与电力产品的包围中生活——从佩妮姨妈厨房里的名目繁多的电器厨具，到客厅里每天播放的电视机、达力沉迷其中的游戏机和录像机、装饰性的电子壁炉，再到弗农姨父殚精竭虑如何能够卖出更多的电钻机。他们没有什么学识素养，也没有任何高雅爱好，关心的不过是金钱进项，考虑的无非衣食住行，平素喜好不过八卦邻里、搬弄是非和物质享乐。格兰杰(John Granger)曾评论，达力父子是"近来文学作品中最粗鲁的实利主义者和争名求利的同流者"(*Unlocking Harry Potter*，178)。达力过生日时斤斤计较一共得了多少件礼物，一旦比去年少了一两件便大发雷霆，几乎要掀翻桌子，而他的父亲甚至对此加以褒扬："这小机灵鬼是在算他的进账呢，这一点跟他老爸一模一样。有你的，好小子，达力！"(魔法石，13)对物质的无尽欲望成了这对父子的典型特征，对金钱和物质的渴望甚至能够让他们短暂压抑他们的另一特征，即对未知事物，例如魔法的恐惧。当弗农姨父获知哈利将继承大笔遗产，他那副贪婪的嘴脸表明哪怕这些遗产来自他最讨厌的那些"不正常"的巫师"罪犯"，他也完全愿意纡尊降贵将其据为己有，来弥补"收养哈利要花费的许多钱"(魔法石，44；混血王子，38)。德思礼一家对金钱和各种消费的需求是如此迫切，其原因被巴勒特(Bethany Barratt)一语道破："金钱不仅因为其自身而重要，而且因为金钱可以买通进入'正常'俱乐部的门路。"(150)除去对物质的追求，这对父子对"正常"的从众心理和对"不正常"的恐惧是现代人身上典型可见的特征。

　　德思礼一家很早就知道哈利的真实身份,由于邓布利多的威胁,他们勉强收留了哈利,但是对他与"常人"不同的地方讳莫如深。他们讨厌哈利"问问题",更恼火他"总说些违反常规的事情",因为这些让他们认为"他总有可能产生危险的想法"(魔法石,15)。他们用繁重的家务、关小黑屋、言语与身体暴力等各种方式惩罚哈利的与众不同,但同时又拒绝承认哈利的与众不同。德思礼一家这种自相矛盾的做法一直持续到哈利成年为止,哈利每一年暑假从霍格沃茨魔法学校回到德思礼家,都要忍受他们的冷嘲热讽和隔离孤立。他们要求他在有客人时"假装不在家"(密室,3),在玛姬姑妈面前说他"进了圣布鲁斯安全中心少年犯学校"(阿兹卡班,11)。当面对来自魔法世界的成年人时——无论是来邀请哈利去魁地奇赛的韦斯莱一家,还是突然造访的邓布利多——德思礼们则表现出了极端的恐惧。面对友好搭话的韦斯莱先生,弗农姨父"用身体挡住了佩妮姨妈,好像他以为韦斯莱先生会突然跳起来向他们发起进攻似的"(火焰杯,27)。当作为客人的邓布利多用魔法变出美酒招待自己和主人们,弗农却毫无风度地大喊:"你能把这些该死的东西从我们这儿弄走吗?"(混血王子,39)这正是德思礼们心底的愿望:让"该死的"魔法从他们的"正常"生活中消失。

　　德思礼一家人是在整个《哈利·波特》系列中出场最频繁的"麻瓜",在某种程度上就成了罗琳笔下"麻瓜"的代表。他们永远不能接受与自身不同的东西,哪怕魔法和巫术就发生在他们眼前,他们也能找到各种理由拒绝相信这个世界上有他们不能理解、科学不能解释的东西存在。当他们被迫承认确实有魔法世界存在时,德思礼们采取的态度是漠视和厌恶,至少在口头上拒斥否认,绝不提及任何有关魔法的名词,仿佛只要这样做,那个不同于他们的世界就会消失了。罗琳借巫师们之口批评了现代人的麻木:麻瓜们"根本就不会好好地听,是不?也不会好好地看。他们什么也注意不到"(阿兹卡班,21);"这些麻瓜,他们永远能对魔法视而不见，哪怕它明明摆在他们面前"(密室,22)。正如叶舒宪的评论所说："罗琳用她的另类思维给我们描绘了一幅异常生动的反讽性图景，那就是'麻瓜们'的现代性，沉溺于物质主义的当今芸芸众生就像哈利·波特的姨妈姨父一家人，除了追求市场利润和平庸世俗享乐以外，已经逐渐丧失了人对自然宇宙的敬畏与神秘感，成为与大千世界万种生灵完全隔绝的城市动物园中日益痴呆和异化的动物。"(神话意象,126)

相对于庸俗、物质的德思礼一家人，同样来自麻瓜世界的赫敏·格兰杰的父母则似乎开通得多。德思礼们因为厌恶魔法而漠视哈利，又因为这个"讨人厌"的哈利而更仇视、恐惧魔法；格兰杰一家则因为心爱的女儿拥有魔力而试图了解并接受魔法世界。他们承认了独生女儿的与众不同，愿意将她送入一家魔法学校进行学习，并且努力接受一个崭新世界的存在，尽管在这个魔法世界中他们会感到局促不安、格格不入。格兰杰夫妇都是牙医，是在相关领域受过多年专业教育与训练的高级知识分子，在麻瓜世界他们收入不菲且受人尊重，但是在陪同女儿进入巫师世界的时候，他们只能"局促地站在……柜台旁，等着赫敏给他们作介绍"；还要忍受巫师们猎奇的视线与惊讶的围观，仿佛成了异类(密室,32-33)。但是他们的努力并不代表他们愿意抛弃所受的现代科学教育和长期以来形成的观念，真正接受魔法和巫术在生活中的应用，尤其是在他们自己的专业领域。赫敏因为天生的一副大门牙影响了她的外貌，常受到讥嘲，三人组的对头马尔福甚至对她的门牙施了恶咒，让它们生长得更长。赫敏借着治疗的机会，让校医庞弗雷夫人把她的牙齿缩小了，让牙齿变得整齐而美观；但是为此她向好朋友们坦诚："爸爸妈妈不会高兴的。好多年来，我一直劝说他们让我把牙齿缩小，但他们希望我坚持戴那套矫正畸齿的钢丝架。你们知道，他们都是牙医呀，他们认为牙齿和魔法不应该——"(火焰杯,245)

　　咒语能缩小门牙，这种事情无疑挑战了赫敏父母作为牙医的权威和自信。他们受过多年正规的医科训练，但是对于女儿的门牙也没有更好的矫正手段，只能靠既不美观又不舒适的钢丝架进行整形。而巫师们竟然靠一个咒语解决现代医学面对的棘手问题，这一点显然让格兰杰夫妇感到挫败。但挫败感并没有让格兰杰夫妇转向对魔法的崇拜或学习，反而表现出了对魔法的拒斥。赫敏没有说完，但她显然表达出了父母的意见，那就是牙齿和魔法不应该产生联系，魔法与巫术不能被使用在牙齿的治疗和美容上。赫敏从进校知道了"缩小咒"的存在，就产生了缩小门牙的想法，但是遭到了父母的拒绝，只好忍受大门牙直到四年级时她的门牙中了恶咒不得不接受治疗为止。明明用魔咒缩小门牙是更便捷、更舒适、更奇妙的治疗方法，格兰杰的父母为什么不能接受呢？大概是因为这完全颠覆了他们所受的医科教育与科学思维，破坏了他们从业的固定模式，让牙医们的生活常态发生了翻天覆地的变化。通过魔法进行牙齿治疗和通过牙科医学进行牙齿治疗几乎是完全不同的两种体系，格兰杰夫妇显然认为承认其中一方就是否定另一方，为了维护自身的权威和存在的意义，他们必须否认魔法，拒斥改变，维持常态，从而获得安全感与自信心。

　　从格兰杰的父母可以推想，当习惯了现代社会生活的麻瓜们遭遇魔法，当他们生活工作的常态面临一种完全不同的生活方式的挑战，"接受"魔法几乎意味着一种自我否定，对他们是一种非常困难的选择。恐怕只有孩子们——像哈利这样被现代社会排斥，没有存在感的孩子，像赫敏这样聪慧好学，还没有完全接受现代教育，依然可以融入魔法体系的孩子，或者是尽管没有魔法才能，却有着无限好奇心的孩子们——才能带着新奇的、憧憬的目光去看待一个完全异类的魔法世界。格兰杰夫妇从缩小咒的应用中感受到的不是一种新颖奇妙的牙科治疗方法，而是对他们专业能力的威胁——这才是成年人对新事物的第一反应：以自身为中心看待、评价外物。对一切事物的评价都是从对自己是否有价值或是否有威胁开始的。这种自我主义的世界观在现代人身上体现得尤为明显——中世纪的人类还保持了对自然和宇宙的敬畏,欧洲人臣服在上帝的权威之下,还没有形成这样傲慢的人类中心观念;而现代人在科技的武装之下,几乎认为人类无所不能,傲视寰宇。

无处不在的市场消费与物质享乐、充斥生活的电子电器产品以及无聊平庸的城市生活已经成了现代人的生活常态。叶舒宪提出,"恢复原始人性的途径就是回到前工业社会或前资本主义的巫术/魔法思维与感知传统,那是根植于千百万年的人类生存实践的精神传统"(神话意象,126-127)。在叶舒宪看来,罗琳的《哈利·波特》小说,正是运用巫术思维对抗现代性的典型。《哈利·波特》小说用巫术和魔法吸引了大量读者,让这股巫术魔法之风风靡世界,但是,罗琳所创造的魔法世界就真的是现代世界的反面吗?"异界的猫头鹰所代表的神秘灵界"真的完全否定了充斥着物质主义与人类中心主义的现代社会吗?

二、魔法世界:他者? 回声

韦伯(Max Weber)在1918年的一次题为《科学为业》("Science as a Vocation")的演讲中着重提到了"去魅"(disenchanted)一词,认为科学让"许多旧日的神祇……去魅,自此后成了客观的力量"(149);又说"我们时代的命运的特征是理性化和知识化,最重要的,是'世界的去魅化'"(155)。韦伯的论断已经过去了近一百年,事实证明,科学确实逐渐让古老的宗教与神祇丧失了神秘性,科学认识取代了神秘崇拜,成了现代人的文化内核。但是当神的色彩被从现代社会中抹去,人们又开始厌烦于世俗生活的常态与庸俗,迫切渴望以另一种方式重新为生活带来魅力。罗琳的《哈利·波特》系列正符合了这种渴求,将浪漫传奇中的魔法与巫术重新带回阅读的世界,通过超凡的想象力丰富了读者的精神生活,鼓励读者以多维化的视角来观看世界，从这个意义上说，罗琳的魔法书写确实是通过回归中世纪文学的传统攫取灵感，通过文学与艺术的魅力对平庸的世界进行了"复魅"（Re-enchantment）。但是，通过分析罗琳的魔法书写，发掘小说描绘的魔法学校和魔法社会的本质，可以发现在以魔法复魅科技世界的表象之后，罗琳创造的魔法世界的内核根植于她熟悉的现代世界。

在少年哈利与孩子们眼中神奇无比的魔法世界是一个以巫术为核心运转的隐藏世界。对于普通人的世界来说，这个世界仿佛一个"他者"，奉行的是被现代世界早已抛弃的巫术，充满了穿着斗篷、挥舞着小棍子、口称"梅林"的怪人；商店里出售蜥蜴眼珠、干蝙蝠，以及耳屎味道的怪味糖果。但是，这个世界与书中的现代英国共享着时间与历史，地域与文化。这个巫师社会的政府部门就隐藏在伦敦的地下，巫师们的学校、私人庄园和宅邸则依靠魔法遮蔽，让普通人，也就是麻瓜们视而不见，而形形色色的巫师们既可以选择生活在巫师聚居地，也可以选择融入麻瓜社会的生活，甚至隐匿身份，同麻瓜结婚生子。细查这个魔法世界的生活，就会发现它仿佛是现代社会在一面镜子中的倒影，这面镜子的表面覆盖了一层叫作"魔法"的薄膜，使得影像看起来似幻非幻，似真非真，影影绰绰。或者说，罗琳书写的魔法世界，不是崇尚神秘主义和巫术的"灵界"，也不是现实世界的"他者"，而是其自身的回声；魔法正是罗琳利用来对现代社会进行总体戏仿的工具。

从魔法学校的现代性工具理性与技术内核，可以看出罗琳重写的"巫术"已经不再是中世纪浪漫传奇中神秘的、不可知的灵异力量。中世纪传奇中最神秘的巫术力量——预言，在《哈利·波特》系列中被重新书写，丧失了原本的重要性，预言课成了学生和教授们都怀疑、讥诮的课程，在整个课程体系中地位低下。在中世纪的浪漫传奇中，预言一定会实现；尽管主人公千方百计地逃避或对抗命运，但他们的行动反而会帮助预言成为现实，个人的挣扎在命运的愚弄之下显得渺小、可笑而且无济于事——以命运不可知论为代表的神秘崇拜是中世纪作家们无法逃脱的思想樊笼。而在《哈利·波特》系列中，罗琳借用哈利的人生导师邓布利多的话明确表示，许多预言不会实现，缥缈虚无的预言远远不如个人的正确选择与自由意志来得重要——对"迷信"命运和预言的驳斥体现了典型的现代个人主义和理性主义价值观。

罗琳笔下的魔法，尽管挪用并戏仿了大量中世纪浪漫传奇中魔法的内容，但是其本质已经发生改变，不再是浪漫传奇中那种神秘主义力量。斯蒂文斯(J. E. Stevens)在对浪漫传奇的主题研究中提及，魔法赋予了个人以"超人的力量"(97)。梅林、摩根等著名的魔法人物都是此类神秘主义超人力量的代表，他们展现出超出武力最强悍的骑士的神秘力量，是骑士们仰望或者恐惧的对象；《哈利·波特》系列中的魔法界的各色人物也确实都像科幻漫画中来自外星的超人一样拥有远超于普通"麻瓜"的力量。然而，浪漫传奇中的梅林是亚瑟王宫廷中的"异类"，《哈利·波特》系列中的巫师们却几乎永远处于"同类"的世界之中。在普通人的崇拜与恐惧中，梅林的力量被最大程度地神秘化；而在魔法世界的内部，巫师与巫师之间的交往却让魔法在最大程度上被"去魅化"，因此凸显的不再是魔法的力量，而是人性的本质。褪去了魔法神秘性的巫师们也是人，因此他们的社会、政治、经济以及娱乐生活同普通人的生活不会有本质上的区别。换言之，罗琳正是用魔法掩盖对现代社会生活的各种维度的探索。

在罗琳的魔法世界中，巫术是巫师生活的常态，就像科技是现代人生活的常态。巫师们对魔法的广泛使用习以为常，并不将其当作神秘的超自然力量。哈利作为跨界的探索者，在魔法世界所见所闻的一切都很新鲜；但是本土巫师们则不觉得巫术的应用有任何神奇之处，对各种普通人无法理解的魔法力量泰然处之，熟视无睹。罗琳的魔法世界的巫术，是"去魅"的魔法，失却了中世纪浪漫传奇中巫术的神秘性。

在这层魔法掩盖之下，罗琳创造的魔法社会的生活是对现代社会生活的总体戏仿：魔法世界中消费的普遍性与强制性存在毫不亚于现代社会，巫术成为普遍的商品；巫师家庭的构成、权力结构与家庭文化也同现实社会毫无二致，巫术只是巫师们衣食住行的日常生活方式；魔法社会的娱乐生活反映的是现代娱乐文化与政治、商业紧密结合的荒诞图景，巫术只是这个社会娱乐活动得以进行的基本形式；魔法世界政治生活的主题也依然是强权与暴力，魔法与巫术成为暴力的代名词，是推行强权的手段。由魔法世界的消费生活、家庭生活、日常娱乐乃至政治生活和战争可见，这个世界绝不是现实世界的"他者"，绝不是利维斯所批评的那种可供读者们逃避现实的异邦；相反，它随时体现读者所处的当下，随时以各种扭曲的细节提醒读者现实的存在。

罗琳笔下的巫师也不是我们的"他者"，而是我们自身，在许多方面同我们产生共鸣，具有同样的现代价值观和人类中心主义。巫师们自信于自身的力量，对其他魔法生物不以为然，不尊重家养小精灵独特的魔法系统，将拥有预言能力和深邃哲思的马人看作"半人半马的畜生"。巫师们对魔法的自负与现代人对科技的自负如出一辙，将各种"他者"放置在自身的反面，采取蔑视或对抗的态度。

总体而言，巫师和"麻瓜"没有本质区别，魔法部和西方某些政府官僚机构也没有根本差别：都以自我为中心，将自己标榜为世界的主人，对自然缺乏尊重，对与自身不同的文化也缺乏理解与尊重。罗琳笔下的巫师同持有各种偏见的人类一样，对不同于自身的事物或者漠视，或者敌视，不愿意接受世界的差异化文化构成。穿黑兜帽、戴面具的食死徒对"他者"的迫害可以让读者们联想到中世纪时期"女巫"遭到戕害的历史，联想到任何极端思想对差异性文化进行迫害的历史和现实。凝视他们，事实上正是在凝视我们自己。

当我们将魔法"去魅"，就可以发现罗琳笔下的"魔法世界"与"现实世界"的同质性。读者因为对魔法的兴趣被吸引进入了一个看似光怪陆离的新世界，但是在阅读文本的过程中，似曾相识感与新奇感交织，处处能看到其对现实世界的挪用与戏仿。进行更深层次的阅读后，便恍然大悟，原来揭开魔法的面具之后，这个作为"他界"的魔法世界不过是将现实世界装扮、扭曲、变形，以一种陌生化的手法重新关注那些已经习以为常的"怪象"，回应现实生活中的种种问题，书写对当下社会的关怀，让来自过去的声音在当下碰撞，发出回声。

第六章　间接现实性与内在现代性：
重写奇幻虚构品格

　　在上一章中，我们讨论了罗琳笔下看似遍布奇妙巫术的"魔法世界"与当下"现实世界"的同质性，说明了罗琳的奇幻世界去魅后的现实主义倾向，更重要的是，揭示了罗琳的现代奇幻在对浪漫传奇这一"型文本"的重写中继承了后者作为虚构性文本的重要品格：它似乎远离现实，是虚构性叙述中最为天马行空的一种类型，然而它"真正表达的还是当时的时代精神，它所呈现的那种看似脱离现实的理想化了的虚构世界所体现的实际上还是中世纪的精神实质和生活氛围"（肖明翰 387）。不仅如此，中世纪浪漫传奇的作者们通过作品中的魔法看似"让他们同时代的读者离开了现实，但事实上，同时又让他们参与进当时的政治、道德或社会讨论议程"（Sweeney 24）。浪漫传奇成了文学想象与社会现实变形融合的世界：现实以光怪陆离的方式呈现出来，却扎根于真实社会的经验。

　　罗琳的《哈利·波特》系列继承了浪漫传奇现实关注的虚构叙事品格，在魔法的掩饰下戏仿现代社会、历史与文化，小说看似充满了奇谲的巫术和诡秘的巫师战争，远离当代现实，但是读者能够强烈感受到的是其中弥漫的现实性元素与现代性气息。罗琳本人将巫师世界与现实世界的并行存在看作她创作的主要特色之一："隐藏在众目睽睽之下是个极有趣的想法，一个世界中包含另一个世界，一个我们都可去往的世界"（Groves 90）。"可去往的世界"

暗示了罗琳建构的奇幻虚构品格,想象固然奇幻,但根本不离现实,以"幻"回应当下现实,以"奇"传达现代精神。

第一节　《哈利·波特》系列的奇幻虚构品格

有关虚构性文本与现实世界之间的关系问题,从古典时代以来就讨论不绝,论著汗牛充栋。从柏拉图的"模仿的模仿",到亚里士多德的"或然论",从模仿论变体而来的各种"反映论",到 20 世纪风行的"形式论",虚构性叙事理论以现实世界与虚构世界为边界进行弹跳,有时似乎意在完全挣脱现实。而从文本的广义互文性角度来看,虚构叙述不应该也不能够脱离现实存在。在艾柯看来,虚构叙述"寄生"在现实世界的经验之中,但并非全盘浸入(Eco, *The Role of Reader*, 221)。赵毅衡在《广义叙述学》中以"三界通达论"回应了艾柯的判断,其中的"三界"指的是"实在世界"(即现实世界)、"可能世界"(或可替代实在世界)与"不可能世界"(即逻辑上违反矛盾律与排中律的不可能世界),而"通达"指的是虚构世界作为"想象力的产物",其"语义基础域"处于可能世界,但"虚构文本不会局限于一个固定的世界……虚构文本再现的世界是一个'三界通达'的混杂世界"(178 - 187)。以"三界通达"为基础,赵毅衡认为,"跨世界通达是虚构问题的最重要特征":虚构文本至少应该通达"实在世界"与"可能世界",这两界之间的通达性越强,虚构叙述的"现实性"越强;虚构有可能通达"不可能世界",虚构世界与不可能世界的通达性越强,虚构叙述的"幻想性"越强(193 - 195)。

赵毅衡的"通达性",在某种程度上可以置换为"互文性"。长篇小说的虚构叙事用文本符号集合再现了一个虚构世界,即进行"世界建构",这个过程本身就是一个互文行为。不少学者认为,当代奇幻小说具有"本身不指涉现实任何事物的属性……不是人与语言或语言与世界的关系，而是语言本身、文本与文本之间的互相交换"（郭星168）。这种观点虽然看到了奇幻小说的互文性特征，但是又忽视了奇幻文学中的现实主义倾向。以奇幻叙事而言，再荒诞不经的想象也无法完全脱离现实世界的生存经验、脱离作者和读者的文本经验而存在，否则作品的写作与阅读都变为不可能。事实上，《哈利·波特》系列之奇幻想象一直有英国历史和文化古迹的坚实基础，"伦敦、约克、埃克塞特、爱丁堡、切普斯托的主要历史小巷都以'对角巷的灵感'为名"（Lovell 5）。奇幻叙事一直被诟病之处在于，它被认为与"现实世界"之间的"锚定"不足，"偏离事实经验"，是"虚构中的虚构"，奇幻偏离经验事实越远，那么"读者就会觉得'越假'"（方小莉 21–22）。虚构叙事的"现实性"是否一定优于"幻想性"，这一问题又涉及复杂的讨论，此处暂不赘言。但是"奇幻叙事"是否一定与"现实世界"之间锚定不足，偏离事实经验，因而无法为读者理解，则值得商榷。

以《哈利·波特》系列而言，其重要奇幻叙事特色之一是具有"非同寻常的发达的魔法体系"（Mendlesohn & Levy 166），魔法为小说建构的虚构世界创造了与现实社会、历史与文化相背离的虚构之人（例如巫师、妖精与狼人）、虚构之物（例如飞天扫帚与飞路粉）与虚构之事（例如魁地奇大赛与食死徒审判），甚至在某些情节中卷入逻辑不可能（例如拉文克劳学院使用的时间转换器，本质就是一个时间穿梭机器，使未来的哈利回到过去保护了自己，形成了一个因果倒置），这些虚构确实与现实世界缺乏直接"锚定"，如果不阅读小说，仅依靠现实世界的生活经验，几乎无法理解这些名词。但有趣之处在于，通过上一章的讨论可以发现，罗琳的"魔法"并不是另一种运行逻辑，读者并不需要依靠建构另一套元语言对此进行阐释；罗琳的魔法是对当代社会进行互文重写的陌生化手段，魔法世界是对现实世界的整体戏仿，其体系当然是"发达"的，因为罗琳不是凭空捏造,而是通过挪用与戏仿进行重构,几乎所有的"虚构"之物与事都可以在现实世界中找到对应的要素,完成"间接锚定"。读者并不需要以一种背离于现实世界的法则去理解罗琳的魔法世界,相反,现代读者在罗琳的魔法世界中感到"似曾相识",因为这个世界与现实世界具有逻辑一致性,在此基础上,拟真性的奇幻小说虽然"不是现实的摹本",却可以"启示我们意识到世界本质"(郭星 169)。由此可见,《哈利·波特》系列虚构的"可能世界"在诸多方面与"现实世界"存在"间接锚定"关系,并在实质上获得了广大读者社群的理解。

除了"世界建构"(world building)过程中体现的间接现实性外,罗琳的魔法世界还具有内在现代性逻辑,并且在魔法遮蔽下讲述现代性的个人故事,关注现代个体的情感与境遇,其价值观念和叙事逻辑也主要是现代性的,"塑造了高模仿性的人物,读者对人物存在的想象超越了文本的限制,汲取了自己的经验,其中包括他们最熟悉的社会和文化框架"(Stening & Stening 286)。姜淑芹在《〈哈利·波特〉系列的双重叙事运动》一文中指出,该系列表层文本看"作者是在塑造一个传统英雄,潜藏的视角却塑造了一个挣扎的现代普通人形象"(34),因而,小说的"表层叙事为儿童们讲述了惊心动魄、跌宕起伏的英雄历险故事,隐性进程让成人们看到了后现代社会普通人的挣扎、努力与选择"(37)。姜淑芹对小说的叙述双线进程的分析回应了《哈利·波特》系列这一紧扣现实、"似曾相识"的奇幻虚构品格,也就是说,对于缺少生活经验与文本经验的儿童读者来说,《哈利·波特》系列只是神奇的冒险故事,对于具有真实世界生活经验的成人来说,《哈利·波特》系列还是现实世界的哈哈镜影像,而对于具有充分文本经验的读者来说,还应看到罗琳通过双线的互文重写建构的奇幻虚构品格:文本想象与社会现实以互文重写的方式高度融合,将具有英国特色的奇幻世界间接锚定在真实世界之上,体现出间接的现实性与内在的现代性,并因此成功建构了属于哈利·波特世界的文学文化符号，传承民族文化、传达时代精神，反映现实的情感诉求。本章后两节将以作为文学文化符号的"哈利·波特"和霍格沃茨特快列车为例，具体讨论该系列的奇幻虚构品格。

第二节　现代人的传奇英雄：
作为文学符号的"哈利·波特"

关于人物姓名的重要性，文学界素有共识。洛奇曾说："为人物命名是创造人物的重要环节，其间有许多思量，许多犹豫"（Lodge, *The Art of Fiction*, 37）。布鲁姆同样认为人物姓名"在想象性文学中向来至关重要"（Bloom, *The Shadow of a Great Rock*, 200）。在罗琳看来，为人物选择姓名是写作的头等大事，"除非我知道应该怎么正确称呼他们，否则无法继续写作"（Interview with Christopher Lydon, 1999）。《哈利·波特》系列小说人物众多，数以百计的奇幻人物姓名具有丰富的文学、历史与文化互文性特征，具备充分的描述性与暗示性。罗琳曾在不少公开发言或访谈中回答了关于小说人物姓名的问题，透露出她在姓名选择与创造方面煞费苦心，该系列小说研究者科克雷尔（Amanda Cockrell）因而近乎直白地评价"罗琳玩名字玩得很开心"（Cockrell 23）。

人物姓名的实用符号意义无非是指向特定人物。在文学作品中，姓名的符号意义则远不仅于此。在罗琳《哈利·波特》系列中，奇幻人物的姓名以其形、声、义，不但是人物的指称，更是人物的"阐释"，指向特定人物的人格禀性、职业特征乃至命运变幻，蕴涵人物的行为，暗示情节的发展。奇幻姓名整体因其充分的文学互文和类型化特征还可以成为"类型符号"。更重要的是，罗琳笔下的"哈利·波特"这一姓名成为小说主题的象征符号,通过该姓名的特殊构成、该姓名与巫师姓名整体的类型化特征以及该姓名与"伏地魔"姓名之间的特殊关联揭示了小说的叙事结构与现代性主题,回应了当下西方世界普遍的现代个人主义思潮及其反思下对个人道德选择的重视。

一、巫师姓名群体:互文建构的类型符号

　　勒菲弗尔(André Lefevere)曾在《翻译文学》(*Translating Literature*)一书中专门讨论文学人物姓名的特点,认为作者常通过文字暗示、文化暗示和文学暗示三种方式来赋予姓名特别的意义(Lefevere 83-86)。其中,文字暗示指姓名取词的形、音等语素特征即暗示了人物的特征;文化暗示指姓名可通过字谜、拆字等文字游戏进行文化隐喻;文学暗示即指借用神话、经典文学作品、历史典故中的姓名寓指人物。以此而言,姓名不再仅仅是指涉实在/具体人物的直接能指,而在文学语言中成为象征符号,指涉的是特定人物的人格秉性、性格特征、命运变迁等抽象物:这正是《哈利·波特》系列小说中奇幻人物姓名群体的符号特征。

　　罗琳对音韵以及文字游戏有特别的偏好,她借助古典文学功底、充分的文化互文和丰富的想象力,在创造人物姓名时汇集多种技巧,表达多重暗示或意义,使姓名符号具有丰富的象征含义。兰福特(David Langford)曾专门讨论过该系列小说中的"命名"(Naming)特色,认为霍格沃茨魔法学校教职人员的名字体现了他们所擅长的魔法领域,具有喜剧色彩以及隐含意义(Langford 30)。格罗夫斯(Beatrice Groves)则详细讨论过罗琳在命名魔法人物时使用的文学典故,据她分析,罗琳借用了古希腊神话人物、柏拉图的克拉底鲁式姓名(Cratylic Names)传统、奥维德的古典变形传统、中世纪亚瑟王传奇以及莎士比亚的戏剧人物等来为她笔下的各种魔法人物命名(Groves 19-37)。在该系列小说中,主要巫师人物的姓名或者直接来自相关神话传说或历史典故，或者通过大量的古英语、拉丁词根以及外来语素重新拼贴组合，并通过变体、谐音、双关等手法来取得更丰富的意义，名字的发音乃至字母的形态等都可以隐含人物的特性和命运。

罗琳善用拟声与拟形技巧来创造姓名。小说中魔法学校霍格沃茨的四大创始人戈德里克·格兰芬多（Godric Gryffindor）、赫尔加·赫奇帕奇（Helga Hufflpuff）、罗伊纳·拉文克劳（Rowena Ravenclaw）和萨拉查·斯莱特林（Salazar Slytherin）的姓名皆压头韵（Alliteration），颇有仿古之意；而其中萨拉查·斯莱特林的名字中/s/、/z/、/θ/音交织相连，如同绕口令，拗口桀牙，构成了一种称为 sibilance 的特殊头韵，在音调方面就暗示了斯莱特林的难以相处，这个名字的读音和其他三人优美的头韵音形成对比，也预示了萨拉查·斯莱特林的孤立和最终出走。同样的/s/音头韵也出现在现任的斯莱特林院长斯内普（Severus Snape）的名字中，拉丁词 severus 具有高要求、严苛和外表简朴三重意义，象征了斯内普的个人特征，而连续的三个/s/音造成了发音的困难，进一步暗示了其人偏执尖刻、难以相处，其中两个/s/音相连，连读时的省音似乎又暗示了人们对他的认识是有疏漏的。当然，字母 s 本身就让人联想到斯莱特林的标志物——蛇，字母的形状补充了斯莱特林（Slytherin）的变体 Slithering 模拟蛇的蜿蜒爬行的动态感，更不要说 Snape 本身就和 snake 词形形似。现任院长的名字因此完美地继承了初代院长名字的特点，斯莱特林的蛇院特征一脉相承，让人叹服罗琳的构词功力。

罗琳同样善于结合语词本身的文化暗示与文学典故丰富姓名符号的象征涵义。小说中的主要人物、霍格沃茨魔法学校校长全名为：阿布思·珀西瓦尔·伍尔弗里克·布赖恩·邓布利多（Albus Percival Wulfric Brian Dumbledore），其中，Albus 来自拉丁文，意为"白色"，象征邓布利多作为白巫师的领袖，正义代表人的身份。Percival 源于亚瑟王浪漫传奇中最后获得圣杯的少年骑士珀西瓦尔，意思引申为"武士"，邓布利多的这个中间名继承自其父，符合这对父子以武力手段抵抗暴力、伸张正义的决心与行为。Wulfric 是罗琳拼凑的词语，由 wulf 和 ric 复合构成，其中 wulf 可能来自英国史诗《贝奥武甫》(*Beowulf*)中的同名英雄，他两次打败了怪物格伦德尔(Grendel)，恰巧邓布利多打败的前任黑魔王名为格林德沃(Grindelwald)，产生了有趣的互文关联。Brian 意为"美德"和"力量"，强调邓布利多最为突出的个人特征。Dumbledore 则来自古英语，意为"大黄蜂"，既符合邓布利多在口味方面极度嗜甜的喜好，且黄蜂的攻击性也不容小觑，不断发出的嗡嗡声又让人想到他对学生们苦口婆心的训诫。

　　通过精选音韵、词形甚至字母形态，通过各种来源的词根组合，各类神话传说、历史人物、文学典故中姓名的杂糅，罗琳赋予奇幻姓名群体独特的符号内涵，体现了姓名所指人物的特殊身份、性格、特征、职业、命运等，与人物的行为达成一致性，暗示情节的发展；不仅如此，特殊构成的奇幻人物姓名整体构成了一个类型符号群体，区别于小说中非魔法人物的姓名。罗琳以奇幻姓名整体的独特构成指涉魔法人物的群体特殊性，通过群体姓名的怪诞性、虚构性与历史感表现魔法世界的怪诞、虚构与传奇性质，从而将小说中的魔法世界和现实世界的姓名群体区隔开，在细节上完善两个世界的并置与对立结构。

　　然而，小说最重要的两个人物、魔法界正邪力量的代表，主人公哈利·波特(Harry Potter)与其命定对手汤姆·里德尔(Tom Riddle)的姓名却相对"普通"，似乎应该隶属于"现实世界"，并不具备巫师姓名的特殊性。但是，"哈利·波特"成了魔法界"每个孩子都知道的名字"，而"汤姆·里德尔"却被它的主人抛弃，变成了魔法界"不能提的名字"——伏地魔(Lord Voldemort)。"哈利·波特"和"汤姆·里德尔"，其实是更隐晦而精巧的象征符号，更以其特别的构成模式与相互间的结构关系成为结构象征,指向该系列小说杂糅的叙事结构,更成为主题象征,指向该系列重要的主题特征。

二、哈利·波特:"普通名字"&"每个孩子都知道的名字"

系列小说伊始,哈利的"麻瓜"姨夫德思礼从街上一群披斗篷的人口中隐约听到了外甥的名字,却并不确定:"波特并不是一个稀有的姓,肯定有许多人姓波特,而且有儿子叫哈利。"(魔法石,3)德思礼怀疑外甥是否叫作哈利,一时间联想到了读音类似的哈维、哈罗德、霍华德等等,而姨妈佩妮证实了外甥的姓名,并且评价"这是一个不讨人喜欢的普通名字"(4)。然而在魔法世界里,"哈利·波特"这个名字却无人不知:正在全国秘密集会的巫师们都在举杯致辞"祝福大难不死的孩子——哈利·波特!"(10)小说人物麦格教授说得更明白:"他会成名的——一个传奇人物……我们世界里的每一个孩子都会知道他的名字!"(8)现实世界与魔法世界对"哈利·波特"这个名字截然不同的认知与态度再度体现了二者的并置与对立。

"哈利·波特"单纯从姓名取词上来看确实普通。Harry 和 Potter 都是第一音节为重音的双音节词,读起来是顺口的扬抑格,符合英语姓名的一般规律。罗琳在德国《明镜》周刊的采访中表示,"波特"这个姓取自她的儿时玩伴姓氏,她"喜欢的是它的声调"(张红 37)。在选择姓名方面,罗琳特别关注音韵,这一点在公开访谈中她曾经数次强调(Feldman 139)。"波特"作为姓氏并不罕见,尽管随着小说情节的发展,Potter 益发使人联想到 pottery(制陶手艺)一词:哈利·波特的一生被规训教育成合格的战士和巫师界的救世主,一个普通少年最终被塑性为传奇英雄,这个过程恰恰如同一块陶土在旋转台上被不断塑型直至陶器成型的制陶过程。"哈利"是极为常见的英文名,英文短语"Every Tom, Dick and

Harry"意思即为普通人,可见该名的普及程度;事实上,哈利及其变体"亨利"(Henry)、"哈尔"(Hal)等名字在英国的历史与文学中享有盛名,"哈利"的现代普及性也正是源于其历史与文学渊源。在读音上,这个名字的发音很像是哈利路亚(Hallelujah)的前半截;在词形上,"哈利"是"亨利"的通俗版本和民间变体,后者是典型的皇室姓名之一。卢里(Alison Lurie)分析认为,"哈利"这个名字影射了莎士比亚笔下的哈尔王子(Prince Hal)与英国历史人物哈利"热刺"(Harry Hotspur)(Lurie 6)。除了文学与历史中的"哈利"之外,目前英国王室还有一位"哈里王子"。这个源于皇室贵族,却被通俗化为"哈利"的名字指涉了哈利·波特游走在两个世界的矛盾身份:一边是现实世界寄人篱下、不名一文的小孤儿;一边是魔法世界的救世主、继承了大笔财产的魔法遗孤。

哈利·波特的父亲詹姆(James Potter)出身自巫师贵族世家,"詹姆"是典型的皇室姓名,仅苏格兰斯图亚特王朝就有七位国王叫做"詹姆"。詹姆夫妇因抗击伏地魔殒命,留下独子哈利,被德思礼家收养,在女贞路 4 号度过童年。女贞路体现出典型的现代社会中产阶级社区特征,姨妈一家平庸物质,口头上追求高雅脱俗,实质人云亦云,拒斥一切"反常"事物:怪异的巫师们,比如邓布利多,"从他的名字到他的靴子",在女贞路都绝对"不受欢迎"(魔法石,5)。在女贞路,"哈利·波特"这个名字不够"高雅",平凡到"不讨喜欢",他身上那些神秘超凡的力量却又被排斥、恐惧。德思礼以及他们所代表的现代大众群体所追求的,是字面上的"脱俗",实则必须符合"正常"的标准。哈利成为女贞路诉求的反面,因此他的姓名被鄙薄,身份被抹杀,声音被禁止,魔法天赋使他成为女贞路上的异类。

但当哈利收到魔法学校的录取通知书,进入魔法世界之后,他就成了鼎鼎大名的、婴儿时期就曾击败伏地魔的"救世主"。哈利的校园生活与冒险主要发生在魔法世界,但是出于"血缘魔法"的需要,他每年必须回归女贞路一段时间,由救世主再次变成孤僻少年哈利:两个并置世界在哈利身上重叠,导致了哈利的混杂身份。尽管厌恶造成他童年创伤、禁止一切魔法的女贞路,哈利却不得不做循环性的回归,并因此不断经历自我认知矛盾:女贞路促生他的自我怀疑与否定,而魔法世界激发他超常的自我认同与表现欲望。女贞路作为现实世界的代表场所,与代表魔法世界的霍格沃茨巫师学校并置,哈利在两个场所循环穿梭,构成了该系列小说的环形叙事结构:几乎每一个学年都在递进式重复女贞路—霍格沃茨校园—女贞路的叙事循环,哈利就在这一循环中逐步建构完整的自我认知,并最终打破这一循环状态。

继承了父亲的教名为中间名,哈利的全名其实是"哈利·詹姆·波特"。该姓名是精巧的象征符号,以通俗化的英国王室名融合了丰富的历史与文学渊源,体现主人公产生于并置世界重叠之处的混杂身份与矛盾的自我认知;以姓氏指向"旋转"与"塑性"的制陶过程,体现哈利在循环叙事结构中的身份建构。

三、伏地魔:"新的名字"&"不能提的名字"

在魔法世界,绝大部分巫师出于恐惧,称呼伏地魔为"神秘人"(You-know-who),或以"黑魔王""不能提名字的人"等代替,唯一敢直呼其大名的是邓布利多:"什么神秘人不神秘人的,全都是瞎扯淡……我看直呼伏地魔的大名也没有任何理由害怕。"(魔法石,6)然而,绝大部分巫师仍然不敢提及"伏地魔",只有哈利出于"初生牛犊不怕虎"式的勇敢直呼伏地魔大名,因为他由现实世界穿梭而来,尚未感受到魔法世界对伏地魔的深切恐惧;又受到导师邓布利多的教育:"对事物永远使用正确的称呼",因为"对一个名称的恐惧,会强化对这个事物本身的恐惧"(魔法石,184)。

"不能提的名字"这一典故有可能是来源于古希腊神话。奥林匹斯众神的名字都具有神力,在背后提到某个神的名字就有可能被他或她听到。与之类似,一旦有人叫出他的名字,罗恩等巫师就会"仿佛担心伏地魔会听见似的"(魔法石,160)。让人不敢随意称呼他的名字正是伏地魔本人的愿望,这位以暴力、死亡和恐怖主义震慑了魔法世界的魔王迫切需要一个能够反映他权威的姓名:"难道你认为,我要一辈子使用我那个肮脏的麻瓜父亲的名字?……我给自己想出了一个新的名字,我知道有朝一日,当我成为世界上最伟大的魔法师时,各地的巫师都不敢轻易说出这个名字!"(密室,186)

　　伏地魔厌恶继承自父亲的汤姆·里德尔(Tom Riddle)的原名,因为"叫'汤姆'的人太多了"(混血王子,213)。同在英语谚语"Every Tom, Dick and Harry"里,"汤姆"的通俗程度几乎和"哈利"一样。哈利从父亲那里继承了"詹姆"为中间名,汤姆也继承了巫师外祖父马沃罗·冈特的教名为中间名。老冈特沉迷于纯血信仰,甚至打算通过儿女的乱伦结合来获得更纯血的后代。Marvolo 的读音指向 marvel(奇迹),由于单词的变形而又充满了反讽含义。该词的词形和读音都很怪异,汤姆的母亲临终前坚持将此作为孩子的中间名,收留她的孤儿院院长科尔夫人评价道:"这名字真古怪,对吧? 我们怀疑她是不是马戏团里的人……我们就按照她说的给孩子起了名字,那可怜的姑娘似乎把这看得很重要"(混血王子,207)。由此,来自麻瓜父亲的普通姓名与来自纯血巫师外祖的古怪名字合并成的"Tom Marvolo Riddle"体现了伏地魔的混杂身份,以及他在两个并置世界中穿梭的经历,恰与哈利的全名保持了结构一致性。

　　汤姆借由古怪的中间名 Marvolo 寻找到自己的身世,却对母族的落魄感到失望,对生父家族更加仇视。汤姆使用魔法禁术杀死父亲全家,嫁祸给舅舅,并通过弑父行径成功分割灵魂,寄存他处,确保自己能够"飞跃死亡"。之后他将姓名由"Tom Marvolo Riddle"改为相同字母构成的"I Am Lord Voldemort",以示对自己混血孤儿的旧身份的否定与舍弃。新名号更像一个尊号：Lord 是对贵族的称呼，可见他对身份、地位、权力的渴望，但反之也泄露他本人出身不高的事实，因而更迫切期望成为 Lord；Voldemort 从法语"Vol de mort"演变而来，意为"飞跃死亡"。自我命名行为和新名号象征他对自我身份的重新建构，以及他掌控死亡、超脱人类的野心。这两个名字的设置是密码学（Cryptography）的典型（Chua 114），但是这个名字的精妙之处远不止回文构词法。新名号将旧名字隐匿在其中，新名号经由"字谜"可以推导回旧名字，使伏地魔的新名号本身成为一道谜语（Riddle），指向伏地魔的旧姓氏；旧姓名指涉旧身份，伏地魔的真实身份成为另一道"谜语"；通过挖掘伏地魔的旧身份，又可得到线索，发现伏地魔的新名号中其实隐藏着他永生的秘密，是为第三道"谜语"。三重谜语恰巧构成一个解谜循环，正是"里德尔"（Riddle）之词义所指。

由此，"伏地魔"的新旧姓名的符号构成与符义阐释成为《哈利·波特》系列的循环谜题：伏地魔使用原名字母重新排序，创造出符合他追求的新名字，设置出了他的姓名之谜，在解谜的过程中自然引出了他的身世之谜，从而进一步揭示了他的永生之谜，奠定了整个系列小说的发现谜题—解谜—发现新谜—解谜的环形叙事结构。名字之谜—身世之谜—永生之谜成为整个系列小说的情节结构：主人公哈利的冒险与成长正是在解开这一谜题的循环过程中渐进实现的。

四、"哈利·波特"与"汤姆·里德尔"：现代主体的道德选择

本书第一章已经讨论过二者的一体双生关系，此处需要特别注意的是，"哈利·波特"与"汤姆·里德尔"原本都是不引人注目、平凡无奇的"普通"姓名，象征着现代普通的个体。

"哈利·詹姆·波特"与"汤姆·马沃罗·里德尔"形成了完美的对称结构。这两个姓名的构成极为一致：名字都看似普通，不具备

魔法世界群体奇幻姓名的形式特殊性;中间名都继承自血统中纯血巫师一方,并暗示了该巫师的正邪;名与中间名的组合应和了人物曾在小说中并置的两个世界穿梭的经历与随之具有的双重身份;姓氏选词则暗示了人物本质与身份建构方式,具有双关意味。而二者姓名的对称关系又进一步体现了人物的对称关系:哈利与伏地魔作为系列小说的主人公与主要反派人物,构成了正邪二元对立的结构,但同时这两个人物又具有极大的相似性,具有双生人物的特征。二者姓名的对称性呼应了二者作为双生人物的二元对立结构,也呼应了二者迥异的道德选择。

"汤姆·里德尔"满心仇恨,他选择成为"伏地魔",该选择"本质上是一种畸形的报复。他的悲剧根源于那可怕的无处不在的偏见,麻瓜对巫师的偏见。因为父亲的偏见与抛弃行为,他心中充满了恨,而母亲也由于这种偏见的影响而没有能力给予他爱的力量,使他的人格产生了变异(姜淑芹,双重叙事,36)。背负盛名却名不副实的少年"哈利·波特"却在"四种爱"的洗礼中,历经权力的诱惑、敌人的折磨,承受亲人的逝去、体制的背弃与媒体的嘲讽,经历了自我怀疑与否定,最终坚定了正义的斗争和爱的信念,终于成为真正的传奇人物"哈利·波特"。二者对自己姓名的不同阐释和实践体现了该系列的现代个人主义主题:普通人可以成为英雄,也可以成为魔鬼,差异只在个人的选择。

瓦特(Ian Watt)写作《小说的兴起》(*The Rise of the Novel*)时发现了18世纪以来小说的一项标志性革新,即小说家将某个人物其完全按照普通人在普通社会被命名的方式来命名,"象征了这样一个事实,即这个角色将被看作一个具体的个人,而不是某一种类型的人物"(Watt 18-20)。罗琳笔下的巫师姓名群体构成了"类型符号",多通过形、声、义之特异性指涉人物的奇幻性,同时,罗琳又使用看似"普通"实而"现代"的方式命名小说主人公"哈利·波特",使该姓名成为更精巧的象征符号,既具有丰富的历史文化暗示，又凸显了哈利·波特身上现代主体的特质；同时具有结构象征性，与巫师世界的奇幻姓名群体产生强烈的对比，体现哈利在两个世界中反复穿梭以及因此而形成的混杂身份；而"哈利·波特"与"汤姆·里德尔"之间的结构对称性又呼应了两个人物之间一体双生的二元对立关系，点出了系列小说的现代性核心主题：个人的道德选择最终决定个体身份与主体存在，普通个体选择道德之善，选择奋斗之勇，选择正义之爱，也可以成为传奇英雄。

"哈利·波特"姓名中融合了"普通"与"传奇"的双重性质，作为文学符号的"哈利·波特"体现了现代社会对英雄认知的混杂性和英雄身份的双重性：一面是普通个体孤独的奋斗、苦闷与挣扎，而另一面是英雄鹊起的声名、伟业与光环。此种现代英雄的身份双重性与现代以来的个人叙事与反英雄叙事具有深刻的互文关联，并不是罗琳的新发明，但罗琳重构英雄的创新之处在于高度融合了浪漫传奇式的英雄履历、现代的个人主体书写以及真实世界的个体处境，并在此过程中以道德选择推进情节，强调一个现代性的叙事主题：个体的主体性与选择的重要性。

第三节　魔法世界的工业革命：
作为文化符号的"霍格沃茨特快"

一些研究者将罗琳作为以托尔金和刘易斯为代表的中世纪主义儿童文学写作方面的继承人，正是后两位牛津学派的中世纪研究专家开始将中世纪浪漫传奇融入奇幻写作，通过魔法"复魅"的文学创作来抵抗当时文学界的现代主义风格（Cecire 3）。普尔曼（Philip Pullman）、库珀（Susan Cooper）、琼斯（Diana Wynne Jones）和克罗斯利-霍兰德（Kevin Crossley-Holland）等当代英国作家被认为同属于这一牛津传统，创作了以少年/少女英雄"在类似或实际上是英国的魔法世界中进行探索"的故事结构，并继承了托尔金和刘易斯的核心关注，"中世纪历史在当下经验中的角色、在现代社会中通过文学进行复魅的可能性、虚构小说揭示真相的能力（因为事实本身并不足以揭示真相）"（Cecire 2‐4）。罗琳的创作显见地受到了托尔金与刘易斯的影响，与该派别的当代写作也分享了一些主题特征和中世纪要素，但是，如同我们在上一章中已经讨论的，罗琳的"魔法"并非全然的"复魅"，而是深刻地体现了现代性，是魔法元素与现代科学的杂糅物。从这一点来看，罗琳并非中世纪主义者的门徒，而是中世纪主义的重写者。罗琳的魔法中交织了"复魅"与"去魅"特征，交织了前现代魔法与现代科学技术，是英国魔法传统与英国工业特色的互文产物，这一点在该系列中的"霍格沃茨特快"这列魔法蒸汽火车形象中体现得尤为突出。

一、魔法叙事与现代性的兼容问题

　　魔法与现代性似乎是不相容的概念，按照韦伯的观点，"去魅"（disenchantment），即"去魔法"（dis-magic-ing），是现代性的基本特征与界定。斯戴耶（Randall Styers）与阿萨德（Talal Asad）等学者的研究揭示了现代性语境中西方的文化三角：以主体理性为核心的现代世俗科学、以基督新教为代表的内化的、智性的、私人的、天灵感应式的宗教，以及被此二者联手压制的、冠之以"迷信"之名的、代表了前现代荒蛮愚昧的魔法（Styers 6）。有趣的是，此种文化三角反映在文学写作中，或可被置换为以挖掘、探索和培育（解构）现代主体性为己任的现代主义严肃（晦涩）文学、以美学与伦理培育为己任的现实主义文学以及被此二者联手压制的、被斥责为满足读者"低级""反常"欲望的各种类型的奇幻文学（fantasy）。而该文学三角又进一步被置换为读者三角：艾略特（T. S. Eliot）所说的能进行专业阅读与研究的精英读者、约翰逊（Samuel

Johnson)所指的可以对"雅俗共赏"的经典文学进行阅读的一般读者，以及被压制的大众读者/不称职读者(mass readers/intellectually insufficient readers)，其中也包括了儿童读者。

由此，以魔法与幻想为标签的奇幻写作与儿童(青少年)文学写作，在这一文化-文学-读者的三角结构中具有了同质性，它们之间的重合也就不难理解了。奇幻成了被压迫的、没有话语权的读者共同体(Supressed-readers-community)的文学表达。事实上，牛津派中世纪主义写作的核心要点正是借用魔法-中世纪主义-儿童之间的天然联盟，以主要面对儿童和青少年读者的奇幻写作复魅"魔法"的想象与认知魅力，抵抗现代主义的工具理性世界。此种做法的内核其实反向回应并且赞同了韦伯的论断，即魔法与现代性不相容。

现代西方的主体性与个体身份是在压制魔法思维、建构与物质世界的去魅关系的过程中建立的(Styers 12-13)。吊诡的是，当现代性成为主体自由的新的束缚，伴随着当代对现代性的反思与批判，魔法愈来愈被视作反驳现代性、提供新的主体自由的工具，由此便产生了"复魅"的必要性。并且，我们在上一章中回溯魔法的历史可知，中世纪魔法事实上包含了许多现代科学的起源，人为割裂魔法与科学并无法切断其内在的关联。再者，各民族的魔法思维存在于集体记忆之中，且在大众想象中广为流传。因此，当下文学写作中，魔法的回归与兴盛成为一种显著现象，如同在《哈利·波特》系列中表现出的，魔法甚至可以成为描写现代性的陌生化手段，或者与现代性部分兼容。在罗琳的魔法世界里，工业革命的机器产物，作为现代性的物质基础与魔法相融合，尤其是蒸汽火车，通过魔法化想象成为一种特殊的奇幻符号，被赋予独特的奇幻叙事功能，联结了现实世界与奇幻世界。

二、火车:奇幻中的现代性标志与"传送门"

铁路系统与蒸汽火车曾作为时代的标志性符号被纳入奇幻写作中。格雷厄姆(Kenneth Graham)的《柳林风声》(*The Wind in the Willows*,1908)虽是以动物为主角的奇幻作品,但真实地描写了爱德华时期英国社会的世俗生活,虽然蛤蟆着魔的是汽车这一新工业产品,但铁路和车站是不可或缺的工业时代背景符号,镇上的火车站和乡村间的"慢车"构成了大河边动物们熟悉的交通方式。

从铁路发展的历史角度来说,英国铁路系统自有值得称道之处,尤其是维多利亚时代的铁路,几乎被当作一张英国现代文明的"名片"。1825—1914年间,英国(包括英格兰、威尔士和苏格兰地区)铁路系统主体部分建构完成。1825年建成的斯托克顿—达灵顿线路(Stockton and Darlington Railway)是世界上第一条蒸汽动力的公共客运铁路;1830年开始运行的利物浦—曼彻斯特线路(Liverpool and Manchester Railway)是第一条城市间铁路干线,乘坐特快火车的商人们可以当天往返,商业效率大大提高(Casson 1)。从维多利亚时期到一战前夕,由私营公司主导的英国铁路系统建设联结了各大城市、港口、工业中心、矿产中心,以及能够提供城市所需农业产品的乡村地区,极大促进了英国海内外市场的发展。1914年是英国铁路系统发展的重要时间转折点,之后到二战前夕,由于公路网络和汽车发展对铁路系统的竞争性冲击,英国铁路建设进入退潮期,部分市内火车站和农村地区的支线火车站因客流量减少而关停(Haywood 22)。二战期间短暂的再次繁荣迎来战后的国有化改革、现代化改革以及重新规划,总体结果是大量火车站(尤其是乡村地区车站)关闭,蒸汽机车总体被淘汰,铁路总里程减少(Haywood 111)。20世纪90年代后,英国铁路政策在铁路网络、服务、车站更新等方面进行缓慢改革,直到2007年之后才初见成效(Haywood 299 – 300)。

　　总体而言，在维多利亚-爱德华时期，英国铁路系统的工业先进性质和对经济的促进作用使该系统被公共性阐释为"英国工业文明的标志物"，但英国作家对铁路与火车作为"现代性"标志评价不一。莫里斯(William Morris)因其对铁路时代的个人主义反抗闻名(Robertson，"Morris Biographies"，31)，他认为火车象征着工业化发展和机器的弊端，批评"铁路菲利士人"在利益驱动下对自然环境的破坏(Bennett 348)。狄更斯(Charles Dickens)于1865年亲历了火车事故(Staplehurst Rail Crash)，心有余悸，次年发表短篇小说《信号员》("The Signal-Man")，描述一名火车信号员长期处于阴冷幽闭的工作环境，被事故的幻象困扰，承受巨大的心理压力，最后死于火车事故。除此之外，铁路与火车还作为一种文化符号被卷入现代性与前现代性的文化对立。威廉斯认为前现代乡村生活被文人们理想化、浪漫化为一种乌托邦式的"有秩序的、更幸福的往日时光"，代表了"田园式的纯真与道德"和"自然"；而与之对立的，城市代表了"混乱无秩序""痛苦"的现代性，代表了堕落、贪婪和"世俗"(Williams, *The Country and the City*，44 – 46)。在维多利亚时期以及之后的英国小说中，常见的叙事模式是火车被视作城市的帮凶，火车巨大笨重的身体携带着现代性的巨大力量强势入侵前现代的乡村田园，破坏原本的秩序和宁静。

　　在此种前文本的基础上，刘易斯的《纳尼亚系列》赋予火车站与蒸汽火车更复杂奇幻叙事结构性功能。门德尔松(Farah Mendlesohn)在《奇幻修辞学》(*Rhetorics of Fantasy*)中将入口-探索式奇幻(the Portal-Quest Fantasy)作为奇幻的主要叙事类型之首，指的是人物离开熟悉的环境(一般是现实世界)，经过入口/传送门(portal)，进入陌生空间(一般是奇幻世界)进行探险的叙事模式(Mendlesohn xix)。此种叙事类型在英语文学传统中源发于史诗《贝奥武夫》、亚瑟王传奇等重要的文学经典，描述个体通过空间转换而获得的新的成长经验与认知体验,讨论了空间和时间的双重流动性对个体的影响。入口/传送门一般被认为最为传统的奇幻文学惯例,而有关于"传送门"的概念化成为理解奇幻文本和现实世界之间关系的重要意义节点:"传送门意味着一个连接点和魔法中介的实体,它不仅是一个世界与另一个世界的物理边界,还是它们的联结之处。"(Campbell 5-6)从刘易斯的《纳尼亚传奇》(*The Chronicles of Narnia*,1950-1956)到罗琳的《哈利·波特》系列,铁路系统符号成为现实—奇幻之间的传送门,此时,蕴含在该符号中的现代性—前现代性的文化对立意味也同时进入了奇幻文本,成为了现实—奇幻两个空间的文化隐喻。又或者说,正是铁路系统符号的这一特殊文化阐释,才使其更合适作为现代工业—前现代魔法这一类文化空间转移之间的传送门。

刘易斯的《纳尼亚传奇》是入口-探索式奇幻的经典之作,该系列深受内斯比特《铁路边的孩子们》的影响(Colbert 13-17; Jacobs 267),火车站在联结英国与纳尼亚的各类传送门中占据重要地位。在该系列第一部《狮子、女巫和魔衣橱》①(*The Lion, the Witch and the Wardrobe*)中,佩文西四兄妹为了躲避二战空袭被带出伦敦,送到老教授家,这里"离最近的火车站有十英里",地处乡村深处(the heart of the country)(Lewis, *Narnia*, 111),随后

---

① 《纳尼亚传奇》的排序如果按照出版先后的顺序,则《狮子、女巫和魔衣橱》为第一部,如果按照故事发生先后的顺序,则《魔法师的外甥》应为第一部。刘易斯本人在答读者信中更支持后者。详见《关于纳尼亚传奇的那些事:给孩子们的信》,修订版,余冲译,上海:华东师范大学出版社,2013:103页。因此不少《纳尼亚传奇》全本按照《魔法师的外甥》为第一部进行排序。此处笔者更倾向于采用写作与出版的顺序,即:以四兄妹为主角的前三部,《狮子、女巫和魔衣橱》《凯斯宾王子》和《黎明踏浪号》,以其他人物为主角的《银椅》《能言马与男孩》《魔法师的外甥》,以及收尾的《最后一战》。参见 Alan Jacobs, "The Chronicles of Narnia", in *Cambridge Companion to C. S. Lewis*, eds. Robert MacSwain and Michael Ward (Cambridge: Cambridge University Press, 2010), pp. 269-270.

四兄妹在教授大宅里发现了魔衣橱，经历了第一次纳尼亚之旅。在第二部《凯斯宾王子》(Prince Caspian)中，四兄妹则是在"空无人烟"的乡下火车站(empty, sleepy country station)等待火车时被魔法再次拉入纳尼亚的密林之中(Lewis, Narnia, 317)。在收尾的《最后一战》(The Last Battle)中，众人在火车站经历了一起严重事故，再次进入纳尼亚(除了已经不再相信魔法的苏珊)。火车站作为传送门连接了两个世界：其中一个是以伦敦等现代城市为代表的英格兰，充斥着资本主义工商业都市景观，而另一个是奇幻的纳尼亚王国，是"荒野和乡村农业环境的混合体，其中的自然被表现为具有道德和精神价值"(Matthew & O'Hara 82)。狮子阿斯兰是纳尼亚王国的创世神，他为纳尼亚选定的首位国王是出身于英格兰农村的伦敦马车夫弗兰克。弗兰克对待动物十分友善，深爱乡村生活而厌恶现代城市，阿斯兰要求他定居在新创造的纳尼亚为王，他满心欢喜，想要接妻子一起："如果我的妻子在这里的话，我们谁都不会再想回伦敦了。我们都是乡下人。"(Lewis, Narnia, 81)乡村夫妇成为纳尼亚王国的首任王与后，这是纳尼亚前现代乡村属性的标志性注解。

魔法的纳尼亚王国排斥现代性。佩文西兄妹中的埃德蒙受到白女巫诱惑，背叛了其他兄妹，幻想自己当上纳尼亚国王，打算"首先就要修一些平坦的道路"，筹划"修建宫殿……拥有汽车，私人电影院"，思考"铁路干线应通往何处……"(Lewis, Narnia, 152)。埃德蒙厌恶自然荒野给人类带来的不便，试图以工业城市的蓝图改造纳尼亚，但最终阿斯兰的牺牲拯救了他，纳尼亚的自然抚慰了他。埃德蒙在伦敦的寄宿学校里"变坏"，在纳尼亚回归了"真我"(real old self)，成为纳尼亚的"正直国王"(Lewis, Narnia, 193)。佩文西家的表亲，另一个现代少年尤斯塔斯爱好工业文明，是"被成年人的现代知识时尚毁掉的孩子的典型，必须依靠中世纪主义奇幻的魔力来改造"(Cecire 66)。当他进入纳尼亚后，这里的食物让他反胃,因为他习惯了工业化生产的"丰树牌维他命安神食品"(Plumptree's Vitaminized Nerve Food)(Lewis,*Narnia*,430),然而纳尼亚的魔法和前现代自然奇观治愈了他的现代病。与尤斯塔斯的转变相对应的是苏珊·佩文西,她曾在纳尼亚生活,并被册封为女王,成年后却将这段经历当作"儿时的游戏",只对"尼龙丝袜、唇膏和邀请函"感兴趣,从而不再获许进入纳尼亚(741)。现代少年们在纳尼亚的经历和转变体现出纳尼亚与现代性之间的对抗关系,纳尼亚的自然文明与以火车为代表的工业文明互相排斥。

在刘易斯笔下,纳尼亚的魔法和自然带有纠正恶行的道德意味和平复创伤的宗教力量,荒野般的自然和前现代的乡村生活被理想化为善与爱的乌托邦。在这个意义上,刘易斯奇幻中的文化对立被形塑以工业文明为核心的现代文化与以农业文明为核心的前现代文化之间的对立。火车属于工业文明,作为两个世界之间的"传送门",却物理上只能存在于刘易斯笔下的"现实世界",而无法进入纳尼亚。当它被赋予了的现实世界-奇幻世界之间的"传送门"功能时,便经历了现代性—前现代性的文化回归与时空回溯。

刘易斯主要关注文化回归中的宗教信仰,在《最后一战》中,该系列主要人物再次进入纳尼亚,并最终进入阿斯兰的国度,进入了只有"茂密的森林、碧绿的山坡、香甜的果园和奔腾的瀑布"的乐园,"真正的英格兰"(Lewis,*Narnia*,766)。这一结尾的反讽在于,将主角们送进伊甸园的是一场火车撞击事故:工业文明的标志物带来了一场大灾难,"所有人都死了"(767),精神回归到没有现代工业文明存在的伊甸园式的自然空间。这种结尾的处理方式反映了二战后西方对工业制造的内在恐惧,对科技进一步发展的怀疑,以及对恒定的精神家园的渴望。

刘易斯的奇幻小说中以现实世界与奇幻世界作为现代性与前现代性空间与文化隐喻的叙事策略深刻影响了后来的英国奇幻写作。他笔下奇幻世界的自然与乡村空间几乎是完全前现代的,纳尼亚王国中属于工业文明的唯有一根灯柱①,在密林中发出一点光。而在 20 世纪 90 年代后,伴随着西方新一轮城市化进程的结束,英国奇幻作家们笔下的奇幻世界也难免被卷入现代化、工业化与资本化的大潮。罗琳笔下的魔法世界更是似乎历经了工业革命,维多利亚时代以来的工业产品与魔法融为一体,蒸汽火车行进时的咔咔声和汽笛声响彻了奇幻世界。

三、魔法蒸汽机车:奇幻异托邦文化符号

在罗琳的《哈利·波特》系列中,火车与车站毋庸置疑是现实世界和魔法世界联结最重要的传送门。小说中,英国唯一的魔法学校霍格沃茨的学生必须经过伦敦市的国王十字火车站(King's Cross)的九又四分之三站台(Platform $9^{3/4}$),搭乘去往学校的特快专列。哈利按照巫师的指点,从现实世界的火车站台冲入属于魔法世界的站台时,看到的是"一列深红色蒸汽机车""机车的浓烟在人群上空缭绕"(Rowling, *Sorcerer's Stone*, 93 - 94)。在维多利亚末期,伦敦已经成为英国国内铁路系统的中心城市(Haywood 17 - 20),英国铁路系统由控制不同地区的私营公司建造的区域系统组合而成,各区域系统沿着边界的中转站交汇,伦敦辐射出的铁路干线连接了所有中转站(Casson 105),而国王十字站是许多重要干线在伦敦的终点站(Haywood 358),重要性不言而喻。因此,英国魔法世界的特快专列被设置从国王十字站出发,十分符合英国民众的心理预期。但以"深红色的蒸汽机车"作为霍格沃茨专列,将早已被时代淘汰的蒸汽工业的标志物嫁接进入魔法世界,则

---

① 灯柱本是伦敦城一盏路灯上的横杆,由经传送门进入伦敦的异世界女巫从灯上砍下作为武器,后来被一同带到纳尼亚世界,在密林中长成新的灯柱,不分昼夜照耀纳尼亚的森林。详见《魔法师的外甥》。《魔衣橱》中,佩文西四兄妹初入纳尼亚见到的就是这只灯柱,它成了现实世界与纳尼亚王国之间的一个界标。

既体现了罗琳作为英国作家对维多利亚时代的集体记忆和浪漫想象,又引发出了该系列中异托邦式的魔法空间想象,体现了前现代魔法与现代性的融合。

　　尽管电力机车和各种新技术早就使铁路系统更新换代,蒸汽动力机车却一直是英国人心目中的火车经典样式。蒸汽机车在英国最早投入使用并维持了较长时间,直到维多利亚时代结束后,英国本土大部分城市间火车才逐渐替换为电力机车,而农村地区的蒸汽机车使用了更长时间(Casson 32),直到1955年的“铁路现代化”计划才提出全面更换蒸汽机车。而正是在维多利亚时代,火车与铁路成为英帝国及其殖民能力的一种标志性符号,被解读出政治、文化与文明的含义。尤其是蒸汽机车,它一直是英国人心目中的火车经典样式,象征了英国的工业辉煌。在英帝国强势的文化输出中,铁路系统符号与“英国现代文明”被胶合在一起,成为巴特所说的“同构”(isology)(Barthes, *Elements of Semiology*,43),是文化霸权话语的典型案例,为英国殖民史提供合理性辩护。依靠国内发达的铁路系统和海上航运体系,英国不仅向当时其广大的殖民地输出了大宗商品,还建立了制度自傲感,同时向外输出政治制度、文化制度。铁路系统也被作为一种先进的技术文化和工业实体,输出给北美、印度等殖民地,方便宗主国加深殖民控制,大肆攫取殖民地财富。因而,在维多利亚时代,以蒸汽动力为主体的铁路系统符号不仅是工业文明的标志,更是不列颠殖民帝国的标志。

　　蒸汽机车由此可以成为英国人对日不落帝国和维多利亚时代的共同记忆和缅怀,其符号话语中蕴含了深刻的民族认同与自豪感,携带了突出的“英国性”。而在当下,英国去工业化进程后国力衰退,铁路系统早已落后,旧日的帝国符号却被裹挟进新型浪漫化想象,在文化怀旧中重温往昔,强化对英国工业文明成就的印象,是文化霸权话语的延续。红色魔法蒸汽机是罗琳创造的典型的英式奇幻符号,体现了《哈利·波特》奇幻想象的拼贴美学。在《哈利·波特》系列中,魔法的蒸汽机车能够从伦敦的国王车站出发,驶入霍格沃茨,事实上改变了刘易斯笔下"现实世界"与"奇幻世界"的文化对抗结构,以前现代魔法与现代工业融合而成的"魔法蒸汽机车"作为文化符号,转而象征了"现实"与"奇幻"世界的互通与交流关联,揭示了二者的内在同质性。

深红色霍格沃茨特快专列在汽笛声和蒸汽中驶离现代金融都市伦敦,一路向北,途经"平整的绿色田野""广阔的紫色沼泽",无数的村镇,最终到达被建造在"湖对面高高的悬崖顶端"的霍格沃茨(Rowling, *Chamber of Secrets*, 72)。霍格沃茨的哥特式城堡与塔楼建筑处于自然荒野之中,周围是密林、湖泊与山峦,一派全然封闭的自然景观。包含霍格沃茨在内,小说中大部分与巫师的生活相关的空间都似乎具有前现代景象。巫师和霍格沃茨学生们经常造访的霍格莫德村具有典型的维多利亚商业村镇景象,镇上开着邮局和小酒吧,街边是茅草顶的村舍小屋和各色手工商品店铺(Rowling, *Prisoner of Azkaban*, 200)。巫师多半住在与世隔绝的乡村地区,一些小村庄成为"半巫师聚居地",戈德里克山谷的"墓地上刻满了古老巫师家族的姓氏"(Rowling, *Deathly Hallows*, 318-319),富有的马尔福家世代居住在中世纪传承而来的马尔福庄园(Malfoy Manor)隐藏在乡间,落魄的纯血巫师韦斯莱,典型的乡村居民,家住在"一片片田地和一簇簇树木"之中的"陋居",院子里养了"几只褐色的肥鸡"(Rowling, *Chamber of Secrets*, 31-32),一切似乎都与现代性不相干。

但是罗琳的魔法世界并不排斥机器与商业,甚至带有几分"蒸汽朋克"的意味。在这个看似以自然和乡村为主要空间的世界里,巫师以魔法取代科技,驱动了机械。除了蒸汽机车,机械钟表、汽车、双层公共汽车、照相机等维多利亚-爱德华时期具有代表性的机械在小说中皆以魔法改造,现代通讯和交通工具等皆以魔咒/魔法物品进行替换,巫师世界并未因缺少工业而显得不够"现代"。
魔法世界的商业同样发达,巫师的金融与商业中心——对角巷隐
藏在伦敦,其商业活动的形式与现实世界并无二致,书中的"魁地
奇世界杯"(Quidditch World Cup)暗示"巫师世界同样具有经济
全球化特征"(Westman 320),购物与消费成为《哈利·波特》系列
的重要主题,小说中充满了"对金钱的忧心和焦虑……儿童被全面
暴露在商品的诱惑之下"(Teare 340 - 341)。换言之,罗琳的魔法
世界以中世纪浪漫传奇的荒野想象,叠加维多利亚-爱德华时期的
商业风景,引入英国蒸汽工业时代的成就标志,辅以现代性内核,
组合而成为福柯称为"异托邦"的他者空间,它既容纳了本不应相
容的空间景象,也容纳了不同时间的碎片(Foucault 25 - 26),是文
本、文化与历史之间互文杂糅的产物。

　　透视"魔法蒸汽火车"的文化内涵,罗琳的奇幻想象或许也带
有浪漫化怀旧的倾向,但同刘易斯怀念前现代稳定的宗教信仰和
道德伦理的精神诉求不同,罗琳代表了一种英国大众普遍的情感
诉求,即在"英国性"受到严重威胁的当下,怀念在世界秩序中享有
稳定优越地位的英国。罗琳的异托邦想象不再如刘易斯的纳尼亚
一般同现代性相对抗,反而内在地具有现代性,间接锚定在当下英
国的社会现实之上;魔法想象从乌托邦走向异托邦,进一步揭示了
当代英国奇幻虚构品格的当下现实性与内在现代性。

终章:文学经典与通俗重写

　　构建经典是学术界从未停止过的活动,早在希腊化时期,亚历山大里亚的学者们就对希腊古典著作进行了整理和编辑,并由此形成了最早的古代文学经典(Kolbas 15)。此后历经历史变迁,从中世纪到文艺复兴再到现当代,从拉丁文经典一统天下到方言文学的形成、兴起,文学经典的界定经历了复杂的历史变化,常常处于矛盾的、不确定的状态。在克尔巴斯(Dean E. Kolbas)看来,反经典的运动几乎一直伴随着经典概念的建构。从亚历山大里亚开始,古代与当代文学孰高孰低的争论就从没有停止过,今时今日的"捍卫经典"不过是这种争论的再次上演。

　　哈罗德·布鲁姆的《西方正典》中提出了二十六位西方经典作家的代表人物,并借用了维柯的神权、贵族和民主的三阶段循环理论来结构全书。有趣的是,布鲁姆"将神权时代的文学略而不论",而将莎士比亚作为贵族时代的第一人,称之为"西方经典的核心人物"(1),但丁、乔叟反而排在莎士比亚之后。布鲁姆略而不论的神权时代的代表人物是柏拉图、维吉尔、荷马等,还包括《圣经》和《古兰经》,布鲁姆坦言:"随着历史的延伸,较早的经典也必然范围变窄。"(438)。由此可见,布鲁姆论述的西方经典实质上开始于但丁,即开始于方言文学的兴起,而避免追述在那之前的拉丁文学经典,或更早之前的希腊文学经典。

　　中世纪时期的文学经典是由一元而权威的拉丁文经典构成

的,但伴随着中世纪中后期方言文学兴起,通过一场旷日持久的关于拉丁文学和方言文学的论争,在"方言语言的制度化、现代国家的巩固以及国家意识形态的广泛传播之后",方言文学最终确定了其经典化地位(Kolbas 11)。早期的方言文学对古典文学进行模仿、继承与融合,如同李玉平指出的,"方言文学经典处在拉丁经典文学的'影响的焦虑'之中"(182)。换言之,方言文学的兴起与方言文学经典的书写是在重写拉丁文学经典的过程中进行的。克雷蒂安、乔叟、但丁正是中世纪时期进行互文重写并且通过重写建构经典的典型。

这些中世纪作家可能比任何现代作家都更明显地依赖于重写,在整个亚瑟王传奇的形成与传播过程中,中世纪作家们的互文重写特点表露无遗,从蒙茅斯的蒙茅斯的杰弗里到维斯和莱亚们,再到克雷蒂安;从庞大的法语方言亚瑟王传奇汇编本到马罗礼爵士的《亚瑟王之死》;亚瑟王传奇在一代又一代中世纪作家的重写中庞杂丰富起来。"中世纪作者,也许尤其是中世纪的英语作者的典型行为正是'润色'现成的作品,而这些现成的作品本身或许就是在'润色'那些更早的作品的基础上形成的。"(Lewis,*Medieval and Renaissance Literature*,37)然而,什么样的"润色"才能给予作品足够鲜明的色彩,使之能够有资格跻身经典的殿堂呢?

克雷蒂安将史诗英雄安置在法国宫廷背景中进行了重写,建构了骑士浪漫传奇的叙事模式与传统,他的作品成为宫廷教育的必要读物,年轻骑士们行为的准则;乔叟用中古英语重写骑士浪漫传奇,对其进行不同程度的戏仿,借此讨论骑士准则内部的矛盾;但丁将典雅爱情"奉为能促生虔诚和圣洁的天才之师"(赫伊津哈107),将宗教崇拜与爱情崇拜通过他世俗生活中曾经钟爱的、早早夭折的女性形象贝雅特丽齐做出了完美的融合,将克雷蒂安笔下作为宫廷文化的典雅爱情上升到哲学高度,这一极致的爱情崇拜又反过来影响了但丁之后的浪漫传奇,使其中典雅爱情的宗教膜拜特征愈发明显。总体说来，他们的作品都在形式上对旧的模式有所裁剪，也都在内容中体现出各自的时代要求和时代精神，在他们的"重写"中"陈"的元素被挪用，被戏仿，发出了属于新一代的回声，构建了一批新的世界文学符号。在西方文学的编年史虹谱中，中世纪的骑士浪漫传奇处于一个承前启后的文学断层点：之前的希腊罗马文学已极致辉煌，而之后的国别方言文学刚刚起步。可以说，骑士浪漫传奇正是依靠"互文重写"担当了文学传统的继往开来，而之后的经典建构也从来无法真正离开"互文重写"的过程。

　　布鲁姆捍卫的经典作品都是在方言文学确立统治地位以后被承认的，他在《西方正典》中所推崇的二十六位作家中也有不少曾经被看作通俗作家，其中包括被布鲁姆称为西方经典核心的莎士比亚和现代小说的奠基人塞万提斯。这两位都是重写的大师。塞万提斯依靠一部总体戏仿中世纪骑士浪漫传奇的《堂吉诃德》立于世界文学的经典殿堂，而莎士比亚的大多数戏剧素材都来源于中世纪的历史和浪漫传奇。布鲁姆在重述"影响的焦虑"理论的《影响的解析：文学作为一种生活方式》（The Anatomy of Influence: Literature as a Way of Life）一书中再次强调了莎士比亚在方言文学中的核心地位："西方文化本质上仍然是希腊的……柏拉图和雅典学派戏剧家都要奉荷马为先驱……我们的荷马正是莎士比亚，戏剧家们逃避不了的、但又期冀能躲开的莎士比亚。萧伯纳相当后知后觉地认识到了这一点，而大多数戏剧家都试图摆脱《李尔王》的作者。"(7)《李尔王》是莎士比亚最杰出的戏剧之一，然而《李尔王》的全部故事素材和情节框架都来源于蒙茅斯的杰佛里的《大不列颠诸王史》——文艺复兴时期最辉煌的作品，是在显而易见的重写中被创造出来的。

　　近代文学开始以后，作家们似乎不太愿意被看作"重写者"或者"模仿者"，而更乐意进行文学的革命与创新，重写变得越来愈隐晦。基拉尔（Rene Girard）对此解释认为："对于秉持模仿理论的美学家来说，最优秀的作家总是模仿者，但是长期以来，强调的都是要模仿文学典范，尤其是最伟大的古典作家们那些最完美的作品。只是到了晚近，才转而强调所谓的现实（reality），最优秀的作家变成那些最善于'复制'（copy）他们身边任何'现实'的作家"（Girard ⅷ）。换言之，"重写"的主要对象似乎变为了现实，来自现实世界与生活的碎片不断被"复制"进入当代文本。

最好的作家们在"复制"或者说"重写"现实的时候总是有更高的标准：读者们通过他们的"重写"更清醒地认识现实、更犀利地评价现实；不仅如此，优秀文学作品中的情感诉求总是触摸到人类心灵最隐晦、最柔软之处，我们是在文学的滋养下更了解人的内心，获得感受与"共情"的能力。基拉尔曾概括性地论断："人类的欲望是模仿性的"（Girard ⅸ），言下之意，人类通过阅读而建构精神世界，更深刻地认识人的欲望，正视自身的情感。对于人性和情感的认知似乎没有止境也没有疆界，因此也就具有被无限性重写的空间与可能性。能够进入经典范畴的作品，无一不是在关于人类本质和情感的问题上有着独到的见解和深入人心的描述。人类的那些最基本的情感：爱、希望、嫉妒、骄傲、孤独、焦虑、仇恨、忠诚等等，无不造就了整个序列的经典作品，并将迎来继续的、不断的重写。而流行在大众读者中的通俗小说，则往往能够抓住大众读者当下的典型的情感诉求，给予读者心理安慰或情绪宣泄的途径。

中世纪浪漫传奇总体来说是具有人性关怀和现实关注的理想主义作品，以善对恶，以爱对恨，以高尚对庸俗。罗琳的《哈利·波特》系列继承了浪漫传奇的故事外壳、奇幻叙事品格和理想主义内核，以爱与希望对抗暴力，以理想主义方式寻求对现代社会问题的解答——这或许是它被斥责为"天真""肤浅"的缘故。这种文学理想主义思潮来源于浪漫传奇，隐藏在欧洲文学传统中，又重新在《哈利·波特》系列中获得当下的文化价值。

《哈利·波特》系列并非天真的童话，由于其特殊的叙事视角和"双重叙事"特征，其"隐性进程"情节中隐藏的残酷阴谋与人性黑暗面很难被儿童读者或走马观花的读者完全领会。随着主人公的成长与叙事视角的宽幅增加，故事的黑暗色彩才渐露端倪，有些部分甚至不太适合儿童读者。但就像莫言所说，"悲悯不是要回避罪恶与肮脏……只有正视人类之恶，只有认识到自我之丑，只有描写人类不可克服的弱点和病态人格导致的悲惨命运……才有可能具有'拷问灵魂'的深度和力度"（2-3）。罗琳书写人性，展示病态的权力欲对他人的生命和尊严造成的伤害；罗琳书写爱情，揭开脉脉温情的浪漫面纱下隐藏的嫉妒、孤独和痛苦；罗琳书写社会，囊括了日常生活的各种现实问题和压力，以及现代人贫乏的精神世界里中最主要的两种情绪——孤独与焦虑。在《哈利·波特》中，理想主义与现实主义并存，一面揭示丑恶，一面心存希望，让读者在其中找到了"意义、安全、宣泄——还有希望"（Thomas 1）。

罗琳的作品通过丰富的文学想象力和平易近人且幽默的故事风格带给读者遥远的理想主义。骑士精神是欧洲贵族文化的核心，部分内容与现代社会的生存伦理很不相容。罗琳立足现代生而平等、自由选择与博爱观念，解构了浪漫传奇推崇的骑士精神，竭力剔除其中的贵族阶层观念、血统等级观念以及暴力合理观念的成分，在充分的现实主义基础上，突出肝胆相照的少年知己情谊与浪漫主义的理想追求，重新定义了英国文化传统中最杰出的文化概念，试图延续英国文化血脉。

中世纪以降，骑士精神在文学中曾经被赞美推崇，曾经被贬斥瓦解，也曾经被哀叹缅怀，骑士精神所推崇的部分核心特征历经时代与观念变迁，依然存在并活跃于当今的欧美文化中。骑士精神本身是一个复杂的概念，其中囊括了古代武士精神、宫廷贵族礼仪以及基督教会的仁爱内核，而罗琳的《哈利·波特》以文学具象的霍格沃茨四大分院解构了复杂抽象的文化概念，以具体而微的分院分歧和竞争以及分裂的典型骑士人物形象之间的殊死搏斗来展示古老的骑士精神内部的矛盾与冲突。亚瑟王和他的圆桌骑士因为其高贵出身而具有与生俱来的权力欲和责任感，他们依从誓言，以极端暴力维护高尚的事业，匡扶正义，扶助弱小。而罗琳以她的重写解构了原本相辅相成的权力欲与责任感——在罗琳看来，权力欲催生出极端的控制欲和征服欲，并进一步导向极端暴力；而责任感不再仅仅来源于特定阶层，它不再是"高贵"的衍生物，而是"高贵"的前提和注解。浪漫传奇将在爱和誓言约束下的"正义"暴力作为解决邪恶暴力问题的手段，骑士精神中的武士伦理中不乏推崇暴力、美化暴力的成分。而罗琳反对以正义为名对暴力进行合理化，割裂了极端暴力与高尚事业之间的手段与目的关系，质疑两者之间是否能够达成平衡，强调以善为名的暴力仍然具有暴力的本质特征。罗琳不愿意规避暴力，也不愿意依赖极端暴力解决极端暴力，于是寄期望于爱、责任感和牺牲精神，并将极端暴力塑造为自我毁灭型的力量，以乌托邦手法解决暴力冲突。这是罗琳的理想主义。

浪漫传奇将典雅爱情作为调和骑士暴力的方式，以文雅的宫廷礼仪和贵妇人的脉脉深情约束骑士们躁动的暴力欲和权力欲。这种浪漫的典雅爱情理想自中世纪后期便为人诟病。罗琳以"副歌"和"反歌"两种不同基调的戏仿对典雅爱情的范式进行了解构和重写，给予出身卑下者爱的权利，书写爱情崇拜可能带来的最好的影响——甘于奉献，不求回报，以己度人，尊重生命；但罗琳同时也书写了爱情崇拜最坏的影响——狭隘盲目、偏执嫉妒、自私自利、肆意妄为。相对于将典雅爱情作为良方的浪漫传奇，罗琳的重写质疑了典雅爱情的范式，刻画了爱的二元性质，但是并未抛弃对爱的信仰。相反，在爱的复调和声中，尽管伴随着孤独、失落，甚至是疯狂的声音，"爱使人高贵"这一声部的音调一直清晰可闻。这也是罗琳的理想主义。

相对于致力于描写"世界应该怎么样"的理想主义浪漫传奇，罗琳的重写更多地依靠魔法陌生化的戏仿手段描写了"世界实际上是这样"。《哈利·波特》系列是在魔法掩盖下的现实主义，魔法给阅读带来了乐趣，也为罗琳的社会批评和政治反思掩住锋芒。罗琳的理想主义具有充分的现实主义基础，其基调灰暗沉重，其浪漫主义底色是失落、孤独与痛苦。中世纪浪漫传奇表现的是贵族阶层和宫廷文人的理想主义，在虚构的宫廷空间中，其理想为每一个贵族骑士承认并尊崇；而《哈利·波特》系列则是在"间接现实性"的魔法空间中，以现代个体的理想主义对抗群体性的庸俗与功利，其理想的实现伴随着不为众人理解的孤独、无处安放的焦虑与无法宣泄的压力。

拉布金(Eric Rabkin)认为，奇幻作为文学工具可以允许作者讨论有关人的各种问题，用来"揭示人类内心的真实"(27)。浪漫传奇善于以战争或冲突为背景刻画中心人物的(爱情)故事，展现出骑士的高贵情操以及典雅爱情对塑造高贵人格的重要性，也展现命运的莫测无常。罗琳重写了浪漫传奇的重要主题与虚构品格，重写了这一文类最核心的内容。她以魔法世界的冲突与战争凸显人性善恶的复杂维度，表现个人意志和自由选择的重要性，展示个体存在的孤独以及坚持选择需要的勇气，提出了现代"骑士精神"的新建构。她以乌托邦式手法解决暴力冲突，而不采取在通俗文化中盛行的以暴制暴的手段；她以四种维度的爱(浪漫情爱、家庭之爱、朋友之爱以及对生命与和平之爱)击败罪恶——此种"天真"的情节安排反映了现代西方普遍的恐惧：暴力的黑云滚滚而来，而民众束手无策。罗琳通过奇幻不仅展现了"内心的真实"，还有世界的现实：她将重写后的魔法作为陌生化手段展示了生活的"拟真"常态以及当下的文明冲突、利益冲突与观念冲突，刻画了当代典型的孤独与焦虑，记录了各种声音与其反诘，在文学世界添入了来自我们时代的回声，创造了属于当下的世界文学符号。

《哈利·波特》系列挪用浪漫传奇的范式进行了规模宏大又细致入微的奇幻虚构叙事，对文学经典和社会现实进行了双重戏仿。罗琳始终关注的是把故事讲得有趣——这一点深得中世纪游吟诗人和宫廷诗人们的精髓。换言之，"通俗"正是罗琳的写作追求，因此她选择了平易而幽默的写作风格，运用奇幻的魔法元素吸引读者，将对现实的体会和针砭，以及孤独、焦虑、无奈而怀旧的时代情绪藏在渐进式、阶段式的成长型冒险故事之后。罗琳的写作模式在很大程度上降低了阅读长篇小说的难度，帮助她的作品走向大众阅读与"流行"。

浪漫传奇是中世纪宫廷、贵族阶层与富裕市民阶层的"流行"读物，旨在娱乐贵族阶层（尤其是贵族女性），教导少年骑士，指导市民文化；用拉姆齐（Lee C. Ramsey）的话来说，中世纪的骑士浪漫传奇"从来没有假装要准确描述他们那个时代的生活"，但是却展示了太多有关于"它们被写作的年代"的信息；浪漫传奇是"中世纪最重要和最有影响力的人群的文学读物"，人们"从中消遣，也从中学习，更从中发现内心最私密的理念"（1-2）。《哈利·波特》系列则是我们这个时代最重要的阶层——庞大的中产阶级的"流行"读物。《哈利·波特》系列从来不是现实主义的写实作品，但其中反映了我们的时代特征与精神，反映了现代人的恐惧与焦虑、欲望与孤独。在这个层面上，后现代"通俗"文学作品《哈利·波特》系列是对中世纪的"通俗"文学作品浪漫传奇的绝佳重写：它们都对自身所处的时代有着切身认识，也同样都用理想主义描述生活应该的模样（尽管面临各种实际问题），用对理想主义的渴望、对更美好生活的希望吸引读者。时代变迁，社会变换，沧海桑田；有关什么是今天的世界真实，什么是善、什么是美、什么是爱，罗琳已经在重写中给出她本人的回应。她作品中的魔法战争混合了人类历史与现实，是对西方生存本质的描述，更是对迫近的未来的魔幻主义预言，正切中了弥漫在西方世界的焦虑与恐惧心理；她所推崇的新骑士精神，对责任感、和平、爱与牺牲精神的强调也在后宗教时代满足了大众的心理需求，帮助读者克服孤独与焦虑情绪。《哈利·波特》系列与当前的时代产生了共鸣，成为一种独特的文化现象。

在威廉斯（Raymond Williams）所作的文化定义当中，文化具有三个层面上的意义。在第一个层面上，文化是"人类尽善尽美的状态或过程，表现为某些绝对或普遍的价值观念"；在第二个层面上，文化是被保存下来的文本或实践活动，其中记录了人类的智性和想象活动、思想和经验；第三个层面上则是文化的"社会"定义，文化是"一种特定的生活方式的描述"（"The Analysis of Culture", 48）。威廉姆斯的文化的三层定义其实是文化存在的三种形式，其中第三层面的文化事实上是活着的文化，是人的鲜活的当下生存方式。在目前，活的文化就是芸芸大众的真实的生活方式，而《哈利·波特》系列小说的阅读与影视化过程本身伴随着至少一代人的生活，在这个意义上说，该系列的阅读和流行是活的文化现象。文化的第二个层面则是指文化记录，文学文本（包括广大的通俗小说文本）当然是其中最重要的构成之一。罗琳的《哈利·波特》系列作为内容庞杂的文学文本，在魔法陌生化的掩饰下记录了当下普遍的社会现象、现代人的日常生活以及典型情感，具有"通俗"与"流行"的特质，能够为大众读者理解并喜爱。威廉斯文化定义的第一个层面则是有选择地保存下来、并使其成为传统的那些文化精华，例如《哈利·波特》系列中体现的骑士精神精髓以及典雅爱情的"爱使人高贵"的范式。综合以上三层文化概念可以认为，该系列小说将传统文化中的精华以一种鲜活的重写方式重新带回了当代读者正在体验的活的文化。以此而言，《哈利·波特》系列担当了文化精华与大众生活之间的桥梁，承担了文化传统与活文化之间的文化传承功能，这是重写的重要意义之一，也是建构文学经典的要素之一。

作为当代通俗小说翘楚的《哈利·波特》系列能否有机会进入

经典序列？"文学经典的形成需要一个作家在其主要作品中体现艺术原创、人类共性、思想认知、文化传承、资本积累、跨国传播等六方面的要素，从而为本民族和全人类文化发展做出里程碑式的艺术贡献。"（江宁康 28）这些要素对文学作品的检验需要相当长的时间，就如同布鲁姆在《西方正典》中所说："对经典性的预言需要作家死后两代人左右才能够被证实。"（433）今天的数量庞大的文学作品都将接受时间的检验，去腐存精，《哈利·波特》系列也是其中之一。但是值得注意的是，《哈利·波特》确实具有成为经典的特质，其中具有丰富的文学想象力，有共性的人类情感，有对一个时代的历史、政治、经济与人文的概括性认知和思考，也承担了英国文学的传统和文化的传承，而在跨国传播和资本积累方面，同时代的作品几乎无出其右者。《哈利·波特》系列必将在文学史上占有一席之地，至于它是否能进入经典序列，则要留给时间去决定。至少在目前，它依然是通俗文学和大众文化的重要代表。

　　从托尔金的《魔戒》到罗琳的《哈利·波特》，我们已经看到了曾经被现代主义文学先锋们抛弃的"故事"元素的回归，看到了对浪漫传奇的重写在这个"不读书"的时代对读者巨大的吸引力和影响力。《哈利·波特》系列小说是基于现实主义的浪漫奇幻作品，混杂现实于魔法叙事之中，戏仿现代芸芸众生之相，表现出作者富于幽默的同情心和对现代社会的敏感观察。小说中奇幻的魔法想象既扎根于文学传统又紧密联系现实，为个体的成长与冒险故事设置了架构宏大却细致入微的背景环境，再现了浪漫传奇文学中故事传统的活力，创造出了具有原型魅力的人物和通用的文学符号。不管罗琳的《哈利·波特》最终能否跻身经典，至少它已经将"传奇"的理想主义和故事传统重新带回了当下阅读的焦点。被奉为"高雅文学"的作品曾一度抛弃了受大众欢迎的故事元素以及与大众共鸣的情感，而走入小众化的审美极端。当文学欣赏与批评成为少数人的领域，也就让文学失去了广博的生命力。或许，罗琳的《哈利·波特》系列正是当代文学回归故事传统,回归大众审美趣味、脱离文学象牙塔倾向的有力代表。事实上,诚如菲德勒所说,现代小说是"大众艺术第一次大获成功"(51);"从一开始,小说就是一种流行的、通俗的、平均的形式",其出现与盛行本身就同商业文化与大众文化具有千丝万缕的联系,难以分割(77)。早期重要的小说家都致力于成为畅销书作家,寻求大众的认可,甚至愿意听从读者意见,改变小说结局——这在超级精英式的批评家看来简直是自甘堕落,也难怪利维斯的"伟大小说传统"中只有寥寥数人。作为大众文化的代表和影视文化的先驱,通俗小说或许是文学传统同大众交集的最重要的路径。它一头连接着文学传统和文学经典,另一头连接着影视脚本、漫画和游戏脚本等亚文学文本,并通过当代信息技术赋予的跨媒介改编形式获得了更立体的"故事世界建构"机缘,将古典文学与经典文学中那些最重要的元素通过互文重写的方式纳入大众阅读视野或接受范畴。

　　当代大众读者已经很少退回去阅读中世纪的浪漫传奇,然而在大众文学不断的重写下,中世纪文学传统中可贵的情感共鸣与原型人物的魅力都得以保留甚至更新,获得更长久的生命力。《哈利·波特》系列小说对骑士精神的重新定义、对典雅爱情的双线戏仿、对魔法的陌生化刻画、对奇幻叙事的现实性与现代性品格构建获得了广泛的读者共鸣,这种共鸣不仅是读者给予《哈利·波特》系列的,也是读者透过《哈利·波特》系列给予古老的浪漫传奇作品的;该系列小说中那些具有原型魅力的人物,都是携带着背后巨大的原型之影感染了大众读者,唤醒他们的集体记忆,这是《哈利·波特》系列的成功,也是浪漫传奇之魂的成功。正如哈钦的评价,罗琳是"强有力的改编者"(Hutchenon, *Harry Potter and the Novice's Confession*, 175),她将后现代写作技巧融入大众文学创作,在这一领域中实践了以互文重写创造后现代宏大叙事的可能性,以文学传统与社会现实的双重指向拓展了互文重写的范畴。

引用文献

英文文献

ALIGHIERI D. Vita nuova [M]. Trans. MORTIMER A. Richmond: Alma Classics, 2013.

ALLEN G. Intertextuality [M]. London & New York: Routledge, 2000.

ALTON A H. Generic fusion and the mosaic of Harry Potter [M]// HEILMAN E E. Ed. Harry Potter's world: multidisciplinary critical perspectives. New York: Routledge, 2003: 141 – 162.

ANATOL G L. Reading Harry Potter again: new critical essays [M]. Santa Barbara, Calif.: Praeger, 2009.

ANATOL G L. Reading Harry Potter: critical essays [M]. Westport, Conn.: Praeger, 2003.

APPELBAUM P. The great Snape debate [M]//HEILMAN E E. Ed. Critical perspectives on Harry Potter. 2nd ed. New York & London: Routledge, 2009: 83 – 100.

ARDEN H, LORENZ K. The Harry Potter stories and French Arthurian romance [J]. Arthuriana, 2003, 13(2): 54 – 68.

ATTEBERY B. Stories about stories: fantasy and the remaking of myth [M]. Oxford: Oxford University Press, 2014.

BAGGETT D, KLEIN S. Harry Potter and philosophy: if Aristotle ran hogwarts [M]. Chicago, Ⅲ: Open Court, 2004.

BAKHTIN M M. Problems of Dostoevsky's poetics [M]. Ed. and Trans. EMERSON C. Minneapolis & London: University of Minnesota Press, 1984.

BAKHTIN M M. The dialogic imagination: four essays [M]. Ed. HOLQUIST M. Trans. EMERSON C, HOLQUIST M. Austin and London: University of Texas Press, 1981.

BARBER P J. The combat myth and the Gospel's apocalypse in the Harry Potter series: subversion of a supposed existential given [J]. Journal of religion and popular culture, 2012, 24(2): 183 - 200.

BARRATT B. The politics of Harry Potter [M]. New York: Palgrave Macmillan, 2012.

BARRON W R J. English medieval romance [M]. London: Longman, 1987.

BARTHES R. Elements of semiology [M]. Trans. LAVERS A, SMITH C. New York: Hill and Wang, 1968.

BASSHAM G. The ultimate Harry Potter and philosophy: hogwarts for muggles [M]. Hoboken, N. J. : Wiley, 2010.

BELL C E. Legilimens! Perspectives in Harry Potter studies [M]. Newcastle upon Tyne: Cambridge Scholars Publishing, 2013.

BENJAMIN W. The task of the translator [M]//SCHULTE R, BIGUENET J. Eds. The theories of translation. Chicago: University of Chicago Press, 1992: 71 - 92.

BENNETT P. Rewilding Morris: wilderness and the wild in the last romances [M]//BOOS F S. Ed. The Routledge companion to William Morris. New York & London: Routledge, 2021: 343 - 367.

BENTON J F. The court of Champagne as a literary center [J]. Speculum, 1961(36): 551 - 591.

BERNDT K, STEVEKER L. Heroism in the Harry Potter series [M]. Farnham: Ashgate Publishing Ltd, 2011.

BLAKE A. The irresistible rise of Harry Potter [M]. London & New York:

Verso, 2002.

BLOOM H. Can 35 million book buyers be wrong? yes [J]. The San Francisco jung institute library journal, 2001, 19(4): 49 – 51.

BLOOM H. The anatomy of influence: literature as a way of life [M]. New Haven, Conn. : Yale University Press, 2011.

BLOOM H. The shadow of a great rock: a literary appreciation of the King James bible [M]. New Heaven & London: Yale University Press, 2011.

BORROFF M, HOWES L L. Sir Gawain and the green knight [M]. Trans. BORROFF M. New York and London: W. W. Norton & Company, 2010.

BROUGHTON B B. Dictionary of medieval knight and chivalry: concepts and terms [M]. Westpont, Conn: Greenwood Press, 1986.

BYATT A S. Harry Potter and the childish adult [J]. New York Times, 2003 – 07 – 07.

BYLER L. Makeovers, individualism, and vanishing community in the Harry Potter series [J]. Children's literature, 2016, (44): 115 – 146.

CALIN W. Medieval intertextuality: lyrical inserts and narrative in Guillaume de Machaut [J]. The French review, 1988, 62(1): 1 – 10.

CAMPBELL L M. Portals of power: magical agency and transformation in literary fantasy [M]. North Carolina: McFarland & Company, Inc. , Publisher, 2010.

CAPELLANUS A. The art of courtly love [M]. Trans. PARRY J J. New York: Columbia University Press, 1960.

CASSON M. The world's first railway system: enterprise, competition, and regulation on the railway network in victorian Britain [M]. Oxford: Oxford University Press, 2009.

CECIRE M S. Re-Enchanted: the rise of children's fantasy literature in the twentieth century [M]. Minneapolis & London: University of Minnesota Press, 2019.

CHAUCER G. The canterbury tales: fifteen tales and the general prologue [M]. KOLVE V A, OLSON G. Ed. 2nd ed. New York: Norton, 2005.

CHAUCER G. The parlement of foules [M]//SKEAT W W. Ed. The complete works of Geoffrey Chaucer, Vol 1. 2nd ed. Oxford: Oxford University Press, 1899: 335 - 359.

CHAUCER G. Troilus and Criseyde [M]. Ed. BARNEY S A. New York: Norton, 2006.

CHISM C. Romance [M]//SCANLON L. Ed. The Cambridge companion to medieval English literature 1100 - 1500. Cambridge: Cambridge University Press, 2009: 57 - 70.

CHRÉTIEN de T. Arthurian romances [M]. Trans. KIBLER W W, CARROLL C W. London: Penguin, 1991.

CHRÉTIEN de T. Cligés [M]. Trans. RAFFEL B. New Heaven and London: Yale University Press, 1997.

CHRÉTIEN de T. Lancelot, or the Knight of the cart [M]. Trans. RAFFEL B. New Haven & London: Yale University Press, 1997.

CHUA B L. Harry Potter and the coding of secrets [J]. Mathematics teaching in the middle school, 2008, 14(2): 114 - 121.

COCKRELL A. Harry Potter and the secret password [M]//WHITED L A. Ed. Harry Potter and the ivory tower. Missouri: University of Missouri Press, 2002: 15 - 26.

COHEN S. A postmodern wizard: the religious bricolage of the Harry Potter series [J]. Journal of religion and popular culture, 2016, 28(1): 54 - 66.

COLBERT D. The magical worlds of Harry Potter [M]. Wrightsvill Beach, NC: Lumina Press, 2001.

COLBERT D. The magical worlds of narnia: the symbols, myths, and fascinating facts behind the chronicles [M]. New York: Berkley Books, 2005.

COOPER H. The English romance in time: transforming motifs from

Geoffrey of Monmouth to the death of Shakespeare [M]. Oxford: Oxford University Press, 2004.

CUMMINS J. Hermione in the bathroom: the gothic, menarche, and female development in the Harry Potter series [M]//JACKSON A, COATS K, MCGILLIS R. Eds. The gothic in children's literature: haunting the borders. New York: Routledge, 2008: 177 – 193.

DENTITH S. Parody [M]. London & New York: Routledge, 2000.

DICKERSON M, O'HARA D. Narnia and the fields of arbol: the environmental vision of C. S. Lewis [M]. Lexington: University Press of Kentucky, 2009.

DURIEZ C. Field guide to Harry Potter [M]. Downers Grove, Ⅲ: IVP Books, 2007.

ECCLESHARE J. A guide to the Harry Potter novels [M]. London: Continuum International Publishing, 2002.

ECO U. Postscript to The Name of the Rose [M]. Trans. WEAVER W. San Diego, Calif. , New York and London: Harcourt Brace Jovanovich, 1983.

ECO U. The role of reader: exploration in the semiotics of texts [M]. London: Hutchinson, 1981.

EZRA E. Becoming familiar: witches and companion animals in Harry Potter and his dark materials [J]. Children's literature, 2019, 47: 175 – 196.

FARR C K. A wizard of their age: critical essays from the Harry Potter generation [M]. Albany: State University of New York Press, 2015.

FELDMAN R. The truth about Harry [J]. School library journal, Sep 1999: 136 – 139.

FIRESTONE A, CLARK L A. Harry Potter and convergence culture: essays on fandom and the expanding potterverse [M]. Jefferson, North Carolina: McFarland company, Inc. , 2018.

FOSTER E E. Amis and Amiloun, Robert of Cisyle, and Sir Amadace [M]. Kalamazoo, Michigan: Medieval Institute Publications, 2007.

FOUCAULT M. Of other spaces [J]. Trans. MISKOWIEC J. Diacritics, 1986, 16(1): 22 - 27.

FOWLER C. The Ravenclaw chronicles: reflection from Edinboro [M]. Newcastle upon Tyne: Cambridge Scholars Publishing, 2014.

GARRETT G. One fine potion: the literary magic of Harry Potter [M]. Waco, Tex. : Baylor University Press, 2010.

GATES P S, STEFFEL S B, MOLSON F J. Fantasy literature for children and young adults [M]. Lanham, Maryland, and Oxford: The Scarecrow Press, Inc. , 2003.

GENETTE G. Palimpsests: literature in the second degree [M]. Trans. NEWMAN C, DOUBINSKY C. Lincoln NE and London: University of Nebraska Press, 1997.

GIERZYNSKI A, EDDY K. Harry Potter and the millennials: research methods and the politics of the muggle generation [M]. Baltimore: The Johns Hopkins University Press, 2013.

GIRARD R. Essays on literature, mimesis, and anthropology [M]. Baltimore, Maryland: The Johns Hopkins University Press, 1978.

GRANGER J. Harry Potter's bookshelf: the great books behind the hogwarts adventures [M]. New York: Berkley Books, 2009.

GRANGER J. Unlocking Harry Potter: five keys for the serious readers [M]. Waynes, PA: Zossima Press, 2007.

GREENBLATT S. Renaissance selt-fashioning: from more to Shakespeare [M]. Chicago and London: The University of Chicago Press, 1980.

GROVES B. Literary allusion in Harry Potter [M]. London: Routledge, 2017.

GUPTA S. Re-Reading Harry Potter [M]. London: Palgrave Macmillan UK, 2003.

HALLETT C J, HUEY P J. J. K. Rowling: Harry Potter [M]. Houndmills, Basingstoke, Hampshire, New York: Palgrave Macmillan, 2012.

HALLETT C W. Scholarly studies in Harry Potter: applying academic methods to a popular text [M]. Lewiston, NY: Edwin Mellen, 2005.

HALL S. Encoding/decoding [M]//HALL S, HOBSON D, LOWE A, et al. Eds. Culture, media, language. London: Hutchinson, 1980: 128 – 138.

HAYWOOD R. Railways, urban development and town planning in Britain: 1948 – 2008 [M]. Farnham: Ashgate Publishing Limited, 2009.

HEILMAN E E. Critical perspectives on Harry Potter [M]. 2nd ed. London: Routledge, 2008.

HEILMAN E E. Harry Potter's world: multidisciplinary critical perspectives [M]. New York: Routledge, 2003.

HENNEQUIN M W. Harry Potter and the legends of saints [J]. Journal of religion and popular culture , 2013, 25(1): 67 – 81.

HENSHER P. Harry Potter, give me a break [N]. The Independent (London), 2000 – 01 – 25 (1).

HOLMAN H C. Courtly love in the merchant's and the Franklin's tales [J]. ELH, 1951, 18(4): 241 – 252.

HOWARD D R. Chaucer: his life, his works, his world [M]. New York: E. P. Dutton, 1987.

HUGHES G. The sovereignty of Venus: the problem of courtly love [J]. English studies in Africa, 1982, 25(2): 61 – 77.

HUME L, DRURY N. The varieties of magic experience: indigenous, medieval, and modern magic [M]. California: Praeger, 2013.

HUTCHEON L. A poetics of postmodernism: history, theory, fiction [M]. New York and London: Routledge, 1988.

HUTCHEON L. A theory of adaptation [M]. New York & London: Routledge, 2006.

HUTCHEON L. Harry Potter and the novice's confession [J]. The lion and the unicorn, 2008, 32(2): 169 – 179.

JACOBS A. The chronicles of narnia [M]//MACSWAIN R, WARD M. Eds. The Cambridge companion to C. S. Lewis. Cambridge: Cambridge

University Press，2010：265 - 280.

JONES R. Knight：the warrior and world of chivalry ［M］. Oxford：Osprey Publishing，2011.

JOST J E. Why is middle English romance so violent? ［M］//CLASSEN A. Ed. Violence in medieval courtly literature：a casebook. New York & London：Routledge，2004：241 - 267.

JUVAN M. History and poetics of intertextuality ［M］. Trans. POGACAR T. West Lafayette：Purdue University Press，2008.

KAEUPER R W. Chivalry and violence in medieval Europe ［M］. Oxford：Oxford University Press，1999.

KERN E M. The wisdom of Harry Potter：what our favorite hero teaches us about moral choices ［M］. Amherst，NY：Prometheus，2003.

KIECKHEFER R. Magic in the middle ages ［M］. New York：Cambridge University Press，1990.

KILLINGER J. The life，death，and resurrection of Harry Potter ［M］. Macon，Ga.：Mercer University Press，2009.

KING P. Medieval literature 1300 - 1500 ［M］. Edinburgh：Edinburgh University Press，2011.

Kiremidjian G D. The aesthetics of parody ［J］. The journal of aesthetics and art criticism，1969，28(2)：231 - 242.

KIRK C A. J. K. Rowling：a biography ［M］. Westport，Conn.：Greenwood Press，2003.

KOLBAS E D. Critical theory and the literary canon ［M］. Boulder：Westview Press，2001.

KRUEGER R L. The Cambridge companion to medieval romance ［M］. Cambridge：Cambridge University，2000.

LANGFORD D. The end of Harry Potter? ［M］. New York：Tom Doherty Associates Book，2006.

LAVOIE C. Rebelling against prophecy in Harry Potter and The Underland Chronicles ［J］. The lion and the unicorn，2014，38(1)：45 - 65.

LEAVIS F R, THOMPSON D. Cultural and environment [M]. Westport, Conn. : Greenwood Press, 1977.

LEFEVERE A. Translating literature: practice and theory in a comparative literature context [M]. New York: Modern Language Association of America, 1992.

LEITCH T M. The Oxford handbook of adaptation studies [M]. Oxford: Oxford University Press, 2017.

LELIEVRE F J. The basis of ancient parody [J]. Greece & Rome, 1954,1 (2): 66-81.

LEWIS C S. Studies in medieval and renaissance literature [M]. Ed. HOOPER W. New York: Cambridge University Press, 2013.

LEWIS C S. The abolition of man: or, reflections on education with special reference to the teaching of english in the upper forms of schools [M]. New York: The Macmillan Company, 1947.

LEWIS C S. The allegory of love: a study in medieval tradition [M]. Oxford: Oxford University Press, 1936.

LEWIS C S. The chronicles of narnia [M]. New York: HarperCollins Publishers, 2001.

LODGE D. The art of fiction: illustrated from classic and modern texts [M]. New York: Viking Penguin, 1992.

LOIACONO L, LOIACONO G. Were the Malfoy aristocrats? [M]// NANCY R. Ed. Harry Potter and history. Reagin Hoboken, N. J. : Wiley, 2011: 173-192.

LOVELL J. Fairytale authenticity: historic city tourism, Harry Potter, medievalism and the magical gaze [J]. Journal of heritage tourism, 2019, 14(5-6): 448-561.

LULL R. The book of the order of chivalry [M]. Trans. ADAMS R. Huntsville: Sam Houston State University Press, 1991.

LUPACK A. The Oxford guide to Arthurian literature and legend [M]. Oxford: Oxford University Press, 2007.

LURIE A. Not for muggles [J]. New York review of books, (Dec. 1999): 6 - 8.

MADDOX D. The Arthurian of Chrétien de Troyes: once and future fictions [M]. Cambridge: Cambridge University Press, 1991.

MALINOWSKI B. Magic, science and religion and other essays [M]. Boston: Beacon Press, 1948.

MANDEL J. Courtly love in the canterbury "tales" [J]. The Chaucer review, 1985, 19(4): 277 - 289.

MARCUSE H. One-dimensional man: studies in the ideology of advanced industrial society [M]. New Edition. London and New York: Routledge, 2006.

MCKENNA T. Harry Potter and the modern age [J]. Critique, 2011, 39 (3): 355 - 364.

MENDLESOHN F, LEVY M. Children's fantasy literature: an introduction [M]. Cambridge: Cambridge University Press, 2016.

MENDLESOHN F. Rhetorics of Fantasy [M]. Middletown, CT: Wesleyan University Press, 2008.

MOI T. The Kristeva reader [M]. Oxford: Basil Blackwell, 1986.

MOORE J C. "Courtly love": a problem of terminology [J]. Journal of the history of ideas, 1979, 40(4): 621 - 632.

MOORMAN C. Courtly love in Malory [J]. ELH, 1960, 27(3): 163 - 176.

MORARU C. Rewriting: postmodern narratives and cultural critiques in the age of cloning [M]. Albany: State University of New York Press, 2001.

NEAL C. The Gospel according to Harry Potter: spirituality in the stories of the world's most famous seeker [M]. Louisville: Westminster John Knox Press, 2002.

NEWMAN F X. The meaning of courtly love [M]. Albany: State University of New York Press, 1968.

NEXON D H, NEUMANN I B. Harry Potter and international relations

［M］. Lanham, Md. : Rowman & Littlefield, 2006.

ORGELFINGER G. J. K. Rowling's medieval bestiary ［J］. Studies in medievalism, 2009, 17: 141 - 160.

ORR M. Intertextuality: debates and contexts ［M］. Cambridge: Polity, 2003.

OSTLING M. Harry Potter and the disenchantment of the world ［J］. Journal of contemporary religion, 2003, 18(1): 3 - 23.

OWEN D D R. Nobel lovers ［M］. New York: New York University Press, 1975.

PACHTER H M. Paracelsus: magic into science ［M］. New York: Collier, 1961.

PANOUSSI V. Harry's underworld journey: reading Harry Potter and the Deathly Hallows through Vergil's Aeneid ［J］. The lion and the unicorn, 2019, 43(1): 42 - 68.

PARIS G. Etudes sur les romans de la table ronde: Lancelot du lac ［J］. Romania, 1881, 10(40): 465 - 496.

PATTERSON D. Harry Potter's world wide influence ［M］. Newcastle upon Tyne: Cambridge Scholars Publishing, 2009.

PEARSALL D. Arthurian romance: a short introduction ［M］. Wiley: Blackwell Publishing, 2003.

PENNINGTON J. From elfland to hogwarts, or the aesthetic trouble with Harry Potter ［J］. The lion and the unicorn, 2002, 26(1): 78 - 97.

PHIDDIAN R. Are parody and deconstruction secretly the same thing? ［J］. New literary history, philosophical thoughts, 1997, 28(4): 673 - 696.

PHILIP N. J. K. Rowling's Harry Potter novels: a readers guide ［M］. New York: Continuum, 2001.

PLETT H F. Intertextuality ［M］. Berlin and New York: Walter de Gruyter, 1991.

POLK B. The medieval image of the hero in the Harry Potter novels ［M］// WRIGHT W, KAPLAN S. Eds. The image of the hero in literature, media, and society. Pueblo, CO: The Society, Colorado State University, 2004: 440 - 445.

POND J. A story of the exceptional: fate and free will in the Harry Potter series [J]. Children's literature, 2010, 38: 181 - 206.

PUTTER A, ARCHIBALD E. Introduction [M]//ARCHIBAID E, POTTER A. Eds. The Cambridge companion to the Arthurian legend. Cambridge: Cambridge University Press, 2009: 1 - 18.

RABKIN E S. The fantastic in literature [M]. Princeton: Princeton University Press, 1976.

RAMSEY L C. Chivalric romances: popular literature in medieval England [M]. Bloomington: Indiana University Press, 1983.

RANA M. Creating magical worlds: otherness and othering in Harry Potter [M]. Frankfurt am Main, New York: Peter Lang, 2009.

REAGIN N R. Harry Potter and history [M]. Hoboken, N. J.: Wiley, 2011.

REAGIN N R. Was Voldemort a nazi? [A]//REAGIN N R. Ed. Harry Potter and history [C]. Hoboken, N. J.: Wiley, 2011: 127 - 152.

REDDY W M. The making of romantic love: longing and sexuality in Europe, South Asia and Japan, 900 - 1200 CE [M]. Chicago and London: The University of Chicago Press, 2012.

ROBERTSON D W Jr. The subject of the De Amore of Andreas Capellanus [J]. Modern philosophy, 1953, 50(3): 145 - 161.

ROBERTSON M. Morris biographies [M]//BOOS F S. Ed. The Routledge companion to William Morris. New York & London: Routledge, 2021: 27 - 39.

ROWLING J K. Harry Potter and the chamber of secrets [M]. American ed. New York: Scholastic, 1999.

ROWLING J K. Harry Potter and the deathly hallows [M]. American ed. New York: Scholastic, 2007.

ROWLING J K. Harry Potter and the goblet of fire [M]. American ed. New

York: Scholastic, 2000.

ROWLING J K. Harry Potter and the half-blood prince [M]. American ed. New York: Scholastic, 2005.

ROWLING J K. Harry Potter and the phoenix order [M]. American ed. New York: Scholastic, 2003.

ROWLING J K. Harry Potter and the prisoner of azkaban [M]. American ed. New York: Scholastic, 1999.

ROWLING J K. Harry Potter and the sorcerer's stone [M]. American ed. New York: Scholastic, 1997.

ROWLING J K. Interview with Christopher Lydon. The Connection [Z] (WBUR Radio), 12 October, 1999. http://accio-quote. org/articles/ 1999/1099-connectiontransc2. htm#p18

ROWLING J K. The tales of beedle the bard [M]. London: Bloomsbury, 2008.

SAID E W. On originality [M]//The world, the text, and the critic. Cambridge, MA: Harvard University Press, 1983: 128 – 145.

SANDERS J. Adaptation and appropriation [M]. London & New York: Routledge, 2005.

SAUL N. Chivalry in medieval England [M]. Cambridge & Massachusetts: Harvard University Press, 2011.

SAUNDERS C. Magic and the supernatural in medieval English romance [M]. Cambridge: D. S. Brewer, 2010.

SAUNDERS C. Religion and magic [M]//ARCHIBALD E, PUTTER A. Eds. The Cambridge companion to the Arthurian legend. Cambridge: Cambridge University Press, 2009: 201 – 217.

SAUNDERS C. Violent magic in middle English Romance [M]//CLASSEN A. Ed. Violence in medieval courtly literature: a casebook. New York and London: Routledge, 2004: 225 – 240.

SCAMANDER N [ROWLING J K]. Fantastic beasts and where to find them [M]. London: Bloomsbury, 2001.

SCANLON L. Geoffrey Chaucer [M]//SCANLON L. Ed. The Cambridge companion to medieval English literature 1100 - 1500. Cambridge: Cambridge University Press, 2009: 165 - 178.

SCHAFER E D. Exploring Harry Potter: beacham's sourcebooks for teaching young adult fiction [M]. Osprey, FL: Beacham Publishing, 2000.

SCHMOLKE-HASSELMANN B. The evolution of Arthurian romance: the verse tradition from Chrétien to Froissart [M]. Trans. MIDDLETON M, MIDDLETON R. Cambridge: Cambridge University Press, 1998.

SCHULTZ J A. Courtly love, the love of courtliness, and the history of sexuality [M]. Chicago and London: The University of Chicago Press, 2006.

SHIPPEY T A. J. R. R. Tolkien: author of the century [M]. New York: Bedford/St. Martin's, 2001.

SPENCER R A. Harry Potter and the classical world: Greek and Roman allusions in J. K. Rowling's modern epic [M]. Jefferson, NC: McFarland, 2015.

SPITZER D C. Models of medievalism in the fiction of C. S. Lewis, J. R. R. Tolkien and J. K. Rowling [D]. Riverside: University of California Riverside, 2005.

STENING R Y Z, STENING B W. "Magic and the mind": the impact of cultural and linguistic background on the perception of characters in Harry Potter [J]. Children's literature in education, 2020, 51: 285 - 308.

STEVENS J E. Medieval romance: themes and approaches [M]. London: Hutchinson University Library, 1973.

STYERS R. Making magic: religion, magic, and science in the modern world [M]. Oxford: Oxford University Press, 2004.

SWEENEY M. Magic in medieval romance from Chrétien de Troyes to Geoffrey Chaucer [M]. Dublin: Four Courts Press, 2000.

TEARE E. Harry Potter and the technology of magic [A]//WHITED L A. Ed. The ivory tower and Harry Potter: perspectives on a literary phenomenon[C]. Columbia and London: University of Missouri Press, 2002: 329 - 342.

THOMAS E E. The dark fantastic: race and the imagination from Harry Potter to the Hunger Games [M]. New York: New York University Press, 2019.

TOLKIEN J R R. On fairy stories [M]//The Tolkien reader. New York: Ballantine, 1966: 33 - 99.

TRITES R S. The Harry Potter novels as a test case for adolescent literature [J]. Style, 2001, 35(3): 472 - 485.

TUCKER N. The rise and rise of Harry Potter [J]. Children's literature in education, 1999, 30(4): 221 - 234.

WACE R. Arthurian chronicles: Roman de Brut [M]. Trans. MASON E. Pennsylvania: Pennsylvania State University Electronic Classics Series Publication, 2007.

WANDINGER N. "Sacrifice" in the Harry Potter series form a girardian perspective [J]. Contagion: journal of violence, mimesis, and culture, 2010, 17: 27 - 51.

WARD R M. Cultural contexts and cultural change: the werewolf in classical, medieval, and modern texts [D]. Alberta: University of Alberta, 2009.

WATT I. The rise of the novel [M]. Berkeley: University of California Press, 1957.

WEBER M. From Max Weber: essays in sociology [M]. GERTH H H, MILLS C W. Ed. and Intro. London: Routledge, 2004.

WESTMAN K E. Specters of thatcherism: contemporary British culture in J. K. Rowling's Harry Potter series [M]//WHITED L A. Ed. The ivory tower and Harry Potter: perspectives on a literary phenomenon. Columbia and London: University of Missouri Press, 2002: 305 - 328.

WHISP K [ROWLING J K]. Quidditch through the ages [M]. London: Bloomsbury, 2001.

WHITED L A, GEIMES M K. The Harry Potter series [M]. New York: Grey House Publishing, 2015.

WHITED L A. The ivory tower and Harry Potter: perspectives on a literary phenomenon [M]. Columbia: University of Mossouri Press, 2002.

WILLIAMSON E. The half-way house of fiction: Don Quixote and Arthurian romance [M]. Oxford: Clarendon Press, 1984.

WILLIAMS R. Marxism and literature [M]. Oxford: Oxford University Press, 1977.

WILLIAMS R. The analysis of culture [M]//STOREY J. Ed. Cultural theory and popular culture: a reader. 2nd ed. Hemel Hempstead: Prentice Hall, 1998.

WILLIAMS R. The Country and the City [M]. New York: Oxford University Press, 1973.

WOLOSKY S. The riddles of Harry Potter: secret passages and interpretive quests [M]. New York: Palgrave Macmillan, 2010.

YOUNG J O. Art, authenticity and appropriation [J]. Frontiers of philosophy in China, 2006, 1(3): 455 - 476.

ZADDY Z P. The courtly ethic in Chrétien de Troyes [C]//HARPER-BILL C, HARVEY R. Eds. The ideal and practices of medieval knighthood Ⅲ: papers from the fourth strawberry hill conference. Woodbridge, Suffolk: Boydell, 1990: 156 - 189.

ZIPES J. Breaking the magical spell: radical theories of folk and fairy tales [M]. Revised and expended edition. Lexington: University Press of Kentucky, 2002.

ZIPES J. Sticks and stones: the troublesome success of children's literature from Slovenly Peter to Harry Potter [M]. New York: Routledge, 2002.

中文文献

巴赫金. 巴赫金全集:第三卷 [M]. 白春仁,晓河,译. 石家庄:河北教育出版社,1998.

巴特. S/Z [M]. 屠友祥,译. 上海:上海人民出版社,2012.

拜尔斯. 中世纪礼仪书及有关骑士的散文体传奇故事 [M]//埃德加·普雷斯迪奇. 骑士制度. 林中泽,梁铁祥,林诗维,注译. 上海:上海三联书店,2010:232-264.

伯罗. 中世纪作家和作品:中古英语文学及其背景(1100—1500) [M]. 修订版. 沈弘,译. 北京:北京大学出版社,2007.

布鲁姆. 如何读,为什么读 [M]. 黄灿然,译. 南京:译林出版社,2011.

布鲁姆. 西方正典:伟大作家和不朽作品 [M]. 江宁康,译. 南京:译林出版社,2011.

戴锦华.《哈利·波特》·十年:戴锦华讲演实录 [M]//光影之忆. 北京:北京大学出版社,2012:204-231.

但丁. 神曲 [M]. 田德望,译. 北京:人民文学出版社,2002.

德瓦尔德. 欧洲贵族 1400—1800 [M]. 姜德福,译. 北京:商务印书馆,2014.

董国超. 神话与儿童文学 [D]. 长春:东北师范大学,2013.

方小莉. 奇幻文学的"三度区隔"问题研究:兼与赵毅衡先生商榷 [J]. 中国比较文学,2018(3):17-29.

菲德勒. 文学是什么? 高雅文化与大众社会 [M]. 陆杨,译. 南京:译林出版社,2011.

弗莱. 批评的剖析 [M]. 陈慧,等译. 天津:百花文艺出版社,1998.

弗雷泽. 金枝 [M]. 徐育新,汪培基,张泽石,译. 北京:新世界出版社,2006.

郭星. 符号的魅影:20 世纪英国奇幻小说的文化逻辑 [M]. 天津:南开大学出版社,2013.

赫恩肖. 骑士制度及其历史地位 [M]//埃德加·普雷斯迪奇. 骑士制度. 林中泽,梁铁祥,林诗维,注译. 上海:上海三联书店,2010:1-39.

江宁康. 美国文学经典与民族文化创新(1945—2010) [M]. 北京:人民出版社,2014.

姜淑芹. 并置与戏仿:析《哈利·波特》的魔法世界 [J]. 东北师大学报(哲学社会科学版),2009(5):147 - 150.

姜淑芹. 从隐喻到转喻:《哈利·波特》系列的结构主义研究 [M]. 长春:吉林大学出版社,2008.

姜淑芹.《哈利·波特》系列的双重叙事运动 [J]. 外国语文,2020(6):32 - 38.

姜淑芹.《哈利·波特》研究综述 [J]. 内蒙古大学学报,2008(1):82 - 87.

姜淑芹. 论《哈利·波特》系列的叙事结构 [J]. 外国文学研究,2010(3):76 - 83.

姜淑芹,严刚. 反英雄哈利·波特 [J]. 外国语文,2009(4):82 - 85.

勒高夫. 试谈另一个中世纪:西方的时间、劳动和文化 [M]. 周莽,译. 北京:商务印书馆,2014.

李伯庚. 欧洲文化史(上下册) [M]. 赵复三,译. 香港:明报出版社有限公司,2003.

李玉平. 互文性:文学理论研究的新视野 [M]. 北京:商务印书馆,2014.

刘建军. 欧洲中世纪文学论稿:从公元 5 世纪到 13 世纪末 [M]. 北京:中华书局,2010.

罗琳. 哈利·波特与阿兹卡班囚徒 [M]. 马爱农,马爱新,译. 北京:人民文学出版社,2009.

罗琳. 哈利·波特与凤凰社 [M]. 马爱农,马爱新,译. 北京:人民文学出版社,2010.

罗琳. 哈利·波特与"混血王子" [M]. 马爱农,马爱新,译. 北京:人民文学出版社,2005.

罗琳. 哈利·波特与火焰杯 [M]. 马爱新,译. 北京:人民文学出版社,2001.

罗琳. 哈利·波特与密室 [M]. 马爱新,译. 北京:人民文学出版社,2000.

罗琳. 哈利·波特与魔法石 [M]. 苏农,译. 北京:人民文学出版社,2000.

罗琳. 哈利·波特与死亡圣器 [M]. 马爱农,马爱新,译. 北京:人民文学出版社,2007.

罗斯. 戏仿:古代、现代与后现代 [M]. 王海萌,译. 南京:南京大学出版社,2013.

马罗礼. 亚瑟王之死(上、下卷) [M]. 陈才宇,译. 南京:译林出版社,2008.

蒙茅斯的杰弗里. 不列颠诸王史 [M]. 陈默,译. 桂林:广西师范大学出版社,
　　2009.

莫言. 捍卫长篇小说的尊严 [M]//丰乳肥臀. 上海:上海文艺出版社,2012:
　　1-7.

倪世光. 中世纪骑士制度探究 [M]. 北京:商务印书馆,2007.

聂爱萍. 儿童幻想小说叙事研究 [M]. 上海:少年儿童出版社,2020.

萨莫瓦约. 互文性研究 [M]. 邵炜,译. 天津:天津人民出版社,2003.

塞万提斯. 堂吉诃德 [M]. 杨绛,译. 北京:人民文学出版社,2010.

舒伟. 从工业革命到儿童文学革命:现当代英国童话小说研究 [M]. 北京:中
　　国社会科学出版社,2015.

斯沃比. 骑士之爱与游吟诗人 [M]. 王晨,译. 上海:上海社会科学院出版社,
　　2013.

肖明翰. 英语文学传统之形成:中世纪英语文学研究 [M]. 北京:社会科学文
　　献出版社,2009.

雅各比. 杀戮欲:西方文化中的暴力根源 [M]. 姚建彬,译. 北京:商务印书
　　馆,2013.

叶舒宪. 神话意象 [M]. 北京:北京大学出版社,2007.

叶舒宪. 巫术思维与文学的复生:《哈利·波特》现象的文化阐释 [J]. 文艺研
　　究,2002(3):56-62.

叶舒宪. "新时代"运动的文学冲击波:从《塞来司廷预言》到《哈利·波特》
　　[J]. 文艺理论与批评,2002(2):9-12.

伊赫津哈. 中世纪的衰落 [M]. 刘军,等译. 杭州:中国美术学院出版社,
　　1997.

张红.《哈利·波特》的作者罗琳采访记 [J]. 外国文学动态,2000(6):35-38.

赵毅衡. 符号学:原理与推演(修订本) [M]. 南京:南京大学出版社,2016.

赵毅衡. 广义叙述学 [M]. 成都:四川大学出版社,2013.

朱伟奇. 中世纪骑士精神 [M]. 西安:陕西人民出版社,2004.

索　引

182 - 185,187 - 216,218,219,
221 - 227,229 - 232,235 - 241,
248 - 252

《魔戒》(*The Lord of the Rings*)
43,167,251

魔药　82,88,91,127,129,132,
139,142,143,163 - 165,167,169,
177 - 183,192

魔咒　132,165,175,177 - 180,
182,210,240

陌生化　18,29,169,188,189,199,
200,215,218,232,248,250,252

莫德雷德(Mordred)　82,92

莫里斯(William Morris)　234

母爱　72,134,154,155

N

纳粹　201,204

《纳尼亚传奇》(*Narnia*)　12,43,
235

"内在现代性"　17,18

能指　22,221

"泥巴种"　70,132,133

"拟真"　248

牛津(Oxford)　36,230,232

扭曲　25,27,32,96,128,155,160,
168,197,200,204,214,215

挪用　6,15 - 17,19,23 - 28,30 -
32,43,44,47 - 51,54,58,73,80,
83 - 86,89 - 92,97,99,103,105,

108,110,125,128,137,140,145,
148,160,162 - 164,166,169,170,
177,179,180,183,189,197 - 200,
203,213,215,219,244,249

诺曼方言　37,39,109

O

欧洲文学　10,36,86,107,120,
166,187,245

P

帕里斯(Gaston Paris)　108 - 111,
117

《批评的解析》　74

皮尔萨尔(Derek A. Pearsall)　81

拼贴　6,10,14,25,27,182,183,
193,196,197,199,222,240

平行世界(parallel sphere)　162

评论改编(commentary)　26

普尔曼(Philip Pullman)　36,230

普罗旺斯抒情诗歌　110,116

Q

奇幻　9 - 12,16 - 18,36,44,161,
166,167,216 - 221,223,229 -
238,240,241,245,248,249,251,
252

奇幻符号　232,240

《奇幻修辞学》　11,234

骑士精神　16,17,37 - 39,41 - 60,